AVENTURES

D'UN

OFFICIER AMÉRICAIN

CAPITAINE MAYNE-REID

—

AVENTURES

D'UN

OFFICIER

AMÉRICAIN

TRADUIT DE L'ANGLAIS PAR A. COOMANS

———

PARIS

J. VERMOT ET Cᵢᵉ, LIBRAIRES-ÉDITEURS

55, QUAI DES AUGUSTINS, 55

1866

PARIS. — IMP. SIMON RAÇON ET COMP., RUE D'ERFURTH, 1.

SOUVENIRS

Pays du nopal et du maguey, terre de Montézuma et de Malinché! ton souvenir me domine! Les années peuvent finir, ma main se dessécher, mon cœur vieillir, mais moi vivant je ne t'oublierai jamais. Pour rien au monde je ne voudrais t'effacer de ma mémoire. Que ton nom soit béni entre tous!

Brillant pays d'Anahuac! mon esprit monte sur les ailes de l'imagination, et je me retrouve encore sur tes rivages! Dans tes vastes savanes, j'anime mon noble coursier, dont le joyeux hennissement dit que lui aussi est inspiré. Je me repose à l'ombre des palmiers, et bois à longs traits le vin de l'acrocomia. Je gravis tes montagnes de porphyre, tes rochers de quartz, d'argent et d'or. Je traverse tes champs de lave aux contours raboteux et couverts d'une végétation étrange, d'acacias et de cactus, de yuccas et de zamias. Je parcours tes plaines hérissées d'aloès gigantesques. Je touche aux neiges éternelles, tandis que je contemple dans la vallée profonde le palmier, l'oranger et les feuilles brillantes du pothos, de l'arum et des bananiers.

Pays de Montézuma! tu m'as laissé encore d'autres souvenirs plus vifs que ces tableaux de paix; tu me rappelles des
scènes de guerre. J'ai traversé tes champs en ennemi, l'épée
à la main, et aujourd'hui, après de longues années, plus d'un
épisode barbare de ma vie de soldat surgit devant moi avec
toute la puissance de la réalité.

Le bivac! La nuit, je m'assieds au feu du camp, devant des
formes guerrières et des figures martiales. Le bois flambant
éclaire les armes et les costumes; des carabines, des pistolets,
des gourdes jonchent le sol ou pendent aux branches des arbres. Les chevaux, attachés aux pieux, prennent de vastes proportions dans l'obscurité et se dessinent vaguement sur le fond
de la forêt. Près de là croît un palmier solitaire dont la tête
courbée paraît blanchir sous les rayons du feu. Cette lumière
brille sur les troncs cannelés des cactus, des agaves et sur les
tillandsias argentées qui drapent les arbres d'une sorte de
toge. Les échos de la forêt répètent les cris rauques qui ef-
frayent le perroquet craintif et le loup affamé. Là, ces hommes
chantent, plaisantent et rient sans souci du lendemain.   .   .

L'escarmouche! L'aurore luit. La forêt odoriférante est silencieuse et les lueurs du matin colorent la cime des arbres.
Un coup de feu retentit : c'est le signal d'alarme de la sentinelle perdue qui arrive au galop vers la garde. L'ennemi approche! A cheval! La trompette éclate en notes sonores. Les
dormeurs se lèvent en hâte, saisissent leurs carabines, leurs
pistolets et leurs sabres, s'élancent à travers les foyers presque
consumés en soulevant des nuages de cendre. Les chevaux
piaffent et hennissent; en un instant ils sont sellés, bridés,
montés, et la troupe se précipite à travers la forêt.

L'ennemi est en vue : c'est une bande de guerilleros revêtus
de leurs mangas pittoresques et de leurs serapés écarlates.
Les lances aux pointes luisantes et les étendards apparaissent
au-dessus des arbres.

La trompette sonne la charge, couverte par les cris des assaillants. Nous rencontrons face à face nos ennemis basanès;

les coups de pistolet répondent aux coups de lance; nos sabres
s'entre-croisent et résonnent, mais nos chevaux reculent...
Nous faisons volte-face et nous nous rencontrons avec une nouvelle énergie. Nous frappons sans remords, nous combattons
pour la liberté!...

Le champ de bataille! Je renonce à dépeindre les colonnes
serrées, le bruit du canon et le roulement du tambour, les
sons retentissants de la trompette, les cris, la charge, la lutte
corps à corps, les gémissements des blessés, la déroute, la retraite et les hourras de victoire...

Terre d'Anahuac! tu me rappelles d'autres scènes bien différentes. La lutte est terminée; le tambour de guerre a cessé
de battre; la trompette ne retentit plus; le cheval se repose
et le vainqueur folâtre dans les salles du vaincu.

Terre charmante! tu ne m'as pas laissé que de gais souvenirs; mais le temps a adouci les émotions tristes et donné de
nouvelles forces aux réminiscences joyeuses; dans tes bosquets aussi il n'y a point de roses sans épines : j'oublie les
épines et ne vois plus que les fleurs.

II

UN VILLAGE DE LA FRONTIÈRE MEXICAINE

Une pueblita mexicaine sur les rives du Rio Bravo del Norte
est une simple *rancheria* ou hameau. La bizarre et vieille
église de style moresque italien, avec sa coupole aux couleurs
variées, la cure et la maison de l'alcade sont les seules constructions en pierre de la place et occupent trois côtés d'une
plazza assez spacieuse. Le quatrième côté est formé par les
échoppes ou les habitations du peuple. Les maisons sont bâties
en grosses briques non cuites (*adobés*); quelques-unes sont
recrépies à la chaux ; d'autres somptueusement peintes comme
le proscénium d'un théâtre, mais la plupart ont uniformément

un aspect sale et repoussant. Elles possèdent toutes une porte lourde comme celle d'une prison et des fenêtres sans vitres ni châssis. La reja de barres de fer posée verticalement résiste aux attaques des voleurs, mais non aux assauts de l'hiver.

Des quatre coins de la plazza, des ruelles étroites, non pavées, poudreuses et bordées en une certaine distance de maisons en adobés, mènent à la campagne. Aux confins du village s'élèvent les habitations fragiles et pittoresques des pauvres péons, les descendants de la race conquise.

Les habitations en briques et en terre ont, au lieu de toit, une terrasse cimentée ou en tuile, parfois vernie avec goût et bordée d'un parapet construit à hauteur de poitrine d'homme. Cette terrasse est l'*azotea*, signe caractéristique de l'architecture mexicaine.

Quand le soleil se retire à l'horizon et que la soirée est fraîche, l'azotea offre une retraite charmante, surtout si le propriétaire de la maison aime les fleurs ; alors elle est convertie en un jardin aérien où se déploie la riche flore qui a rendu le paysage du Mexique justement célèbre. On fume, on boit du pinolé ou du catalán. La brise emporte la fumée et le grand air donne de la saveur au breuvage. De plus, on voit ce qui se passe dans la rue sans être aperçu. La foule affairée circule et ne songe pas à lever la tête.

J'occupe l'azotea de l'alcade, et comme elle est la plus élevée du village, je domine toutes les autres. Ma vue s'étend même sur la campagne, dans laquelle je distingue le cactus, le yucca et l'agave. Le village est entouré d'une ceinture de champs cultivés où la brise agite les glands du maïs et les feuilles sombres des capsicums et des fèves (*frijoles*). Le chapparal avec ses halliers épineux d'acacias et de mimosas, véritable labyrinthe d'arbres légumineux, borde ces champs. Si rapprochés sont ces jungles, que je distingue les palmiers *sabal* nains, les bromelias et les feuilles écarlates de la plante *pita*, qui brille au loin comme des étincelles de feu.

Le voisinage de la forêt annonce l'indolence des habitants

de la petite pueblita. On doit se rappeler que ces hommes ne sont pas agriculteurs, mais *vaqueros* (bergers), et que les clairières du chapparal sont remplies de troupeaux de bétail espagnol et de petits chevaux andalous à courtes oreilles. Ce n'est point à dire que ces villageois n'exercent aucune industrie. Mener paître les animaux est leur principale occupation ; ils ne cultivent un peu le sol que pour récolter du maïs, dont ils font des tortillas ; du *chilé* pour assaisonner ce mets, et des fèves noires pour compléter leur repas. Ces végétaux et des bœufs quasi-sauvages, élevés dans d'immenses pâturages, composent toute la nourriture des Mexicains.

Quant à la boisson, les habitants des plaines septentrionales trouvent un breuvage excellent, — le rival du vin de Champagne, — dans le cœur de l'aloès gigantesque ; ceux des régions tropicales se rafraîchissent avec le suc de l'acrocomia, ou palmier à courtes feuilles.

Terre privilégiée ! Cérès et Bacchus t'aiment et te comblent de bienfaits. Hélas ! comme dans tous les pays du globe, les vues de la Providence ont été méconnues par la malignité de l'homme.

Pourquoi ces populations sont-elles entassées dans les villes et les villages ? Sous un ciel brillant, un climat salubre et dans des contrées pittoresques où tout semble inviter à la vie rurale, j'ai voyagé pendant de longues heures sans rencontrer une habitation. A de longs intervalles, on aperçoit l'*hacienda* de quelque riche propriétaire, et bâtie comme une forteresse ; mais où sont les *ranchos*, les demeures du peuple ? Elles tombent en ruine. Ah ! je me rappelle que je me trouve sur la *frontière*, que les rives du Rio Bravo, de sa source à la mer, sur une étendue de quinze cents milles, ont été pendant plusieurs années des champs de guerre. Plus d'une lutte sanglante s'y est engagée entre les Arabes du désert américain, — les cavaliers indiens, — et les pâles descendants des Espagnols. Voilà pourquoi les ranchos tombent en ruine, voilà pourquoi les haciendas sont percées de meurtrières et les po pulations réfugiées derrière des murailles. L'Europe féodale revit dans la libre Amérique, sur les rives du Rio Bravo del Norte!...

Environ à un mille de distance, dans la direction de l'ouest, j'aperçois un bras de la grande rivière qui brille sous les rayons du soleil levant. En cet endroit, le ruisseau décrit une courbe et baigne le pied de la colline, dont le sommet est couronné par les blanches murailles d'une hacienda. Malgré son unique étage, cette habitation a un aspect imposant.

Comme toutes les constructions de ce genre, elle possède une terrasse et un parapet crénelé. De petites tourelles posées aux angles de la grande porte d'entrée coupent la monotonie des lignes du bâtiment. La tour d'une chapelle apparaît au fond. Les haciendas mexicaines sont ordinairement pourvues de ces petites *capillas* qui permettent aux péons de remplir leurs devoirs religieux. La réverbération des vitres derrière les rejas de fer et la végétation qui se montre au-dessus des murs enlèvent quelque chose de cet aspect lugubre particulier aux maisons de campagne mexicaines. Parmi les arbres qui contribuent ainsi à égayer l'hacienda, figure un gracieux palmier exotique d'une nature toute différente de celui qui croît dans cette zone du Rio Bravo. Je note ce fait non à cause de la curiosité botanique qu'il m'inspire, mais parce qu'il explique un point du caractère de celui ou de celle qui est le génie de l'hacienda. Je donne un libre cours à mon imagination; je désire gravir cette colline, et entrer dans cette superbe demeure.

Les sons d'une trompette de vacher m'arrachent tout à coup à cette douce rêverie. Mes pensées prennent un autre cours, mes regards se détournent de l'hacienda et s'attachent à la plazza de la Pueblita, où des scènes bien différentes s'offrent à ma vue.

III

LES TIRAILLEURS EN VEDETTE

Le centre de la plazza est le point saillant du tableau. Là, le puits (*el poso*), avec sa roue gigantesque, ses grands rebords, ses seaux en cuir et son baquet de pierre cimentée, offre un aspect oriental. On est surpris de rencontrer dans cette contrée occidentale une construction originaire de la Perse, mais l'explication de ce fait est facile. La roue persane a voyagé de l'Égypte sur les côtes méridionales de la Méditerranée. Avec les Maures, elle a traversé le détroit de Gibraltar, et les Espagnols lui ont fait franchir l'Atlantique. Le lecteur trouvera dans les livres sacrés plus d'un passage applicable aux mœurs des Mexicains. Mes regards se détachent du puits et s'arrêtent sur les scènes animées qui se déroulent autour du oso.

Là, le poblano, l'habitant de la hutte-adobe, avance d'un pas silencieux le long des murailles, en évitant le centre de la place, sur lequel il jette par intervalles un regard curieux et craintif. Il porte de larges *calzoneros ;* un serapé aux couleurs multiples couvre ses bras et ses épaules, et un chapeau noir à larges bords assombrit encore son teint basané. En pénétrant furtivement dans une maison qu'on lui ouvre avec précaution, il semble heureux d'échapper aux regards. Peu d'instants après, j'entrevois son visage derrière les barreaux de a reja.

Ailleurs, j'aperçois d'autres poblanos, également inquiets. Contrairement à leurs habitudes, ils gesticulent peu et parlent à voix basse. Des événements extraordinaires semblent les préoccuper.

Les femmes sont au logis; quelques pauvres revendeuses indiennes sont seules assises sur la plazza. Leurs marchandises sont placées devant elles sur une mince feuille de palmier. Une ombrelle, en feuilles de palmier, les défend, elles et leurs marchandises, contre le soleil. Des vêtements de laine teinte et d'épais cheveux noirs, ornés de fils couleur écarlate, leur donnent une apparence de bohémiennes. Aussi insoucieuses que les gypsies, elles rient et babillent toute la journée en demandant à chaque nouvel arrivant d'acheter leurs fruits, leurs légumes ou leur *agua dulce.* La nature les a douées de voix harmonieuses qui résonnent agréablement à l'oreille.

Çà et là, une jeune fille, portant une *olla* rouge sur la tête, vole d'un pas léger vers le puits.

En général, les Mexicaines sont aussi courageuses que gaies.

Mais quels sont ces étrangers qui font la terreur du village, dont ils sont les maîtres, à en juger par le ton hautain de leur conversation?

Jamais hommes plus bizarres ne se réunirent dans un village mexicain. Ils sont quatre-vingts, et si chacun ne portait une carabine, un poignard et un revolver, vous ne découvririez point en eux la plus légère ressemblance. Leurs armes dénotent seules une sorte d'organisation et d'*uniformité;* pour le reste, ils diffèrent autant que des vêtements de formes et de couleurs opposées peuvent faire différer des hommes.

Les uns portent des chapeaux de peaux de chat ou d'écureuil; d'autres, des bonnets de feutre ou de castor.

Quelques-uns sont revêtus de chemises en peaux de daim; plusieurs ont adopté le véritable costume indien, qui consiste en un vêtement de cuir ouvert à la gorge et serré au corps par une ceinture qui soutient le couteau et le pistolet. On voit aussi la veste des marins, la jaquette en cotonnade bleue du créole de la Louisiane; la *jaqueta* en cuir brun de l'Hispano-Américain et l'habit écourté et écarlate du ranchero mexicain. Le serapé pourpre et la gracieuse manga, semblable à une toge, couvrent leurs épaules.

Jetez un coup d'œil sur les jambes de ces hommes. Elles

sont aussi singulièrement attifées que la partie supérieure de
leur corps. Les uns enveloppent leurs jambes dans une
flanelle bleue, écarlate ou verte. D'autres portent des guêtres de peaux de bœuf ou de cheval non tannées ; ici, le pantalon disparaît à moitié dans d'immenses bottes ; ici, le
brogans en peaux de veau brutes et des mocassins de coupe
différente représentant les modes de chaussure de mainte
tribu indienne. Plusieurs ont adopté les lourdes bottes des
cavaliers mexicains, qui rappellent les jambières des anciens
preux.

Leurs éperons ne sont pas moins curieux que leurs costumes. Les légers éperons d'argent et d'acier, aux fines mo
lettes, contrastent avec le lourd éperon mexicain, pesant plusieurs livres et muni de molettes de cinq doigts de diamètre
et de dents qui perceraient les côtes d'un cheval.

Mais ces éperons, ces bottes, ces calzoneros, ces mangas e
ces serapés ne sont point portés par des Mexicains ; leurs propriétaires appartiennent à d'autres races. Ces hommes robustes
ont vu le jour dans le Kentucky, le Tennessee ou dans les
fertiles plaines de l'Ohio, de l'Indiana et de l'Illinois. Parmi
eux figurent les *squetters* et les chasseurs des forêts, les fermiers des grands monts Alleghanys, les bateliers du Mississipi
les pionniers de l'Arkansas et du Missouri, les trappeurs[1] des
prairies et les *voyageurs* des lacs, les jeunes planteurs du Sud,
les créoles français de la Louisiane et les colons aventureux
du Texas. Le vieux monde a fourni son contingent à cette
troupe cosmopolite. Je reconnais le blond enfant de la Ger-
manie, l'Anglais robuste, l'Écossais fier, l'Italien tapageur,
le Français léger, le Suisse ferme et le Polonais sombre et
silencieux. Quels sujets d'étude pour un ethnologiste! Mais
quels sont ces hommes?

Trois fois déjà vous avez posé la question. J'y réponds : Ces
hommes forment un corps de « tirailleurs, » — *la guerilla de
l'armée américaine.*

[1] Chasseurs de profession.

Et moi, que suis-je? Je suis leur capitaine, leur chef.

Oui, je suis le commandant de cette troupe, et j'ose affirmer que l'on ne trouverait nulle part, malgré leur aspect étrange, des hommes plus forts et plus audacieux. Cette guerilla se compose d'aventuriers qui ont passé la moitié de leur existence à guerroyer contre les Indiens ou les Mexicains ; de gentlemen ruinés, d'individus qui n'ont pu s'accoutumer à la vie civilisée, et de *proscrits*, — éléments détestables pour coloniser, mais excellents pour conquérir.

Je déclare avec orgueil qu'une sorte de sentiment d'honneur guide ces hommes. Il est vrai que de longues barbes, des cheveux en désordre, des faces couvertes de poussière, des chapeaux rabattus, des vêtements étranges et un véritable arsenal de poignards, de revolvers, de carnassières et de gibecières, leur donnent un aspect sauvage, terrible même. Mais on aurait tort de les juger sur leur physionomie. Çà et là bat un noble cœur sous une enveloppe grossière.

Le patriotisme meut les uns ; l'amour d'une indépendance complète guide les autres, et quelques-uns, enfin, n'agissent que par esprit de vengeance. Ces derniers sont surtout des Texiens qui pleurent un ami ou un frère traîtreusement mis à mort par les Mexicains. Ils n'ont pas encore oublié le cruel assassinat de Goliad, ni la sanglante boucherie d'Alamo.

Quant à moi, le hasard, l'amour des émotions et des aventures, peut-être même un faible attrait pour la puissance et la célébrité, m'engagent à prendre part à cette expédition. Pauvre aventurier, sans amis, sans toit, sans patrie, car ma terre natale n'est plus une nation libre, le patriotisme ne me stimule pas.

Je n'ai ni injustice à combattre, ni cause publique, ni patrie à défendre.

Ces tristes réflexions me viennent aux heures d'inaction et m'affligent. . . . .

Les hommes ont attaché leurs chevaux dans l'enclos de l'église, aux arbres ou aux barreaux des fenêtres. Ces chevaux forment, comme leurs maîtres, un assemblage d'êtres variés, de tailles, de couleurs et de races différentes : on y voit le coursier fringant du Kentucky et du Tennessee, le cheval tranquille de la Louisiane et le mustang à demi sauvage, récemment capturé dans les savanes. On remarque également deux espèces de mules : la grande mule des États-Unis et celle du Mexique.

Mon cheval noir se trouve au centre de la place.

J'admire ses belles proportions. Il redresse fièrement la tête et frappe avec impatience le sol. Il sait que mes yeux sont attachés sur lui !

Nous nous trouvons à peine depuis une demi-heure dans la rancheria, à laquelle nous sommes étrangers. Notre troupe est la première qui y soit arrivée, quoique la guerre sévisse depuis plusieurs mois au bas de la rivière.

Nous formons un parti d'éclaireurs. Notre mission principale consiste à protéger les Mexicains inoffensifs contre un troisième ennemi commun, les sauvages Comanches. On rapporte que ces Indiens ismaélites ravagent la partie supérieure du fleuve dont il se sont emparés et viennent de piller une grande ferme. On ajoute qu'ils ont, suivant leur coutume, massacré les hommes, emporté les femmes, les enfants et les meubles. Bref, nous nous trouvons ici pour conquérir les Mexicains, mais nous devons les *protéger* en les *conquérant*. *Cosas de Mexico!*

IV

LA POURSUITE

Je songeais au singulier caractère de cette triple guerre lorsque ma rêverie fut troublée par le bruit du sabot d'un cheval qui accourait au galop. Je me penchai au-dessus de l'azotea, dans l'espoir d'apercevoir le cavalier. Je ne fus pas désappointé. Ce cavalier, qui paraissait très-jeune, était imberbe et avait des traits gracieux, le teint brun, des yeux vifs et des joues vermeilles. Ses épaules étaient recouvertes d'une manga écarlate qui retombait sur les hanches du cheval; son chapeau était un léger sombrero. Quant au cheval, c'était un petit mustang, bien proportionné, et tacheté comme un jaguar, un véritable coursier andalous.

Le cavalier avançait hardiment au galop. Il regarda par hasard l'azotea sur laquelle je me trouvais. L'éclat de mon uniforme fixa son attention, et il s'arrêta tout à coup.

En ce moment, le tirailleur posé en vedette dans cette partie du village, lui commanda de faire halte. Au lieu d'obéir, le cavalier reprit sa course, mais dans une direction nouvelle.

Une balle allait probablement mettre un terme à son existence ou à celle de sa monture, lorsque j'ordonnai à la sentinelle de ne pas faire feu.

J'avais réfléchi : le gibier était trop noble et trop beau pour être mutilé; mieux valait le capturer en bon état. Je me décidai à l'essayer.

Mon cheval, sellé et bridé, se trouvait près du puits. Au lieu de perdre un temps précieux à descendre par l'escalier, je sautai sur le parapet et de là dans la plazza. Le groom, devinant mon intention, se dirigea à ma rencontre avec le cheval.

Saisissant les rênes, je sautai rapidement en selle. Quelques tirailleurs suivirent mon exemple, ce dont je me souciai peu, car je n'ignorais pas que la vitesse importait plus en ce moment que la force. Mon cheval était le plus agile de toute ma troupe, et les bonds du mustang m'avaient donné la conviction que seul je pouvais lutter avec lui.

Je me trouvai bientôt dans les champs à la poursuite du cavalier écarlate. Il avait évidemment l'intention de contourner le village et de continuer la course que notre présence avait interrompue.

La chasse menait à travers un champ de milpas. Mon cheval enfonçait profondément dans la terre molle, tandis que le mustang, plus léger, bondissait sur le sol comme un lièvre. Il me devançait, et je commençais à craindre qu'il ne m'échappât, lorsque je vis que la route était interceptée par une haie de magueys s'étendant transversalement à droite et à gauche. D'une végétation luxuriante et haute de huit à dix pieds, ces plantes aux puissantes feuilles s'entre-croisaient et formaient des *chevaux de frise* naturels.

Au premier coup d'œil, cette barrière semblait infranchissable. Elle força, en effet, le Mexicain à s'arrêter. Il s'apprêtait à la longer, quand il s'aperçut que je prenais une ligne diagonale et devais infailliblement l'atteindre. Alors il lança son cheval dans les magueys, et l'un et l'autre furent en un instant hors de vue; mais en m'approchant j'entendis les feuilles épaisses craquer sous le sabot du mustang; il fallait l'imiter ou abandonner la poursuite. Je n'hésitai pas.

Mon honneur et la réputation de mon cheval n'étaient-ils pas en jeu? Têtes baissées, nous nous précipitâmes dans les magueys.

Nous arrivâmes déchirés et ensanglantés de l'autre côté. A ma vive satisfaction, je m'aperçus que j'avais fait un meilleur emploi du temps que le cavalier écarlate; sa halte avait diminué la distance entre nous. Mais il fallut traverser un nouveau champ de milpas et il regagna le terrain perdu.

Parvenu à l'extrémité du champ, j'aperçus quelque chose de brillant devant moi, — c'était de l'eau, — un large fossé ou zequia pour irriguer les champs. Comme les magueys, il s'étendait transversalement à notre course.

— Cet obstacle l'arrêtera, pensai-je; il doit prendre à droite ou à gauche, et puis...

Mes réflexions furent interrompues.

Au lieu de tourner à droite ou à gauche, le Mexicain dirigea son cheval vers la zequia, et le noble animal la franchit d'un bond.

Je n'avais pas le temps d'admirer cet exploit, je me préparai à l'imiter. Mon brave coursier n'avait besoin ni de la cravache ni de l'éperon; — il savait ce que l'on attendait de lui.

D'un bond il se trouva de l'autre côté et reprit la course avec une nouvelle ardeur.

Une vaste plaine verdoyante, une savane, s'étendait devant nous.

Les sabots des deux chevaux résonnaient maintenant sur un sol ferme. La poursuite devenait une simple question de vitesse qui aurait été tranchée en ma faveur, si un nouvel obstacle ne s'était présenté. Un troupeau de bétail et de chevaux couvrait la prairie; ces animaux, effrayés par notre galop sauvage, prirent la fuite dans toutes les directions. Beaucoup vinrent de notre côté. Maintes fois je dus arrêter mon cheval pour éviter les longues cornes d'un taureau ou d'un bœuf furieux. Maintes fois aussi je dus me détourner de mon chemin.

Dans cette course irrégulière, je vis avec chagrin que le mustang, par habitude peut-être, avait l'avantage sur moi, et qu'il gagnait sans cesse du terrain. Quand nous échappâmes enfin au troupeau, nous approchions de l'extrémité de la plaine. Devant moi était le chapparal, derrière lequel apparaissaient de grands arbres et une colline dont le sommet était couronné de murailles blanches. Ces murailles étaient celles de l'hacienda déjà mentionnée, et vers laquelle nous nous dirigions en droite ligne.

Je devenais inquiet sur le résultat de la lutte. Je ne pouvais me dissimuler que le cavalier était sauvé s'il atteignait le bois. Je n'osais *pas le laisser échapper*. Que diraient mes hommes si je ne le ramenais pas? J'avais empêché la sentinelle de tirer, et facilité ainsi la fuite de quelque espion peut-être, sinon d'un personnage important. Les efforts désespérés que celui-ci tentait appuyaient encore la supposition qu'il était l'un ou l'autre. *Il devait donc être pris!*

Puisant une nouvelle énergie dans ces réflexions, je pressa

les flancs de mon cheval avec ardeur. Ma monture parut comprendre mes pensées. Je ne tardai pas à me trouver à portée de fusil du cavalier poursuivi. Je tirai alors mon revolver de la ceinture.

— *Alto! o yo tiro!* Halte! ou je tire! criai-je à haute voix. Pas de réponse : le mustang continuait à courir.

— Halte! criai-je de nouveau, ne voulant pas tuer un être humain, halte! ou vous êtes un homme mort!

Toujours pas de réponse.

Six yards à peine me séparaient du cavalier mexicain. Courant en droite ligne derrière lui, je pouvais lui envoyer une balle dans le dos. Quelque instinct secret me retint. Je ne sais quel pressentiment arrêta mon bras. Mon doigt reposait sur la détente, et je ne pouvais me résoudre à la mouvoir.

Cependant je résolus d'abattre le cheval plutôt que de lui permettre d'entrer dans le bois, où il m'aurait échappé. En ce moment, il prit une nouvelle direction et me présenta le flanc. Je saisis ce moment pour lui envoyer d'une main sûre une balle mortelle dans le ventre. Cheval et cavalier roulèrent aussitôt sur le sol.

Ce dernier se dégagea rapidement et se releva.

Craignant qu'il ne tentât encore de s'échapper dans le bois, je me précipitai vers lui, le revolver à la main. Mais il n'essaya ni de fuir ni de résister. Il croisa les bras, contempla froidement l'arme que je dirigeai sur son visage, et me dit avec sang-froid :

— *No mata me, amigo! Soy muge!* Ne me tuez pas, ami, je suis une femme!

V

MA CAPTIVE

« *Ne me tuez pas, ami! je suis une femme.* » Cette déclaration m'étonna peu ; j'y étais à demi préparé. Pendant notre

galop, j'avais noté une ou deux particularités qui m'avaient
amené à croire que le prétendu espion que je poursuivais
était une femme. Lors du saut du fossé, le mantelet du cavalier s'étant soulevé, j'avais entrevu un corsage en velours, une
sorte de tunique, et j'avais aperçu un éperon d'or et le talon
d'une petite botte rouge. Ses efforts violents avaient délié ses
cheveux, qui retombaient en deux longues tresses sur la
croupe du cheval. Sa déclaration mit un terme à mes conjectures, mais, comme je l'ai dit, m'étonna peu.

Je fus surpris cependant de son accent et de ses manières.
Elle prononça ces mots avec autant de sang-froid que si toute
cette scène n'avait été qu'une plaisanterie.

Un ton de tristesse et non de prière prévalait dans ses paroles lorsqu'elle s'agenouilla, qu'elle passa ses lèvres sur le
museau du mustang expirant et qu'elle s'écria :

— *Pobre yegua! muerte!* Hélas ! pauvre jument ! morte !

— Une femme ! dis-je en feignant la surprise. Ma question
demeura sans réponse; elle ne leva pas même les yeux.

— *Pobre yegua! pobre Lola!* répéta-t-elle, comme si le
mustang eût été le seul objet de ses pensées et que moi,
l'assassin armé, je me fusse trouvé à cinquante milles de là.

— Une femme ! repris je dans mon embarras, ne sachant
que dire.

— Oui, monsieur. Que désirez-vous?

En faisant cette réponse, elle se leva et me regarda sans le
moindre indice de peur. Si inattendue était la réponse, que
je ne pus m'empêcher de rire.

— Vous êtes gai, monsieur. Vous m'avez affligée ; vous avez
tué ma favorite !

Je n'oublierai jamais le regard qui accompagna ces mots.
Il exprimait à la fois l'affliction, la colère, le mépris et le
défi. Mon rire fut aussitôt réprimé. Cette fière contenance
m'humiliait.

— Senorita, repartis-je, je regrette profondément la pénible
nécessité où je me suis trouvé... Il aurait pu arriver pis...

— Et comment cela, je vous prie? interrompit-elle.

— Mon revolver aurait pu être dirigé sur *vous-même*, si un soupçon...

— Ah! s'écria-t-elle en m'interrompant de nouveau, il ne pouvait arriver rien de plus fâcheux! J'aimais cette créature tendrement, — comme j'aime la vie, — *comme je chéris mon père! Pobre yegua!*

Et en s'exprimant ainsi, elle s'agenouilla, passa ses bras autour du cou du mustang et baisa le museau velouté du pauvre animal. Puis elle lui ferma doucement les paupières, se releva, croisa les bras, et contempla d'un air triste et sombre le corps inanimé. Je ne savais que faire. Je me trouvais dans une position embarrassante. J'aurais volontiers rendu la vie à la jument au prix de mes gages d'un mois, mais la chose étant impossible, je songeai à donner une indemnité à sa propriétaire. Offrir de l'argent eût été indélicat. Que faire alors?

Je conçus une pensée qui promettait de me tirer d'embarras. L'ardeur des riches Mexicains à obtenir nos grands chevaux américains, — les *frisones*, comme ils les appellent, — était bien connue dans l'armée. Les riches propriétaires qui aimaient à parader sur le *paseo* en donnaient souvent des prix fabuleux. Nous avions plus d'un excellent cheval demi-sang dans la troupe.

— Je lui offrirai un de ceux-là, pensai-je.

Je fis l'offre aussi délicatement que je pus. Elle fut rejetée avec mépris.

— Quoi! senor, répliqua-t-elle en frappant le sol de son talon résonnant, quoi! un cheval à moi? Regardez! continuat-elle en montrant la plaine; regardez là-bas, monsieur. Il y a mille chevaux: ce sont les miens. Pesez maintenant la valeur de votre offre. Ai-je besoin d'un cheval?

— Mais, senorita, balbutiai-je, ce sont des chevaux de race indigène, tandis que celui que je vous offre...

— Ah! poursuivit-elle en désignant la jument, je n'aurais

2

pas échangé ce *cheval indigène* pour tous les *frisones* de votre troupe. Aucun n'était son égal !

A une injure personnelle, je n'aurais pas répondu, mais ce dédain pour ma monture produisit son effet. Elle avait touché la corde sensible de ma vanité, je puis dire de mon affection. Piqué, je répliquai :

— Pas un seul, mademoiselle?

Je regardai Moro (ma monture) en parlant. Ses yeux suivirent les miens, et elle le contempla pendant quelques instants en silence. J'observai l'expression de sa physionomie, sur laquelle se peignit bientôt une vive admiration. Mon noble coursier paraissait superbe dans ce moment; l'écume qui couvrait son cou et ses épaules contrastait avec le noir étincelant de sa robe; ses flancs se soulevaient et retombaient en ondulations régulières; la vapeur s'échappait de ses naseaux, son œil était en feu et son cou fièrement voûté comme s'il avait eu conscience de son récent triomphe et de l'intérêt qu'il excitait.

Longtemps elle l'examina, et quoiqu'elle ne prononçât pas un mot, je vis qu'elle découvrait ses qualités.

— Vous avez raison, cavalier, dit-elle enfin d'un air pensif; il fait exception et il était digne de lutter avec ma pauvre jument.

Différentes pensées entrèrent alors dans mon esprit et me remplirent d'inquiétude; je regrettai d'avoir attiré si minutieusement son attention sur le cheval. Je craignais qu'elle ne me le demandât.

Je n'aurais pas échangé Moro contre son troupeau de mille chevaux; mais que penserait-elle de l'offre que je lui avais faite si je ne consentais à lui donner le cheval qu'elle me demanderait? Du reste, malgré mon attachement à ma monture je l'aurais accordée à ma captive.

Ma position était délicate. Heureusement, un incident porta nos pensées dans un autre sens : en ce moment parurent les troupiers qui avaient quitté le village avec moi, mais que j'avais promptement distancés.

Elle sembla inquiète de leur présence, chose peu étonnante à considérer leurs vêtements étranges et leurs visages farouches. Je leur ordonnai de retourner à la rancheria. Ils regardèrent un instant le mustang et sa riche housse ensanglantée, son ancien cavalier et son gracieux costume ; puis ils murmurèrent quelques mots à voix basse et se retirèrent. Je me trouvai de nouveau seul avec ma captive.

VI

ISOLINA DE VARGAS

Aussitôt que les hommes furent hors de portée de voix, elle me demanda si c'étaient des Texiens.

— Oui, lui répondis-je, quelques-uns sont Texiens.

— Vous êtes leur chef?

— Je le suis.

— Capitaine ? je présume.

— Telle est ma qualité.

— Et maintenant, capitaine, suis-je votre captive?

La question me prit à l'improviste, et je ne sus d'abord que répondre. L'ardeur de la poursuite, cette rencontre et ses suites curieuses, m'avaient fait oublier le but de mon expédition. La question me rappela que j'avais un devoir délicat à remplir. Il fallait savoir si cette femme était ou non un espion.

Cette supposition n'était pas invraisemblable, comme de vieux militaires pourraient l'attester. Maintes dames ont déjà servi leur patrie de cette manière. Elle portait peut-être quelque dépêche importante à l'ennemi. Dans ce cas, sa mise en liberté pouvait avoir des conséquences sérieuses et fâcheuses même pour moi.

D'autre part, je n'aimais pas à l'emmener prisonnière ; je craignais d'encourir son mécontentement. Je ne savais que répondre. Voyant que j'hésitais, elle posa de nouveau la question :

— Suis-je votre captive?

Je luttai entre le devoir et une excessive courtoisie; un compromis s'offrit :

— Madame, dis-je, en m'approchant d'elle, si vous me donnez votre parole que vous n'êtes pas un espion, vous êtes libre. Votre parole, je ne demande rien de plus.

Je dictais ces conditions d'un ton de prière plutôt que de commandement. J'affectais une fermeté que ma contenance démentait sans doute. Un rire presque insolent s'empara de ma prisonnière; elle répliqua :

— Moi! un espion, — un espion! Ah! ah! ah! capitaine, plaisantez-vous?

— J'espère, senorita, que vous serez de bonne foi. Vous ne portez donc pas de dépêche secrète à l'ennemi?

— Rien de pareil, capitaine; et elle continua de rire.

— Dans ce cas, pourquoi avez-vous tenté de fuir?

— Ah! cavalier, n'êtes-vous pas Texien? Ne soyez pas offensé de ce que j'ose vous dire que vos concitoyens n'ont rien moins qu'une bonne réputation au Mexique.

— Mais votre tentative de fuite était imprudente et téméraire. Elle aurait pu vous coûter la vie.

— Oh! je le vois; et elle jeta un regard significatif sur la jument morte. Tous mes regrets sont inutiles maintenant. Je ne pensais pas que votre troupe possédât un cavalier qui pût atteindre à la course ma jument. *Merced!* il y en avait *un seul*. Vous m'avez vaincue. *Vous seul* le pouviez.

En prononçant ces derniers mots, elle m'examina de la tête aux pieds. Je suivis son regard et je crus voir disparaître son mépris.

Alors elle baissa la tête et contempla le sol comme si d'autres pensées la préoccupaient.

Pendant quelques instants, nous fûmes silencieux. Nous serions peut-être restés longtemps ainsi, si je n'avais songé que j'agissais grossièrement envers la dame qui était encore ma captive. Je ne lui avais pas accordé la liberté. Je m'empressai de le faire.

— Espion ou non, senorita, je ne vous retiendrai pas. Je supporterai les risques de ma conduite; vous êtes libre.

— *Gracias, cavalier !* Et maintenant que vous avez agi si généreusement, je veux mettre votre esprit en repos au sujet des risques. Lisez !

Et elle me tendit un papier plié. Du premier coup d'œil je reconnus une *sauvegarde* du commandant en chef, enjoignant à tous de respecter *donâ Isolina de Vargas.*

— Vous voyez, capitaine, que je n'étais pas votre captive, après tout? Ah ! ah ! ah !

— Madame, vous êtes trop généreuse pour ne pas pardonner les violences auxquelles vous avez été soumise.

— Par ma propre volonté, capitaine.

— A la pensée du danger que vous avez couru, je tremble encore. Pourquoi avez-vous commis une pareille imprudence? Votre fuite soudaine à la vue de notre sentinelle avait causé des soupçons, et notre devoir nous commandait de vous poursuivre et de vous capturer. Munie de la sauvegarde, vous n'aviez aucune raison de nous craindre.

— Ah ! c'est cette sauvegarde même qui m'a engagée à fuir.

— La sauvegarde, senorita ? Daignez vous expliquer.

— Puis-je compter sur votre discrétion, capitaine?

— Certes! je vous le promets.

— Apprenez alors que je n'étais pas sûre que vous fussiez *Américain;* certain indice me disait que vous pouviez être un de mes *compatriotes.* Que serait-il advenu si ce papier et d'autres que je porte sur moi étaient tombés entre les mains de Canalès, un des chefs les plus barbares de l'armée mexicaine? Je vous avouerai, capitaine, que nous craignons plus nos *amis* que nos ennemis.

Dès lors je compris le motif de sa fuite.

— Et puis, vous parlez trop bien l'espagnol, capitaine. Si

vous aviez crié : Halte! dans votre langue maternelle, j'aurais obéi et peut-être sauvé ma favorite. Ah ! *pobre Lola!*

En poussant cette dernière exclamation, elle redevint triste, et, tombant à genoux, elle passa ses bras autour du cou du mustang roide et froid. Son visage était enseveli dans la longue et épaisse crinière de l'animal, et je la vis verser des larmes brillantes comme des gouttes de rosée.

— *Pauvre Lolita!* poursuivit-elle. Je m'afflige avec raison. Que de motifs j'avais pour t'aimer! Plus d'une fois tu m'as sauvée des mains du Lipan féroce et du Comanche brutal. Que ferai-je à l'avenir? Je tremblerai au moindre geste des Indiens ; je n'oserai plus m'aventurer sur la prairie, je devrai rester timidement sous le toit paternel. Ma jument chérie ! tu étais mes ailes; elles sont coupées : je ne volerai plus.

Toutes ces paroles furent dites d'un ton d'affliction extrême, et moi, — moi qui aimais tendrement mon brave coursier, — je pouvais apprécier ces sentiments. Dans l'espoir de lui donner une légère consolation, je renouvelai mon offre.

— Senorita, dis-je, il y a dans ma troupe des chevaux agiles et de race généreuse.

— Je n'attache pas de prix à vos chevaux.

— Vous ne les avez pas tous vus.

— Je les ai vus aujourd'hui, à votre sortie de la rancheria. Vous vous comportiez très-bien à la tête de vos hommes. Revenons.

— Senorita, je ne vous ai pas aperçue.

— Vraiment! Pas un *balcon* ou une *reja* n'a échappé cependant à vos regards. Mais à votre offre, je me rétracte. Dans votre troupe, il y a un cheval auquel j'attache du prix.

Je tremblai.

— Le voilà! continua-t-elle en désignant Moro, ma chère monture.

Il me sembla, à ces mots, que la terre m'engloutissait. La stupéfaction m'empêcha un certain temps de répondre.

Elle remarqua mon hésitation, mais attendit ma réponse.

— Senorita, balbutiai-je enfin, ce cheval est mon favori, un vieil et sincère ami. *Si* vous désirez cependant le posséder, il est à votre disposition. Je suis heureux de vous l'offrir.

En appuyant sur le *si*, j'en appelais à sa générosité. Ce fut en vain.

—Je vous remercie, répondit-elle froidement. Je le soignerai. Il me sera très-utile.

Affligé, je gardai le silence.

—Permettez-moi de l'éprouver, continua-t-elle. Donnez-moi ce lazo.

Et elle désigna un lazo de crins blancs attaché à la selle du mustang.

Je le détachai machinalement et l'ajustai de même à ma selle.

—Maintenant, capitaine, s'écria-t-elle en réunissant les rênes dans sa petite main gantée, je vais mettre le cheval à l'épreuve.

Elle sauta en selle en effleurant à peine l'étrier.

Elle avait ôté son manteau. Une ceinture écarlate dont les franges d'or traînaient sur le sable, entourait sa taille. Ses yeux exprimaient le calme et le courage, je songeai aux amazones de l'antiquité.

Un taureau d'un aspect féroce, mû sans doute par la curiosité, s'était séparé du troupeau et approchait de l'endroit où nous nous trouvions. Aussitôt l'intrépide amazone galopa vers lui. Effrayé de cette attaque subite, l'animal voulut fuir, mais il ne put échapper au lazo. Le nœud tournoya, retomba et s'enroula autour de ses cornes. Le cavalier prit aussitôt une direction opposée. Le taureau, violemment jeté par terre, fut étourdi du coup. Sans lui laisser le temps de se reconnaître, l'amazone courut vers lui, et sans descendre de cheval, défit le nœud, reprit le lazo et revint au galop.

— Superbe! magnifique! s'écria-t-elle en descendant de selle et en regardant le coursier. Très-beau! Ah! Lola, pauvre Lola! je crains que je ne t'oublie bientôt.

Ces derniers mots furent adressés au mustang.

Se tournant ensuite vers moi, elle ajouta :

— Et ce cheval est à moi ?

— Oui, senorita, répliquai-je tristement, comme si j'allais perdre mon meilleur ami.

— Mais je ne le veux pas, reprit-elle d'un air déterminé.

Puis elle ajouta en riant :

— Ah ! capitaine, je connais vos sentiments. Croyez-vous que je ne puisse apprécier le sacrifice que vous voulez faire ? Conservez votre favori. Il suffit que l'un de nous souffre. Gardez votre noble cheval. Vous savez le manier. S'il m'appartenait, aucun mortel, je vous l'assure, ne pourrait m'en séparer. Mais je dois vous quitter. Adieu.

— Ne puis-je vous accompagner ?

— Merci ! senor cavalier. Voilà la maison de mon père. J'habite l'hacienda de cette colline. Nous devons nous séparer. Rappelez-vous que vous êtes un ennemi. Je ne dois pas accepter votre offre aimable et ne puis vous donner l'hospitalité. Ah ! vous ne nous connaissez pas. Vous ne connaissez pas le tyran Santa Anna. En ce moment, ses espions sont peut-être... (Elle regarda avec crainte autour d'elle en parlant.) O ciel ! s'écria-t-elle avec un tressaillement à l'aspect d'un homme qui descendait de la colline, c'est Ijurra !

— Ijurra ?

— Oui, mon cousin ! mais...

Elle hésita, et, changeant tout à coup de ton, elle me dit d'une voix suppliante :

— Laissez-moi, *por amor Dios* ! laissez-moi ! Adieu ! adieu !

Vaincu par l'expression de sa prière, je dis simplement : Adieu ! sautai en selle et m'éloignai.

Quand je parvins à la lisière du bois, la curiosité me fit regarder derrière moi.

J'aperçus un homme de haute taille, à la figure basanée. Il était revêtu du costume habituel des riches Mexicains, c'est-à-dire d'une veste de drap sombre, d'un pantalon bleu, d'une

ceinture écarlate et d'un chapeau à longs bords. Ijurra paraissait avoir trente ans. Il portait une barbe et des moustaches.
C'était en somme un bel homme. Cependant son âge, sa physionomie et son costume n'attirèrent guère mon attention en
ce moment. Je ne surveillai que ses actions. Doña Vargas semblait le redouter beaucoup. Il tenait un papier à la main, et je
vis qu'il le désignait en parlant. Sa figure avait une expression
féroce, et, même à cette distance, je pus juger au son de sa
voix qu'il était irrité.

Pourquoi le craignait-elle? pourquoi se soumettait-elle à
un pareil traitement? Cet homme devait avoir un étrange pouvoir sur cet esprit fier pour le forcer à écouter timidement ses
reproches.

Telles étaient mes réflexions. Mon premier mouvement fut
de retourner auprès de dona Vargas. Si cette scène s'était
prolongée, j'eusse agi ainsi; mais je vis la jeune Mexicaine
se lever tout à coup et se diriger rapidement vers l'hacienda.

Je repris alors ma marche; je pénétrai sous les ombrages
de la forêt et suivis le sentier qui menait à la rancheria. Préoccupé de mes aventures, j'avançais en abandonnant le cheval à
lui-même.

Le cri d'une de mes propres sentinelles m'avertit que je me
trouvais à l'entrée du village.

VII

LES FOURRAGEURS PAR ORDRE

Mon aventure ne finit pas avec le jour; elle continua pendant la nuit et se répéta dans mes rêves. Je recommençais la
poursuite, je bondissais à travers les magueys, je franchissais
la zequia, je galopais dans le troupeau effrayé; j'apercevais la

jument étendue sans vie sur la plaine et sa maîtresse age-
nouillée en larmes. Par intervalles, apparaissait aussi une sombre vision comme un nuage dans le ciel : c'était la face d'Ijurra.

J'attribuai mon réveil à cette vision, mais le son d'une trompette retentissait à mes oreilles quand je sautai de mon lit.

Pendant quelques instants je fus sous l'impression que cette
aventure n'était qu'un rêve ; un objet pendu à la muraille me
rappela à la réalité : c'était ma selle, à laquelle était attaché
un lazo de crins blancs. Je me souvins du lazo de la veille.

Quand je fus bien éveillé, je repassai mon aventure en re-
vue ; j'essayai d'y penser avec calme et de retourner sérieusement à mes occupations.

Les lois martiales auxquelles le district était soumis m'au-
torisaient, il est vrai, à pénétrer partout, mais l'honneur me
défendait de violer le domicile des citoyens inoffensifs. Les
riches Mexicains nous savaient gré de cette modération, et
beaucoup nous auraient témoigné de la sympathie s'ils n'a-
vaient craint la colère et la vengeance de leurs propres compatriotes.

Le cigare ayant une heureuse influence sur mon imagination, j'en allumai un et montai sur l'azotea.

A peine avais-je fait deux tours sur la terrasse, qu'un dragon arriva au galop sur la plazza. C'était une ordonnance du
quartier général de l'armée, chargée de remettre un message
au commandant du poste.

On me désigna. Le dragon accourut à la maison de l'alcade
et me remit un papier plié.

Ouvrant la dépêche, je lus :

Quartier général de l'armée d'occupation, ... juillet 1846.

« Monsieur, — vous prendrez un nombre suffisant de vos
hommes et vous vous rendrez à l'hacienda de don Ramon de
Vargas, dans le voisinage de votre station. Vous y trouverez
cinq mille bœufs que vous amènerez au camp de l'armée américaine et livrerez au commissaire général. Vous trouverez les

vaches nécessaires, et une portion de votre troupe formera l'escorte. La *note* ci-incluse vous servira à comprendre la nature de votre devoir.

« Au capitaine Warfield.

« A. A., adjudant général. »

Fort de l'excuse du « devoir à remplir, » je pouvais me rendre hardiment à l'hacienda et y entrer avec l'air confiant d'un hôte bienvenu. Bienvenu, en vérité! un contrat pour l'achat de cinq mille bœufs à des prix de guerre! C'était une affaire lucrative pour le vieux don. Il était probable que je le verrais, — je l'embrasserais, — nous boirions un verre de vin ensemble, — je me créerais des relations intimes avec lui et il m'inviterait sans doute à revenir. La réunion du bétail exigerait quelque temps, — une heure ou deux au moins. Je pouvais confier la direction de ce travail à mon lieutenant ou à un sergent. Pour moi, je resterais à l'hacienda. Ah! Ijurra, je l'avais oublié. Serait-il là?

Le souvenir de cet homme vint troubler mes pensées.

Une dépêche du quartier général demande une prompte attention, et la nécessité d'exécuter l'ordre coupa court à mes réflexions. Sans perdre de temps, j'ordonnai à cinquante hommes de se tenir prêts à monter en selle.

Je me préparais à porter plus de soin que d'habitude à ma toilette, lorsque je réfléchis que je ferais aussi bien de lire d'abord la note mentionnée dans la dépêche. J'ouvris le papier : à ma grande surprise, le document était rédigé en espagnol. Ceci ne m'embarrassa pas et je lus :

« Les cinq mille bœufs sont à votre disposition, suivant le contrat; mais je ne puis prendre sur moi de les remettre. *Ils doivent m'être enlevés avec un semblant de force, et même un peu de rudesse*, de la part de ceux que vous enverrez, ne serait pas déplacée. Mes vaqueros sont à votre service, mais je ne dois pas les commander. Vous pouvez les *presser.*

« Ramon de Vargas. »

Cette note était adressée au commissaire général de l'armée américaine. Son contenu, assez obscur pour les non–initiés, était aussi clair pour moi que la lumière du jour, et quoique ce document me donnât une haute opinion du talent diplomatique de don Ramon de Vargas, il ne me plut guère.

Il annulait toutes les parties du programme que je m'étais tracé. Au lieu de serrer amicalement la main du don, je devais entrer brutalement dans l'hacienda, menacer le portier tremblant, frapper les péons et enlever cinq mille bœufs.

— Je ferai belle figure, me disais-je, en présence d'Isolina!

Un instant de réflexion cependant me persuada que cette intelligente personne devait être dans le secret. — Oui, pensai-je, elle comprendra les raisons de ma conduite; j'agirai avec toute la douceur que les circonstances comporteront. Je laisserai à mon lieutenant texien tout l'odieux du feint attentat, en lui recommandant sous main beaucoup de prudence. A cheval!

Le cor donna le signal du départ. Aussitôt cinquante tirailleurs, Holingsworth, Wheatley et moi sautâmes en selle, et nous défilâmes sur la place deux à deux.

Un trot de vingt minutes nous amena devant la porte principale de l'hacienda, où nous fîmes halte. Portes et fenêtres étaient hermétiquement closes. On n'apercevait personne. J'avais donné le mot de l'énigme à mon lieutenant texien, et il savait assez d'espagnol pour se tirer d'affaire.

— *Ambre la puerta!* (Ouvrez la porte!) cria-t-il.

Pas de réponse.

— *La puerta! la puerta!* répéta-t-il à voix plus haute.

Pas de réponse encore.

— *Ambre la puerta!* vociféra-t-il de nouveau en frappant l'huis de son arme.

Quand il eut fini, on entendit de l'intérieur un timide: *Quien es?* (Qui est là?)

— *Yo* (moi), hurla Wheatley. *Ambre! ambre!* (Ouvrez! ouvrez!)

— *Si, senor*, répondit une voix tremblante.

— *Anda! anda! somos hombres de bien!* (Vite, alors! nous sommes d'honnêtes gens!)

On entendit un bruit de chaînes et de verrous. Au bout de deux minutes, la porte s'ouvrit et nous aperçûmes le noir *portero* (le portier), la *saguan* pavée de briques (le corridor), et une partie du *patio* ou cour intérieure. Dès que la porte fut ouverte, Wheatley bondit sur le portier tremblant, le saisit par la jaquette, lui donna des coups de poings sur les oreilles et lui commanda ensuite d'une voix tonnante d'appeler le *dueno* (maître du logis).

La conduite inattendue du lieutenant mit les tirailleurs en belle humeur. On ne leur avait jamais accordé beaucoup de licence dans leurs relations avec les habitants inoffensifs, et les officiers avaient toujours donné l'exemple de cette modération. Ils se plaignaient amèrement de la sévérité des règlements militaires à ce sujet. On comprend que la conduite de Wheatley, — qu'ils se proposaient d'imiter sans retard, — leur causa une grande joie.

— Senor, balbutia le portier, le du... du... dueno a déclaré qu'il ne recevait personne.

— Ah! il ne veut pas recevoir? Allez lui dire que nous l'attendons.

— Oui, mon ami, dis-je amicalement au portier, — craignant qu'il ne fût bientôt trop effrayé pour s'acquitter de sa commission; — va dire à ton maître qu'un officier américain a besoin de lui pour traiter une affaire.

Sans attendre la réponse, je pénétrai avec Wheatley dans le patio. Holingsworth et les tirailleurs sortirent de l'hacienda avec mission de nous attendre à l'extérieur.

VIII

DON RAMON DE VARGAS

Dans la cour, une scène pour ainsi dire nouvelle s'offrit à
nos yeux. Ici on ne voyait plus de ces portes massives et de
ces fenêtres sombres, mais bien des façades peintes à fresque,
des *verandahs* garnies de rideaux et des fenêtres vitrées et
posées à fleur de sol. Le patio de la maison de don Ramon
était pavé en briques. Au centre coulait une fontaine limpide
qui rafraîchissait l'air embaumé par le parfum des orangers et
d'autres plantes tropicales. Sur trois côtés de la cour s'étendait une verandah, ou portique en treillage à l'italienne, à
quelques pouces au-dessus du niveau du pavé. Des colonnes
supportaient le toit de la verandah. Le corridor grillé était
garni de rideaux soigneusement fermés, ce qui contrariait ma
curiosité. Personne ne vint à nous. Plus loin, nous vîmes le
grand *corral*, ou enclos des bestiaux, et de nombreux péons
dans leurs sombres costumes en cuir. Ils avaient les jambes
nues et des sandales aux pieds. Les vaqueros, dans tout l'éclat
de leurs vêtements de velours, de leurs ornements d'or et
d'argent, entouraient une troupe de femmes et de jeunes
filles en jupons courts. Dans cette partie de la maison régnait
une singulière animation.

Le corral était la grande étable de don Ramon, qui, à
l'exemple des plus nobles hidalgos mexicains, élevait des bestiaux.

Le corral n'attira mon attention qu'un instant. Je regardai
tour à tour l'azotea et la verandah, dans l'espoir d'y découvrir
Isolina.

La maison, comme je l'ai déjà dit, n'avait qu'un étage, et
de ma selle je voyais la terrasse, où toutes sortes de plantes
rares étaient réunies. J'aperçus des fleurs charmantes, mais
non celle que je cherchais.

Les cris des vaqueros, le chant des oiseaux et le murmure

de la fontaine troublaient la solitude de l'hacienda. Wheatley et moi attendîmes silencieusement en selle le retour du portier, pendant que les péons, les vaqueros et les femmes accourues dans le patio nous regardaient avec effroi.

Enfin, le portier revint et nous annonça la prochaine arrivée de son maître.

Au bout d'une minute, l'un des rideaux de la verandah se souleva, et derrière le treillage apparut un gentleman respectable. C'était un homme de forte carrure, et, quoiqu'il fût voûté par l'âge, toute sa personne respirait une énergie et une résolution étonnantes.

D'épais sourcils noirs ombrageaient ses grands yeux brillants. Ses cheveux avaient la blancheur de la neige. Une veste et un pantalon de nankin, une chemise de lin et une ceinture bleue composaient, avec un magnifique chapeau de Guayaquil, tout son costume.

De prime abord, j'éprouvai une vive sympathie pour don Ramon, — car c'était lui; mais je devais feindre et remplir mon rôle jusqu'au bout. Pressant donc les flancs de mon cheval, j'avançai de quelques pas et me plaçai vis-à-vis du don.

— Êtes-vous don Ramon de Vargas ?

— Oui, senor, répondit-il d'une voix irritée.

— Officier de l'armée américaine, — je parlai haut pour être entendu des péons et des vaqueros, — je suis chargé de vous offrir d'approvisionner de bœufs notre armée. Voici un ordre du général en chef qui...

— Non! s'écria don Ramon d'une voix indignée en m'interrompant. Je ne veux pas entrer en relations avec l'armée américaine. Je n'ai pas de bœufs à vendre.

— En ce cas, répliquai-je, j'enlèverai les bœufs sans votre autorisation. Vous serez indemnisé; mais il me les faut. De plus, vos vaqueros doivent conduire le bétail au camp américain.

À ces mots, je fis signe à Holingsworth, qui accourut avec

ses hommes. Ceux-ci eurent bientôt mis les vaqueros à la raison et à l'œuvre.

— Je proteste contre ce pillage! s'écria don Ramon. C'est infâme et contraire aux lois des guerres civilisées! J'en appellerai à mon gouvernement, au vôtre. On me rendra justice!

— Vous serez payé, don Ramon, dis-je en feignant de vouloir le pacifier.

— De l'argent, *carambo!* de l'argent de voleurs! *flibusteros!...*

— Holà! plus de modération, vieux gentleman, dit à son tour Wheatley, qui, jusque-là, s'était tenu au second plan; plus de modération! sinon vous pourriez perdre quelque chose de plus précieux que vos bœufs. Rappelez-vous à qui vous parlez!

— A des *Tejanos!* à des *ladrones!* répondit don Ramon avec une telle vivacité, que Wheatley aurait fait usage de son revolver si je ne lui avais dit un mot à l'oreille.

— Pendez le vieux gueux! fut sa réponse.

Je le croyais de bonne foi.

— Ne craignez pas, vieux gentleman, de perdre vos dollars, ajouta-t-il en s'adressant à don Ramon, Oncle Sam (les États-Unis) est un négociant libéral et un débiteur consciencieux. Je voudrais que vos bœufs m'appartinssent et que j'eusse sa promesse de payement. Ainsi, ménagez vos expressions. Les Texiens ne sont pas habitués aux injures.

Don Ramon mit tout à coup fin au colloque en fermant avec colère les rideaux et en se dérobant à notre vue.

Pendant toute cette scène, j'eus une difficulté extrême à garder une contenance sérieuse.

Je vis que le Mexicain se trouvait dans la même situation d'esprit. J'eus de la peine à m'empêcher de rire, une imprudence pouvait coûter cher au don, car parmi nos auditeurs figuraient des *rancheros* (fermiers) libres, — qui appartenaient à la pueblita, — qui avaient figuré dans des *pronunciamentos,*

—qui s'intitulaient citoyens, et qui eussent volontiers châtié toute intelligence avec l'ennemi.

En levant le rideau, don Ramon avait murmuré d'une voix douce et pleine de promesses : « Adios, capitan ! » Satisfait, je montai à cheval et donnai l'ordre de rassembler le bétail.

I X

LE PETIT BILLET

Wheatley courut après sa troupe, avec laquelle Holingsworth avait déjà pénétré dans la grande étable. Une bande de bouviers avait été mise promptement à l'œuvre. A leur tête, les deux lieutenants se dirigèrent vers la plaine, au pied de la colline, où paissait le gros des troupeaux de don Ramon. Dès lors, je restai seul en butte aux regards curieux et inquiets d'une demi-douzaine de servantes et de cuisinières rassemblées dans un des angles de la cour.

Les rideaux de la verandah restaient clos, et personne n'y donnait signe de vie.

Comme je tournais mon cheval vers la porte de sortie, je remarquai la fontaine, qui me rappela que je mourais de soif : c'était une chaude journée de juillet. Une coupe gisait sur le rebord du bassin. Sans descendre de cheval, je pus la saisir, la plonger dans l'onde fraîche et la vider avec délices. C'était un excellent liquide, quoiqu'il ne vînt ni des Canaries ni de Xérès.

Je sortis de l'hacienda par une porte ouverte à l'arrière du bâtiment. J'y jouis d'une vue complète de la grande prairie et de la scène animée qui s'y dénouait. Les bœufs sauvages, poursuivis par les vaqueros montés sur leurs légers chevaux, semblaient possédés d'une rage furieuse, et nos tirailleurs prêtaient en vain un secours maladroit aux bergers. Les mugissements des bœufs, les clameurs et les rires des soldats, les cris des vaqueros et des péons formaient une cohue pittoresque qu'en d'autres circonstances j'aurais contemplée avec intérêt.

J'avoue que je crois à la curiosité féminine. Une telle scène ne pouvait se passer sous les fenêtres d'une demeure aristo-cratique sans que la plus aristocratique de ses habitantes dai-gnât y jeter un coup d'œil. Je le croyais du moins, mais, par hasard, Isolina faisait exception à la règle.

Je me retournai encore vers l'hacienda.

Je reconnus alors que je n'avais pas suffisamment examiné la façade.

Lorsque nous nous en étions approchés, nous avions remar-qué que les volets des fenêtres étaient fermés; mais ceux-ci s'ouvrant à l'intérieur, on avait peut-être, depuis, entre-bâillé l'un ou l'autre. Grâce à ma connaissance des intérieurs mexi-cains, je savais que les fenêtres de façade appartiennent aux principaux appartements, tels que la *sala* (salon) et le *grand cuarto* (salle à manger), ceux précisément où pouvaient se tenir, à cette heure du jour, les maîtres du logis.

Je conduisis mon cheval à travers la cour pavée et entrai sous la *saguan* voûtée (le corridor). La porte massive était ou-verte comme au moment de notre sortie, et en regardant dans la petite loge du portier, je vis qu'elle était vide. Il s'était caché de peur d'une seconde rencontre avec le lieutenant texien.

En franchissant la porte, j'entendis prononcer le mot : « Ca-pitaine ! »

Je regardai encore les fenêtres. Le son ne venait pas de là : elles étaient aussi hermétiquement closes que jamais. D'où était-il parti ?

Avant que je pusse me poser la question, le mot : « Capi-taine ! » fut répété d'un ton plus haut, et je m'aperçus alors que la voix partait de l'azotea. Je levai la tête. Je vis Isolina avec son père; ils me faisaient un signe amical d'adieu.

J'allais leur adresser la parole, quand don Ramon disparut et le visage de sa fille changea tout à coup d'expression.

Jetant un regard d'effroi derrière elle, comme à l'approche de quelque ennemi, elle posa un doigt sur sa bouche et se cacha derrière le parapet.

Je compris et demeurai silencieux. Un instant je ne sus si je devais partir ou rester. Elle n'était plus sur l'azotea. J'entendis le son de sa voie contrastant avec l'accent rude d'un homme. Quel était cet homme? était-ce son père ou l'autre étranger? — Ce n'était point son père, car celui-ci s'approcha de moi en ce moment même et me remit mystérieusement un billet.

Le billet pouvait jeter quelque lumière sur la situation. Je cherchais autour de moi quelque endroit où je pusse le lire à l'écart. La grande porte voûtée, obscure et déserte, étant un lieu favorable, j'entrai de nouveau dans le corridor. Quoique le billet fût écrit au crayon et en hâte, je le déchiffrai sans peine.

« Capitaine, je sais que vous nous pardonnerez notre pauvre hospitalité. Une coupe d'eau froide! ah! ah! ah! Souvenez-vous de ce que je vous disais hier : nous craignons plus nos *amis* que nos *ennemis*. Nous avons dans la maison un hôte que nous redoutons plus que vous et vos terribles flibustiers. Ma fille ne vous tient pas rancune de la perte de sa favorite : mais vous l'avez également privée de son lazo.

« Adieu.

« DON RAMON DE VARGAS. »

« Nous craignons plus nos *amis* que nos *ennemis* » signifiait simplement que don Ramon de Vargas était *ayankieado*, en d'autres termes ami de la cause américaine, ou, comme de bruyants démagogues auraient pu le dire, un traître à sa patrie. Je ne l'en estimais pas moins. En effet, il pouvait désirer le succès des armes américaines et rester un véritable ami de son pays, non pas un de ces fanatiques aveugles qui crient : « La nationalité avant tout! » mais un compatriote éclairé qui tenait plus à voir le Mexique heureux, paisible et

prospère sous une domination étrangère, que de vivre dans
l'anarchie sous la loi de fer de despotes nationaux. Que signifie
le vain mot indépendance sans l'ordre, sans la liberté? Après
tout, le patriotisme est souvent une vertu équivoque, quelque-
fois même un crime. On le verra bien un jour. Un jour aussi,
il sera remplacé par une vertu d'un ordre supérieur, par ce
patriotisme élevé qui ne connaît ni frontières ni nations, et
pour qui la patrie est le monde entier; mais cette vertu nouvelle, vertu des âmes grandes et sensées, ne s'appellera plus
« patriotisme. »

Don Ramon de Vargas était-il patriote dans ce sens, homme
de progrès, qui ne craignait pas que le nom de Mexique
disparût de la mappemonde, aussi longtemps que la paix et
la prospérité régneraient dans son pays sous un autre nom?
don Ramon était-il un de ces esprits éclairés? Peut-être bien.
Il y en avait de tels au Mexique, en ce moment-là, qui appartenaient surtout à la classe dont le señor de Vargas faisait
partie, à la classe des *ricos* ou des propriétaires. Il est aisé de
comprendre pourquoi les *ayankieados* étaient de la classe des
ricos.

Je m'attachai seulement à m'expliquer le sens ambigu de
cette phrase de sa fille : « Nous craignons plus nos amis que
nos ennemis. » Dans l'une et l'autre hypothèse, la signification
n'en était pas douteuse.

Ce qui suivait était loin d'être aussi clair. Qui pouvait être
cet hôte que son père redoutait tant?

Là était le mystère. Quel était cet hôte, sinon Ijurra? Mais
Ijurra était son cousin, elle l'avait dit. S'il était son cousin,
pourquoi le craindre? y avait-il quelque autre hôte dans
l'habitation? Cela pouvait être. On ne m'avait pas admis dans
l'intérieur. La maison, il est vrai, était assez vaste pour contenir encore une dizaine d'autres étrangers. Cependant, ma
pensée se reportait sans cesse sur Ijurra, et, malgré moi, je
croyais obstinément que c'était lui l'hôte « redouté. »

La conduite brutale d'Ijurra envers Isolina, les reproches

qu'il semblait lui avoir adressés, la peur qu'il lui inspirait, tout cela guidait mes instincts et me persuadait qu'il était une sorte d'ennemi de la famille : Isolina le craignait.

X

UNE VIEILLE INIMITIÉ

J'avançai lentement, et au bout de quelques pas, j'arrêtai mon cheval.

Au lieu du visage de la fille de don Ramon, j'aperçus tout à coup une face hideuse à mes yeux, celle d'Ijurra. J'avoue que cette laideur était plutôt morale que physique, et qu'en d'autres circonstances j'aurais peut-être jugé Raphaël Ijurra avec plus d'impartialité.

Nos yeux se rencontrèrent, et du premier instant nous conçûmes l'un contre l'autre une antipathie que je n'essaierai pas d'expliquer.

Je vis en Ijurra un homme d'un mauvais cœur et d'une nature violente. Ses grands et beaux yeux avaient une expression animale; ils peignaient l'intelligence, mais une intelligence féroce : sa beauté était celle du jaguar. Il avait l'air d'un homme satisfait, habitué à vaincre, à renverser les obstacles, dur, insouciant et faux. J'allais lui adresser la parole, quand le bruit d'un cheval au galop attira mes regards dans une autre direction. Un cavalier, arrivant en droite ligne de la prairie, gravissait la colline. C'était le lieutenant Holingsworth. Il me rejoignit bientôt et se plaça devant moi.

— Capitaine Warfield, dit-il en parlant d'un ton officiel, les bœufs sont rassemblés; partons-nous?...

Il n'acheva pas. Ses regards étaient dirigés sur Ijurra; il tremblait en selle comme si un serpent l'eût piqué. Son œil profond avait un éclat sinistre, et les muscles de ses joues et de sa gorge tremblaient convulsivement.

Dominé par une passion extraordinaire, il haletait. Je ne

sus d'abord à quoi attribuer son émotion, pleine de joie, mais elle me fut bientôt expliquée : elle était produite par le plaisir d'une vengeance anticipée et non par la satisfaction de revoir son maître et ami.

Poussant un éclat de rire sauvage, il s'écria :

— Raphaël Ijurra !

Cette exclamation produisit son effet. Ijurra reconnaissait l'homme qui la lui adressait : il pâlit soudainement ; des taches livides couvrirent son visage, et une profonde terreur s'y peignit.

Il ne prononça qu'un mot : *démon !* qui semblait lui avoir échappé involontairement.

La surprise et l'épouvante lui avaient enlevé la parole.

— Traître ! vilain ! assassin ! Nous nous rencontrons enfin ! réglons nos comptes ! s'écria Holingsworth en pointant sa carabine sur Ijurra.

— Halte, Holingsworth ! criai-je en pressant de l'éperon les flancs de mon cheval et en m'élançant vers lui.

Malgré mon agilité, j'arrivai trop tard : le coup était parti. Mais j'avais détourné la carabine du but, et la balle, au lieu de briser la cervelle d'Ijurra, vola contre la balustrade du parapet, en le couvrant d'un nuage d'éclats de cháux.

Le Mexicain n'avait pas encore remué.

La terreur l'avait cloué sur place, mais l'explosion de l'arme à feu lui rendit sans doute sa présence d'esprit, car il avait disparu de l'azotea quand la poussière se fut dissipée.

Me tournant vers mon compagnon, je lui dis avec vivacité :

— Lieutenant Holingsworth, j'ordonne...

Sans me laisser achever, il répliqua d'un ton de froide détermination :

— Capitaine Warfield, vous avez le droit de me commander tout ce qui regarde le service militaire, et je vous obéirai ; mais ceci est une affaire privée, et le général lui-même... Bah ! je perds du temps, et le vilain va m'échapper !

Et, avant que je pusse tenter même de l'arrêter, Holingsworth entrait au galop dans l'hacienda.

Cependant je pénétrai presque en même temps que lui dans la cour.

Je le saisis par le bras, mais il se débarrassa de mon étreinte et se laissa glisser de sa selle au même instant. Pistolet en main, il s'élança sur l'escalier et disparut bientôt derrière le parapet de l'azotea.

Sautant à mon tour de cheval, je le suivis de toutes mes forces.

Parvenu à l'escalier, j'entendis des cris, des blasphèmes, le bruit d'objets qui tombent et, finalement, les détonations violentes et rapprochées de deux armes à feu. J'entendis ensuite une voix de femme et les gémissements d'un homme.

— L'un ou l'autre est mort, pensai-je.

En quelques secondes j'arrivai sur l'azotea, où régnait un silence profond. Nulle trace d'être humain, mort ou vivant! La terrasse ressemblait à un jardin : des plantes, des arbrisseaux, des arbres même grandissaient dans des pots gigantesques. Ma vue ne pouvait embrasser l'ensemble de l'azotea, couverte d'une végétation luxuriante. Je parcourus la terrasse en tous sens. Je ne vis que des pots de fleurs récemment brisés et qui avaient produit le bruit que j'avais entendu en montant. Je ne vis ni Holingsworth ni Ijurra. Ils ne pouvaient y être debout, car je les aurais aperçus; peut-être gisaient-ils tous deux au milieu des vases. Il y avait eu deux coups : étaient-ils morts l'un et l'autre?

Mais où était la femme qui avait crié? Était-ce Isolina?

L'esprit fort troublé, je courus vers une autre partie de la terrasse. Je vis un petit escalier, — un escalier privé qui menait à l'intérieur de la maison. Ah! ils doivent être descendus par là; la femme qui avait crié avait dû prendre aussi ce chemin.

Un instant j'hésitai à suivre; mais ce n'était pas le moment d'observer les règles de l'étiquette, et je me préparais à descendre rapidement l'escalier, quand j'entendis tirer à l'extérieur des murailles. Ce coup de feu fut bientôt suivi d'un autre.

Je me retournai et traversai en hâte l'azotea dans la direction des sons. Je regardai par-dessus le parapet. Au bas de la colline, deux hommes couraient de toutes leurs forces l'un après l'autre. C'était Holingsworth, le sabre nu à la main, à la poursuite d'Ijurra.

Ce dernier semblait gagner du terrain sur son ennemi acharné, qui, pesamment accoutré, courait avec peine. Le Mexicain fuyait vers le bois qui croissait au pied de la colline; quelques secondes plus tard il y entra et fut hors de vue. Comme un chien à la piste, Holingsworth le suivit et disparut au même endroit.

Dans l'espoir d'empêcher encore l'effusion du sang humain, je descendis rapidement de l'azotea, montai à cheval et m'élançai au galop dans la prairie.

J'atteignis la lisière du bois à l'endroit où les deux hommes avaient pénétré, et marchai quelques pas sur leurs traces; mais je les perdis bientôt et dus m'arrêter.

J'attendis quelques minutes pour écouter leurs voix ou, ce qui était plus vraisemblable, la détonation d'un pistolet. Je n'entendis que les cris des vaqueros de l'autre côté de la colline. Ceci me rappela mon devoir, et je retournai à l'hacienda.

Là tout était silencieux; on ne voyait pas un visage. Les habitants s'étaient cachés dans des chambres barricadées et obscures; même les cuisinières avaient disparu: elles se figuraient, sans doute, qu'une attaque serait dirigée sur leurs provisions et que l'on se proposait le vol et le pillage.

J'étais embarrassé: la conduite étrange d'Holingsworth avait dérangé mes idées. J'aurais volontiers demandé audience à don Ramon pour lui expliquer les faits; mais je n'avais pas d'explications à donner, j'en avais plutôt besoin moi-même; et ce fut dans un état d'incertitude pénible sur le résultat de l'événement que je quittai l'hacienda.

Une demi-douzaine de tirailleurs y restèrent, avec ordre d'attendre le retour d'Holingsworth et de galoper ensuite pour nous rejoindre, tandis qu'une partie du détachement, Wheatley et moi-même, à la tête du vaste troupeau, nous prîmes route du camp américain.

XI

RAPHAEL IJURRA

J'avançai de mauvaise humeur. Un soleil ardent et une route poudreuse ne calmèrent pas mes esprits irrités, par ces incidents désagréables. Je n'étais pas satisfait de mon premier lieutenant, dont la conduite était encore un mystère. Wheatley ne put l'expliquer; nous l'attribuâmes l'un et l'autre à quelque vieille inimitié. Sans doute une histoire de vengeance.

Holingsworth n'était pas un homme ordinaire; il avait un caractère et un tempérament particuliers, et différait autant de celui qui chevauchait à côté de moi, que l'eau et le feu Wheatley était enjoué; il savait manier un cheval sauvage et jeter le lazzo comme le plus habile des bouviers qui nous suivaient. C'était un véritable Texien et presque par sa naissance; il avait partagé la fortune de la jeune république depuis les jours d'Austin, et il n'était jamais plus heureux que lorsqu'il se mêlait aux guerres de frontière qui, à de courts intervalles, se sont engagées avec nos ennemis les Indiens et les Mexicains, depuis que notre bannière étoilée se déploie dans le nouveau monde.

Holingsworth n'était pas Texien, mais Tennesséen, quoique le Texas eût été quelques années sa patrie adoptive. Il avait déjà traversé le Rio-Grande. Il avait été l'un des membres infortunés de l'expédition Mier, un des survivants de cette troupe décimée qui fut chargée de chaînes et conduite plus tard à Mexico, où elle dut travailler jusqu'à hauteur de poitrine dans

la boue des grandes *zancas* qui traversent les rues. Son passé
expliquait le caractère habituellement sérieux et dur de sa
contenance, qui lui donnait l'air d'un homme sombre et mélancolique. Je ne l'avais jamais vu rire. Il parlait peu et ne
s'occupait que de choses concernant son service ; mais parfois,
quand il se croyait seul, il murmurait des menaces ; un trem-
blement convulsif des muscles accompagnait ses paroles, et il
serrait les poings comme en présence d'un ennemi mortel.
J'avais plus d'une fois observé ces transports frénétiques, sans
en connaître la cause : Harding Holingsworth, — tel était son
nom complet, — était un homme auquel personne ne se serait
soucié de prendre la liberté de demander une explication de
sa conduite. Son courage et ses exploits guerriers étaient bien
connus des Texiens, chose presque inutile à dire, car, s'il en
eût été autrement, il ne se serait pas trouvé parmi eux en qualité de supérieur. Ces aventuriers, qui ont le droit d'élire leurs
officiers, ne confient pas leur vie à des novices ou à des lâches.

Tout en chevauchant, Wheatley et moi parlions de la chose
et tâchions d'expliquer la conduite étrange d'Holingsworth.
Nous avions déjà conclu l'un et l'autre que l'affaire avait pour
cause une vieille inimitié, — liée peut-être à l'expédition
Mier, — quand je mentionnai accidentellement le nom du
Mexicain. Jusqu'à ce moment, le lieutenant texien n'avait pas
vu Ijurra, — ayant dû s'occuper du bétail de l'autre côté de
la colline, — ni entendu prononcer son nom.

— Ijurra ! s'écria-t-il avec tressaillement en s'arrêtant et en
dirigeant sur moi un regard scrutateur.

— Ijurra ! fis-je.

— *Rafaël* Ijurra, croyez-vous ?

— Oui, Raphaël, tel est son nom.

— Un individu basané, barbu, de haute taille et d'une physionomie assez belle ?

— Oui, tel est son signalement, repartis-je.

— Si c'est le même Raphaël Ijurra qui habitait naguère San

Antonio, il y a plus d'un Texien qui aimerait fort à secouer sa chevelure. Ce doit être lui : il n'y en a pas deux de ce nom, cela n'est pas vraisemblable.

— Que savez-vous de lui ?

— Ce que je sais ? Qu'il est le plus mauvais drôle du Texas et du Mexique, ce qui est beaucoup dire. Rafaël Ijurra... c'est lui ! Ce ne peut être un autre, et Holingsworth... Ah ! j'y pense maintenant : c'est lui-même, et Harding Holingsworth a de bonnes raisons pour se le rappeler.

— Comment cela ? expliquez-vous.

Le Texien fit une pause, comme pour réunir ses souvenirs épars, et raconta ensuite en détail ce qu'il savait de Rafaël Ijurra.

Voici la substance de son récit, dépouillé des exclamations explétives et emphatiques qui le paraient :

« Par sa naissance, Rafaël Ijurra était Texien de race mexicaine. Il avait précédemment possédé une hacienda et d'autres ropriétés considérables près de San Antonio de Bexar. Il avait tout perdu au jeu ou dissipé autrement, de sorte qu'il était devenu un joueur de profession. Jusqu'à l'époque de l'expédition Mier, on l'avait considéré comme citoyen du Texas ; sous la nouvelle domination des Américains, il feignit un vif attachement à la jeune république. Quand on organisa l'expédition Mier, Ijurra eut assez d'influence pour se faire élire officier; personne ne doutait de sa fidélité à la cause. A l'étape de La Redo, il fut du nombre de ceux qui conseillèrent la marche imprudente sur Mier, et sa connaissance présumée du pays, — dont il était originaire, — donna du poids à son avis spontané. On prouva plus tard qu'il était vendu à l'ennemi, avec lequel il était en correspondance secrète.

« La veille de la bataille, Ijurra manqua à l'appel. L'armée texienne fut capturée après une défense vaillante, dans laquelle elle tua plus d'ennemis qu'elle ne comptait d'hommes, et ses débris furent acheminés sous bonne garde vers Mexico. Le second ou le troisième jour de cette triste marche, jugez

de l'étonnement des prisonniers texiens quand ils virent Rafaë
Ijurra revêtu d'un uniforme d'officier mexicain, et faisant partie de leur escorte. S'ils n'avaient eu les mains garrottées, ils
l'auraient mis en pièces, tant ils éprouvèrent de rage à la vue
de cette noire trahison. Par bonheur, poursuivit le lieutenant
Wheatley, une fièvre me retenait à Brazos, sinon j'aurais dû
tirer ma fève avec ces pauvres camarades.

Je ne comprenais que trop l'allusion de Wheatley à la fève.
Tous ceux qui ont lu le récit de cette fatale expédition se rap-
pelleront que les Texiens, outrés des mauvais traitements
qu'ils essuyaient, se soulevèrent et se rendirent maîtres de
leurs gardiens. Malheureusement, la plupart furent repris et
décimés, c'est-à-dire qu'un homme sur dix fut inhumainement
fusillé comme un chien.

On choisissait les victimes par une sorte de loterie. On dé-
posait neuf fèves blanches (*frijoles*) et une noire dans une ter-
rine. Dix hommes s'approchaient de l'urne funèbre, et celui
qui avait la fève noire devait mourir.

Pendant le tirage de cette terrible loterie, il se produisit des
traits d'héroïsme dignes de l'antiquité.

Voici ce qu'un témoin oculaire a rapporté :

« Tous retiraient la fève avec fermeté et dignité; quelques-
uns même plaisantaient. Robert Béard, qui gisait gravement
malade sur le sol, appela son frère William et lui dit : « Frère,
« si tu tires la fève noire, je prendrai ta place : je veux mourir.
« — Non, répliqua William, je suis plus fort que toi, je puis
« donc mieux mourir. » Le major Cocke tint entre l'index e
le pouce la fève fatale qu'il venait de tirer, et dit avec un sourire de mépris : « Amis, je vous l'avais bien annoncé : je n'ai
« jamais manqué en ma vie de remporter le prix ! » Puis il
ajouta froidement : « Ils ne m'enlèvent que quarante ans de
« mon existence. » Henri Whaling, l'un des meilleurs guerriers
de Cameron, dit joyeusement en tirant la fève noire : « Bah!
« j'ai tué pour ma part vingt-cinq Mexicains ; ils ont le droit
« de me fusiller. » Whaling reçut quinze coups de feu avant

d'expirer. Le jeune Torrey dit qu'il était heureux de mourir
pour la gloire de sa patrie. Este, Cash, le colonel Fannin,
Jones, le capitaine Castland, le major Dunham, James-Ogden,
Harris et bien d'autres encore, supportèrent une mort cruelle
avec un courage admirable, en demandant à leurs compagnons de les venger. On attachait ces victimes, les yeux ban-
dés, les unes aux autres, et on les liait à un soliveau près d'une
muraille. Par un raffinement de cruauté, les Mexicains tiraient
sur les Texiens à une grande distance et mutilaient ces héros
d'une manière horrible, quoiqu'ils eussent demandé qu'on les
tuât de face et à bout portant, en disant qu'ils ne craignaient
pas la mort.

« Quand vous parlerez des Thermopyles, songez aussi au
Texas. »

— Et qu'advint-il à Holingsworth? demandai-je.

— Ah! Holingsworth! répondit le lieutenant, il a de bonnes
raisons pour se rappeler Ijurra; j'y pense maintenant.

Et mon compagnon commença le récit suivant, qui glaça
mon sang dans mes veines. Il expliquait la haine implacable
du Tenesséen pour Rafaël Ijurra.

Dans l'expédition de Mier, Holingsworth avait un frère qui,
comme lui, fut fait prisonnier. C'était un jeune homme délicat
qui ne put résister aux traitements barbares infligés aux prisonniers dans cette marche mémorable. Tout son corps offrit
bientôt l'aspect d'un squelette. Ses pieds blessés et dénudés
par les aspérités des acacias, des cactus et d'autres plantes
épineuses qui couvrent le sol du Mexique, ne lui permirent
guère d'avancer, et il tomba mourant sur la route.

Ijurra commandait l'escorte. Le frère d'Holingsworth lui
demanda une mule.

Le jeune homme avait connu Ijurra à San-Antonio et lui
avait même prêté de l'argent qui ne lui avait jamais été restitué.

—Lève-toi et avance, fut la réponse d'Ijurra.

— Je ne puis faire un pas, répondit le jeune homme désespéré.

— Ah! tu ne peux marcher! Nous allons voir cela. Ici, Pablo, dit-il à un homme de l'escorte. Donne des coups d'éperon à cet homme : il est rétif.

Le soldat brutal s'approcha en se préparant à faire usage de sa baïonnette contre le pauvre invalide. Celui-ci tenta un effort suprême ; mais sa résolution l'abandonna de nouveau, et au bout d'un pas ou deux il retomba contre un roc.

— Je ne puis avancer, murmura-t-il; laissez-moi mourir ici!

— En avant, ou tu périras à l'instant! cria Ijurra en tirant un pistolet de sa ceinture, avec l'intention évidente de mettre sa menace à exécution.

— Je ne puis, répliqua faiblement le frère d'Holingsworth.

— En avant, ou je tire!

— Feu! cria le jeune homme en découvrant sa poitrine et en faisant un dernier effort pour se lever.

— Tu vaux à peine une balle, dit le monstre en souriant ; et, au même instant, il déchargea son pistolet sur la poitrine du malheureux adolescent.

Quand la fumée se fut dissipée, on vit le corps du jeune Holingsworth inanimé et plié en deux contre le roc.

Un cri d'horreur éclata dans les rangs des captifs. Leurs gardiens eux-mêmes, habituellement si brutaux, furent émus par cette inutile barbarie. Le frère de la victime se trouvait à six yards de là, étroitement garrotté, et témoin de cette scène. Jugez de ses sentiments à cette heure. — Est-il donc étonnant, poursuivit le Texien, que Harding Holingsworth attaque, sans souci de l'étiquette, Ijurra là où il le rencontre. Je crois vraiment que la présence même du général en chef ne l'empêcherait pas une minute de se venger.

Dans l'espoir que mon compagnon pourrait me fournir quelques renseignements sur les habitants de l'hacienda, je tournai la conversation de ce côté.

— Don Ramon est-il l'oncle d'Ijurra?

— Oh! oui. Je n'y pensais pas. J'aurais dû reconnaître le

vieux don ce matin, mais le maudit mercal que j'ai bu avait troublé ma cervelle. J'ai vu don Ramon à plusieurs reprises à San-Antonio, où l'appelaient une fois par an ses intérêts. Ah ! je me souviens qu'il y a un jour amené avec lui une jeune fille qui montait les chevaux sauvages et lançait le lazo comme un Comanche. Que dis-je ? Ce mercal a certainement troublé ma cervelle, mais ce doit être elle que vous avez poursuivie.

— Probablement, repris-je.

Le bruit d'une douzaine de chevaux arrivant rapidement derrière nous interrompit la conversation. Je vis sans surprise que c'étaient Holingsworth et des tirailleurs qui avaient été laissés à l'hacienda.

— Capitaine Warfield, dit le Tennesséen en se plaçant à côté de moi, ma conduite vous étonne sans doute : je pourrai l'expliquer à votre pleine satisfaction quand le temps le permettra. C'est une longue histoire, bien douloureuse pour moi. Vous n'exigerez pas que je vous la dise en ce moment : laissez-moi vous déclarer seulement que je considère, pour de bonnes raisons, Raphaël Ijurra comme mon plus mortel ennemi. Je suis venu au Mexique pour tuer cet homme, si je ne réussis pas, peu m'importe la main qui me tuera.

— Vous n'avez donc pas réussi tout à l'heure...?

Je posai la question avec tranquillité ; car je lus la réponse dans le regard de vengeance désappointée qui brillait dans les yeux du Tennesséen. Il m'interrompit, sachant ce que j'allais lui demander.

— Non, non ! le vilain a échappé.

Un instant après, il reprit sa place dans la troupe, et, la tête légèrement inclinée, il chevaucha en silence. Un rayon de mauvais augure éclairait par intervalles ses traits sombres et taciturnes, et montrait qu'il méditait avec obstination ses plans de vengeance inassouvie.

XII

UNE SINGULIÈRE LETTRE

Quelques jours après, au moment où je me promenais sur l'azotea, le sergent du poste vint m'avertir qu'un Mexicain désirait me parler. Machinalement j'ordonnai qu'on le fît monter. Je reconnus un des vaqueros de don Ramon de Vargas.

Il y avait quelque chose dans ses manières qui trahissait en lui un messager. Une lettre sous enveloppe qu'il tira de dessous sa jaquette, — après avoir jeté un coup d'œil autour de lui pour s'assurer qu'il n'était pas surveillé, — confirma mon observation.

Je pris le papier et commandai au Mexicain de descendre et d'attendre une réponse.

Délivré de sa présence, je lus ensuite ce qui suit :

« Mon père m'autorise à vous écrire, Capitaine. J'avais une jument favorite : vous qui vous affligez d'une affection semblable pour le noble Moro, vous pouvez comprendre combien je chérissais cette créature. Votre tir, trop adroit, hélas ! me priva, en un malheureux instant de ma jument; mais vous m'avez offert de m'indemniser en me donnant ce que je sais bien être votre *plus cher objet sur la terre.* Eh bien, mon capitaine, j'apprécie le sacrifice généreux que vous avez voulu faire, et je ne l'accepte pas. Cependant, je sais que vous êtes désireux de payer votre dette. Vous le pouvez !...

« Il y a un cheval célèbre dans cette contrée sous le nom de : « Coursier blanc des prairies » (*el cavallo blanco de los llanos*). C'est un cheval sauvage, blanc comme la neige ; il a des formes magnifiques et la légèreté de l'hirondelle... Mais, ai-je besoin de vous décrire le cheval des prairies ? Vous êtes Texien et avez déjà dû en entendre parler. Eh bien, Capitaine, j'ai depuis longtemps un désir, — laissez-moi ajouter un désir

frénétique, — de posséder ce cheval. J'ai offert des récom-
penses à des chasseurs, — à mes propres vaqueros, car il
apparaît parfois dans nos plaines, — mais en vain. Aucun
d'eux n'a pu le capturer, quoiqu'on l'ait souvent vu et poursuivi. Quelques-uns prétendent qu'il ne *peut être pris*, qu'il
est si léger qu'on ne peut l'atteindre, et qu'il disparaît tout à
coup à la vue des chasseurs, même dans une prairie nue ;
d'autres assurent que c'est un fantôme, un démon !

« Il y a des gens incrédules qui pensent que le coursier
blanc des prairies est un mythe et nient même son existence.
Pour ma part, je sais qu'il existe, et, — ce qui sert plus encore
mon dessein actuel, — qu'il est ou qu'il était, il n'y a que deux
heures, à dix mille de l'endroit d'où j'écris ce billet ! Un de
nos vaqueros l'a vu près des rives d'un beau ruisseau ou *arroyo*, son terrain favori. Pour des raisons que je connais, le
vaquero ne l'a ni poursuivi ni molesté, mais il m'a apporté en
toute hâte la nouvelle de sa présence.

« Maintenant, magnanime capitaine, seul vous pouvez capturer ce cheval célèbre. Oui, vous le pouvez, vous et Moro.

« Amenez-moi le coursier blanc des prairies ! Je ne regret-
terai plus Lola et je vous pardonnerai alors sa mort. Amenez-
moi le coursier blanc ! le coursier blanc !

                                        « ISOLINA. »

J'avais entendu parler du cheval blanc des prairies. Quel
est le chasseur ou le trappeur, le commerçant ou le voyageur
des prairies qui en ignore l'existence ? Autour du feu du camp
on m'a raconté plus d'une histoire romantique, plus d'un
conte de diablerie à la façon allemande, où le cheval blanc
joue des rôles de héros. Depuis un siècle, il figure dans les
légendes des prairies ; il forme la contre-partie du navire-
fantôme qui navigue dans l'océan Indien et qui cause la ruine
de tous les vaisseaux qui l'aperçoivent. Comme ce navire, le
cheval blanc a le don d'ubiquité : aujourd'hui on le voit bondir

dans les plaines sablonneuses de la Plata ; demain il parcourra les grandes prairies du Texas, à mille milles de là.

Quant à moi, je ne doutai pas un instant qu'il n'existât un étalon blanc d'une agilité extraordinaire et de proportions splendides. Je croyais que l'on pourrait compter vingt, cent peut-être, de ces créatures exceptionnelles parmi les troupeaux innombrables de chevaux sauvages qui errent dans ces immenses plaines. J'avais moi-même maintes fois aperçu et poursuivi un de ces animaux magnifiques, qu'un cheval ordinaire n'aurait pas atteint ; mais celui qui était connu sous le nom du « coursier blanc des prairies » avait une marque particulière qui le distinguait de tous les autres ; — *ses oreilles étaient noires !* — ses oreilles seules, et elles avaient la couleur de l'ébène.

Le reste de son corps, sa crinière et sa queue, étaient blancs comme la neige qui vient de tomber.

C'était ce singulier et mystérieux animal que la lettre désignait, c'était le coursier aux noires oreilles que je devais capturer : les termes de la missive étaient précis et clairs.

Il y avait aussi un post-scriptum. Il ne contenait que des renseignements, il donnait des détails minutieux sur l'heure et l'endroit où l'on avait vu le cheval blanc, et il ajoutait que le porteur du billet, le vaquero qui avait aperçu le coursier, servirait de guide.

Je ne méditai pas longtemps sur cette étrange requête. Je pouvais recouvrer la position qui, un instant auparavant, me semblait perdue pour toujours. J'étais bien résolu à tenter l'entreprise.

— Oui, Isolina, si la chose est au pouvoir du cheval et de l'homme, avant que le soleil se lève de nouveau, vous serez la maîtresse du coursier blanc des prairies.

XIII

LE TROUPEAU DE CHEVAUX SAUVAGES

Une demi-heure après, je sortais tranquillement de la rancheria, avec le vaquero pour guide. Une douzaine de tirailleurs
me suivaient de près. Après avoir traversé la rivière à gué,
presque en face du village, nous entrâmes dans le *chapparal*,
sur l'autre rive.

Les hommes que j'avais choisis pour m'accompagner étaient,
pour la plupart, de vieux chasseurs qui suivaient une piste et
qui faisaient le coup de feu avec une sûreté admirable. J'avais
confiance dans leur talent, et, aidé par eux, j'espérais bien
rencontrer le précieux gibier que nous cherchions.

Mon espoir, cependant, n'aurait pas été si vif sans cette cir-
constance-ci : notre guide m'avait informé que le coursier
blanc se trouvait, lorsqu'il le vit, en compagnie d'un grand
troupeau d'autres chevaux. Il n'était pas vraisemblable qu'il
les eût quittés ; d'ailleurs, si tous avaient abandonné le terrain, ils pouvaient être aisément suivis à la piste, grâce à
leur grand nombre. Aussi, de ce côté, notre expédition contre
les chevaux sauvages promettait-elle de ressembler singulièrement à une chasse aux oies sauvages. Il est vrai que, d'après
le caractère bien connu du coursier blanc, il pouvait se trouver aujourd'hui sur les rives d'un arroyo, et, quelques heures
plus tard, sur les bords d'un autre ruisseau, à cent milles de
là. Une fois en vue du cheval blanc, je me confiais, pour le
reste, à ma monture et à ma propre habileté dans le maniement
du lazzo.

Tout en chevauchant, je révélai à ma suite le but de l'expédition. Tous connaissaient le coursier de réputation ; un ou
deux certifièrent même l'avoir vu dans leurs excursions à travers les prairies. Chacun se réjouit à la pensée de cette « bat-

tue » et montra autant d'ardeur que si je les eusse menés à une escarmouche avec les guerilleros.

La région que nous traversâmes d'abord était un chapparal épais, formé des arbrisseaux épineux et des plantes qui ont rendu cette partie du Mexique si célèbre. Le sol était couvert de différents accacias connus sous le nom de *mezquite*. Le *lechuguilla* (sorte de laitue) croissait à côté de l'arbre yucca, du *palmilla* (petit palmier) et du cactus. Mille variétés de plantes méridionales embellissaient le sol et éblouissaient la vue par leurs couleurs étincelantes. On sait que la flore du Mexique est la plus splendide du globe.

Quoique je ne me trouvasse pas en ce moment dans une situation d'esprit à herboriser, je me souviens avec quelle admiration je contemplai cette luxuriante végétation ; même mes compagnons les plus grossiers étaient émerveillés, et je les entendis murmurer à différentes reprises des épithètes laudatives.

A mesure que nous avançâmes, le chapparal changea d'aspect. Les jungles disparurent pour faire place à des clairières et à des bosquets ; plus loin, les clairières prirent encore de plus vastes proportions, tandis que la région boisée diminuait d'étendue ; çà et là, elles se succédaient sans interruption.

Nous avions parcouru environ dix milles, quand notre guide signala les traces de chevaux sauvages. Quelques vieux chasseurs affirmèrent que ces traces étaient celles de juments sauvages : grâce à une longue expérience, ils distinguent aisément ces empreintes de celles des étalons. Leur assertion était exacte. Après avoir suivi un certain temps la piste, nous arrivâmes en vue d'un troupeau qui, — le vaquero nous l'affirma avec force, — était celui que nous cherchions.

Jusque-là le succès répondait à notre attente ; mais se trouver en présence d'une *caballada* ou troupeau de chevaux sauvages, et en capturer le coursier le plus agile, ce sont deux choses d'une difficulté bien inégale. Il serait difficile de dé-

crire les sentiments d'anxieuse incertitude et de joyeux espoir
qui traversèrent mon esprit quand je regardai de loin les animaux farouches, qui ne se doutaient pas encore de notre voisinage.

La prairie où paissaient les juments avait plus d'un mille de
largeur, et, comme celles que nous avions franchies, elle était
entourée de chapparals boisés. De nombreuses avenues y donnaient accès. Presque au centre se trouvait la manada. Une
partie des chevaux broutait, tandis que l'autre se livrait à
toutes sortes d'ébats. De la place où nous étions, nous pouvions distinguer leurs belles proportions et leurs robes luisantes, qui brillaient aux rayons du soleil. On en voyait de
toutes les couleurs connues aux chevaux : il y en avait de bais,
de noirs, de blancs, — ces derniers étaient en majorité, — de
gris, de bruns avec des crinières et des queues blanches;
nous distinguâmes aussi des chevaux pies, assez communs et
connus au Mexique sous le nom de *pintados*, tous dans l'éclat
de leur beauté, car aucun homme ne les avait encore *perfec-
tionnés*.

Mais où était le roi de ce beau troupeau? — où était le
coursier blanc?

Telles étaient ma pensée dominante et la question que chacun se posait.

Nous examinâmes tout le troupeau. Les chevaux blancs
étaient nombreux; mais il suffisait d'un regard pour constater que le coursier des prairies ne se trouvait pas parmi
eux.

Désappointés, nous nous regardâmes les uns les autres. Mes
compagnons aussi étaient dépités; quant à moi, j'éprouvai un
sentiment plus amer en contemplant le troupeau sans chef. La
prise du troupeau entier n'aurait pu arracher un sourire à
Isolina : le coursier n'y était pas!

Le vaquero, lui, croyait qu'il n'était pas loin; j'avais confiance dans l'opinion de cet homme qui avait passé sa vie au
milieu des chevaux sauvages ou à demi-sauvages, et qui con-

naissait parfaitement leurs habitudes. Tout espoir n'était donc pas perdu. Le coursier reposait peut-être à l'ombre d'un bosquet. S'il en était ainsi, notre guide nous assura que nous ne tarderions pas à le voir. Il se chargeait de l'attirer sur le terrain.

Comment? — Simplement en effrayant les autres chevaux, dont le hennissement d'alarme serait entendu de loin.

Ce plan semblait praticable ; mais avant de tenter de les effrayer, il était prudent de les envelopper pour qu'ils ne s'échappassent pas dans la direction opposée.

Le chapparal nous aida à cacher nos mouvements, et en une demi-heure nous eûmes entouré la prairie.

Le troupeau paissait et folâtrait encore. Il ne se doutait pas qu'un cordon de chasseurs se formait autour de lui, sinon il aurait depuis longtemps fui au galop.

De tous les animaux, le cheval sauvage est le plus timide ; le daim, l'antilope et le buffle redoutent moins l'homme. Le mustang semble se douter du sort qui l'attend en captivité : on serait tenté parfois de croire que les chevaux échappés au joug racontent à leurs frères du désert leurs longues souffrances.

Pour moi, je m'étais dirigé vers le côté opposé de la prairie pour être certain du moment ou le cercle serait bien complété. Je me trouvais maintenant seul ; j'avais placé mes compagnons à certaines distances sur la lisière du bois. Je devais alarmer les chevaux au moyen d'un cor que j'avais apporté dans ce but.

Je m'étais posté dans un bouquet d'arbres et j'appuyais déjà le cor sur mes lèvres, quand un cri perçant, poussé derrière moi, me fit abaisser l'instrument et me retourner en selle. Un instant, je me demandai ce qui avait pu produire un son si singulier, quand je l'entendis une seconde fois. Alors je le reconnus : c'était le hennissement du cheval des prairies.

Près de moi était une ouverture dans le hallier, une sorte d'avenue qui conduisait dans une autre prairie.

Là, j'entendis le bruit d'un cheval qui arrivait au galop.

J'avançai aussi vite que les broussailles le permettaient, et parvins sur la lisière de la clairière; mais les derniers rayons du soleil m'éblouissaient et je ne voyais distinctement aucun objet.

Le bruit des sabots et le hennissement perçant retentissaient encore à mes oreilles. En ce moment la lumière cessa de m'éblouir.

J'aperçus alors un noble coursier descendant au grand galop l'avenue, dans la direction du troupeau.

On ne pouvait se méprendre aux marques de cette superbe créature : elle avait un corps blanc comme neige, des oreilles d'un noir de jais, le museau bleu, des narines rouges et saillantes, des jambes arrondies et régulières : bref, tous les traits caractéristiques d'un coursier incomparable.

Il passa devant moi comme une flèche, et, sans ralentir un instant son pas, il galopa en droite ligne vers le troupeau.

Les chevaux avaient répondu à son premier signal par un autre hennissement. A son apparition, la manada entière se mit en mouvement. Un instant après, elle fut immobile et se forma en ligne avec autant de précision que l'aurait pu faire une troupe de cavalerie. Elle présentait le front à son chef quand il survint au galop. Dans cette attitude et la tête droite, les chevaux auraient pu être confondus avec un régiment rangé en ordre de bataille; du reste, le voyageur des prairies a souvent commis cette méprise.

Toute cachette ou tout stratagème devenait inutile; la chasse était ouverte. L'agilité et le lazo devaient maintenant décider du résultat. Dans cette conviction, je donnai de l'éperon à Moro et bondis dans la plaine.

Le hennissement du coursier avait servi de signal à mes compagnons, qui sortirent presque simultanément du bois et se précipitèrent sur le troupeau en vociférant.

Je n'avais d'yeux que pour le cheval blanc, vers lequel je me dirigeai.

En approchant de la ligne des autres chevaux, il cessa son galop sauvage, dressa à deux reprises son corps en l'air, comme pour reconnaître le terrain. Poussant ensuite un autre de ses cris aigus, il partit en droite ligne vers la lisière de la prairie. Une large avenue, qui donnait issue dans cette direction, semblait avoir guidé ses instincts.

La manada suivit au galop; mais les individus les plus agiles se trouvèrent bientôt en tête et le troupeau fut dispersé dans la prairie. La chasse se faisait en pleine clairière, — les poursuivants jouant vivement de l'éperon, les poursuivis tendant tous leurs muscles pour s'échapper.

XIV

LA CHASSE AU CHEVAL SAUVAGE

Mon brave cheval donna bientôt des preuves de ses qualités supérieures. Je devançai les uns après les autres tous mes compagnons, et quand nous sortîmes de l'avenue et que nous entrâmes dans une seconde prairie, je me trouvai mêlé aux derniers rangs des chevaux sauvages. Plusieurs étaient très-beaux, et, en une autre occasion, j'aurais été tenté de leur jeter le lazo, ce qui m'eût été facile. Mais je ne songeais alors qu'à les écarter de mon chemin, car elles ralentissaient souvent ma marche. Avant que nous eussions entièrement traversé la seconde prairie, je me tenais au premier rang, et les chevaux, me voyant à leur tête, prirent à droite et à gauche et se dispersèrent. Tous se trouvaient maintenant derrière moi, tous, sauf le cheval blanc; seul il prolongeait la course, poussant par intervalles ce même hennissement aigu comme pour m'agacer et me défier. Il avait encore une avance considérable et courait à son aise.

Le cheval que je montais n'avait pas besoin d'être éperonné ni guidé; il voyait devant lui l'objet de la chasse et devinait la pensée de son cavalier. Je le sentais se soulever sous moi comme une vague de la mer. Son sabot frappait le gazon sans y appuyer.

A chaque nouveau saut, il se relevait et rebondissait comme un corps élastique, tandis que ses flancs se gonflaient et que toutes ses allures attestaient en lui la conscience de sa force.

Avant qu'il eût franchi la seconde prairie, il avait gagné considérablement sur le cheval blanc ; mais je vis avec chagrin le dernier se lancer droit dans un fourré.

Je trouvai un sentier et m'y engageai. Le bruit des branches qui se brisaient au passage du cheval sauvage servait à me guider. De temps en temps j'entrevoyais son corps blanc qui brillait à travers les feuilles vertes.

Craignant de le perdre, je traversai aveuglément les buissons et les mimosas épineux; mais des accacias gigantesques ralentissaient ma course. Souvent je dus me courber sur la selle pour passer sous leurs grandes branches horizontales.

Nous entrâmes enfin dans une plaine légèrement boisée.

En traversant le fourré, le coursier m'avait distancé. Toutefois, il se dirigeait vers une immense prairie qui s'étendait au delà de cette plaine, — preuve qu'il confiait habituellement son salut à la puissance de ses jarrets. Avec un lutteur pareil, il eût peut-être mieux valu, pour moi, qu'il fût resté dans le chapparal; j'allais bientôt m'en assurer.

En dix minutes, nous sortîmes de ces champs boisés. La prairie, — une plaine sans limites, s'étendait maintenant devant nous bien au delà de la portée de toute vision. Là est la chasse. Les arbres disparaissent derrière nous, et l'œil n'aperçoit plus que la verte savane et le ciel bleu qui lui sert d'horizon.

Les tirailleurs, dispersés dans les labyrinthes du chapparal, sont depuis longtemps hors de vue; les mustangs sont retournés sur leurs pas; dans cette vaste plaine n'apparaissent que deux objets, — le coursier blanc qui fuit et le sombre cavalier qui le poursuit. C'est une longue course et un galop bien cruel pour mon pauvre Moro ! Nous avons déjà parcouru dix milles de la prairie, — même plus, — et je n'ai pas encore employé la cravache ni l'éperon...

Mon cheval n'a pas besoin d'être excité ; lui aussi a un intérêt dans la chasse, — l'ambition de n'être pas vaincu. En avant ! Moro ! Vous devez l'atteindre ou mourir !

Il n'y a plus d'obstacle ; il ne peut se dérober. La plaine avec sa surface verdoyante est aussi unie et aussi tranquille que l'Océan endormi ; pas un objet n'arrête la vue. Le coursier ne peut se cacher nulle part. Le soleil luira encore une heure ; il ne pourra s'échapper dans les ténèbres, car avant la nuit il sera notre prisonnier. — En avant ! Moro, en avant !

Nous avançons en silence. Le coursier ne pousse plus son hennissement insolent ; il a perdu confiance en son agilité, il court éperdu. Jamais encore il n'a été aussi vivement pressé ; il fuit silencieusement. On n'entend que le bruit des chevaux qui galopent, — silence émouvant et qui dit l'ardeur de la chasse.

Moins de deux cents yards nous séparent ; je suis certain de la victoire : un coup d'éperon mettrait Moro à portée ; il est temps de terminer cette course implacable. — Maintenant, brave Moro, un dernier effort, et le repos est à vous.

Je jette un coup d'œil sur mon lazo suspendu à la corne de ma selle : une des extrémités est attachée à un anneau rivé solidement au bois ; je dégage le nœud. La corde est en très-bon état.

Je saisis le lazo de la main gauche et tiens le nœud dans la main droite. Je suis prêt... Ciel !... le coursier !...

C'était une exclamation sauvage, mais elle me fut arrachée par une cause peu commune. L'arrangement du lazo ne m'avait pris qu'un instant, mais, quand je relevai les yeux, le coursier blanc avait disparu.

Par un mouvement machinal j'arrêtai mon cheval ; il est vrai que l'animal avait pour ainsi dire fait halte de lui-même ; il poussait un faible hennissement qui semblait exprimer sa terreur. Que signifiait ceci? Où était le cheval sauvage?

Je sillonnai la plaine en tous sens, quoiqu'un simple regard eût suffi. La plaine, comme je l'ai déjà dit, était aussi unie qu'une table; l'horizon bornait la vue : il n'y avait ni rocher, ni arbre, ni buisson, ni racine, ni même une haute herbe. La végétation de cette prairie est connue sous le nom d'herbe des buffles. Même en pleine maturité, cette herbe ne s'élève pas à deux pouces au-dessus du sol. Un serpent n'y trouverait qu'un misérable abri, mais un cheval... où était le coursier?

Un sentiment indéfinissable de crainte s'empara de moi : je tremblai, je sentis trembler mon cheval sous moi. Il était couvert d'écume et de sueur; c'était l'effet d'une course pénible, mais une froide transpiration de terreur vint couvrir mes tempes. Le mystère était accablant et terrible !

XV

LE CHEVAL-FANTOME

Dans le cours de mon existence, j'ai rencontré bien des dangers, mais c'étaient les périls ordinaires que l'on essuie sur mer et sur terre; je m'en rendais compte et avais au moins la satisfaction de les comprendre. J'ai eu une jambe cassée et j'ai reçu une once de plomb dans l'autre; je me suis sauvé à la nage d'un navire qui sombrait et j'ai été grièvement blessé sur un champ de bataille; J'ai vu cent mousquets braqués sur ma poitrine à trente yards de distance et je me croyais certain de mourir : quoique la décharge ait eu lieu, je vis encore !

Vous reconnaîtrez sans doute que ce sont là des périls. Entendons-nous : je ne me vanterai pas follement de les avoir rencontrés; je les ai affrontés avec plus ou moins de courage; j'ai eu peur parfois, mais si les craintes que tous ces dangers m'ont inspirées étaient concentrées en une seule émotion de terreur, elles n'égaleraient pas celle que j'ai éprouvée quand j'arrêtai mon cheval dans la prairie.

Je n'ai jamais été superstitieux; mais dans cet instant je crus, malgré moi, au surnaturel. Aucune cause naturelle, — je n'en voyais, du moins, pas une seule, — ne pouvait expliquer l'étrange disparition du cheval. J'avais souvent ri de la crédulité du marin qui ajoute foi à l'existence du navire-fantôme; devais-je, à mon tour, croire à un phénomène non moins étrange mais réel : un cheval-fantôme? Les chasseurs et les trappeurs déclaraient que telle était la nature mystérieuse du coursier blanc; en ce moment, leurs histoires me revinrent à la mémoire. J'avais habituellement ri de la crédulité de ces narrateurs, j'étais maintenant disposé à les croire : ils étaient véridiques !

Ou bien rêvais-je?

Mon expédition à la recherche du cheval blanc, la poursuite et mon long galop, n'étaient-ils qu'imaginaires?

Un moment je le crus, mais la conscience de mes actions me revint bientôt ; je me trouvais en selle et sous moi était mon coursier tremblant et écumant. Je n'en pouvais douter : je me rappelai tous les incidents de la chasse.

Ils n'étaient que trop réels : le cheval blanc avait été là, il n'y était plus. Les trappeurs avaient dit la vérité : le cheval était un fantôme !

Accablé par cette pensée, — qui était devenue presque une conviction, — je me tenais en selle, courbé, silencieux et les yeux tournés vers la terre, mais le regard fixé dans le vide. Le lazo m'avait échappé des mains et les brides traînaient à l'abandon sur le garrot de Moro...

Un certain temps je restai dans un état d'égarement complet.

Mes sens revinrent enfin. Mes yeux s'étaient arrêtés sur les empreintes fraîches des sabots d'un cheval, juste devant moi. Je savais que c'était la trace du cheval blanc, ce qui me fit réfléchir. Si le coursier était un fantôme, me disais-je, il n'au-

rait pas laissé de marques de son passage. Je n'avais jamais
entendu dire que les esprits laissassent des traces : il est vrai
qu'un *cheval-fantôme* pouvait différer du commun des gnomes.

Mes réflexions à cet égard se terminèrent par la résolution
que je pris de suivre la piste aussi loin qu'elle me mènerait,
c'est-à-dire à l'endroit où le coursier avait dû s'élever en l'air
ou s'évaporer.

Au bout de deux cents yards environ, mon cheval s'arrêta
tout à coup. Je cherchai pourquoi : un coup d'œil dissipa ma
superstition naissante. A une distance de trente pas, j'aperçus,
sur la prairie, une ligne noire qui s'étendait transversalement
à la route que je suivais. On eût dit une crevasse étroite ; mais
en approchant je reconnus que c'était une fissure d'une largeur
considérable, — une de ces excavations appelées *barrancas*
dans l'Amérique espagnole.

Les tremblements de terre et les pluies n'étaient pas étrangers à la formation de cette fissure, presque aussi profonde
que large.

Des débris de rocher en couvraient le lit. Les côtés en
étaient verticaux. A droite, la barranca semblait diminuer
progressivement de profondeur.

Vers la gauche, au contraire, elle s'élargissait et s'approfondissait sans cesse. A l'endroit où je me trouvais, elle avait
une profondeur d'environ vingt pieds.

La disparition du coursier blanc n'était plus un mystère. En
voulant franchir le gouffre, il avait fait une chute terrible.
L'herbe était foulée sur les bords, et des pierres qui s'en
étaient détachées avaient roulé au fond. Il avait pris à gauche
du ravin, où sa marche sur les pierres était visible. J'examinai
le profond défilé sans apercevoir l'aventureux quadrupède.
Celui-ci avait déjà tourné l'angle que la barranca décrivait un
peu plus loin.

Évidemment il m'avait échappé.

Toute poursuite devenait inutile. Je renonçai donc à prolonger mon entreprise.

Après avoir poussé un soupir de désappointement, je commençai à réfléchir sur ma position. Quoique je fusse délivré du sentiment de terreur qui, un instant auparavant, m'oppressait, ma situation était loin d'être agréable. Je me trouvais au moins à trente milles de la rancheria et je ne savais où elle était située. Le soleil couchant pouvait encore me guider, mais je ne me rappelais pas si nous nous étions dirigés à l'est ou à l'ouest après notre départ de la rancheria. L'idée me vint de me guider sur les traces que nous avions laissées; malheureusement, nous n'avions pas couru en droite ligne. De plus, j'avais remarqué que nous avions franchi des prairies déjà traversées par d'autres chevaux. C'était donc une tâche peu aisée que celle de suivre des empreintes aussi équivoques.

Du reste, il était inutile de se mettre en marche ce jour même. Le soleil allait disparaître et plonger dans les ténèbres mon unique voie de salut. La prudence me conseillait de demeurer en place, d'attendre le jour.

Mais, affamé et altéré, comment rester en place? Sur tout mon passage je n'avais pas vu une goutte d'eau. Ma course effrénée m'avait donné une soif extraordinaire, et mon pauvre cheval se trouvait dans le même état. Ma conviction qu'il n'y avait pas d'eau dans le voisinage ajouta, comme toujours en pareil cas, à mes souffrances et les rendit encore plus intolérables. Je gagnai le fond du ravin ; ce n'était que pierre, sable et gravier. Cependant, un torrent avait dû couler en cet endroit.

Après un instant de réflexion, je me dis que je pourrais peut-être trouver de l'eau en descendant le cours de la barranca ; du moins c'était la meilleure direction pour opérer des recherches. J'avançai donc en conduisant mon cheval le long du bord.

La fissure du sol s'approfondissait toujours, et à un mille de mon point de départ, elle avait une profondeur de cinquante pieds.

Le soleil venait de disparaître ; le crépuscule promettait

d'être court. Je n'osai pas traverser cette plaine dans l'obscurité; je craignais de tomber dans la barranca : je vis d'autres fissures, sans doute des lits de ruisseaux tributaires dans les saisons de pluie. Celles-ci se dirigeaient diagonalement ou à angles droits, et étaient plus ou moins profondes et escarpées.

J'avançai avec lenteur en guidant machinalement mon cheval, lorsqu'un objet brillant me fit tout à coup tressaillir. Je poussai une exclamation de joie : c'était l'éclat de l'eau. Je l'apercevais à l'ouest dans la direction où j'allais.

C'était un petit lac ou un étang. Cette eau ne se trouvait pas dans le ravin où j'en avais jusque-là cherché, mais en pleine prairie; aucune végétation ne l'entourait, et l'onde semblait au niveau de la plaine.

Je me dirigeai vers ce lac avec une joie mêlée d'une certaine appréhension: était-ce un *mirage?* Peut-être. J'avais souvent été victime de cet effet d'optique. Mais non, il n'offrait pas cet aspect gazeux et lumineux qui distingue les mirages. C'était de l'eau !

Bien convaincu de ce fait, j'avançai plus vite. J'étais à deux cents yards environ de l'eau quand mon cheval tressaillit et recula. Je recherchai la cause de ce mouvement. Quoique le crépuscule fût presque passé, je pus encore distinguer la surface de la prairie. La barranca s'étendait de nouveau devant moi en m'interceptant le passage. J'aperçus avec chagrin que l'excavation avait décrit une courbe subite, et que l'étang se trouvait de l'autre côté.

XVI

UN RÊVE DANS LA PRAIRIE

Je n'espérais pas pouvoir traverser dans l'obscurité la barranca, si profonde ici que j'en distinguais à peine le fond.

Peut-être trouverais-je un passage au retour de la lumière ; mais cette conjecture douteuse était peu consolante.

L'obscurité était déjà presque complète ; force m'était de passer la nuit à l'endroit où je me trouvais, quoique je m'attendisse à une nuit de souffrances.

Je mis pied à terre. Après avoir conduit mon cheval à quelques pas du précipice pour l'empêcher d'y tomber, je le débarrassai de sa selle et de sa bride, et lui permis de paître de toute la longueur du lazo fermement attaché au sol au moyen d'un fer à ce destiné.

Pour ma part, j'avais peu de préparatifs à faire, point de souper à cuire ; ce n'était qu'une affaire d'importance secondaire en ce moment, car ma soif était telle, que j'aurais préféré un verre d'eau à un dindon rôti.

Mes ressources étaient des plus simples pour mon campement temporaire : je n'avais que ma carabine, un couteau de chasse, une poire à poudre, une gibecière et une gourde, que j'avais, hélas ! vidée depuis douze heures. Heureusement, ma couverture mexicaine était bouclée à ma selle. Je l'en détachai, m'enveloppai dans ses larges plis, plaçai ma tête dans le creux de ma selle et m'accommodai de mon mieux, afin de trouver le sommeil.

Longtemps ce bienfait me fut refusé. La torture de la soif est au sommeil un obstacle aussi efficace que le plus vif mal de dents. Je me tournai de droite et de gauche en regardant la lune ; les nuages noirs qui couraient dans le ciel ne la laissaient voir que par intervalles, alors sa lumière faisait étinceler le lac comme une nappe d'argent. Oh ! comme ces eaux se raillaient de moi ! Je compris les souffrances de Tantale, et je me disais que les dieux n'auraient pu inventer une torture plus raffinée pour le royal Lydien.

Peu à peu je souffris moins de la soif. L'air froid et humide de la nuit la calmait peut-être, mais il est plus vraisemblable que la fatigue et la durée de la douleur avaient émoussé mes sens. Je cédai enfin au sommeil. Aucun bruit, d'ailleurs, ne me tenait éveillé; une tranquillité parfaite régnait autour de moi; même les hurlements habituels des loups de la prairie ne parvenaient pas à mes oreilles; l'endroit semblait trop désert pour ces rodeurs nocturnes. L'unique chose qui me rappelât que je n'étais pas seul, était le bruit que faisait mon cheval en broutant l'herbe. Mais c'étaient là des sons agréables; ils me disaient que mon fidèle compagnon, plus heureux que moi, réparait ses forces affaiblies.

Je dormis enfin; mais mon sommeil fut lourd et plein de rêves agités. J'admets l'opinion assez répandue que les rôles que nous jouons dans nos rêves fatiguent autant le corps que si nous les remplissions en réalité. Ces chimères m'ont souvent laissé, à mon réveil, dans un état d'épuisement complet. S'il en est ainsi, je passai cette nuit dans la prairie, par toutes les pénibles épreuves du jour précédent.

D'abord j'entendis des cris, des hurlements: la maison de don Ramon était cernée par des Indiens! Ils y pénétrèrent bientôt. La lutte contre les envahisseurs fut vive et la confusion grande. Je me battis avec les armes que je pus saisir: plusieurs ennemis tombèrent sous mes coups; mais un sauvage, le chef sans doute, se précipita sur Isolina et l'emporta...

Je sautai à cheval et me lançai dans les prairies à la poursuite du ravisseur. Je vis le sauvage sur un cheval blanc: il tenait Isolina dans ses bras. J'excitai ma monture de la voix et de l'éperon pendant de longues heures, mais en vain. Le coursier blanc conservait toujours une avance énorme. Il me parut que le sauvage changea tout à coup de forme; ce n'était plus un chef indien, mais satan en personne; je vis des cornes sur sa tête; ses pieds étaient des sabots fendus! Il me sembla aussi qu'il m'attirait au bord de quelque horrible précipice et que je n'avais plus le pouvoir d'arrêter mon cheval. Ah! le démon et le cheval-fantôme ont franchi le rocher! Je dois les suivre à mon tour, je ne puis rester en arrière. Mon cheval s'élance au-dessus du gouffre. Je tombe! je tombe!...

Je roule au fond du ravin. Je ne suis pas tué! Mais la soif me suffoque et me torture; ma tête et mon cœur me causent d'atroces douleurs et ma langue est en feu.

L'eau murmure à mes oreilles : un torrent roule près de moi. Si je pouvais l'atteindre, je serais sauvé ; mais je ne puis me mouvoir, je suis enchaîné aux rocs. J'avance péniblement en rampant, au prix des plus terribles efforts! Ce labeur épuise mes forces. Je renouvelle mes efforts; je gagne du terrain; j'approche du torrent ; je sens la froide écume de l'eau qui m'inonde. Je suis sauvé !...

Tel fut mon rêve. C'était l'ombre de la réalité ; mais la réalité la plus agréable fut celle qui m'éveilla. J'étais mouillé, non par l'écume d'un torrent, mais par une pluie diluvienne!

En d'autres circonstances, cette pluie eût été moins bien accueillie, mais en ce moment je la saluai avec un cri de joie. Le tonnerre grondait presque sans interruption; l'éclair sillonnait la nue, et j'entendis le mugissement d'un torrent qui avait envahi la barranca.

Apaiser ma soif fut mon premier souci ; dans ce but, je fis de mes deux mains une sorte d'entonnoir autour de ma bouche, que j'ouvris toute large, et, la tête en arrière, je bus ainsi aux sources mêmes des cieux.

Quoique les gouttes tombassent épaisses et lourdes, ce procédé était trop lent, et j'en imaginai un meilleur. Je savais que mon sérapé (manteau) était à l'épreuve de l'eau. Ce produit-modèle de la fabrique De Parras m'avait coûté cent dollars d'argent. Je l'étendis complétement en pressant le centre de l'étoffe dans un creux de la prairie. L'eau s'y amassa en abondance et je me désaltérai ainsi.

En cinq minutes j'avais oublié ce qu'était la soif, et je m'étonnai qu'elle pût causer tant de souffrances. Moro but de la même façon, puis il se remit tranquillement à paître.

Le revers du manteau était resté sec, ainsi que la partie du sol qu'il avait couverte. Je m'y couchai et m'enveloppai du

sérapé. Après avoir entendu encore un certain temps les rou-
lements du tonnerre, je m'endormis profondément.

XVII

PERDU DANS LA PRAIRIE

Je dormis doucement, sans autre rêve que ces visions légères qui sont oubliées et qui disparaissent au réveil des sens.
Il était tard quand j'ouvris les yeux. Le soleil, qui brillait
dans un ciel bleu et sans nuages, avait déjà décrit plusieurs
degrés au-dessus de l'horizon.

Apaiser ma faim fut ma première préoccupation. Depuis la
veille au matin, je n'avais pris qu'un léger déjeuner composé
d'un gâteau et d'une tasse de chocolat. Un seul jour d'absti-
nence donne à un homme, qui n'est pas habitué à un long
jeûne, une idée des tortures de la faim ; ces tortures croissent
le second jour, et le troisième elles atteignent leur maximum.
Le quatrième et le cinquième jour, le corps s'affaiblit encore
et le cerveau est troublé ; toutefois, les nerfs sont émoussés,
et quoique la souffrance soit plus intense, c'est le second et le
troisième jour que la faim est la plus pénible. Mais ces remarques ne s'appliquent qu'à ceux qui ne sont pas habitués aux
longs jeûnes. J'ai connu des Indiens et des chasseurs
des prairies qui pouvaient souffrir la faim pendant six
jours, et qui éprouvaient moins de douleur que d'autres
n'en ressentent après un jeûne de vingt-quatre heures. Il
est heureux pour ces hommes, qui doivent souvent endurer
des privations cruelles, d'être doués d'une faculté semblable.

Comme je l'ai dit, ma première préoccupation fut de trouver
de quoi manger.

Je me levai et regardai la prairie en tous sens ; aucun objet
vivant ou mort ne s'offrit à ma vue ; il n'y avait ni quadru-

pèdes ni oiseaux, je ne vis que mon cheval qui paissait tranquillement.

Je songeai à la bonté du Seigneur qui pourvoit aux besoins de ses créatures les moins intelligentes en leur donnant le pouvoir de vivre là où l'homme mourrait de faim. En présence de ce spectacle, qui oserait nier la main d'une divine providence ?

Je m'approchai de la barranca et l'examinai. C'était un horrible abîme d'une profondeur de cent pieds et d'une largeur égale. Les côtés étaient moins escarpés en cet endroit. Des quartiers de rocs s'en étaient détachés et avaient formé une sorte de pente par laquelle un homme à pied pouvait descendre au fond de l'abîme et en sortir par le côté opposé, mais un cheval ne pouvait suivre le même chemin. Ces pierres étaient raboteuses et de proportions inégales. D'autres masses de pierres faisaient saillie au-dessus de la barranca ; dans les interstices croissaient des cactus, des ronces et des cèdres nains.

Dans la nuit, j'avais entendu rouler un torrent dans le gouffre ; mais le matin je n'aurais pu y trouver de quoi remplir une coupe. Le sable ou le soleil avaient absorbé toute l'eau.

Dans l'espoir de découvrir une créature vivante, j'avais apporté ma carabine ; mais après une longue course le long de la barranca, j'abandonnai toute recherche. Je ne trouvai aucune trace d'oiseau ou de quadrupède, et je retournai tristement à l'endroit où j'avais dormi.

Seller le cheval fut bientôt fait.

Je me demandai où *j'allais*. — A la rancheria, répondis-je naturellement à une pareille question. Mais quelle route fallait-il suivre ?

Mon dessein de la nuit précédente, de me guider sur les traces de mon cheval, n'était plus réalisable : la pluie les avait toutes effacées. Je devais donc chercher d'autres indications.

Je n'avais pas encore songé à cette difficulté. Quand elle se présenta à mon esprit, elle fut accompagnée d'un nouveau sentiment de terreur. Je savais que j'étais égaré !

Le lecteur, assis commodément dans un fauteuil, peut croire que ce n'est là qu'un léger embarras, auquel on se soustrait aisément avec un bon cheval. Il se dit sans doute qu'en se dirigeant toujours en droite ligne on arrive quelque part.

Qu'il me permette de répondre que le succès d'une course pareille dépend beaucoup des circonstances.

Agir ainsi serait souvent se confier au hasard. On arrive quelque part, il est vrai, mais souvent à l'endroit même que l'on a quitté. Si l'on croit qu'il est possible de faire 10 milles en droite ligne dans une prairie sans être guidé per un seul objet, on se trompe étrangement ; la chose est impraticable.

Les hommes les mieux montés ont péri dans de pareilles circonstances. Il faut parfois plusieurs jours pour sortir d'une prairie grande de cinquante milles, et chaque jour rapproche de la mort ; la faim et la soif s'emparent bientôt de vous et l'agonie arrive rapidement.

En outre, votre solitude même vous donne un sentiment de malaise dont ne sont affranchis que les vieux habitants de la prairie. Vos sens ont perdu la moitié de leur force ; votre énergie est diminuée et vos résolutions deviennent faibles, vacillantes ; vous doutez à chaque pas si vous êtes dans la bonne voie et même, quand le hasard vous y conduit, vous êtes prêt à tout instant à changer de direction. Croyez-moi, il est terrible d'être égaré seul dans les prairies. J'avais déjà parcouru les grandes plaines, mais c'était la première fois que j'avais le malheur de m'égarer, et ma terreur était d'autant plus vive que ma faim était déjà excessive.

Il y avait quelque chose de singulier dans les événements qui avaient produit ma situation. La disparition du coursier blanc, — expliquée cependant par des causes parfaitement naturelles, — avait laissé dans mon esprit une impression étrange. M'attirer si loin et puis m'échapper de la sorte !...

Des superstitions me revinrent à l'esprit ; peu à peu des images hideuses le remplirent, mais je les combattis courageusement et parvins à réfléchir sur quelque plan de salut. Je reconnus qu'il était inutile de rester en place. Je savais que je pouvais avancer en droite ligne pendant une couple d'heures au moins, en me guidant jusqu'à midi sur le soleil. Alors je devais faire halte et attendre un certain temps, car dans cette latitude méridionale le soleil se trouve à midi si près du zénith, que même un astronome habile ne distinguerait pas le nord du sud.

Je calculai que je pouvais atteindre avant midi le bois, où mon salut ne serait cependant pas encore assuré. Même la plaine nue n'est pas plus embarrassante que les clairières des bosquets de *mezquite* et de chapparal qui les bordent.

Dans ces labyrinthes, aussi dépourvus de tout moyen d'existence que le désert lui-même, vous voyagerez des jours entiers sans vous éloigner de vingt milles de votre point de départ.

Telles furent mes réflexions quand j'eus sellé et bridé mon cheval ; j'examinai alors la plaine pour savoir quelle direction je prendrais.

XVIII

UN REPAS DANS LA PRAIRIE

En regardant autour de moi, quelques objets fixèrent mon attention. C'étaient des animaux, mais je ne savais de quelle espèce. La forme et la taille des objets présentent parfois dans les prairies les aspects les plus trompeurs ; un loup semble aussi grand qu'un cheval, et l'on prend aisément un corbeau, assis sur une proéminence de la plaine, pour un buffle. L'état particulier de l'atmosphère de ces latitudes est la cause grossissante des objets, que l'œil expérimenté du trappeur peut seul réduire à leurs justes proportions.

Les objets que j'avais remarqués se trouvaient à deux
milles de distance dans la direction du lac et de l'autre côté
de la barranca. J'en comptais cinq de formes différentes et
qui se mouvaient comme des fantômes sur la ligne de l'horizon.

Quelque chose en détourna mon attention pendant trois à
quatre minutes. Quand je les regardai de nouveau, ils n'é-
taient plus visibles ; mais au bord du lac, à moins de cinq
cents yards de distance, se tenaient cinq belles antilopes.
Leurs formes gracieuses se dessinaient dans l'eau, et la roi-
deur de leur attitude indiquait qu'elle venaient justement de
s'arrêter après une course. Comme le nombre correspondait
à celui des objets que j'avais vus un instant auparavant au
loin dans la prairie, je ne pouvais douter de leur identité.
Peu importait la distance : ces êtres voyagent avec la rapidité
de l'hirondelle.

La vue de ces animaux aux cornes fourchues aiguisa encore
ma faim. Ma première pensée fut de chercher un moyen de
les atteindre. La curiosité les avait amenés au lac, ils avaient
aperçu sans doute mon cheval et ma personne. Ils s'étaient
approchés au galop pour nous reconnaître, mais leur timidité
les empêchait de s'approcher davantage.

La barranca me séparait des antilopes; mais je m'aperçus
que si je pouvais les attirer au bord du gouffre, elles se trouveraient à portée de ma carabine.

Descendant encore une fois de cheval, j'employai toutes
sortes de stratagèmes pour les y amener. Je me couchai sur
le dos dans l'herbe et agitai mes jambes en l'air, mais en
vain; le gibier ne quittait pas le rivage. Mon manteau, de
couleurs très-brillantes, m'inspira une ruse qui, adroitement
exécutée manque rarement de réussir. Prenant la sérapé, je
l'attachai aux deux extrémités de la baguette de ma carabine, après avoir d'abord passé la baguette à travers l'anneau
supérieur de l'arme. De la main gauche, je pus la maintenir dans une position horizontale; puis, m'agenouillant,

j'épaulai la carabine, tandis que le manteau, complétement déployé, pendait jusqu'à terre et cachait toute ma personne comme eût pu le faire un rideau.

Avant de faire ces arrangements, j'avais rampé jusqu'au bord même de la barranca pour être aussi près que possible des antilopes, au cas où celles-ci s'approcheraient du côté opposé.

Chacune de ces manœuvres fut exécutée avec tout le silence et toute la prudence possibles. Je n'avais garde d'effrayer le gibier. La faim me pressait. Je savais que non-seulement mon déjeuner, mais encore ma vie pouvait dépendre de l'issue heureuse ou fâcheuse de ma tentative. J'eus bientôt la satisfaction de voir que mon appât était séduisant. L'antilope, comme beaucoup d'animaux de ce genre, est très-curieuse. En présence d'un ennemi connu, c'est la plus craintive des créatures ; mais devant un objet nouveau, elle se dépouille de sa timidité, ou plutôt sa frayeur cède à sa curiosité ; elle s'approche très-près de toute forme bizarre et elle l'examine d'un air égaré. Le loup de la prairie, — animal encore plus rusé que le renard, — connaît bien la faiblesse de l'antilope et il en profite souvent. Le loup est moins agile que l'antilope, et il la poursuivrait en vain à la course, mais ce carnassier astucieux supplée à l'agilité par le stratagème.

Quand une bande d'antilopes passe par hasard dans le voisinage d'un loup de la prairie, celui-ci se couche sur l'herbe, ramasse son corps en boule, se laisse rouler sur le sol, fait des contorsions et se rapproche ainsi de ses victimes à portée d'un saut, assisté dans ces manœuvres par plusieurs compagnons, car ces carnassiers sont sociaux et chassent par troupes.

A la vue des couleurs brillantes du manteau, les cinq antilopes trottèrent autour du lac, firent halte, le regardèrent un instant et puis s'éloignèrent. Cependant elles firent bientôt volte-face et revinrent avec des signes de confiance et de curiosité encore plus prononcés. J'entendais de petits cris

aigus qu'elles articulaient en agitant leurs museaux et en
reniflant l'air. Heureusement, le vent soufflait de mon côté;
sinon, elles auraient éventé la fourberie, car elles connaissent
et redoutent l'odeur des hommes.

A leur seconde apparition, elles vinrent à cent yards de
moi. Ma carabine portait à cette distance et je me préparai à
tirer. Le chef était le plus rapproché et je le choisis pour ma
victime.

Je visai et tirai.

La fumée dissipée, j'eus la satisfaction de contempler le
mâle abattu sur la prairie et poussant son dernier soupir. A
ma surprise, les autres quadrupèdes n'avaient pas été
effrayés de la détonation, mais ils regardaient d'un air égaré
leur maître abattu. Je songeai aussitôt à recharger ma carabine, mais je m'étais imprudemment relevé et avais ainsi
révélé ma présence aux antilopes; ce qui produisit un effet
que le bruit de l'arme et la chute de leur camarade n'avaient
pas causé. Les animaux terrifiés, disparurent avec la rapidité
du vent : en moins de deux minutes, ils étaient hors de vue.

Je me demandai alors comment je franchirais la barranca.

Le morceau alléchant gisait de l'autre côté, et je me mis en conséquence à examiner l'excavation pour trouver un passage.

J'en découvris un, heureusement : des deux côtés, les rochers, quelque peu déchirés, pouvaient être escaladés, non sans des difficultés extrêmes, il est vrai.

Je m'assurai encore une fois que mon cheval était solidement attaché au lazo, je mis ma carabine à l'endroit où j'avais couché, je pris seulement mon couteau de chasse et me préparai à escalader la barranca. Ma carabine ne pouvait me servir ; elle m'aurait plutôt arrêté dans mon escalade.

Je réussis à atteindre le fond du ravin et commençai à gravir l'autre côté ; je fus aidé par les branches de cèdres qui croissaient entre les rocs. Je remarquai avec surprise que des hommes ou des animaux avaient dû passer par là. Les herbes du bord avaient été foulées en certains endroits et les pierres égratignées.

Ces indices ne me firent pas réfléchir longtemps. J'avais trop faim pour songer à autre chose qu'à manger.

Je parvins enfin au haut du rocher, et après avoir sauté dans la prairie, je me trouvai bientôt devant le corps de l'antilope. Je pris mon couteau, et un instant après je remplissais le rôle de boucher... Vous vous imaginez sans doute que mon premier soin fut de chercher de quoi faire du feu pour cuire mon déjeuner. Je n'en fis rien ; je le dévorai tout cru, — tout cru ! dis-je. Dans ma situation, et délicat comme vous êtes, vous auriez fait de même.

Après avoir satisfait aux premières exigences de l'appétit au moyen de la langue et de quelques côtelettes de l'antilope, je devins plus difficile, et je me pris à penser qu'un peu de feu améliorerait la venaison.

Je me préparais à retourner à la barranca pour recueillir des branches de cèdre, quand mes yeux tombèrent sur un objet qui éloigna de mon esprit toute pensée de cuisiner et me remplit d'effroi.

XIX

CHASSÉ PAR UN OURS GRIS

L'objet qui m'inspirait une telle alarme était un ours gris, l'animal le plus redouté des prairies. Sa taille était colossale. Elle m'effraya moins, toutefois, que la connaissance que j'avais de sa férocité ! Ce n'était pas la première fois que je rencontrais des ours gris, et je n'ignorais pas leurs habitudes.

J'étais familiarisé avec leurs formes et leurs allures, et je ne pouvais me méprendre quant aux espèces ; je reconnus cet énorme corps poilu, ce front droit, ce large disque facial, — qui distingue cette variété de l'*ursus americanus*, — ces yeux jaunâtres, ces grosses dents à demi cachées sous les lèvres, et ces grandes griffes recourbées, signes saillants de l'ours gris et ses plus formidables moyens d'attaque.

Quand j'aperçus la brute, elle sortait de la barranca, sa demeure peut-être, à l'endroit même où j'avais mis pied à terre dans la prairie. C'étaient donc ses traces que j'avais observées en escaladant le rocher.

Lorsqu'elle atteignit le niveau de la prairie, elle fit un pas, s'arrêta, et se leva sur ses pattes de derrière en poussant un grognement rauque, semblable au vacarme que produiraient des pourceaux subitement effrayés dans la forêt. Un instant elle resta dans cette attitude en se frottant le museau de ses pattes de devant et en agitant ses bras gigantesques à la façon des babouins. De fait, elle ressemblait à un grand singe en ce moment, et sa couleur rouge-jaunâtre augmentait encore sa ressemblance avec un orang-outang.

En disant que je fus terrifié par la présence de ce visiteur, je n'énonce que la vérité. A cheval, je ne l'aurais pas plus redouté qu'une limace rampant dans l'herbe. L'ours gris est trop lent et trop lourd pour atteindre un cheval ; mais je me trouvais à pied, et je savais que l'animal me distancerait à la course, quelque agile que je pusse me croire.

Supposer qu'il ne m'attaquerait pas eût été une illusion de ma part. Je ne comptais pas sur cette chance : je connaissais trop bien l'humeur de l'ennemi qui approchait. Je n'ignorais pas que neuf fois sur dix l'ours gris est l'assaillant et que pas un animal en Amérique n'engage volontairement un combat avec lui ; je ne suis pas certain que le lion d'Afrique porterait encore des lauriers après une rencontre avec ce féroce quadrupède.

L'homme lui-même évite une lutte pareille à moins qu'il ne monte un cheval fidèle, et même alors, si le terrain n'est pas uni et libre, le trappeur prudent cède la place au vieux Éphraïm (sobriquet de l'ours gris dans les prairies) et détale sans le molester. Pour les chasseurs blancs, la capture d'un ours gris équivaut à celle de deux Indiens, et pour l'Indien lui-même, la destruction d'un de ces animaux est une fête dans l'histoire de sa vie. Chez les Indiens, un collier de griffes d'ours est un symbole d'honneur, ces ornements ne pouvant être portés que par l'homme même qui a tué l'animal auquel ils sont enlevés.

D'un autre côté, l'ours gris ne redoute aucun adversaire ; il assaille les plus grands animaux qui s'offrent à sa vue.

L'élan, le daim, le bison ou le cheval sauvage, qu'il saisit, sont aussitôt égorgés. D'un coup de patte, il éventre un buffle, et il l'entraîne à de grandes distances. Il s'élance sur l'homme, que celui-ci soit à cheval ou à pied, et une douzaine de chasseurs à la fois ont dû battre en retraite devant ses assauts furieux. On ne peut mettre l'ours gris hors d'état de nuire qu'en lui logeant une balle dans la cervelle ou dans le cœur. Il n'est donc pas étonnant que ce quadrupède soit une créature redoutée. S'il possédait l'agilité du lion ou du tigre, il serait plus terrible que ces animaux, et l'on peut ajouter que ses tanières seraient inaccessibles à l'homme. Comparé au cheval, il est lent et lourd. Une autre circonstance encore est non moins favorable à ceux qui traversent les districts qu'il habite : il ne grimpe jamais sur les arbres ; il n'aime pas les forêts.

Cependant, il y a d'ordinaire des arbres dans le voisinage de ses repaires, ce qui a déjà sauvé la vie à plus d'un homme qui s'est échappé en se réfugiant dans les branches.

J'étais bien au courant de tous ces points de l'histoire naturelle de l'ours gris, et vous pouvez vous imaginer ce que j'éprouvai en me trouvant seul, démonté et presque désarmé, dans une plaine nue, en présence d'un de ces animaux d'une taille et d'une férocité extraordinaires.

Pas de buisson où je pusse me cacher, pas d'arbre sur lequel je pusse grimper. Nul moyen de fuite et presque aucun de défense. Un couteau était la seule arme que j'eusse sur moi ; j'avais laissé ma carabine de l'autre côté de la barranca : je ne pouvais songer à aller la chercher. Quand même j'aurais pu gagner le ravin, c'eût été folie de vouloir passer outre, car l'ours, quoiqu'il ne monte pas sur les arbres, aurait, au moyen de ses grandes griffes, escaladé le rocher plus vite que moi. Inutile de tenter cette épreuve : j'aurais été pris avant de me trouver au fond du ravin.

Du reste, l'ours se tenait précisément sur le chemin que j'aurais eu à suivre ; m'y engager eût été littéralement me jeter dans ses bras. Pour *lire* ces réflexions, il faut plusieurs minutes : je les fis en un instant. Un seul coup d'œil me dévoila toute l'horreur de ma situation.

Je devais tenter une lutte désespérée, — une lutte au couteau !

Le désespoir qui m'avait un instant énervé m'embrasa alors ; affrontant mon féroce ennemi, je me préparai à le recevoir.

J'avais entendu raconter que des chasseurs avaient tué des ours gris sans autre arme qu'un couteau, mais seulement après une lutte terrible et prolongée, et après avoir reçu de nombreuses blessures. J'avais lu dans l'ouvrage d'un naturaliste que « l'on pouvait terminer en quelques instants la lutte avec un ours gris, si l'on gardait une main suffisamment en liberté pour empoigner la gorge de l'animal à la racine de la langue. Une légère compression du pouce et des doigts en cette place produit ordinairement une contraction de la glotte, qui suffoque l'ours sans qu'il puisse nuire ou résister. »

Belle théorie! Naturaliste ingénieux! comment en feras-tu l'expérience? As-tu jamais entendu dire que l'on ait pris des oiseaux en posant des grains de sel sur leur queue? Ta théorie vaut celle-là ; la pratique en serait encore plus difficile.

Assez de digressions. Je n'avais pas le temps de songer alors à la « compression de la langue » ou aux « contractions de la glotte. » Mon antagoniste eut bientôt terminé sa reconnaissance de ma personne ; il retomba sur ses quatre pattes, poussa un cri rauque et s'élança vers moi, la gueule béante.

J'étais résolu à l'attendre de pied ferme ; mais quand il s'approcha et que je vis son grand corps effilé, ses dents brillantes et ses yeux couleur de sené, étincelants comme du feu, je changeai de dessein. Une nouvelle idée s'offrit soudain à mon esprit ; je tournai les talons et pris la fuite.

Je me disais que l'ours, peut-être alléché par le corps de 'antilope, s'arrêterait et me permettrait ainsi de prendre les devants, sinon de m'échapper.

Hélas! mon espoir dura peu. Le monstre ne s'arrêta pas devant l'antilope ; il passa outre et me poursuivit rapidement.

Je suis un coureur agile. Je me rappelle plus d'une victoire remportée à la course sur un camarade d'école ; mais à quoi servait ma vitesse contre un compétiteur pareil? Je m'essoufflerais, et je serais ainsi moins capable de soutenir la lutte impitoyable qui devait, après tout, s'engager. Mieux valait faire volte-face et affronter l'ennemi. Je me préparais à le faire, quand un objet brilla sous mes yeux et m'éblouit.

Involontairement j'avais couru dans la direction du lac et me trouvais maintenant sur le bord. C'était le reflet du soleil qui, en se réfléchissant dans l'eau, m'aveuglait. La surface du lac était unie comme un miroir.

Une idée nouvelle, — presque un espoir, — surgit dans mon esprit. C'était la paille à laquelle s'accroche l'homme

qui se noie. La bête féroce me suivait de près ; encore un instant et nous devions lutter.

—Pas encore, pas encore, pensai-je ; je combattrai dans
l'eau, j'y trouverai peut-être un avantage. La lutte sera moins
inégale ; peut-être même pourrai-je m'échapper !

Je sautai dans le lac sans hésitation.

Au bord, l'eau me vint à hauteur du genou. Je me dirigeai
vers le centre : l'écume s'élevait autour de moi ; le lac s'approfondissait à mesure que j'avançais, j'eus bientôt de l'eau
jusqu'à la ceinture.

Plein d'anxiété, je me retournai alors : l'ours se tenait sur
le rivage. Je vis avec surprise et joie qu'il s'était arrêté et qu'il
semblait peu disposé à me suivre.

Je dis que je fis cette observation avec surprise parce que je
savais que l'eau n'inspire pas de frayeur à l'ours gris ; je savais également qu'il est habile nageur : j'en avais vu plusieurs
traverser des lacs profonds et des rivières rapides. Pourquoi
ne me suivait-il donc pas ?

Je ne pus le deviner, et en réalité je ne l'essayai guère. Je
ne songeai qu'à m'éloigner du rivage ; j'avançai jusqu'à ce
que je fusse au centre du lac et que j'eusse de l'eau à hauteur
du cou. Je ne pouvais aller plus loin sans nager ; je m'arrêtai
donc et me retournai vers mon ennemi. J'observai chacun de
ses mouvements.

Il se leva de nouveau sur ses pattes de derrière, et me regarda fixement, sans toutefois se montrer disposé à entrer
dans l'eau.

Après m'avoir examiné un instant, il retomba sur ses quatre
pattes, et commença à courir autour du lac, comme s'il cherchait un endroit d'où il pût commodément y entrer.

Deux cents pas à peine nous séparaient, le lac n'en avait que
le double en diamètre. L'animal aurait aisément pu m'atteindre s'il l'avait voulu, mais, pour l'une ou l'autre raison, il lui
répugnait de nager. Il arpenta environ une demi-heure le rivage en long et en large.

OF. A.   6

De temps en temps, il faisait de courtes excursions dans la prairie, mais il revenait toujours, et il me regardait comme s'il eût été déterminé à ne pas me perdre de vue. J'espérais qu'il se serait dirigé de l'autre côté du lac et qu'il m'aurait ainsi permis de courir vers le ravin, mais il resta du côté qu'il avait d'abord pris. Soupçonnait-il mon dessein?

Je ne savais combien de temps ce siège devait durer, mais le naturel implacable de l'ours gris me disait qu'il se prolongerait.

Il dura longtemps, — plus d'une heure, je pense.

Je commençai à désespérer; je frissonnai. Le lac devait être alimenté par une source dont les eaux étaient froides. Je conservai cependant ma place, je n'osais me mettre ailleurs. Je craignais même d'agiter l'eau, de peur d'exciter mon féroce ennemi et de l'engager à m'attaquer. Je tremblais, mais restai immobile.

Ma patience fut enfin récompensé : l'ours, dans l'une de ses courtes promenades sur la prairie, découvrit sans doute la carcasse de l'antilope ; je vis qu'il s'était arrêté devant un objet que je ne pouvais distinguer parce que mes yeux étaient au-dessous du niveau de la prairie. Je ne m'étais pas trompé : à ma grande joie, je vis qu'il traînait l'animal vers la barranca. Un instant après, il disparut avec sa proie derrière le rocher.

XX

LE COMBAT LE PLUS TERRIBLE DE MA VIE

J'avançai alors à la nage et abordai sans bruit au rivage sablonneux.

Les membres tremblants et les habits mouillés, je me trouvais dans une situation perplexe. J'avais pris à dessein le côté du lac opposé à celui par lequel j'y avais pénétré, de peur que l'ours ne reparût tout à coup, après avoir déposé l'antilope dans sa tanière.

Ces animaux ont l'habitude, quand la faim ne les presse pas, d'enterrer leur nourriture ou leurs provisions dans leurs gîtes. D'ailleurs, dévorer l'antilope eût été pour l'ours l'affaire de quelques minutes, et le bourreau, alléché par le goût du sang, pouvait revenir plus vorace que jamais.

Dans ma cruelle irrésolution, je me demandais si je devais fuir au loin dans la plaine, pour échapper ainsi à toute poursuite ; mais il me fallait absolument revenir pour chercher mon cheval et ma carabine ; car s'engager dans la prairie à pied est aussi dangereux que d'aller en mer sans chaloupe. J'aimais trop Moro pour l'abandonner, et j'aurais plutôt risqué ma vie pour la noble créature, que de la quitter, même avec la certitude d'atteindre sain et sauf, à pied, une rancheria. Non, l'idée de cette désertion n'entra pas un instant dans mon esprit.

Mais comment rejoindre Moro ? Le seul endroit par lequel je pusse traverser la barranca était occupé par l'ours, qui se trouvait sans doute encore au fond du ravin. Essayer de le franchir eût été me replacer sous les yeux de la brute féroce, dont je serais devenu infailliblement la victime.

Je conçus une autre idée : c'était de remonter la barranca pour rechercher un endroit où je pusse la franchir. C'était peut-être le meilleur plan à adopter.

Au moment de l'exécuter, j'aperçus avec terreur l'ours sur le bord opposé au mien, du côté où se trouvait Moro.

Je l'aperçus au moment même où il sortait du ravin, en balançant lentement son énorme corps. Debout dans la plaine, il regardait autour de lui. J'éprouvai une nouvelle consternation : il se préparait certainement à attaquer le cheval ! Celui-ci avait déjà remarqué l'approche de l'ours et semblait comprendre toute l'étendue du danger qu'il courait. Je l'avais attaché à un lazo de vingt pieds de longueur et à environ quatre cents yards de la barranca. A la vue de l'ours, Moro

courut aussi loin que le lui permettait le lazo. Il hennissait et
bondissait d'effroi.

Ce nouvel incident m'arrêta : j'attendis le résultat avec
anxiété. Je n'avais pas d'espoir de secourir mon pauvre
cheval, du moins je n'en voyais pas la possibilité en ce moment.

L'ours s'avança directement sur lui, et je tremblai en
voyant la brute le menacer déjà de ses griffes... Moro se mit
alors à galoper et à sauter dans un cercle dont le lazzo était le
rayon. Je savais, par les secousses violentes que la corde avait
déjà essuyées, qu'il n'y avait pas de chance qu'elle se rompît
et qu'elle lui donnât la liberté. Non ; c'était une courroie très-
solide de peau non tannée.

Je me rappelai avec quelle force j'avais enfoncé en terre
le pieu de fer qui la retenait.

Je déplorais maintenant cette précaution. Que n'aurais-je
pas donné pour le détacher en ce moment, ce fatal lien, avec
la lame de mon couteau ?

Je continuai à observer les péripéties de la scène avec une
anxiété douloureuse. Le cheval échappait toujours aux griffes
de l'ours en galopant dans la circonférence du cercle où son
ennemi tâchait en vain de l'atteindre en traversant diagonalement le cercle ou en le serrant de près.

On eût dit une scène de l'hippodrome : Moro était le coursier et l'ours le maître du manége.

Une ou deux fois, la corde, en tournoyant, enveloppa les
jambes de l'ours, le traîna sur le sol et le renversa sur le dos.
La rage de l'ours semblait y puiser une nouvelle énergie. Ce
spectacle aurait pu m'amuser, si mon esprit n'avait été péniblement préoccupé du résultat. Ce manége continua pendant
quelques minutes sans grand changement dans la position
respective des acteurs. Je commençai à espérer que l'ours,
déconcerté et trouvant le cheval trop agile pour lui, aban-
donnerait la lutte, d'autant plus que son adversaire lui avait
déjà administré quelques ruades qui auraient déconfit tout

autre assaillant. Mais la brute n'en devint que plus furieuse et plus vindicative.

La scène prit alors un nouvel aspect qui devait bientôt en amener le dénoûment. La corde pressa encore l'ours, qui cette fois, au lieu de s'en débarrasser, la retint dans ses dents et ses pattes. Je crus qu'il allait la couper, ce que j'espérais, mais je le vis avec consternation ramper le long de cette corde en la serrant avec force. Il s'approchait ainsi graduellement et sûrement de sa victime, qui poussait des cris de terreur.

Je ne pus supporter plus longtemps ce spectacle. Je me souvins que j'avais laissé ma carabine au bord de la barranca et que je l'avais soigneusement rechargée après la mort de l'antilope.

Je courus vers le rocher, que je descendis comme un insensé, j'escaladai le côté opposé, je saisis ma carabine et volai au lieu de l'action.

J'arrivai à temps : l'ours n'avait pas encore atteint sa victime, mais il n'en était plus qu'à six pieds.

. Je m'arrêtai à dix pas du monstre et fis feu. Au même instant, la courroie se rompit, comme si la balle l'avait déchirée, et le cheval s'élança avec un hennissement sauvage dans la prairie.

J'avais atteint l'ours, comme je le reconnus après, mais non dans une partie vitale, et ma balle ne produisit pas plus d'effet que si elle eût été une charge de plomb de bécassine. L'énergie du désespoir avait rompu le lazo et mis le cheval en liberté.

C'était mon tour maintenant, car l'ours, aussitôt qu'il vit que le cheval lui avait échappé, se retourna et sauta vers moi en poussant un grognement terrible. Force m'était de combattre, je n'avais pas le temps de recharger. Je donnai un coup de ma carabine au monstre et la rejetai ensuite pour prendre mon couteau. C'était un *bowie*, dont j'étendis la lame droit devant moi. Un instant après je me sentis em-

poigné et serré moi-même. Des griffes acérées me déchirèrent;
une patte pressait ma hanche, une autre l'une de mes-épaules,
et des dents blanches brillaient à mes yeux. Mon bras droit,
armé du couteau, était libre. Avec toute la force du désespoir,
je plongeai la lame tranchante entre les côtes de mon antagoniste. Je l'enfonçai à maintes reprises dans son corps en
cherchant à chaque coup le cœur.

Nous roulâmes ensemble sur le terrain, l'un sur l'autre;
le sang nous couvrait tous deux. Il sortait à flots des lèvres
de mon féroce ennemi, et je me réjouis en voyant que mon
bowie faisait des blessures mortelles. J'étais furieux, sauvage,
fou, — la soif de la vengeance me brûlait, — j'éprouvais une
haine féroce, comme on en peut sentir une contre un ennemi
mortel.

Dans cette lutte implacable entre la vie et la mort, que de
fois nous roulons l'un sur l'autre dans la prairie! Je sens ses
griffes terribles et ses dents effilées s'enfoncer dans mes
chairs, tandis que mon couteau plonge jusqu'au manche dans
les siennes. Ciel! combien de temps vivra-t-il encore? L'acier
est-il impuissant contre lui? Voyez ce sang! des ruisseaux de
sang! la prairie est rouge. Nous roulons dans le sang, je suis
malade, — je m'affaiblis, — je succombe!

XXI

ANCIENS CAMARADES

Je me crois dans un autre monde, en lutte avec quelque
terrible démon. Erreur! ces formes que je vois autour de moi
appartiennent à la terre. Je vis encore!

Mes blessures me font souffrir. Un homme les panse; sa
main est rude, mais la tendre expression de son regard me dit
que son cœur est bon. Qui est-ce? D'où vient-il?

Je suis encore dans la vaste savane; je le vois assez claire-

ment. Où est mon terrible antagoniste? Je me souviens de
toutes les péripéties de notre lutte horrible; mais je me figure
qu'il m'a tué.

Certes, j'étais mort! Mais non, cela ne se peut. Je vis encore.

Au-dessus de moi, je vois le ciel bleu ; autour de moi, la
plaine, la plaine verte ; près de moi, des formes humaines, il
y a même des chevaux là-bas.

Dans quelles mains suis-je tombé?

Quelles qu'elles soient, elles sont amies ; elles ont dû m'arracher aux étreintes du monstre. Mais comment? Aucun de
mes libérateurs n'était en vue ; comment ont-ils pu arriver à
temps? Je voudrais les interroger, mais je n'en ai pas la
force.

Ces hommes restent penchés sur moi. L'un a une grande
barbe et des moustaches brunes et touffues. Un autre a la face
ridée, amaigrie et cuivrée. Mes yeux errent de l'un à l'autre,
des souvenirs éloignés renaissent en moi. Ces faces... je ne
les vois plus que faiblement ; je ne les vois plus...

Je retombai dans une insensibilité complète. Je revins encore à moi et me sentis plus fort. Je pus mieux comprendre
ce qui se passait autour de moi.

Je remarquai que le soleil descendait à l'horizon. Une peau
de buffle, posée sur deux perches, préservait l'endroit où je reposais de ses rayons obliques. Mon sérapé était sous moi, ma
tête reposait sur ma selle, recouverte d'une autre peau de buffle.
Je gisais sur mon côté, et cette position me permettait de voir
tout ce qui se passait. Autour d'un feu qui brûlait tout près,
se tenaient deux hommes, l'un assis, l'autre debout. Mes yeux
passaient de l'un à l'autre en les observant tour à tour. C'est
le type de l'homme de la montagne, — du trappeur.

Il avait six grands pieds de haut au-dessus de ses mocassins. Toute sa structure indiquait une origine saxonne.

Ses bras étaient comme de jeunes chênes, et l'une de ses
mains, larges et osseuses, étreignait le canon d'une carabine ;

des moustaches épaisses et une barbe brune et touffue couvraient ses joues boursoufflées ; ses yeux étaient gris, petits, bien placés et rarement distraits. Le soleil avait basané son visage, qui respirait l'audace et la bonne humeur, et qui annonçait en résumé une nature généreuse.

Ses vêtements se composaient du costume bien connu des gens de sa classe : une tunique de chasse en peau de daim, des guêtres montant à hauteur de genou et de vrais mocassins à l'indienne. Sous la tunique, ouverte sur la poitrine, apparaissait un autre vêtement d'une matière plus fine : la peau d'une jeune antilope ou d'une biche. Un collet court, taillé dans la peau même d'un daim, pendait gracieusement sur ses épaules. Il avait la tête recouverte d'un bonnet, emprunté également à la peau d'une bête fauve.

A son côté droit était attachée une gibecière faite de la peau d'un chat-tigre et ornée de la tête d'un magnifique canard. Plus d'un souvenir étrange était gravé sur sa poire à poudre. Ses armes consistaient en un couteau et en un pistolet attachés à sa ceinture, et en une longue carabine.

Dans sa manière de porter ses vêtements perçait une coquetterie qui indiquait que le jeune trappeur n'était pas tout à fait indifférent aux charmes de sa personne. Un porte-pipe, en dards de porc-épic, pendait à sa poitrine.

Son étrange compagnon avait une tout autre physionomie : il différait de lui sous tous les rapports ; il ne ressemblait à personne au monde. Toute sa personne était bizarre et frappante : assis de l'autre côté du feu, il avait la face en partie tournée vers moi et la tête inclinée sur une paire de longues jambes décharnées. Il ressemblait plus au tronc d'un arbre recouvert d'une peau de daim qu'à un être humain, et si ses bras n'avaient pas remué, on aurait pu les confondre avec quelque chose de semblable. Il dévorait un morceau de chair qu'il avait à demi rôtie sur des charbons.

Ses vêtements — si on peut les appeler ainsi — étaient aussi simples que sauvages. Il portait ce qui avait pu autrefois être une tunique, mais ce qui ressemblait aujourd'hui à un sac de cuir, recouvert d'une épaisse couche de graisse et de poussière. Les guêtres et les mocassins étaient dans un état aussi détérioré que la tunique. Le bonnet, en peau de chat, usé et décoloré, correspondait bien aux autres parties de son costume. On eût dit que tous ces vêtements n'avaient plus été séparés du corps du propriétaire depuis le jour où il s'en était affublé, c'est-à-dire depuis des années. La tunique, ouverte, découvrait la poitrine et la gorge, auxquelles le soleil et la fumée avaient donné, ainsi qu'au visage et aux mains, la couleur du cuivre.

Cet homme semblait âgé de soixante ans ; ses traits étaient anguleux ; il avait de petits yeux noirs, vifs et perçants, les cheveux noirs et courts. Il paraissait, comme son compagnon, issu de la race saxonne.

En l'examinant, je remarquai en lui, à part la bizarrerie de son costume, je ne sais quoi d'étrange. Sa tête offrait une particularité rare : elle était sans oreilles !

Il y a quelque chose de terrible dans un homme sans oreilles ; on pense involontairement à un drame horrible, à une scène d'affreuse vengeance ; cela suggère l'idée d'un crime commis et d'un châtiment infligé.

J'aurais peut-être fait ces conjectures lugubres, si je n'avais su pourquoi cet homme était privé de ses oreilles. Je reconnus alors le chasseur assis devant moi.

C'était comme un songe ou plutôt la répétition d'une vieille scène. Des années auparavant, j'avais vu pour la première fois cet individu dans une situation exactement semblable. Alors aussi il était assis devant un feu et mangeait dans la même attitude. Il portait le même bonnet graisseux, les mêmes guêtres délabrées, et la même tunique de peau de daim enveloppait son maigre corps. Peut-être n'avait-il ôté ni sa tunique ni ses guêtres depuis cette époque. Cependant, elles ne semblaient pas plus usées ; la chose n'était pas possible. Au premier coup d'œil, je me souvins de Reuben Rawlings ou du

« vieux Rube, » comme on l'appelait communément. C'était
l'un des trappeurs les plus renommés de ces parages.

Le plus jeune était Bill Garey, autre célébrité de la même
profession et le partenaire et le fidèle compagnon du vieux
Rube.

Je me réjouis à la vue de ces vieilles connaissances : je savais que j'étais avec les amis.

J'allais leur adresser la parole, quand mon regard s'arrêta
par hasard dans la prairie sur un groupe de chevaux ; ce
que j'aperçus me fit lever en sursaut.

Là était la vieille jument mustang, aveugle et décharnée,
de Rube ; je la reconnus. Là était aussi le grand et solide cheval de Garey, aux côtés duquel se tenait Moro, mon propre
coursier. Je fus joyeusement surpris. J'avais craint de ne plus
le revoir, parce que, après avoir échappé à l'ours gris, il
avait disparu au galop dans la plaine.

Mais ce n'était pas la vue de Moro qui avait causé mon étonnement, c'était la vue d'un autre animal bien connu de moi,
d'un autre cheval. Me trompais-je ? Était-ce une illusion ?
Étais-je encore le jouet de mes yeux ou de mon imagination ?

Non, c'était une réalité. Je voyais les nobles formes, les
lignes gracieuses, la robe d'argent, la queue ondoyante, les
oreilles d'un noir de jais du coursier tant cherché. C'était lui !
c'était le cheval blanc des prairies !

XXII

UNE CONVERSATION PIQUANTE

La surprise, jointe à l'effort que j'avais fait en me levant,
m'avait épuisé, et je retombai en faiblesse.

Ce ne fut toutefois qu'un étourdissement passager, et je
repris bientôt connaissance.

Cependant, les deux hommes s'étaient approchés ; après

avoir appliqué quelque chose de froid sur mes tempes, ils se tinrent à mes côtés en conversant. J'entendais chaque mot.

Je ne m'expliquai pas comment ils connaissaient le motif qui m'avait amené là. Par leur conversation, je ne pouvais douter qu'ils ne possédassent le secret de ma conduite. Où avaient-ils obtenu ces renseignements? Certes, aucun des deux n'avait été à la rancheria ni dans l'armée, sinon j'aurais entendu parler d'eux. D'ailleurs, en ce cas, ils se seraient fait connaître à moi, car une amitié solide nous avait liés antérieurement.

Comme ils pouvaient seuls donner l'explication désirée, je coupai court à toute conjecture, et je me tournai vers eux.

— Rube! Garey! criai-je en levant une main.

— Ah! tu reviens à toi, jeune homme. Parfait, mais reste tranquille; ne te fatigue pas. Tu regagneras peu à peu tes forces.

— Prends une gorgée de ceci, dit l'autre d'un air de rude bonté, en me tendant une petite gourde que j'appliquai à mes lèvres.

C'était de l'*aguardiente* d'*El-Paso*, que les hommes des montagnes connaissent sous la dénomination de « *pass-wiskey*. » L'effet immédiat de cette liqueur brûlante fut de fortifier mes nerfs et de me rendre plus apte à converser...

— Je crois que tu nous remets, capitaine, dit Garey, qui semblait satisfait de cette reconnaissance.

— Oh! vieux camarades, je me souviens très-bien de vous.

— Nous aussi, nous ne t'avons pas oublié. Rube et moi avons souvent parlé de toi. Nous nous sommes plus d'une fois demandé ce que tu étais devenu. Nous avons entendu dire, un jour, que tu étais retourné dans les villes, que tu avais acquis de grandes propriétés et même que tu avais changé de nom. Ah! capitaine, poursuivit le jeune trappeur, nous ne t'avons pas oublié!

— Non, ajouta Rube avec emphase; comment pourrais-je

oublier un homme qui a pris un jour le vieux Rube pour un ours gris? Eh! eh! eh! oh! oh! oh! Le vieux Rube pour un ours gris!

Et le vieux trappeur partit d'un éclat de rire qui dura toute une minute. Puis il poursuivit :

— Ce fut une affaire bien curieuse. Tu daignas sauver ma vieille carcasse en ne tirant point sur moi. Je ne suis pas homme à oublier un tel bienfait, mon enfant.

— Il me semble, dit le capitaine, que tu as bien pris ta revanche.

— Oui, nous t'avons débarrassé, il est vrai, d'un ours gris, mais de l'autre tu t'es délivré toi-même.

— Quoi! y avait-il deux ours?

— Regarde là!

Et le trappeur tendit l'index dans la direction du feu. En effet, sur le sol gisaient les carcasses de deux ours déjà écorchés et partiellement découpés.

— Je n'en ai néanmoins combattu qu'un...

— Ce seul adversaire suffisait. Plus heureux que beaucoup d'autres, tu l'as tué. Quand Bill et moi arrivâmes sur le terrain, vous reposiez l'un à côté de l'autre dans une mare de sang.

— Et l'autre ours?

— Il survint pendant que Bill se trouvait auprès du cheval blanc et que moi j'étais à tes côtés. Je reconnus une ourse qui cherchait sans doute le vieil Éphraïm. Je lui envoyai une balle dans l'œil, et mis ainsi un terme à ses explorations. A présent, jeune homme, écoute : Je ne suis pas médecin, ni Bill non plus, mais je me connais assez en blessures pour dire que tu devrais te reposer et te taire. Prends encore une gorgée à cette gourde. Bill, laissons le malade en repos et allons manger un morceau d'ours.

Ce disant, Rube se dirigea vers le feu avec son jeune compagnon.

Quoique je désirasse d'autres explications sur les points

qui m'embarrassaient, — sur le coursier blanc, — sur la
présence des trappeurs, — sur la connaissance qu'ils
avaient du motif de mon expédition, — force me fut de rester
tranquille, parce qu'il eût été inutile de questionner le vieux
Rube après ce qu'il venait de dire.

XXIII

VŒUX DE VENGEANCE

Je m'endormis bientôt, et cette fois pour longtemps.

Je ne m'éveillai que vers minuit. La température s'était
refroidie, mais je m'aperçus que l'on ne m'avait pas négligé :
mon sérapé et une peau de buffle m'avaient suffisamment
protégé contre le froid, pendant mon sommeil.

A mon réveil, je me sentis mieux. Je cherchai autour de
moi mes compagnons, qui avaient sans doute éteint le feu afin
que son éclat dans les ténèbres n'attirât pas le regard de
quelque Indien errant. La nuit était claire, quoique la lune
ne brillât pas au firmament ; le ciel était parsemé de mondes
étincelants, et la lumière des étoiles me permettait de distinguer les formes des deux trappeurs et le groupe des quatre
chevaux paissant. Un seul de mes sauveurs dormait ; l'autre,
debout, veillait sur le camp. Il était aussi immobile qu'une
statue. Malgré l'obscurité, je reconnus le trappeur sans
oreilles. C'était Garey qui reposait. Je le regrettai, parce que
c'était de lui que je désirais obtenir une explication.

Mon impatience ne me permit plus d'attendre, et je me
tournai vers Rube, qui se tenait près de moi.

Je lui adressai la parole à voix basse pour ne pas éveiller
Garey.

— Comment m'as-tu rencontré ?

— En suivant ta piste.

— Depuis la rancheria ?

— Non, pas d'aussi loin. Bill et moi étions campés dans le

chapparal quand nous t'aperçûmes à la poursuite du cheval
blanc. Je te reconnus de prime abord. Dans ce moment survint un Mexicain qui courait, lui, à ta recherche. Il nous
parla d'une senora portant un long et singulier nom, — qui
t'avait chargé de capturer le coursier blanc. Je dis à Bill :
« Ce jeune homme poursuit la créature la plus agile de ces
régions, et comme il a lui-même un excellent cheval, la chasse
durera longtemps. Suivons-le, car il s'égarera infailliblement. » Nous fûmes bientôt en selle. En sortant du chapparal,
nous ne te vîmes plus dans la prairie, mais nous aperçûmes
tes traces. La nuit vint interrompre nos recherches, et une
pluie diluvienne effaça pour ainsi dire tout vestige de ton
cheval. Ce ne fut pas sans de grandes difficultés que nous parvînmes à la barranca. Bill remarqua que le cheval blanc s'y
était élancé et que tu y étais descendu. Nous nous préparions
à suivre le même chemin, quand nous vîmes ton cheval dans
la prairie, sans selle et sans bride. Nous courûmes droit à lui,
et en approchant nous remarquâmes quelque chose sur le sol,
à côté de lui. Ce quelque chose était toi-même et l'ours gris,
reposant fraternellement l'un près de l'autre ; ton cheval
criait comme une bande de chats sauvages. Bill crut d'abord
que tu étais mort ; mais en approchant davantage, nous reconnûmes que tu n'étais qu'évanoui et que l'ours ne vivait
plus. Nous te donnâmes aussitôt les soins qu'exigeait ton état.

— Mais le coursier, le coursier blanc ?

— Bill le saisit dans la barranca, où de gros rochers l'empêchaient d'avancer. Il lui jeta un lazo au cou et l'amena ici.
Maintenant, jeune homme, tu connais toute l'histoire.

— Et le cheval, ajouta Garey en se relevant, est à toi, capitaine, si tu daignes l'accepter. Sans toi, je ne l'aurais pas
aussi aisément capturé.

— Merci ! merci ! non-seulement pour ce don, mais aussi
pour ma vie que vous avez sauvée. Sans votre secours, je
n'aurais peut-être jamais quitté ces lieux. Merci ! vieux camarades, merci !

Tout était maintenant éclairci.

J'appris ensuite que les deux trappeurs se préparaient à prendre part à la guerre. Des traitements barbares que leur avaient infligés des soldats mexicains, dans un poste de frontière, en avaient fait des ennemis implacables du Mexique ; Rube déclarait qu'il ne serait satisfait que lorsqu'il aurait « abattu une vingtaine de ces têtes vermineuses. » La rupture de la paix leur fournissait l'occasion qu'ils cherchaient, et ils arrivaient d'un point éloigné des prairies pour accomplir leurs serments de vengeance.

La haine violente qu'ils avaient jurée aux Mexicains me surprit quelque peu, car je savais qu'elle était toute récente, et je m'enquis particulièrement de la nature des mauvais traitements qu'ils avaient endurés. Ils m'en firent le récit complet. Le fait s'était passé dans une ville de la frontière mexicaine, où, sous un léger prétexte, les trappeurs avaient été arrêtés et fouettés par l'ordre du chef de poste.

— Oui, dit Rube avec colère, oui, fouetté ! un trappeur fouetté par un Mexicain ! On n'a jamais vu chose pareille. Par ma carabine ! je jure que cette arme ne sortira pas du Mexique avant d'avoir donné la mort à autant d'hommes que j'ai reçu de coups !

— Et moi aussi ! s'écria vivement Garey, je fais le même serment !

— Bien, Bill. En voici déjà deux. Regarde, jeune homme.

En prononçant ces mots, Rube me désigna la crosse de son fusil, qu'il me mit sous les yeux. Je remarquai deux petites entailles récemment coupées dans le bois. Je savais la signification de ces entailles : elles annonçaient que deux Mexicains avaient déjà succombé sous la main du trappeur. Ce n'étaient pas les seules victimes de cette arme sûre et mortelle. Sur la même crosse, je pus voir d'autres souvenirs semblables. Ces horribles hiéroglyphes ne m'étaient pas inconnus; ils retraçaient l'histoire d'une vie de guerre terrible et sanglante.

Ce spectacle était peu agréable. J'en détournai mon regard et restai silencieux.

— Jeune homme, poursuivit Rube, qui remarqua cette impression fâcheuse, ne crois pas que Garey et moi soyons des bêtes sauvages. Quoique nous ayons été fort étrillés, nous ne nous vengerons pas sur les femmes et les enfants, comme font les Indiens. Nous n'avons aucun ressentiment contre les malheureux habitants inoffensifs du Mexique. Ils ne nous ont jamais nui. Nous arrivons des établissements mexicains du Rio inférieur, où l'heure de notre vengeance a commencé à sonner. C'est là que nous avons abattu deux Mexicains. Le désir de combattre avec les chrétiens blancs nous amène ici. Nous sommes en guerre.

Je fus heureux d'entendre Rube parler de la sorte et je lui en exprimai ma satisfaction. Quoique le vieux trappeur fût à demi sauvage et insensible aux émotions ordinaires, tout sentiment d'humanité n'était pas éteint en lui. En mainte occasion, il en avait donné de singulières preuves. Dans les circonstances où il se trouvait, il ne devait pas être jugé selon les lois de la vie civilisée.

— Votre intention est donc de vous joindre à un corps de tirailleurs? leur demandai-je après une pause.

— Pour ma part, répondit Garey, je voudrais entrer dans ta troupe, capitaine, mais Rube n'y consentira pas.

— Non, s'écria l'autre, je ne veux entrer dans aucune troupe. J'aime mieux me battre pour mon propre compte. Tu sais, jeune homme, que j'ai joui toute ma vie d'une indépendance complète : je ne comprendrais plus la discipline aujourd'hui. Je me trompe fort, ou je ne pourrais obéir aux commandements militaires. Je préfère donc guerroyer à ma mode. Bill et moi savons nous protéger nous-mêmes, je présume. Le pouvons-nous, Bill?

— Certes, répliqua doucement Garey, mais je crois qu'il vaudrait mieux nous placer sous les ordres du capitaine, qui nous rendrait la discipline aussi douce que possible.

— Du reste, la discipline de notre troupe n'est pas sévère. Nous sommes tirailleurs, et nos devoirs diffèrent de ceux des soldats réguliers.

— Peu importe, interrompit Rube; je veux me battre comme par le passé, libre d'aller où il me plaît. Je n'entends m'assujettir à rien...

— Mais, en t'engageant dans ma troupe, tu recevrais une paye et des rations, tandis que...

— Ne me parle ni de paye ni de rations! s'écria le vieux trappeur en frappant la prairie de la crosse de son fusil.

Le ton bref et énergique de ces paroles m'imposa silence.

— Cependant, capitaine, continua Rube d'un ton adouci, quoique je ne puisse me joindre régulièrement à tes compagnons d'armes, j'ai une faveur à te demander : celle de permettre à Bill et à moi de te suivre. Je ne sollicite pas de rations; nous trouverons bien du gibier dans les plaines, et si cette ressource nous manque, nous mangerons un Mexicain. Es-tu de mon avis, Bill?

Garey savait que c'était là une des plaisanteries favorites de Rube, et il l'approuva en riant; il ajouta qu'il préférerait néanmoins tout autre gibier.

— Sois tranquille, poursuivit Rube, nous ne mourrons pas de faim. Ainsi, jeune capitaine, si tu nous autorises à t'accompagner dans les conditions dites, tu auras à tes côtés deux bonnes et fidèles carabines, qui ne reculeront pas devant le feu.

— Il suffit. J'accède à tout; je serai heureux de vous avoir près de moi, sans vous astreindre à aucune des obligations du service.

— Hourrah! tel est le sort qu'il nous fallait. Allons, Bill, avance encore ta gourde. Buvons à la gloire du pavillon américain. Vive le Texas!

XXIV

UNE PRAIRIE EN FEU

Le rétablissement de ma santé fut rapide. Mes blessures, quoique profondes, n'étaient pas dangereuses ; elles n'avaient entamé que les chairs, et elles se fermèrent rapidement sous l'influence cautérisante du *lecheguilla* (sorte de laitue mexicaine). Je n'aurais pas pu tomber entre les mains de médecins plus habiles que ne l'étaient mes deux trappeurs. Dans le cours de leur vie accidentée, l'un et l'autre avaient acquis une grande expérience dans l'art de cicatriser les plaies, et pour la guérison de la morsure d'un serpent à sonnettes ou des coups de griffe d'un ours gris, je me serais confié à eux de préférence au plus savant chirurgien. Le vieux Rube, particulièrement, connaissait toute la pharmacopée des prairies ; le suc de la plante *pita* qu'il appliqua sur mes blessures dénotait son habileté. Cette plante est du genre de l'agave américaine, avec laquelle les voyageurs la confondent souvent. Elle croît dans la plus grande partie du Mexique et de l'Amérique méridionale, jusqu'au 30° degré nord et même au delà. Véritable plante du désert, la pita pousse dans le sol le plus aride et le plus désolé. Peu de végétaux sont aussi utiles : des fibres des feuilles on fabrique du fil, des cordages et des vêtements ; avec la plante on érige des haies infranchissables ; les feuilles découpées forment le chaume des habitations, le jus distillé fournit une liqueur brûlante, le mezcal, et la tige ovale sert de nourriture. Certaines tribus indiennes, les Lipans, les Comanches et les Apaches, en font une consommation énorme. Une branche de la grande nation apache est connue sous le sobriquet de *mezcaleros* (mangeurs de mezcal). Cuite, la pita est ferme et diaphane. Je sais par expérience que c'est un manger délicieux.

Une des qualités les plus estimées de cette plante est la

propriété cautérisante de son suc, propriété bien connue des
Mexicains et des Péruviens. Mes compagnons n'en ignoraient
pas les effets ; ils recueillirent le suc et le firent bouillir. Quand
il eut la consistance du miel, ils l'appliquèrent sur mes blessures.

Cette opération, répétée de temps en temps, ferma mes
plaies avec une rapidité merveilleuse. Mes forces aussi revinrent bientôt. Garey se chargea de la cuisine et rapporta des
coqs de bruyère, des perdreaux de prairie et une antilope.

Au bout de trois jours, je pus remonter à cheval, et nous
dîmes tous trois adieu à notre lieu de campement en emmenant notre superbe captif. Il était encore aussi farouche qu'un
daim, mais nous avions pris des précautions qui l'empêchaient
de fuir. Les trappeurs l'avaient placé entre leurs montures et
attaché à leurs selles par un bon lazo.

Nous ne retournâmes pas dans la direction de notre ancienne piste ; mes compagnons connaissaient un chemin moins
long et par lequel nous devions parvenir plus tôt à l'eau, ce
qui est le point le plus important à considérer dans un voyage
à travers la prairie. Nous avançâmes davantage vers l'occident. Nous nous attendions, en marchant en droite ligne, à atteindre le Rio-Grande à quelque distance de la rancheria.

Le ciel était d'un gris de plomb, le soleil invisible ; sans
guide dans le firmament, nous pouvions aisément nous écarter
de la ligne droite. Pour éviter ce fâcheux contre-temps, mes
compagnons recoururent à un compas de leur propre inven-
tion.

En quittant le camp, ils fixèrent une perche en terre et y
attachèrent à l'extrémité un morceau de peau d'ours, que l'on
pouvait distinguer à la distance d'un mille ou même plus. Un
signal semblable fut placé à quelques centaines de yards du
premier.

Nous avançâmes alors avec confiance en nous retournant
de temps en temps pour nous assurer que nous ne nous écar-
tions pas de la ligne directe. Aussi longtemps que nos phares

furent en vue, nous dûmes naturellement rester dans la bonne voie. Je félicitai mes amis les trappeurs de leur ingénieuse idée. C'était un nouveau trait de présence d'esprit ajouté à tous ceux qu'ils m'avaient déjà montrés.

Quand les perches disparurent à l'horizon, nous en posâmes d'autres que nous avions apportées avec nous ; nous fîmes ainsi six milles.

Nous arrivâmes alors en vue d'un bois dont nous paraissions éloignés de cinq milles, et vers lequel nous nous dirigeâmes.

Nous atteignîmes le bois à midi. A vrai dire, ce n'était point un bois, mais une succession d'avenues, de vertes clairières et de bosquets composés d'arbres de toutes espèces.

L'endroit était enchanteur ; j'y aurais goûté avec délice un instant de repos. Malheureusement, on n'y trouvait pas d'eau ; nous ne pouvions donc nous arrêter. Mes compagnons m'assurèrent qu'un peu plus loin nous trouverions un ruisseau, un

arroyo, sorte d'affluent du Rio-Grande ; nous reprimes notre marche.

Quand nous eûmes parcouru environ un mille dans les clairières du bois, nous parvinmes à la lisière d'une prairie d'un diamètre de trois milles. Elle différait complétement de celle d'où nous sortions. Elle était couverte de plantes à fleurs entrelacées de liserons et d'autres parasites. Ces plantes étaien mûres et leurs graines tombaient au moindre attouchement.

Nous longeâmes la prairie au lieu de la traverser et ne tardâmes pas à arriver sur les rives de l'arroyo.

Le ruisseau serpentait dans une vallée verdoyante où nous logeâmes nos chevaux. Quant à notre petit camp, nous le posâmes à l'ombre d'un caroubier, sur la lisière de la prairie. Nous y apportâmes nos selles, nos brides et nos couvertures ; puis nous rassemblâmes du bois mort et fîmes du feu.

Nous avions déjà apaisé notre soif au ruisseau ; mais, quoique affamés tous les trois, nous fûmes d'avis que la chair desséchée de l'ours gris n'est qu'un mets misérable. A quelques pas de nous coulait un ruisseau qui semblait poissonneux. Garey avait une ligne et des hameçons dans son havre-sac. Je proposai une pêche.

Le jeune trappeur eut bientôt amorcé son hameçon, et lui et moi retournâmes au ruisseau, jetâmes nos lignes, nous couchâmes sur le sol et attendîmes.

La pêche n'offrait pas d'attrait à Rube. Il nous contempla un instant, mais sans intérêt. Rube n'était pas ichthyophage.

— Je préfère un morceau d'antilope à tous les animaux nageurs et à sang froid du Texas, dit-il. Je vais explorer les environs pour trouver un gibier quelconque ; il ne doit pas être rare ici...

Et le vieux trappeur, saisissant son fusil, remonta la rive et fut bientôt hors de vue.

Garey et moi continuâmes à pêcher avec peu de succès. Nous n'avions encore pris que deux poissons d'un goût médiocre quand la détonation du fusil de Rube résonna à nos oreilles. Le bruit semblait partir de la prairie ; nous abandonnâmes précipitammen̡ notre pêche pour savoir si l'arme de Rube avait fait une victime.

Le vieux trappeur était dans la prairie, à environ un demi-mille du camp. Sa tête et ses épaules dépassaient seules les plantes ; il se baissait par intervalles : j'en conclus qu'il écorchait ou découpait une pièce de gibier. Les tiges interposées des plantes cachaient l'animal abattu.

— Ce doit être un daim, dit Garey, car depuis plusieurs années les buffles ne descendent plus sous cette latitude méridionale.

Sans échanger d'autres paroles, nous retournâmes à l'arroyo et reprimes notre pêche, certains que Rube ne réclamait pas notre aide, attendu qu'il ne nous avait pas fait de signaux. Il ne devait sans doute pas tarder à rentrer au camp avec son butin.

Du reste, toute notre attention se tourna en ce moment vers une découverte intéressante que nous venions de faire : le ruisseau regorgeait de ces beaux poissons, à écailles argentées, qui constituent une nourriture délicieuse.

Ayant remplacé notre amorce par un morceau de galon d'or que j'arrachai à mon uniforme, nous réussîmes à prendre plusieurs de ces belles créatures ; nous nous félicitions déjà du repas délicieux que nous allions faire, lorsque notre conversation fut tout à coup interrompue.

Le spectacle qui frappa nos yeux nous les fit simultanément lever. Nos chevaux bondissaient et hennissaient d'effroi ; la vieille jument de Rube surtout poussait des cris perçants et continuels. La cause de cette panique n'était pas mystérieuse : on la devinait au premier coup d'œil. Le vent avait jeté quelques étincelles de notre foyer sur les plantes desséchées. L'épaisse prairie était en feu !

Cet incendie nous effraya. Nous n'avions rien à craindre pour nous-mêmes ; le sol que nous foulions était couvert d'une herbe très-courte : il était peu probable que le feu s'y communiquât ; d'ailleurs, nous pouvions aisément fuir. Mais dans la prairie couverte par une épaisse végétation desséchée par le soleil, c'était autre chose. Aussi éprouvions-nous une vive appréhension pour notre compagnon ; sa situation nous alarmait vivement. Se trouvait-il encore à l'endroit où nous l'avions d'abord aperçu ? Telle fut notre première question. Dans l'affirmative, le péril était grand et la fuite presque impossible.

Nous l'avions observé à un demi-mille.

Tenter une retraite vers le côté opposé de la plaine eût été folie de sa part ; il aurait fallu parcourir une étendue de trois milles, et, même à cheval, il aurait été atteint par les flammes. Du reste, ces plantes, solidement entrelacées de liserons et d'autres parasites grimpants, auraient arrêté la marche du cheval le plus solide.

Il ne lui restait qu'une chance de salut : celle de rentrer au camp ; mais il était évident que, s'il n'avait pas fui en toute hâte, il ne le pourrait bientôt plus. Comme je l'ai déjà dit, les plantes étaient aussi sèches que de l'amadou ; les flammes, activées par le vent, léchaient les végétaux et les dévoraient presque instantanément.

Remplis de tristes pressentiments, mon compagnon et moi courûmes vers la prairie.

Quand nous aperçûmes pour la première fois le feu, il ne sévissait encore qu'aux environs du caroubier où nous avions établi notre camp. Nous ne nous trouvions plus en face de cet endroit, ayant descendu le cours de l'arroyo ; aussi ne nous dirigeâmes-nous pas vers le camp, mais vers le point voisin le plus élevé, pour découvrir la situation de notre ami...

En atteignant ce point, situé à deux cents yards du caroubier, nous vîmes que le feu faisait de toutes parts des progrès effrayants ; une muraille de flammes nous déroba bientôt la vue de la prairie.

Dès lors nous acquîmes la douloureuse conviction que notre ami était voué à une mort certaine. Il se trouvait encore à la place où nous l'avions vu ; il n'avait évidemment pas tenté de fuir. Peut-être parce qu'il savait que toute tentative de ce genre était inutile. Cette horrible conviction l'avait sans doute cloué sur le sol. Un instant nous pûmes distinguer le vieux trappeur. Oh! ce fut un spectacle horrible que celui de ce malheureux au moment où il allait être jeté violemment dans l'éternité! Je crois encore me rappeler le regard sauvage qu'il nous lança quand les flammes le dérobèrent à notre vue. Nous ne l'aperçûmes qu'un instant : sa tête et ses épaules étaient seules visibles au-dessus des hautes plantes; il ne fit aucun signe, ni de la voix ni de la main.

Tout espoir était-il donc perdu? Ne pouvions-nous tenter aucun effort pour le sauver? Ne pouvait-il arracher les plantes autour de lui et se tracer un cercle à l'abri du feu? Une telle ruse a souvent réussi, mais jamais dans une prairie où les plantes sont si épaisses.

Il n'y avait donc plus d'espoir. Le vieux trappeur était perdu!

XXV

RUBE ROTI VIVANT

Une fin prompte, certaine et terrible, attendait Rube. Cinq minutes encore, et il devait périr. Le rempart de feu, qui avançait plus rapidement qu'une charge de cavalerie, devait bientôt l'envelopper et lui donner la mort plus sûrement que ne l'eussent fait des coups de carabine ou de sabre.

Çà et là jaillissaient de la ligne principale de puissantes langues de feu qui, semblables à des géants féroces, étendaient les bras pour saisir avidement leur victime. Rube sentait déjà leur haleine brûlante; encore une minute, et il devait succomber.

Garey et moi attendîmes dans une sorte de stupeur les progrès des flammes. Aucun de nous n'articula un mot : une douloureuse émotion nous empêchait de parler. Nos cœurs battaient à se rompre. Le mien se serrait cruellement; pour Garey, il était au paroxysme de l'angoisse. Je regardai tristement son visage; son regard était fixe et attaché au même objet, comme s'il eût voulu percer les flammes qui s'éloignaient de nous et s'approchaient de l'endroit fatal. L'expression du regard de Garey était terrible : c'était le regard d'une agonie concentrée. Une seule larme roulait sur sa joue bronzée, peu habituée à une telle rosée.

Notre attente ne fut pas longue; aucun cri n'indiqua la crise, du moins nous n'en entendîmes aucun; le mugissement des flammes et le petillement des plantes, qui prenaient feu avec un bruit semblable à des volées de mousqueterie, couvraient, du reste, tous les autres bruits de la prairie. Le drame avait atteint son dénoûment, et l'infortuné trappeur avait été rôti vivant!...

Déjà les flammes avaient dépassé l'endroit où nous l'avions vu pour la dernière fois; elles n'avaient laissé derrière elles qu'un sol noirci. La fumée nous cachait une partie de la plaine, mais nous savions que la catastrophe était finie. L'infortuné avait succombé; il ne nous restait plus qu'à rechercher ses os dans les cendres brûlantes.

Jusqu'à ce moment, Garey, paralysé par le désespoir, s'était tenu aussi silencieux et aussi roide qu'une statue.

Quand la crise fut passée et qu'il se crut certain que son compagnon avait péri, ses muscles, si longtemps tendus, se relâchèrent tout à coup; ses bras retombèrent inertes à ses côtés, des pleurs inondèrent ses joues; il baissa la tête et s'écria d'une voix éplorée :

— Oh! ciel! mort! mort! Nous ne reverrons plus notre pauvre vieux Rube!

Quoique mon affection fût moins profonde que celle de mon compagnon, je n'en éprouvai pas moins une peine réelle. Je connaissais bien le trappeur sans oreilles, j'avais eu avec lui d'étranges aventures, nous avions affronté ensemble maints périls, et le danger unit plus le cœur de l'homme que ne le peuvent faire les plus belles phrases de flatterie ou de compliment. Je l'avais vu à l'œuvre : malgré sa rudesse et l'excentricité de son caractère, son cœur, mal dirigé par sa première éducation et égaré plus tard par de mauvais conseils, n'était pas étranger à tout sentiment vertueux. Je pourrais en fournir de nombreuses preuves ; j'avoue qu'une amitié sincère avait surgi entre moi et cet homme singulier.

Des liens plus forts l'unissaient à Garey. Une association longue et inséparable, — des années de participation à la même vie de labeurs et de périls, une communauté complète de pensées et d'habitudes, quoique leurs dispositions, leur âge et leur caractère, différassent peut-être beaucoup, — toutes ces circonstances les avaient liés d'une amitié fraternelle. Pour employer leur propre phrase si expressive, ils étaient *gelés* l'un à l'autre. Rien d'étonnant donc que le jeune trappeur contemplât cette plaine noircie avec une angoisse indescriptible.

A ses sombres plaintes je ne répondis rien. Qu'aurais-je pu dire ? Je ne pouvais lui offrir de consolation, j'étais moi-même très-affligé ; mon silence fut un assentiment à son triste monologue.

Puis il continua d'une voix encore tremblante de douleur :

— Allons, camarade ! il est inutile de pleurer, tout est fini. Recueillons ses os, s'il en reste, et donnons-leur une sépulture chrétienne. Allons !

Nous montâmes à cheval et nous mîmes en marche.

Nos chevaux se cabraient en foulant les cendres encore brûlantes. La fumée limitait notre vue. Toutefois, nous nous dirigeâmes vers le point où nous avions aperçu pour la dernière fois le trappeur et où nous nous attendions à retrouver ses restes.

En approchant de l'endroit, nos yeux tombèrent sur une masse sombre qui gisait dans la plaine, mais qui paraissait beaucoup plus grande que le corps d'un homme. D'abord, nous ne pûmes la distinguer ; à quelques pas de l'objet, nous reconnûmes, non sans difficulté, une carcasse de buffle, car tel était en réalité cet objet, sans doute le gibier que le trappeur avait tué.

Le malheureux Rube avait presque complétement écorché l'animal. Où étaient les restes du chasseur? On ne les apercevait nulle part, quoique la fumée fût assez dissipée pour nous permettre d'inspecter le terrain; à plusieurs centaines de yards autour de nous, on aurait aisément distingué un objet de petite dimension. Une masse cependant, qui reposait à côté de la carcasse, attira notre attention : c'étaient les intestins et l'estomac du buffle, noircis et à demi rôtis.

Où étaient donc les os de Rube? Le trappeur avait-il fui et péri ailleurs?

Nous jetâmes involontairement les yeux sur l'incendie qui sévissait au loin dans la plaine.

Non : il n'était pas probable qu'il eût fui. Quand nous l'aperçûmes pour la dernière fois, il ne semblait faire aucune tentative pour s'échapper; du reste, il n'aurait pu parcourir cent yards sans être saisi par les flammes.

Ses os étaient-ils consumés, calcinés, réduits en cendres? Le corps décharné du vieux trappeur appuyait cette supposition, à laquelle nous commençâmes sérieusement à ajouter foi. Nous ne pouvions expliquer d'une autre manière la disparition totale de tous ses restes.

Un instant nous restâmes muets en selle, sous l'empire d'émotions douloureuses. Nous examinâmes de nouveau la plaine dans toutes les directions. La fumée avait disparu; nous ne vîmes nulle part rien de semblable aux débris d'un être humain.

— Non, dit Garey avec un profond soupir, il ne reste plus rien du pauvre Rube.

— Oh! oh! répliqua une voix qui nous fit tressaillir en selle, comme si le fantôme de Rube nous eût adressé la parole, — oh! oh! reprit la même voix qui semblait sortir de terre sous nos pieds, il reste assez du pauvre Rube pour remplir l'estomac de ce buffle. Aïe! je suffoque!.-. Au secours!... Billee, tire-moi d'ici...

A notre grande surprise, une main invisible souleva la peau du buffle, sous laquelle apparut la physionomie du trappeur sans oreilles.

Cette apparition burlesque et la réaction joyeuse qu'elle opéra sur notre esprit plongèrent Garey et moi dans un rire convulsif. Le jeune trappeur s'était rejeté en arrière de sa selle pour donner un libre cours à son hilarité; son rire bruyant, entremêlé de cris sauvages, fit danser nos chevaux comme s'ils se fussent attendus à un massacre d'Indiens.

D'abord je distinguai un sourire significatif aux angles formés par les minces lèvres de Rube; mais notre gaieté prolongée lassa enfin sa patience.

— Assez! s'écria-t-il tout à coup. Allons, Billee, viens à mon secours; tire-moi d'embarras. Ce maudit trou est moins grand que lorsque j'y entrai. Dépêche-toi, je suis à demi rôti.

Garey descendit alors de cheval, et, saisissant son camarade par les mains, le tira de sa singulière cachette. Mais l'aspect du vieux trappeur, quand il fut debout, tout ensanglanté, enfumé et graissé, était si burlesque, que Garey et moi partîmes d'un nouvel éclat de rire qui dura plusieurs minutes.

Rube, une fois délivré de sa situation incommode, ne prêta plus la moindre attention à notre gaieté: il se baissa pour reprendre sa longue carabine qu'il avait mise en sûreté sous la peau du buffle; après avoir examiné l'arme pour voir si elle n'avait pas souffert, il la posa doucement entre les cornes de l'animal; puis il tira son couteau de sa ceinture et se mit tranquillement à écorcher le buffle, comme si aucun incident n'avait interrompu l'opération.

Cependant Garey et moi étions très-curieux de connaître les détails de l'aventure de Rube. Celui-ci fit d'abord la sourde oreille à nos questions, se prétendant blessé de la manière dont nous avions accueilli son retour à la vie.

Toutefois, ce n'était là qu'un prétexte, comme le savait

très-bien Garey, qui apaisa son camarade en lui glissant dans
les mains la gourde qui contenait encore une petite goutte
d'aguardiente. Après qu'on l'eût encore un peu cajolé, le
vieux trappeur condescendit à nous donner les détails de sa
curieuse délivrance.

— Comment avez-vous pu croire que moi, qui combats depuis quarante ans les ours gris et les Indiens, je me laisserais
dévorer par un feu pareil? Il était assez naturel que ce jeune
homme-là (montrant le capitaine) me prît pour un novice ;
ne m'a-t-il pas déjà confondu avec un ours gris? Eh ! eh ! eh !...
oh ! oh ! oh ! Oui, je répète qu'il était assez naturel qu'il fît
cette méprise ; mais toi, Garey, tu devais mieux me connaître.
Oh ! poursuivit, Rube près avoir encore recouru à la gourde,
dès que je vis les plantes en feu, je me dis qu'il était inutile
de chercher à fuir. Peut-être aurais-je essayé de m'échapper
si j'avais aperçu l'incendie lors de son explosion, mais j'écor-
chais avec une telle ardeur le buffle, que je ne vis rien ; le
pétillement des plantes seul m'annonça l'incendie, et alors il
ne me restait plus aucune chance de me sauver par la fuite.
Je regardai alors le buffle que j'avais déjà à moitié écorché
comme vous voyez ; il me vint une idée : je rampai sous l'animal et me couvris de sa peau, mais je ne pus m'y abriter entièrement. J'eus alors une meilleure idée ; je résolus de me
cacher dans l'un des flancs de l'animal. Je calculai que je
pouvais promptement découper ses côtes et lui arracher ses
intestins ; en effet, ce fut vite fait, et je pénétrai ainsi en toute
hâte dans les flancs du quadrupède.

Il était temps. Quand j'y engageai ma tête, les flammes hur-
laient autour de moi et menaçaient *mes oreilles*, ou du moins
la place ou elles devraient être. Eh ! eh ! eh !... Oh ! oh ! oh !

Garey et moi rimes aussi de la plaisanterie favorite du vieux
Rube ; mais Rube lui-même ricana si longtemps, que nous
devînmes impatients de connaître la fin de son aventure.

— Assez ! interrompit Garey, parle-nous de ta vieille peau.
Qu'arriva-t-il ensuite ?

— Alors, continua le trappeur, j'entendis les flammes qui claquaient comme des millions de fouets et les serpents qui bondissaient de toutes parts avec des sifflements de terreur. J'étais presque asphyxié par la fumée; heureusement, je parvins à me cacher complétement dans le buffle. Je restai dans cette position gênée jusqu'à ce que je vous entendis vous parler, ce qui m'apprit que la tempête de feu était passée. Ouf!

Et Rube termina sa narration avec cette exclamation; puis il se remit à découper le buffle déjà à moitié rôti.

Garey et moi lui donnâmes un coup de main; après avoir enlevé la bosse et quelques autres morceaux délicats, nous retournâmes au camp. Grâce aux côtes rôties, à la langue et aux os à moelle du buffle, nous n'ûmes pas de raison cette nuit pour être mécontents de l'hospitalité des prairies.

XXVI

LA TABLE-MONTAGNE

Après un déjeuner de chair de buffle, assaisonné d'appétits magnifiques et arrosé d'une coupe d'eau froide du ruisseau, nous sellâmes nos chevaux et nous nous dirigeâmes vers une forte butte qui s'élevait au-dessus de la plaine.

Mes compagnons connaissaient bien le pays. Cette butte était en droite ligne sur notre chemin. Nous devions en côtoyer la base: de ce point, une course de dix milles nous amènerait au terme de notre voyage : en effet, le sommet de la butte était en vue de la rancheria. Du toit de la maison de l'alcade, je l'avais fréquemment remarquée sur la ligne de l'horizon dans la direction nord-ouest du village; toutefois, elle n'était visible que par un temps clair.

Frappé de la singularité de cette espèce de rempart naturel, j'avais souvent eu le désir de l'examiner, de le visiter; mais des circonstances particulières m'avaient empêché de réaliser mon dessein. J'allais enfin satisfaire ma curiosité.

J'ai dit que cette butte était singulière. La plupart des collines sont coniques, pointues ou taillées en dôme ; celle-ci différait de la configuration ordinaire. Elle offrait l'aspect d'une gigantesque boîte carrée posée sur la prairie ; elle ressemblait assez à cette forme rare, appelée le « coffre, » qui couronne le sommet du mont Peroté. De loin, les côtés de cette butte semblaient parfaitement perpendiculaires et le faîte aussi horizontal que la plaine sur laquelle elle reposait.

En approchant, je pus distinguer autour de la crête une bande noire, sorte de parapet, qui n'était autre chose qu'une épaisse rangée d'arbres ; particularité que l'on observait d'autant plus vite, qu'elle contrastait avec les côtés perpendiculaires, qui, composés de gypse, de chaux ou de quartz laiteux, étaient presque blancs comme neige.

Le trait le plus frappant du retranchement était peut-être son apparente forme régulière, mais il était encore remarquable sous d'autres rapports. Ses côtés étincelaient fantastiquement sous les rayons du soleil, comme s'ils eussent été garnis de miroirs. Ce fait, cependant, s'explique facilement : il était produit par des plaques de *mica* ou sulfate de chaux qui entraient dans la composition du roc. J'avais vu de grosses montagnes qui présentaient un aspect semblable. Il en existe plus d'une dans le grand Sahara américain. Ces rochers, aperçus de loin, peuvent expliquer l'origine de cette étrange chimère : l'existence d'une montagne d'or.

Quoique le retranchement en question ne fût pas une montagne d'or ni d'argent, il n'en était pas moins un objet d'un rare intérêt. On eût dit un château enchanté. Il était difficile d'en attribuer la formation à la nature seule. Une intervention humaine, — on ne pouvait se défendre de le croire, — avait dû contribuer à empiler une masse si régulière et si compacte. Mais celui qui a parcouru une grande partie du globe a rencontré beaucoup de ces caprices de la nature qui affectent une sorte de plan préconçu dans le monde des choses inorganiques. C'était, de fait, l'une de ces formations bizarres que l'on rencontre en grand nombre sur les plateaux de l'Amérique et que les Espagnols désignent sous le nom de *mesa*. On les appelle ainsi à cause de leur sommet uni comme une table, ce qui les distingue des autres élévations. Parfois, on trouve une de ces mesas à des centaines de milles de toute autre éminence semblable ; plus souvent, on en rencontre plusieurs, posées les unes à côté des autres, comme des cônes tronqués ; elles ont toutes le sommet au même niveau, et ces sommets sont souvent couverts d'une végétation qui diffère essentiellement de celle des plaines environnantes.

Des géologues ont affirmé que les crêtes de ces tables indiquent l'ancien niveau des plaines elles-mêmes, qui se sont successivement abaissées, ou qui ont été soumises aux dégradations de l'eau. Ce n'est qu'une vague explication qui satisfera à peine un esprit méditatif. La mesa du Mexique est encore une énigme géologique.

Quand nous fûmes plus près de cet étrange objet, je le regardai avec une curiosité très-vive. J'avais déjà vu des mesas sur le Missouri, dans la contrée des Navajos, à l'ouest des montagnes Rocheuses et sur les lisières de la prairie *estacado*, qui n'est elle-même qu'une vaste mesa.

Le retranchement que nous avions devant nous se distinguait de loin par ses formes très-régulières et son éclat étincelant. De plus, son isolement ajoutait encore à l'effet. On n'apercevait que faiblement dans le lointain les collines basses qui bordent le Rio-Grande.

En approchant davantage, nous observâmes certaines altérations dans ses caractères, la mesa n'avait plus des formes si régulières. On pouvait remarquer de légères saillies sur la face des pierres, çà et là les lignes rectangulaires étaient brisées à l'œil. La nature, après tout, ne tient pas à l'exactitude architecturale.

En somme, pourtant, c'était une structure singulière à étudier. On disait que le sommet en était inaccessible au pied.

humain. Un précipice large de cinquante yards l'entourait de
toutes parts. Personne, assurèrent mes compagnons qui connaissaient bien la localité, n'avait jamais escaladé ce gouffre.

Nous n'étions plus qu'à un mille de la base; notre conversation languissait, du moins de mon côté; je ne songeais qu'au
retranchement, qui attirait exclusivement mes regards.

Je cherchais à reconnaître la nature de la végétation qui
semblait croître abondamment sur son sommet. Le feuillage
sombre appartenait évidemment à plusieurs espèces d'arbres
aciculaires[1], peut-être au cèdre rouge commun; il y avait
aussi des pins à cônes mangeables, particuliers à cette région.
Sur le bord du tertre croissaient des yuccas et des aloès dont
les feuilles étincelantes s'inclinaient gracieusement au-dessus
du roc. Des cactus et des plantes *pitahaya*[1] s'élevaient au-
dessus de la butte, comme des candélabres gigantesques, ce
qui produisait un effet singulier.

Mes compagnons semblaient ne pas avoir d'yeux pour ces
rares beautés végétales : je les entendais, par intervalles ; ils
étaient engagés dans une conversation étrangère à la scène, et
je prêtais peu d'attention à leurs paroles.

La voix de Garey me fit tout à coup tressaillir ; il s'écria
avec force :

— Les Indiens ! mon Dieu !

— Les Indiens ! Où ?

Cette interrogation n'exigeait pas de réponse. Le regard de
Garey me guida ; je suivis la direction et remarquai une troupe
de cavaliers qui débouchait précisément de derrière la mesa
et qui avançait dans la plaine.

Mes deux compagnons s'étaient arrêtés. Je suivis leur exemple ; tous trois nous examinâmes en selle cette soudaine apparition. Une douzaine d'hommes étaient maintenant en vue
et se dirigeaient vers nous.

---

[1] Arbres à feuilles étroites et presques cylindriques, comme celles de plusieurs espèces de pin.

Ils étaient environ à un mille de nous ; à cette distance on
ne peut distinguer un homme blanc d'un Indien. Même à la
moitié de cette distance, l'homme le plus expérimenté est parfois embarrassé. Les vêtements se ressemblent souvent, et le
hâle du soleil et la poussière confondent les physionomies.

Quoique Garey eût déclaré au premier coup d'œil que les
cavaliers étaient des Indiens, — la supposition la plus vraisemblable dans les circonstances actuelles, — ce n'était qu'une
conjecture hasardée, et nous doutâmes quelque temps.

— Si ce sont des Indiens, opina Garey, ce sont des Comanches.

— Et si ce sont des Comanches, ajouta Rube d'un ton significatif, ils sont animés de mauvais desseins, et nous devrons
combattre. Allons ! examinez vos armes !

Le conseil de Rube fut immédiatement suivi. La nécessité
accélera nos préparatifs. Tous nous savions que si les cavaliers
étaient des Comanches, il n'y avait qu'à lutter.

Cette nation belliqueuse occupe la partie occidentale du
Texas, qui s'étend du Rio-Grande au Sud, de l'Arkansas au
Nord. Ces sauvages constituent aujourd'hui, avec leurs tribus
amies, la plus puissante alliance indienne du continent américain. Ils prétendent à la souveraineté de toute la région des
prairies, dont ils s'intitulent les « seigneurs, » quoique cette
souveraineté leur soit disputée avec succès au Nord par les
Pawnies, les Sioux, les Pieds-Noirs et autres nations belli-
queuses.

Les Comanches ont toujours été les ennemis des colons
texiens : le récit de leurs pillages et de leurs meurtres rem-
plirait vingt volumes. Mais leurs crimes ne sont pas restés im-
punis. Les représailles ont dépassé le nombre des agressions,
et la carabine des tirailleurs de frontière a fait son œuvre de
vengeance.

Au Mexique, les Comanches ont trouvé de moins courageux
défenseurs du sol et des foyers. Ils font depuis un demi-siècle,
dans les provinces nord-est de ce malheureux pays, une expédition annuelle de guerre et de pillage. Au fait, le pillage est

devenu leur principal moyen d'existence; ils reviennent ordinairement de ces excursions avec un butin énorme et traînant derrière eux de vastes troupeaux de chevaux, de mules, de bêtes à cornes, et des femmes captives.

Un certain temps, ces sombres bandits furent en paix avec les colons anglo-américains du Texas. Ce ne fut qu'un armistice temporaire conclu par Houston; puis succéda l'administration de Lamar, d'un caractère moins pacifique, et les colons furent de nouveau brouillés avec les Indiens.

Une guerre au couteau s'engagea. Les blancs et les rouges s'égorgèrent avec acharnement. Quand deux hommes se rencontraient dans la prairie, la couleur de la peau déterminait leurs relations. S'ils différaient sous ce rapport, ils étaient ennemis sans pourparlers; chacun pensait aussitôt à tuer l'autre. La loi du talion était la coutume du jour.

Si leur haine avait pu s'accroître encore, un incident récent était bien propre à produire ce résultat. Une bande de guerriers comanches avait offert ses services au commandant en chef de l'armée américaine. Elle avait tenu le langage suivant:

« Laissez-nous combattre à vos côtés. Nous n'avons pas de querelle ensemble. Vous êtes des guerriers : nous le savons et nous vous respectons. Nous guerroyons contre les lâches Mexicains qui nous ont volé notre pays. Nous combattons tous pour venger notre empereur Montezuma! »

Ces paroles, prononcées sur toute la frontière septentrionale du Mexique, ont une étrange signification.

Le généralissime américain rejeta prudemment l'alliance comanche; de là cette triple guerre dans laquelle, comme je l'ai déjà dit, nous étions engagés. En conséquence, si ces cavaliers étaient des Indiens de la tribu comanche, la prévision de Rube se réalisait. Nous allions devoir combattre. Nous ne perdîmes pas de temps à nous placer dans une attitude défensive. Mettant à la hâte pied à terre, nous nous tînmes derrière nos chevaux, qui devaient nous servir d'abri. Nous attendîmes de pied ferme l'ennemi.

XXVII

LES GUERILLEROS

Cette manœuvre avait pris peu de temps; les cavaliers étaient encore éloignés. A notre vue, ils s'étaient rangés en ordre; ils chevauchaient deux à deux.

Ce mouvement nous surprit beaucoup. En effet, les Indiens ne sont pas des tacticiens : les Comanches ne marchent jamais en double file. Les cavaliers ne pouvaient être Indiens. Qui étaient-ils donc?

J'espérais tout à coup que ce pouvait être un détachement de nos propres hommes envoyé à ma recherche. « Deux à deux, » c'était notre ordre de marche favori et habituel.

Mais non; les longues lances et les pavillons flottants dissipèrent mon espoir : il n'y avait pas une lance dans l'armée américaine. Ce ne pouvaient être des tirailleurs.

Les Comanches en campagne auraient été armés de lances, mais ce n'étaient pas des Comanches.

— Oh! s'écria Rube, après avoir regardé attentivement, si ce sont des Indiens, je veux être un nègre : ces cavaliers portent une barbe et un chapeau; voilà des marques peu indiennes. Non, ajouta-t-il en élevant la voix, ce sont des Mexicains à la peau jaune.

Tous trois nous avions acquis simultanément la même conviction : les cavaliers étaient Mexicains.

Il n'y avait pas de quoi s'en réjouir beaucoup. Nous ne changeâmes rien à notre attitude défensive. Nous savions qu'une troupe de Mexicains ainsi armés ne pouvait être qu'un parti ennemi, animé des sentiments les plus hostiles. Depuis plusieurs semaines, la petite guerre sévissait cruellement. Le terrain neutre avait été le théâtre de scènes de représailles et de vengeances terribles. D'un côté, des trains de chariots avaient été attaqués et pris, et les conducteurs inoffensifs assassinés ou mutilés vivants. J'en vis un auquel on avait coupé les bras aux articulations des coudes et enlevé le cœur, que l'on avait placé entre ses dents ! Il était mort, au moins ! Mais un autre, que je vis encore en vie, avait la poitrine, la tête, la plante des pieds et les paumes des mains profondément labourés. Quel spectacle horrible.

D'un autre côté, des fermes avaient été pillées et démolies, des villages livrés aux flammes, et des hommes, sur un simple soupçon, fusillés sur place ou pendus à l'arbre le plus voisin.

Tel était le caractère que cette guerre avait pris ; nous savions donc que ces cavaliers étaient nos ennemis mortels.

Nul doute, c'était un escadron éclaireur de lanciers mexicains, une *guerilla* (troupe irrégulière), ou une bande de voleurs. Pendant la guerre, ces deux derniers termes étaient presque synonymes, et le premier offrait fréquemment le caractère des deux autres.

Une chose nous intriguait : que pouvait faire l'une de ces trois catégories d'hommes dans ces parages ?

Le terrain neutre — le théâtre des opérations des *guerilleros* — gisait entre les deux armées ; nous en étions loin ; nous étions également éloignés des habitations. Quels motifs pouvaient amener des lanciers, des guerilleros ou des voleurs dans ces plaines où il n'y avait pas de *gibier*, ni de forces américaines à attaquer, ni de voyageurs à piller ; ma propre troupe était le poste le plus avancé dans cette direction-ci, et nous en étions encore à dix milles. Près de la mesa, on ne pouvait guère rencontrer qu'un parti de guerriers comanches, et nous connaissions assez les Mexicains pour être convaincus qu'ils ne cherchaient pas ces sauvages.

Nous fîmes rapidement ces réflexions en examinant la troupe qui s'avançait. Jusqu'à ce moment elle avait chevauché en droite ligne vers nous, et elle se trouvait maintenant entre nous et la mesa.

A un demi-mille de notre position, ils tournèrent court vers l'Ouest et semblèrent vouloir nous couper la retraite ; nous pûmes distinguer alors leurs formes, leurs vêtements et leurs armes. Presque tous portaient des chapeaux à larges bords, des vestes, des ceintures et des calzoneros; ils avaient des lances, des lazos et des carabines ou escopettes, des sabres et des *machetes* (coutelas), l'arme générale des Mexicains. Ce n'étaient pas des troupes régulières; leurs costumes variés et une certaine irrégularité dans les manœuvres ne permettaient pas de le supposer. En outre, ils portaient leurs lances de toutes sortes de manières; quelques-uns l'inclinaient, d'autres l'appuyaient correctement sur l'étrier, tandis que plusieurs la posaient sur l'épaule comme un fusil. Non; ce ne pouvaient être des troupes régulières, c'étaient des guerilleros ou des bandits.

Après avoir décrit environ un demi-cercle, — en se tenant toujours à la même distance de nous, — la troupe fit tout à coup halte.

Le tour semi-circulaire qu'elle avait opéré nous avait intrigués; nous ne pouvions en deviner la raison : ce n'était pas pour nous couper la retraite, attendu que nous étions déjà loin des bois que nous avions traversés.

Si ces bois avaient été plus rapprochés, nous y aurions cherché un refuge; mais nous savions que la distance était trop forte; Rube et sa vieille jument auraient été atteints par nos ennemis, bien montés, longtemps avant que nous eussions pu gagner la forêt. Nous ne l'ignorions pas : aussi ne songeâmes-nous pas à une pareille tentative. De l'autre côté était la mesa, dont le dernier mouvement des cavaliers nous laissait l'accès libre. Nous n'en étions qu'à un demi-mille : un bon élan nous y aurait bientôt portés, mais aucun arbre ne croissait à l'entour : il n'y en avait que sur le sommet de la butte, et les murs rocheux ne nous offraient en apparence pas plus d'avantages que la plaine ouverte. L'ennemi le savait sans doute, sinon il n'eût pas exécuté cette marche circulaire qui nous laissait le champ libre vers la mesa.

Jusqu'au moment de leur halte, nous ignorâmes donc pourquoi ils s'étaient transportés sur nos derrières. Tout s'explique alors. Leur but était clair : ils s'étaient arrêtés entre nous et le soleil. C'était une manœuvre habile, digne de guerriers indiens, — et qui nous apprit que nous n'avions pas affaire à des ennemis ordinaires. En marchant de ce point sur nous, ils avaient un avantage décisif ; notre vue était contrariée par le soleil, qui descendait en ce moment à l'horizon et qui brillait droit dans nos yeux.

Mes compagnons furent irrités de cette ruse adroite, quoiqu'il nous eût été impossible de nous y opposer, même si nous en avions été avertis.

On nous laissa peu de temps pour réfléchir. Nous vîmes, aux mouvements des cavaliers, qu'ils se préparaient à nous charger. Celui qui paraissait être le chef et qui montait le plus grand cheval de la troupe les haranguait. Il trottait devant la ligne en parlant d'un ton de voix élevé et en gesticulant violemment ; on lui répondait par des vivats que nous pouvions clairement entendre. A chaque instant, nous nous attendions à les voir galoper en avant.

Nous savions qu'il n'y avait d'autre alternative que de combattre ou de nous rendre, — quoique aucun de nous ne songeât à la dernière extrémité. Mon uniforme, tout déchiré qu'il était, aurait facilement révélé ma qualité à l'ennemi, et, pris, je n'ignorais pas que je serais pendu ou peut-être, en l'absence de tout arbre, fusillé sur la place. Mes camarades avaient de bonnes raisons pour croire qu'ils auraient partagé mon sort ; aussi aucun de nous ne songea-t-il un instant à se rendre timidement.

—Non ! dit Rube avec force, cet enfant ne se rendra pas vivant, il ne le fera pas. Maudits drôles, ajouta-t-il en regardant la troupe, douze contre trois ! Les coquins ! Je me suis tiré de plus mauvais pas que celui-ci, et toi aussi, n'est-ce pas, Garey, mon garçon ? Les coquins ! Qu'ils arrivent !

—Oh ! répliqua Garey sans aucune émotion, ils feront bien de ne pas approcher davantage sans dire pourquoi. Je vois une selle que je viderai à l'instant même où elle dépassera cette plante que voilà.

Et le jeune trappeur désigna une grosse touffe de la plante *artemisia* qui croissait à deux cents pas de nous, dans la direction des cavaliers.

Les paroles animées du vieux Rube, qui contrastaient avec le sang-froid de son jeune compagnon, m'avaient complétement enhardi. A la vue de tant d'adversaires, je n'avais pas été sans quelque inquiétude ; en réalité j'avais eu peur. Tant de drôles contre nous, quatre contre un ! — il y avait de quoi trembler. Comme ce n'était pas mon premier combat inégal avec des Indiens ou des Mexicains, je pris la chose moins au sérieux.

Malgré la supériorité numérique de l'ennemi, nos forces, après tout, n'étaient pas si inégales. A moins que la première décharge de leurs escopettes ne nous abattît, chacune de nos trois carabines était sûre de son homme. J'avais pleine confiance dans mon arme : j'en avais une plus grande encore dans l'adresse de mes camarades. Ils ne manquaient jamais le but, — ils ne tiraient jamais au hasard, — ils n'abaissaient jamais le chien sans être sûrs de leur affaire. J'étais donc certain que si les cavaliers nous assaillaient, neuf sur douze seulement parviendraient à portée de pistolet, et nous étions préparés à les recevoir à cette distance. Je portais à ma ceinture un revolver à six coups, un des meilleurs de Colt, Garey en avait un autre, — un présent que je lui avais fait plusieurs années auparavant, — et Rube était armé d'excellents pistolets à cylindre qui pouvaient rendre de bons services.

— Dix-sept coups et nos couteaux pour tomber dessus ! s'écria triomphalement Garey, comme nous terminions une prompte inspection de nos armes.

Cependant l'ennemi n'avançait pas. Malgré leurs vivats et leurs cris, ils semblaient hésiter à nous charger. Leur chef et un lieutenant sans doute paraissaient les animer par de nouveaux discours et leur donner des instructions.

Nous n'étions pas restés inactifs; nous avion formé un carré pour soutenir la charge. Vous pouvez sourire, mais tel était, en réalité, le cas. Nous avions formé un carré... ave nos chevaux! Il y en avait quatre; le coursier blanc était du nombre. Garey, qui montait à cheval comme un Comanche, l'avait dompté à notre campement, et il était maintenant très-traitable. Le lazo l'avait rendu aussi docile qu'un mouton. Nos quatre montures étaient attachées tête à tête, croupe à croupe et chacune formait un des côtés du carré, qu'une charge de cavalerie même n'aurait pu rompre; les brides devaient être déliées ou coupées, et les lazos desserrés avant que le carré pût être détruit. Nous nous y étions placés en présentant le front à l'ennemi. Le grand cheval de Garey formait notre barricade de leur côté. Nos têtes et nos pieds seuls étaient visibles pour l'ennemi.

Dans cette attitude, nous attendîmes les Mexicains.

XXVIII

LES POURPARLERS

Un autre chœur de vivats annonça que le capitaine de la guerilla avait terminé sa harangue et que l'attaque allait avoir lieu. Nous vîmes le chef lui-même, avec un ou deux autres Mexicains, se placer au front de la ligne et nous faire face, comme s'ils avaient l'intention de conduire la charge.

— A présent, dit Rube d'une voix brève et ferme, apprêtez les carabines, jeunes gens; pas de coups perdus, entendez-vous! Notre plomb est précieux. Voyez... en voilà un que je ferai tomber de cheval. Qu'il approche! Un d'eux ne dépassera pas ce point. Je devrais dire deux, — trois, en vérité! Billee! poursuivit-il en s'adressant à Garey, tu tireras le premier; ta carabine porte le plus loin. Abats le gros Mexicain qui monte le cheval brun. Je me charge du numéro deux sur le mustang gris. Toi, jeune capitaine, renverse ce nègre sur le cheval bai. Aie l'œil et les nerfs fermes, entends-tu?

— Oui, oui, répondis-je avec précipitation, quoiqu'il fût plus facile en cet instant de promettre d'avoir les nerfs fermes que de tenir parole. Mon cœur battait vivement à la vue du drame qui allait se jouer.

En ce moment, nous entendîmes crier : « En avant ! » puis retentirent les notes sauvages du cor et les mots : « *Andela ! anda! Dios y Guadalupe!* En avant ! Dieu et Guadeloupe ! »
Toute la troupe se mit aussitôt en mouvement au galop de charge.

Elle n'avait encore franchi qu'une faible distance lorsque la ligne se rompit, les plus légers ou les plus courageux s'étant placés à la tête des autres.

— Attention aux trois plus avancés! s'écria Rube de la même voix ferme. Attention aux trois plus avancés! Ceci les désarçonnera, ou cet enfant se trompe, ajouta le vieux trappeur en montrant sa carabine. Maintenant, jeunes gens, ferme! ferme !

Et Rube termina ces instructions, données lentement, par une exclamation de surprise qui fut suivie d'un long sifflement dû à la même impression.

La cause en était claire. Les guerilleros, qui continuaient à galoper, étaient parvenus à trois cent yards de nous; mais nous pûmes remarquer que leur marche se ralentissait à mesure qu'ils avançaient; elle tenait déjà plus de l'amble que de l'élan d'une charge ardente. Il était évident qu'ils avaient peu de cœur à la besogne, — à présent qu'ils étaient assez rapprochés pour voir nos canons luisants et les sombres tubes creux de nos carabines ajustées.

Garey attendait que le plus avancé dépassât le buisson d'artemisia; il avait calculé que sa carabine portait à cette distance. Mais le cavalier, comme averti par un instinct secret, semblait deviner la limite exacte du danger. Avant d'at-

teindre le buisson, son courage l'abandonna et, indécis, irrésolu, il fit halte.

Les autres suivirent sans répugnance son exemple, et la
troupe entière se massa à moins de trois cents yards de nos
carabines.

— Lâches! s'écria Rube avec un rire moqueur. Holà!
poursuivit-il en élevant encore la voix et en s'adressant à la
troupe arrêtée. Que vous faut-il? N'approchez pas.

Que l'étrange interrogatoire de Rube fût compris ou non, il
provoqua une réponse.

— *Amigos! somos amigos!* Amis! nous sommes amis! cria
le chef de la bande.

— Amis! répliqua le trappeur, qui savait assez d'espagnol
pour comprendre la signification du mot *amigos*. De beaux
amis, en vérité! Ah! croyez-vous nous attirer hors d'ici par
vos cajoleries? Conservez votre distance, poursuivit-il en levant sa carabine d'une manière menaçante. J'abats le premier
de vous qui avance à portée. Je ne veux point d'amis tels
que vous!

Le chef se mit alors à causer à voix basse avec son lieutenant; ils semblèrent discuter un nouveau plan.

Puis, le chef nous adressa de nouveau la parole en espagnol.

— Nous sommes amis, dit-il, nous ne vous voulons pas de
mal. Pour le prouver, j'ordonnerai à mes hommes de reculer
dans la prairie; mon lieutenant, sans armes, rencontrera
l'un de vous sur le terrain neutre. Assurément vous ne pouvez
rien objecter à cela.

— Et pourquoi un pareil arrangement? demanda Garey,
qui parlait couramment l'espagnol. Nous n'avons pas besoin
de vous. Qu'attendez-vous de nous en faisant tout ce vacarme
infernal?

— J'ai une affaire à traiter avec vous, répliqua le Mexicain,
avec vous, monsieur, en particulier. J'ai quelque chose à
vous dire, et je ne désire pas que les autres l'entendent.

Ce disant l'orateur tourna la tête vers ses hommes, et leur fit un signe expressif.

Ce dialogue inattendu nous surprit. Que pouvait vouloir cet homme à Garey, qui ne le connaissait pas, qui ne l'avait jamais vu, comme il le déclara? Pourtant, à cette distance, ayant le soleil en face et les bords du chapeau du Mexicain étant rabaissés, Garey aurait pu se tromper. Ce pouvait être quelqu'un qu'il avait rencontré et dont il ne se souvenait pas.

Après une courte consultation, nous convînmes que Garey accepterait la proposition. Il n'en pouvait résulter aucun mal, — nous n'en prévoyions aucun. Garey pouvait aisément revenir sur ses pas avant d'être attaqué, et Rube et moi serions prêts à le protéger avec nos rifles. S'ils méditaient une trahison, nous ne pouvions comprendre l'avantage qu'ils en auraient retiré.

Les pourparlers furent donc acceptés et les conventions exécutées avec toute la prudence nécessaire de notre part.

Les cavaliers, — à l'exception du chef et de son lieutenant, — devaient reculer à la distance d'un demi-mille; le chef seul pouvait rester où il se trouvait : à mi-chemin, entre lui et nous, Garey et le lieutenant devaient se rencontrer, l'un et l'autre à pied et sans armes.

Sur l'ordre de leur chef, les guerilleros reculèrent. Le lieutenant descendit de cheval, posa sa lance à terre, déboucla son sabre, ôta ses pistolets de sa ceinture et les plaça à côté de la lance : puis il se dirigea vers l'endroit convenu.

Garey s'était également dépouillé de ses armes, qu'il nous avait confiées ; puis il marcha à la rencontre du Mexicain. Un instant après, tous deux étaient face à face, et les pourparlers commençaient. Ils durèrent peu. L'entretien, dont le Mexicain semblait faire les frais, avait lieu à voix basse ; Rube et moi vîmes qu'il regardait souvent de notre côté, comme si nous étions le sujet de son discours. Sa harangue fut tout à coup interrompue par Garey, qui, se retournant, nous cria en anglais :

— Hé ! Rube, sais-tu ce que veut ce drôle?

— Comment le saurais-je ? répliqua Rube. Que veut-il ?

— Ce qu'il veut ?—L'indignation éleva la voix de Garey—
Il veut que nous lui livrions le capitaine des tirailleurs. Il
ajoute que si nous le faisons, toi et moi serons libres. Ah !
ah ! ah !

Et le jeune trappeur termina ces paroles avec un rire méprisant.

Pendant le rire de Garey, j'entendis siffler et murmurer :
« Voilà pourquoi le bois flotte. » Puis, élevant la voix, il
s'écria :

— Et quelle réponse lui as-tu donnée, Billee?

—Je n'ai pas encore répondu, répliqua promptement Garey.
Voici la réponse !

Le bras du jeune trappeur se leva et son gros poing redes-
cendit comme un marteau de forge sur la face du Mexicain
qui tomba lourdement à terre.

XXIX

UN COUP MORTEL

La clôture inattendue de la conférence arracha un cri de
fureur aux cavaliers mexicains ; sans en attendre l'ordre, ils
galopèrent vers leur chef. S'arrêtant à une longue portée, ils
déchargèrent leurs carabines et leurs escopettes, mais les
balles coupèrent l'herbe devant nous ; une ou deux seulement
nous dépassèrent et volèrent loin du but.

Le lieutenant, qui n'avait été qu'étourdi, recouvra bientôt
l'usage de ses jambes, mais non celui de ses esprits. Si sa
colère n'eût pas étouffé sa prudence, il se serait hâté de rejoindre son cheval et ses camarades. Au lieu d'agir ainsi, il se
retourna vers nous et leva l'un de ses bras en l'air en nous

montrant son poing fermé d'un air menaçant ; il accompagna ce geste d'un torrent de paroles de défi.

Nous ne comprîmes que le mot final : c'était un blasphème qui s'échappa de ses dents avec le souffle haletant de la rage et de la vengeance. A peine l'avait-il prononcé qu'il cessa de vivre. J'entendis le mot odieux, et au même instant la détonation d'une carabine retentit à mes oreilles. Je vis la poussière voler de la veste brodée du Mexicain à l'endroit du cœur ; il y porta rapidement la main et retomba la face contre terre.

Sans gémissement, sans convulsion, il demeura étendu, roide, inanimé, mort !

—A nous, maintenant ! s'écria une voix à mes côtés. Tu ne nous feras plus de demandes pareilles, mauvais drôle ; non, tu n'en feras plus !

Je me tournai involontairement vers l'orateur, quoique ce ne fût pas pour lui demander une explication. C'était Rube qui parlait ; il rechargeait sa carabine encore fumante.

—Wa-hoo-woop ! poursuivit-il en poussant son sauvage cri de guerre ; ça diminue leur nombre, ce me semble. Merci, ma vieille carabine ; à cause du soleil et de l'éloignement, je risquais de perdre mon plomb, mais sa moquerie provoquait un prompt châtiment. Tenez bien vos chevaux, jeunes gens, continua-t-il d'un ton encore plus vif ; ne tirez pas avant que j'aie rechargé ; sur votre vie, ne tirez pas !

—Très-bien, Rube ! s'écria Garey en passant rapidement sous le ventre de son cheval et en reprenant sa place et sa carabine dans le carré. Très-bien, mon vieux. Ne crains rien, nous t'attendrons.

A notre surprise, Rube eut tout le temps de recharger, et nos trois carabines reposèrent encore une fois sur les épaules du cheval de Garey. Nos chevaux conservaient toujours leurs positions respectives. Trois d'entre eux étaient trop habitués à ces scènes pour s'effrayer de la détonation d'une carabine ; quant au quatrième, le cheval blanc, lié comme il l'était, il conservait sa place par force.

Je vis que l'on nous accorda, à notre grande surprise, le temps de reprendre notre ancienne position avantageuse, parce que nous nous étions attendus à une charge immédiate de la guerilla. Nous avions pensé que le désir de venger la mort de leur camarade leur aurait donné assez de courage, mais nous nous étions trompés; leur colère ne se trahit que par des cris féroces et des gestes violents.

Ils s'étaient maintenant réunis sans ordre autour de leur chef, quoiqu'ils parussent avoir peu d'égards pour son autorité. Quelques-uns semblaient le prier de les mener en avant. D'autres s'approchaient au galop, déchargeaient leurs carabines et brandissaient leurs lattes d'un air menaçant; mais tous se tenaient prudemment éloignés du cercle dont la portée de nos carabines marquait la circonférence. Ils paraissaient même moins disposés que jamais à nous assaillir. Le sort de leur compagnon les avait terrifiés.

Le mort, qui brillait dans ses vêtements pittoresques, gisait à peu près à mi-chemin entre eux et nous; sa perte avait affaibli nos ennemis, car ce n'était pas seulement un de leurs chefs, mais encore un de leurs hommes les plus courageux; ils voyaient qu'il était mort, pourtant aucun n'osait approcher. Ils connaissaient la carabine texienne, de vieille date; ils savaient, en outre, que nous étions armés de revolvers, et la réputation de cette terrible arme avait déjà dépassé la frontière du Rio-Grande.

Cependant, des hommes de notre race, en une circonstance semblable, auraient chargé sans hésitation, comme l'eussent fait aussi les Mexicains d'il y a trois siècles.

Peut-être y avait-il dans cette bande un Alvarado, un Sandoval, un Diaz ou un De Soto! O Fernand Cortez! et vous, conquérants espagnols du grand siècle, que dites-vous là-haut de vos descendants dégénérés!

Pourtant, ce n'étaient pas tous des lâches; quelques-uns, j'ose l'affirmer, étaient braves, car il y a des hommes vaillants parmi les Mexicains. Plusieurs voulaient évidemment nous atta-

quer, mais ils manquaient de plan. Ils avaient besoin d'un chef :
celui qui agissait en cette qualité était plus prudent que brave.

Nous les regardions, nous écoutions leurs cris variés, observant avec attention tous leurs mouvements.

Nous les examinions avec un sang-froid parfait, mes camarades du moins. Quoique la vie ou la mort dépendît de l'issue de l'affaire, tous deux étaient aussi calmes que s'ils n'avaient observé que les mouvements d'un troupeau de buffles. Aucun signe de terreur, à peine un léger symptôme d'émotion. Çà et là, un mot, une pensée rapide échangés disaient seuls qu'ils songeaient au péril de la situation.

Je ne puis affirmer que je partageais ce suprême sang-froid ; moins indifférent au danger, je puisais toutefois dans leur exemple un courage suffisant pour la circonstance. En outre, une autre cause m'inspirait de la confiance. En cas de défaite, j'avais une ressource qui faisait défaut à mes compagnons, et à laquelle ils ne songeaient peut-être pas. En me confiant en dernier ressort à l'agilité supérieure de mon cheval, je pouvais fuir sans crainte d'être atteint ; mais, sur mon honneur, je ne caressai pas un instant cette lâche pensée. J'aurais accepté une mort immédiate plutôt que d'abandonner les braves gens qui étaient à mes côtés. Je leur devais la vie ; c'était pour moi que la leur était maintenant en péril. Dès le premier moment, j'avais résolu de rester avec eux et de vendre mon sang aussi cher que possible. Je n'aurais pensé à fuir qu'après la mort de tous deux. Cette éventualité même fortifia mon courage, et je regardai notre vindicatif ennemi avec un sang-froid qui m'étonne aujourd'hui.

Dans l'intervalle d'inaction qui suivit, je fus assez calme pour réfléchir à la demande que le chef de la guerilla avait faite : la remise de ma personne. Pourquoi étais-je choisi ? Nous étions tous ennemis, tous, Américains ou Texiens, sur le sol mexicain, et armés pour la lutte. Pourquoi tenaient-ils à moi seul ? Était-ce parce que j'avais un rang supérieur à celui de mes compagnons ? Comment savaient-ils que j'étais un capitaine de tirailleurs ? Ah ! ils le savaient déjà peut-être, et ils étaient à ma poursuite !

Une lumière jaillit tout à coup dans mon esprit, et j'eus un soupçon presque aussi fort que la certitude. Si le soleil n'avait pas brillé dans mes yeux, j'aurais obtenu plutôt une explication du mystère. J'abaissai les bords de mon chapeau de fourrageur ; je mis l'une de mes mains en abat-jour au bas du front et regardai alors le chef de la bande. Déjà sa voix, lors de sa conversation avec Garey, avait réveillé un faible souvenir en moi. Je n'avais entendu cette voix qu'une seule fois, mais je crus la reconnaître. Guidé par un instinct secret, j'examinai plus attentivement cet homme. Heureusement, son visage était tourné vers moi, et, malgré les rayons du soleil et malgré son chapeau rabattu, je reconnus les traits basanés de Rafaël Ijurra ! A cette vue, je compris la situation. C'était lui qui réclamait le capitaine de tirailleurs.

Il n'y avait plus de doute. Mon cœur battit vivement ; j'étouffai mes émotions : un mouvement se faisait parmi les guerilleros ; le moment de l'action était arrivé...

XXX

UNE FUSILLADE A LA COURSE

Quoique nos ennemis fussent de nouveau en mouvement, nous ne nous attendions plus à une attaque directe. Le temps de la faire était passé. Le sort de leur camarade avait évidemment tempéré leur ardeur ; leurs cris prolongés et leurs rodomontades avaient plutôt refroidi qu'échauffé leur enthousiasme.

Nous pûmes juger à leurs manœuvres qu'un autre mode d'assaut avait été adopté et qu'ils allaient le mettre à exécution.

— Lâches coquins ! murmura Rube, ils n'osent pas nous

attaquer... Qui a jamais entendu dire qu'un Mexicain combatte loyalement? Les drôles! ils méditent quelque fourberie!... — Puis il continua d'un ton plus sérieux : — Quel est ton avis, Billee?

— Je pense, vieux garçon, répliqua Garey, dont l'œil gris et profond observait les mouvements de la guerilla, je pense qu'ils vont galoper autour de nous et essayer une fusillade à l'indienne.

— Tu as raison, repartit Rube. Telle est leur intention. Que je sois scalpé s'il n'en est pas ainsi! Regardez là-bas!

Les cavaliers n'étaient plus en ligne; irrégulièrement groupés dans la prairie, les uns étaient immobiles, les autres trottaient.

Comme Rube prononçait ces dernières paroles, l'un d'eux se détacha au galop du groupe principal.

On aurait pu croire qu'il allait abandonner le terrain; mais point... Après une demi-douzaine de bonds, il fit décrire une courbe à son cheval, avec le dessein évident de galoper autour de nous. Lorsqu'il fut à quelques vingtaines de yards de la troupe, un second cavalier suivit et répéta la même manœuvre; puis un autre : cinq hommes s'élancèrent ainsi et tournèrent autour de nous. Les autres restèrent en place.

Nous remarquâmes que les cinq s'étaient débarrassés de leurs lances et ne portaient que leurs carabines. Nous n'en fûmes pas surpris; nous avions deviné l'intention de nos ennemis. Ils se préparaient à employer une vieille tactique de prairie, un stratagème des cavaliers indiens, avec lequel nous étions tous trois familiarisés.

Nous aurions pu redouter davantage cette manœuvre si elle avait été pratiquée par des Indiens, dans une attaque de ce genre, l'arc et ses nombreux projectiles étant beaucoup plus dangereux que le fusil. Mais cette circonstance que nos assaillants connaissaient ce stratagème prouvait que nous avions affaire à des gens qui avaient vu des combats indiens, sans doute à des gardiens de la frontière. Aussi, notre défense exigeait-elle tout le courage et toute l'habileté que nous pourrions montrer.

Nous vîmes sans surprise qu'une partie seulement de la bande essayait de nous entourer. Nous savions pourquoi. Les cinq détachés devaient circuler autour de nous, s'élancer par intervalles à notre portée, décharger leurs carabines, tuer plusieurs de nos chevaux, nous tenir en émoi et provoquer le feu de nos rifles pour épuiser nos munitions. Ceci fait, les six autres, — qui s'étaient déjà approchés autant que la prudence le leur permettait, — devaient marcher en avant, tirer sur nous, et puis employer efficacement leurs lazos.

Mes compagnons redoutaient, avec raison, cette dernière *arme* plus que toutes les autres portées par nos ennemis. En effet, nos rifles une fois déchargés, le lazo pouvait être employé au delà de la portée d'un pistolet plus sûrement que la carabine ou l'escopette.

Nous ne nous préoccupâmes pas plus longtemps de ces doutes, de ces craintes, de ces probabilités; nous n'en causâmes guère... Ils passèrent devant nous comme un éclair... Leur stratagème avait accru les périls de notre situation; toutefois, nous ne la regardions pas comme désespérée.

Les cinq cavaliers ne furent pas lents à exécuter leur manœuvre. Une ou deux fois, ils galopèrent autour de nous dans un cercle très-large; puis, décrivant une courbe spirale, ils s'approchèrent sans cesse. À portée de carabine, chacun fit feu; puis, se repliant sur le corps principal, ils échangèrent à la hâte leurs carabines vides contre des carabines chargées, et revinrent sur nous bride abattue.

A la première volée, la plupart de leurs balles, tirées au hasard, passèrent au-dessus de nos têtes. Nous les entendîmes siffler bien haut dans l'air. Cependant, l'une d'elles, mieux lancée, frappa la jument de Rube au côté et fit hennir et ruer violemment la vieille mustang. Le dommage était léger, mais l'avertissement sérieux, et ce fut avec une appréhension croissante que nous vîmes les cavaliers exécuter leurs courses circulaires.

Vous vous étonnerez sans doute de ce que nous ne repondimes pas à leur feu. Nos carabines portaient aussi loin que les leurs. Pourquoi n'en faisions-nous pas usage pendant que les cavaliers étaient à portée? Pas un de nous ne songea à presser la détente... Ceci exige une explication.

Je dois d'abord déclarer que les cinq Mexicains qui nous harcelaient étaient les meilleurs cavaliers du monde, les hommes d'élite de la bande. On n'aurait pas trouvé leurs maîtres, peut-être pas leurs égaux, en Arabie et dans les hippodromes de Paris ou de Londres. C'étaient de vrais centaures, vivant littéralement en selle. En approchant du cercle dangereux protégé par nos rifles, ils disparaissaient derrière le corps de leurs chevaux. Une botte ou un éperon dépassant une selle profonde, ou une main accrochée à une crinière en désordre, étaient tout ce que l'on pouvait voir du cavalier.

Parfois on apercevait un visage voilé subitement par un nuage de fumée; parfois encore sous le cou d'un cheval luisait le canon d'une arme à feu : la flamme qui s'en échappait disait que le cavalier avait visé sous le poitrail de sa monture, lancée au grand galop.

Quoique mes camarades et moi fussions d'habiles tireurs, nous ne pûmes trouver, pendant ces manœuvres, une seule occasion de faire feu sur l'un des cinq cavaliers. Il nous eût été plus facile d'abattre un oiseau au vol. Nous aurions pu tuer ou mutiler leurs chevaux, mais cela n'aurait pas compensé le danger que nous courions en déchargeant nos rifles. Nous n'osions pas perdre une balle.

Comprenant bien notre situation, nous savions que nos ennemis désiraient nous voir décharger nos carabines, dût chacune de nos balles coûter la vie à l'un de leurs chevaux. C'était là leur but; mais nous étions trop initiés aux stratagèmes de la guerre indienne pour être dupes d'un tel artifice. ous nous recommandions mutuellement la prudence, et nous réservions nos coups avec toute la patience que la circonstance pouvait nous laisser.

Provoqués ainsi, irrités de servir de point de mire sans pouvoir rendre le feu, mes compagnons, malgré leur sang-froid habituel, trépignaient de colère.

Les cinq cavaliers galopèrent de nouveau autour de nous et déchargèrent leurs armes avec plus de succès que les fois précédentes. Une balle frappa Garey à l'épaule ; elle enleva un morceau de sa tunique de chasseur et la couvrit de sang, tandis qu'une autre siffla à la joue du vieux Rube et troua sa coiffure de peau de chat.

— Hourra ! s'écria Rube en frappant sa tempe menacée. Assez bien ajusté, cette fois ! Que je sois confondu si la balle n'a pas emporté une de mes oreilles... absentes !

Et le vieux trappeur accompagna cette remarque d'un rire bruyant et sauvage.

Tout à coup il aperçut la tunique déchirée et l'épaule ensanglantée de Garey ; changeant de ton, il s'écria :

— Es-tu blessé, Bill ? Réponds, mon garçon ?...

— Ce n'est rien, répliqua promptement Garey, ce n'est rien, un simple accroc, je ne le sens pas.

— Est-ce bien sûr ?

— Très-sûr, sois tranquille...

— Par le chat-pard vivant ! poursuivit Rube d'un ton sérieux, nous ne pouvons tolérer cela plus longtemps. Qu'y a-t-il à faire, Billee ? Avise, mon garçon,

— Nous devons partir d'ici.

— Impossible, dit Rube en secouant la tête. Le jeune homme pourrait leur échapper, lui, grâce à sa monture... Mais, pour toi et moi, il n'y a pas l'ombre d'une chance. Ils atteindraient ma vieille jument dans le temps qu'un castor lève la queue. Ton cheval non plus n'est pas fort agile... Impossible donc !

— Je dis, moi, que la retraite est possible, répliqua Garey impatienté. Tu monteras le cheval blanc. Il est assez leste. Abandonnons ta jument : elle n'a qu'à nous suivre, si elle le peut, la pauvre bête. Ou bien prends mon cheval, et moi je monterai l'étalon blanc. Nous nous sauverons peut-être ; les coquins nous poursuivront, et, s'ils se dispersent, nous les tuerons les uns après les autres : cela vaudra mieux que d'être fusillés ici comme des buffles. Quel est ton avis, capitaine ? ajouta-t-il en s'adressant à moi.

J'eus alors une idée. — Pourquoi ne galoperions-nous pas vers la mesa ? demandai-je en regardant la butte. Ils ne peu vent nous envelopper là... Adossés au rocher et derrière nos chevaux, nous pourrions défier ces mauvais drôles. Un élan vigoureux nous y conduira.

— Le jeune homme a raison ! dit Rube. Idée excellente, la seule bonne !

— Oui répéta Garey, idée excellente ! Ne perdons pas une seconde, car ils vont nous entourer encore... Regardez là-bas !

Cette conversation, qui ne prit qu'un instant, eut lieu au moment où les cavaliers venaient de décharger de nouveau leurs carabines et où ils retournaient au galop pour les remplacer par d'autres.

Avant leur retour, notre détermination était prise ; nous avions défait en hâte les liens de nos chevaux et nous étions prêts à monter en selle. Cette besogne fut si vite et si adroitement faite, que l'ennemi ne s'en aperçut pas ; ne soupçonnant donc pas notre dessein, il avait laissé libre le chemin de la mesa. Cependant, une minute encore, et les cinq cavaliers nous auraient de nouveau enveloppés, ce qui nous aurait naturellement embarrassés.

— Allons ! Rube, s'écria Garey. Dépêche-toi et partons.

— Du calme, répliqua Rube qui ajustait la bride du cheval de Garey ; nous avons tout le temps, ils n'arrivent pas encore. *Ho woo !* vieille bête, continua-t-il en s'adressant à la jument ; *ho woo !* nous devons te quitter sans façon, mais j'espère que tu nous rejoindras. Ils ne te mangeront pas ; ne crains rien, ma mie. A présent, Billee, je suis prêt.

Il était temps, les cavaliers accouraient.

Sans plus d'observations, nous nous élançâmes simultanément en selle et, jouant avec ardeur de l'éperon, nous partîmes en ligne directe vers la mesa.

En regardant en arrière, nous vîmes les guerilleros, — la
bande entière! — nous poursuivre à grands cris. Mais nous
avions gagné du terrain; notre départ subit les avait d'abord
étonnés et produit dans leurs rangs une hésitation momentanée. Nous n'avions plus peur d'être coupés avant d'atteindre
la mesa.

J'aurais pu dès lors échapper à l'ennemi, de même que Garey, qui montait le coursier blanc; ce noble animal, avec un
simple licou de peau brute, se conduisait admirablement. Mais
le lourd cheval de Garey, monté par Rube, nous arrêtait. Heureusement, la poursuite ne devait pas être longue, car la bête
eût été bientôt rattrapée, Garey et moi étions à ses côtés.

— Sois sans crainte, Rube! s'écria Garey d'un ton d'encouragement. Nous ne te quitterons pas; nous resterons ensemble, quoi qu'il arrive...

— Oui, ajoutai-je avec émotion, nous vivrons ou mourrons
ensemble.

— Bravo! jeune homme! cria Rube dans un transport de
sauvage gratitude. Oh! les coquins approchent.

Nous nous dirigions vers le centre de la mesa, qui s'élevait
comme un vaste mur du sein de la plaine unie; nous y allions
résolûment, comme si une porte devait s'ouvrir dans le roc
et nous procurer un abri!

Aux cris de surprise de nos ennemis se mêlait le bruit des
chevaux au galop. Nous distinguions quelques-unes de leurs
expressions : « Où vont-ils? Veulent-ils escalader à cheval le
roc? *Bueno! bueno! van en la trampa!* (Bon! ils courent
dans le piége!)

Un hurlement de triomphe suivit, quand ils s'aperçurent
que nous nous étions placés dans une position où toute retraite semblait impossible.

En nous voyant partir au galop, ils avaient craint que l'agilité de nos chevaux ne favorisât notre fuite ; mais en reconnaissant que nous ne songions pas à fuir, ils poussèrent des cris joyeux. Arrivés auprès du rocher, nous les vîmes se déployer derrière nous avec le dessein de nous entourer. C'était le mouvement prévu et souhaité par nous.

Nous courûmes tout près du rocher sans nous arrêter ; puis, mettant pied à terre, nous tournâmes le dos à la mesa, nous plaçâmes nos chevaux devant nous, tînmes les brides dans nos dents et levâmes nos rifles sur l'ennemi. Nos trois carabines luisantes, bien pointées, promirent encore une fois une mort certaine au premier audacieux qui les affronterait !

XXXI

LE CHEVAL DE BATAILLE DE RUBE

L'attitude défensive que nous prîmes si rapidement produisit un effet immédiat sur nos ennemis, qui s'arrêtèrent de concert dans la prairie. Les plus avancés, qui se croyaient trop près de nous, firent volte-face et repartirent au galop.

— Ah ! fit Rube, regardez-les, ils ont eu soin de mettre un espace suffisant entre nos carabines et leurs lâches carcasses !

Nous aperçûmes l'avantage de notre nouvelle position. Nous pouvions présenter tous trois le front, de quelque côté que l'ennemi nous menaçât ; nous n'avions plus à craindre d'être entourés. Le demi-cercle qui s'étendait derrière nous était protégé par la mesa inaccessible. Nous ne devions surveiller qu'un demi-cercle, et moins encore, car nous vîmes alors que notre position était défendue à droite et à gauche par deux saillies du rocher, longues de trois cents yards. Nous n'aurions pu choisir une meilleure position. C'est ce que nos adversaires aussi comprirent très-vite, car leurs cris de victoire se changèrent en exclamations de dépit. Mais, grâce à une circonstance nouvelle, leur ton changea presque aussitôt, et ils poussèrent encore une fois des cris de triomphe.

Cherchant à découvrir la cause de ce revirement, nous vîmes avec consternation qu'ils recevaient un renfort. Cinq hommes, qui faisaient évidemment partie de la même bande, accouraient au galop. Ils semblaient être arrivés de derrière la mesa, direction de la rancheria ; la butte nous avait caché leur approche. Cet accroissement de forces ne parut pas accroître le courage des guerilleros, car ils ne tentèrent aucun assaut.

A l'arrivée de ces nouveaux alliés, la troupe défila deux à deux et se déploya aux extrémités de la petite *baie* où nous avions cherché un refuge. Six couples ennemis s'alignèrent alors devant nous à distance égale les uns des autres. Les quatre hommes restants, Ijurra et trois autres, demeurèrent en face de nous.

Dans l'un des nouveaux venus, je reconnus un coquin que j'avais souvent vu à la rancheria. C'était un homme de haute taille, et, chose rare parmi les Mexicains, il avait des cheveux rouges ; on le connoissait familièrement sous le sobriquet d'*El Zorro* (le renard), sans doute à cause de la teinte de ses cheveux. J'avais entendu dire de bonne part, de l'alcade lui-même, que le gaillard n'était ni plus ni moins qu'un *salteador* (bandit). Il est vrai qu'El Zorro ne faisait pas un secret de sa profession. Le brigand du Mexique est habituellement bien connu de ses compatriotes. Dans ses moments de loisir, il apparaît dans les villes populeuses, se promène hardiment dans les rues et se mêle librement à la foule. Tel était El Zorro, le bras droit d'Ijurra.

Le dessein de nos ennemis était clair : ils n'avaient pas l'intention de nous attaquer immédiatement ; voyant bien que notre retraite était impossible, ils avaient résolu de nous bloquer jusqu'à ce que la faim et la soif nous forçassent à nous rendre. Leur calcul n'était pas mauvais. Si leur valeur était faible, leur astuce était profonde.

Rube parut tout déconcerté en voyant les guerilleros prendre position.

— Nous voici en sûreté pour le moment, dit-il d'un ton bourru ; mais pourrons-nous encore battre en retraite ? Notre intérêt est de les attaquer avant que nous succombions ici à la faim comme des bêtes fauves dans un gîte muré. Ah ! déjà je mangerais bien pour ma part un ours gris ! Allez fumer ailleurs ! cria tout à coup le vieux trappeur aux Mexicains, qui venaient d'allumer des cigares et qui soufflaient froidement la fumée de notre côté ; allez fumer ailleurs, vilaines peaux jaunes ! Mon nom n'est pas Rube Rawlings si je n'en fais pas *fumer* plusieurs avant demain. Donne-moi du tabac, Garey ; cela me fera peut-être oublier la faim. Ma jument !

Un spectacle burlesque s'offrit alors à nos yeux, et, malgré la gravité de la circonstance, nous rîmes à gorge déployée.

La vieille jument, qui, pendant de longues années, avait transporté Rube par monts et par vaux, était une créature presque aussi originale que son maître. Décharnée et osseuse, elle avait, comme toutes celles de sa race, de longues oreilles, et elle appartenait à la famille de Rossinante. Ses longues oreilles lui donnaient l'air d'un mulet, mais c'était une vraie mustang et, en dépit de son regard dégénéré, une andalouse pur-sang. Dans la première période de sa vie, elle avait dû avoir cette couleur « argile » commune aux chevaux mexicains ; le temps et les ciseaux l'avaient métamorphosée. Les poils gris prédominaient maintenant, surtout à la tête et au cou ; elle était poussive ; parfois son dos se soulevait comme secoué par l'influence spasmodique des poumons ; on eût dit que la pauvre bête voulait ruer et qu'elle ne le pouvait pas. Son corps était aussi mince qu'un rail ; elle portait habituellement la tête au-dessous du niveau des épaules, mais quelque chose dans l'éclat de son œil solitaire, — car elle n'en avait qu'un, — disait qu'elle n'avait pas l'intention de quitter bientôt la vie. Comme Rube le proclamait souvent, c'était une bête à faire de vieux os.

Voilà le portrait fidèle de la vieille jument sur laquelle notre attention venait d'être si subitement appelée.

Après l'avoir abandonnée dans la prairie, nous n'avions plus
songé à la pauvre créature. Nous nous inquiétions peu, du
moins Garey et moi, de son sort.

Pour Rube, il était loin de partager notre indifférence. Il se
serait, pour ainsi dire, laissé couper un de ses poings, à condition de conserver sa fidèle compagne ; à maintes reprises,
il avait exprimé l'espoir qu'il ne lui arriverait rien de fâcheux.
Nous nous attendîmes à la voir fusiller ou prendre au lazo par
un des guerilleros.

Cependant, il parut que tel ne devait pas être immédiatement son sort. Résolue à ne pas quitter son maître, elle nous
avait suivis au galop. Sa lenteur la laissa bientôt en arrière, et
elle ne tarda pas à se trouver au milieu des chevaux ennemis.
Elle n'y avait pas passé inaperçue, mais comme elle n'était
qu'une bête sans valeur, on n'avait pas daigné la prendre.
Peu à peu elle se trouva aux derniers rangs, mais cela ne la
détourna pas de son premier projet, et au moment de l'exclamation de Rube, elle traversait la ligne de nos adversaires. Le
flair seul l'aidait.

Un des guerilleros s'élança alors pour la prendre, peut-être
parce qu'elle portait une vieille selle, chargée de quelques
objets de Rube.

Jument, selle, tout enfin valait à peine un coup de lazo,
tel semblait du moins être l'avis du Mexicain ; au lieu d'employer le lazo, il voulut saisir la jument par la bride. Ce n'é-
tait point chose si facile. Lorsque le Mexicain se baissa pour
prendre les rênes, la vieille jument poussa un de ses cris sauvages, leva les talons en l'air et les laissa retomber sur les
côtes du Mexicain.

Nous entendîmes le bruit ; l'homme tomba de selle et roula
à terre, selon toute probabilité grièvement blessé et avec une
couple de côtes brisées.

Au cri de la jument répondit le rire bruyant de son maître,
qui fit retentir les rochers de ses éclats de joie jusqu'à ce que
la jument l'eût rejoint au galop.

— *Wa-hoo-woop!* Ah! te voilà, chère bête! s'écria le vieux trappeur quand la jument s'arrêta devant lui. Tu m'as fait peur. Tu es la bienvenue, ma vieille peau bleue. Ah! tu me rapportes aussi ma selle. Bravo! N'est-ce pas une belle créature, Bill? Ne vaut-elle pas son pesant en peaux de castor? Ah! te voilà, vieille mouche à miel! Par ici, à présent...

Et l'orateur, après quelques autres apostrophes, rapprocha l'animal du rocher et le plaça, comme une barricade additionnelle, entre lui et les Mexicains.

Notre gaieté involontaire dura peu; elle fut interrompue par la vue d'un objet qui remplit nos cœurs d'une nouvelle appréhension.

XXXII

EL ZORRO

Ce nouveau sujet de crainte consistait en une grande carabine apportée sur le terrain par l'un des derniers arrivés. Selon toute probabilité, elle appartenait à El Zorro, car ce fut entre ses mains que nous la vîmes d'abord. On eût dit un long mousquet ou une de ces carabines que les Boers de l'Afrique méridionale emploient à la chasse des éléphants.

Quelle que fût cette arme, nous reconnûmes bientôt à notre dam qu'elle lançait une once de plomb presque deux fois aussi loin que la meilleure de nos carabines et avec une précision suffisante pour permettre à El Zorro de nous tuer tous en détail, gens et chevaux, avant le coucher du soleil.

Les ténèbres ne devaient nous couvrir de leurs ombres protectrices que dans une demi-heure, et El Zorro avait déjà commencé le feu. La première balle, qui siffla à mes oreilles, frappa le rocher, me couvrit d'éclats de calcaire et retomba à mes pieds, aplatie comme un dollar espagnol. La détonation fut beaucoup plus forte que celle d'une carabine ou d'un escopette ordinaire; une exclamation de Rube, suivie de son sifflement sinistre et habituel, annonça que le vieux trappeur prenait au sérieux ce supplément d'artillerie.

Le regard de Garey aussi attestait que notre position n'avait pas encore été aussi périlleuse. El Zorro pouvait nous fusiller à son gré... Nos rifles étaient impuissants!

Le bandit avait déchargé la première fois son énorme carabine en la tenant à bras tendus. Heureusement pour nous qu'il n'avait pas pris un point d'appui; mais nos ennemis réparèrent bientôt cette faute. Ijurra planta obliquement en terre deux lances qui, se rejoignant au milieu, formaient un angle où l'arme d'El Zorro pouvait reposer solidement.

Dès que la carabine fut chargée, le salteador s'agenouilla derrière les lances, plaça le canon dans la fourche et visa... Il me sembla que ma personne ou mon cheval allait servir de point de mire; je n'en doutai plus lorsque je vis Ijurra préciser la direction de l'arme. Je craignais peu pour moi-même, mais je tremblais pour le brave cheval qui me protégeait. J'attendis avec anxiété. Je vis la flamme s'échapper du canon, et presque aussitôt je ressentis le contre-coup de la lourde balle qui frappa mon cheval. Des éclats de bois me volèrent au visage : c'étaient des fragments de la selle. Le plomb avait traversé le pommeau sans toucher au noble coursier.

Tout à coup un cri du vieux trappeur détourna mon attention d'El Zorro et de sa carabine. Rube était à ma droite; il désignait un objet placé au pied du rocher, et que les chevaux m'empêchaient de distinguer. Rube se mit tout à coup en nous disant de le suivre. Je ne perdis pas de temps; je fis avancer Moro, Garey nous imita. Nous comprîmes bientôt la conduite étrange de notre compagnon. A vingt pas à peine de l'endroit où nous nous étions arrêtés, gisait un grand morceau de roc qui s'était détaché de la mesa; la taille et la position de cette pierre nous offraient un excellent refuge.

Nous fûmes surpris de ne pas avoir fait cette découverte plus tôt; il est vrai que nos regards avaient été presque constamment tournés dans une autre direction. On comprend avec quel empressement nous nous glissâmes derrière le roc. Un cri de rage s'échappa des rangs des guerilleros; ils s'aperçurent que leur longue carabine ne pouvait plus leur servir. Ijurra et El Zorro trépignaient de fureur.

Nous n'aurions pu trouver un meilleur abri dans la prairie; il valait mieux que tous les bois du monde. C'était comme une petite forteresse d'où nous pouvions défier même un nombre double d'assaillants, à moins qu'ils ne tentassent une lutte corps à corps.

Notre disparition subite avait produit en eux des sensations nouvelles; les uns regardaient avec surprise, d'autres avec superstition. De bouche en bouche circulaient les mots « *Los demonios!* » (les démons!)

Il était assez étrange que nos ennemis ne nous eussent pas fermé cette retraite, dont ils ne pouvaient ignorer l'existence. Plusieurs de ces guerilleros étaient originaires de ces régions et avaient dû fréquemment visiter la mesa. Peut-être ne s'étaient-ils jamais donné la peine de l'examiner avec soin. Il n'y a pas de gens qui prennent moins d'intérêt aux phénomènes de la nature que les Mexicains. Une maison mexicaine entourée d'un jardin est une rareté, on n'y rencontre jamais ni parc ni pelouse; l'aspect d'une verte savane, d'une barranca ou d'une montagne, du paysage le plus sublime, ne leur cause aucune émotion... Les combats de taureaux ou de coqs les tirent seuls de leur apathie. Il en est ainsi des nations et des hommes qui ont dépassé l'âge de la force et atteint la période de la sénilité et de la seconde enfance.

Mais il y avait encore une raison, et peut-être la meilleure, pour laquelle nos adversaires ne connaissaient pas la localité. Comme mes compagnons le déclarèrent, la mesa était le lieu de halte favori des Comanches. Ces sauvages aiment le pittoresque!... A vrai dire, près de là était une source qui guidait peut-être le choix de ces maîtres des prairies. Depuis des années, la butte était donc un lieu dangereux, peu fréquenté par

les simples curieux, et il était assez vraisemblable que pas un
des héros qui se trouvaient devant nous ne s'était aventuré
depuis longtemps dans ces parages éloignés de toute habitation.

XXXIII

UN PLAN DE FUITE

Notre disparition soudaine, qui avait stupéfié nos ennemis,
perdit bientôt son caractère mystérieux. Les canons de nos
rifles et nos visages, visibles derrière le roc, devaient dissiper
toute croyance au surnaturel.

El Zorro continua à décharger sa grosse carabine; mais les
balles ne nous effrayaient pas plus que si elles eussent été des
navets; elles volaient contre le roc et retombaient inoffensifs
à nos pieds.

Voyant l'inutilité de ses efforts, le bandit cessa enfin son tir
et partit avec un camarade dans la direction de la rancheria,
— chargé sans doute de quelque mission par Ijurra.

Une paire d'yeux suffisait pour observer les mouvements
des assiégeants. Garey accepta cette tâche et nous laissa, Rube
et moi, libres de songer à un plan de salut.

Il était certain que nous ne serions pas attaqués; nous
avions donc le choix entre deux alternatives : conserver notre
position jusqu'à ce que la soif nous forçât à nous rendre, ou
assaillir nos ennemis et nous frayer hardiment un passage à
travers leurs rangs.

La soif devait bientôt nous contraindre à capituler. La faim
était moins à craindre, puisque nos chevaux étaient là... Nos
gourdes étaient vides; l'arrivée de l'ennemi nous avait em-
pêchés de les remplir à la source de la mesa. L'émotion de la
lutte nous avait un instant fait oublier notre soif, mais elle
revenait maintenant plus terrible que nous ne l'avions jamais
sentie. Pour l'apaiser, nous mâchions une balle de plomb.

L'autre alternative était mortelle. Pour traverser les rangs des Mexicains, nous devions engager une lutte corps à corps ; nous regrettâmes alors de ne pas l'avoir fait quand ils n'étaient que onze.

Cependant un peu de réflexion nous convainquit que notre position n'était pas encore désespérée. Nous pouvions essayer de fuir dans les ténèbres. Si nous parvenions à franchir par un élan furieux la ligne ennemie, nous pouvions échapper, peut-être, dans la confusion de la mêlée. Le parti le plus audacieux était évidemment le meilleur... C'était la seule chance de salut qui nous restât, car nous rendre eût été nous vouer à une mort cruelle.

Nous n'avions que peu d'espoir d'être secourus. Je ne doutai pas que mes amis les tirailleurs, ne fussent à ma recherche ; mais Wheatley et Holingsworth opéraient sans doute leurs perquisitions dans la direction que j'avais prise à plusieurs milles de la mesa.

Après nous être communiqué l'un à l'autre les plans que nous avions conçus, Rube et moi nous nous remîmes à l'écart, et chacun poursuivit le cours de ses propres réflexions. Je déclare que, pendant cette heure de triste méditation, ce ne fut pas le péril de ma situation qui m'inspira les pensées les plus douloureuses. A la vue du chef de la guerilla, j'éprouvai un soupçon pénible que le sentiment de la conservation personnelle avait un instant éloigné de mon esprit. Maintenant que j'avais le temps de réfléchir, ce doute amer me revint avec force. Ai-je besoin d'en dire la cause ? Isolina de Vargas ?.. Savait-elle qu'Ijurra commandait une guerilla ? Pouvait-elle l'ignorer, elle qui logeait sous le même toit que son cousin ? Qui l'avait envoyé à notre poursuite ? Pensée amère ! La chasse au cheval sauvage était-elle une ruse pour me séparer de ma troupe et la livrer aux guerilleros Mexicains ? L'ennemi avait peut-être déjà attaqué et capturé mes compatriotes ! Je devais donc perdre à la fois l'honneur et la vie ! Moi ! le fier capitaine d'une troupe d'élite, dupé ainsi par les artifices d'une femme !

Profondément abattu d'abord, je commençai ensuite à peser la valeur de mes soupçons. Pourquoi aurait-elle tramé ma perte? Était-ce par amour pour sa patrie et par haine pour ses ennemis? Non; ces sentiments ne la guidaient pas, j'avais de bonnes raisons de croire qu'elle était attachée à notre cause et qu'elle détestait les tyrans que nous voulions soumettre à la loi américaine. Au cas contraire, j'étais victime d'une profonde fourberie et d'une hypocrisie sans exemple.

Ijurra, lui, avait assez de motifs pour vouloir m'ôter la vie : je l'avais insulté à notre première rencontre, il savait que j'étais un ennemi, un envahisseur de son pays. Ces motifs expliquaient assez sa conduite.

Puis venaient des pensées moins sombres. Le coursier blanc était pris; il piaffait devant moi; à cet égard, le doute n'était pas possible... D'ailleurs, Ijurra pouvait avoir été instruit de mon expédition par le vaquero qui nous avait suivis à la chasse du cheval blanc. Ijurra avait eu le temps de rassembler sa bande et de me poursuivre. Peut-être ignorait-elle que son cousin fût un chef de guerilleros? J'avais entendu dire que sa conduite était mystérieuse. Il avait été à l'école d'un aventurier madré, d'Antonio Lopez de Santa-Anna.

Je relus la lettre de la fille de don Ramon, je m'arrêtai à chaque mot. C'était une lettre étrange. Je n'y découvris aucune trace de trahison.

XXXIV

ELIJAH QUACKENBOSS

Tout en faisant ces réflexions, je m'étais adossé à notre rempart naturel; je faisais ainsi face à la mesa. Juste vis-à-vis de moi existait dans le roc une sorte de fissure qui s'approfondissait vers le sommet. C'était une petite gorge creusée par les eaux et qui servait sans doute de conduit à la pluie qui

tombait sur la surface unie de la butte. Quoique les rochers
fussent parfaitement verticaux, la gorge avait une inclinaison
considérable. Comme je la regardais attentivement, je m'aperçus avec surprise que l'on pouvait escalader en cet endroit le
précipice qui entourait la mesa et parvenir au sommet en
gravissant les parois de la gorge. La chose semblait aisée pour
un homme agile. Des protubérances dans le roc et des cèdres
nains qui croissaient dans les interstices des pierres, devaient
singulièrement faciliter une entreprise de ce genre. Tandis
que j'examinais ces particularités, je découvris sur le roc des
marques qui n'étaient certes pas produites par les éléments.
J'y reconnus aussitôt des traces de pieds humains chaussés de
grands souliers. Pas de doute : le rocher avait été escaladé...

Mon premier mouvement fut de communiquer à mes compagnons la découverte que je venais de faire; mais je résolus
de m'assurer d'abord si la personne qui avait entrepris cette
audacieuse ascension avait réussi.

A cause du crépuscule, je ne distinguais plus que faiblement
la partie supérieure de la gorge, mais j'y vis encore assez pour
me convaincre que la tentative d'escalade avait eu un plein
succès.

Quel homme hardi s'est aventuré là? Dans quel but? me
demandai-je naturellement. De vagues souvenirs se réveillèrent en moi; peu à peu ils devinrent plus distincts, et je pus
enfin répondre aux deux questions que je m'étais adressées.
Je connaissais l'homme qui avait gravi ce rocher. Je m'étonnai seulement de n'avoir pas songé plus tôt à lui.

Parmi les individus bizarres qui figuraient dans la bande
cosmopolite dont j'avais l'honneur d'être le chef, le moins
bizarre n'était pas celui qui répondait au nom euphonique
d'Elijah Quackenboss. C'était un mélange de Yankee et d'Allemand, originaire des montagnes de la Pensylvanie. Ne
manquant pas d'une certaine instruction, il avait été maître
d'école; mais je m'intéressais à lui en sa qualité de botaniste.
Il montrait pour la science un amour digne d'éloges. Les Amé-

ricains ont en général peu d'inclination pour l'art où brilla
Linné, mais Quackenboss avait du sang teuton dans les veines.

Sa conformation physique était aussi étrange que ses dispositions intellectuelles. Il avait un grand corps voûté et décharné; tous ses membres étaient disproportionnés et dif-
formes. On eût dit que ses bras et ses jambes, toujours en
désaccord, s'étaient rencontrés par hasard. Ses yeux, non
moins désunis, ne consentaient jamais à regarder dans la
même direction; mais, lorsqu'il en fermait un, Elijah Quackenboss savait pointer une carabine et envoyer, à cent yards
de distance, une balle sur la tête d'un clou.

Ses compagnons, les tirailleurs, qui ne comprenaient pas
qu'un être humain raisonnable pût se livrer à des recherches
botaniques, le prenaient pour un homme timbré. Comme
« Dutch-Lige, » — tel était son sobriquet, — maniait parfaitement toutes sortes d'armes, on n'avait garde de le railler ni
de lui infliger tous ces petits ridicules que l'on ne prodigue
que trop souvent aux parias de la nature.

Je n'ai jamais rencontré d'homme qui étudiât la botanique
avec plus d'ardeur qu'Elijah Quackenboss. Rien ne lui coûtait
pour satisfaire sa passion favorite. Il oubliait toutes ses fatigues pour se mettre, dès qu'il avait une heure de liberté, à la
recherche des plantes rares. Comme il s'éloignait souvent du
camp, il s'était trouvé dans des situations très-périlleuses.
Pendant son dernier séjour au Texas, il avait prêté une grande
attention aux cactus; aujourd'hui qu'il se trouvait au Mexique, la patrie de ces singuliers végétaux, on peut dire qu'il
était devenu fou de cactus. Chaque jour ses explorations lui en
révélaient de nouvelles variétés, et c'était une de ces plantes-
là qui l'avait rappelé à ma mémoire. Je me souvins qu'il m'a-
vait dit, — car une similitude de goûts nous amenait fréquemment à causer ensemble, — qu'il avait découvert, peu
de jours auparavant, une espèce nouvelle et singulière de
mamillaria. Il l'avait trouvée sur une butte de prairie qu'il
avait gravie pour en explorer la flore, ajoutant qu'il n'avait

encore observé cette espèce que sur la butte en question et nulle part dans la contrée avoisinante.

Cette butte était notre mesa, qu'Elijah Quackenboss avait escaladée. Pourquoi n'en ferions-nous pas autant qu'un grossier et lourd botaniste?

Telles furent mes réflexions, et, sans m'arrêter au calcul des avantages que nous devions retirer de ma découverte, je m'empressai de l'expliquer à mes compagnons. Tous deux parurent enchantés. Après un court examen de la gorge, ils déclarèrent que cette voie était praticable; Garey fut d'avis qu'il gravirait à l'aise la butte en cet endroit. Rube dit que c'était un jeu d'enfant, et qu'un mois auparavant il avait grimpé une montagne qui avait de bien plus mauvaises apparences.

·Pourtant, à quoi bon cette ascension? Nous ne pouvions pas fuir par là? De l'autre côté le rocher était infranchissable. La conduite des guerilleros le prouvait assez. Avant la nuit, Ijurra et un autre Mexicain s'étaient rendus à l'arrière de la butte, évidemment pour la reconnaître et dans l'espoir de nous attaquer de ce côté; mais tous deux étaient revenus sur leurs pas, et leurs gestes témoignaient de leur désappointement.

Pourquoi donc monter là-haut si nous ne pouvions descendre de l'autre côté? A vrai dire, sur le sommet nous serions à l'abri des assauts de la guerilla, mais l'ennemi que nous redoutions le plus, — la soif, — nous y poursuivrait.

En restant en place, nous demeurions près de nos chevaux; l'un pouvait au besoin nous servir de nourriture et les autres de moyens de fuite. En grimpant sur le roc, nous devions abandonner nos chevaux. Le sommet de la mesa n'était qu'à cinquante yards; nos carabines pouvaient à la rigueur empêcher l'ennemi d'approcher de nos chevaux, mais à quoi bon? Comme nous-mêmes ils devaient succomber à la soif et à la faim...

Nos espérances s'évanouirent presque aussitôt.

Inutile d'escalader le rocher, notre position actuelle valait mieux; nous pouvions nous y maintenir aussi longtemps que la soif nous le permettrait. Derrière les murailles en granit d'une forteresse imprenable, nous n'aurions pas pu résister avec plus d'avantages.

Telle fut la conclusion à laquelle Garey et moi arrivâmes simultanément.

Rube né s'était pas encore prononcé; il se tenait debout, les deux mains appuyées sur sa longue carabine, dont il examinait attentivement le canon.

C'était l'attitude du vieux trappeur quand il cherchait à trancher une question difficile. Garey et moi nous ne l'ignorions pas; aussi nous tînmes-nous silencieux en laissant développer librement les ressources de son ingénieux instinct.

XXXV

LE PLAN DE RUBE

Rube conserva plusieurs minutes son attitude méditative sans prononcer une parole ou faire le plus léger mouvement. Enfin il poussa un sifflement joyeux.

— Eh! qu'y a-t-il, vieux garçon? demanda Garey, qui comprenait le signal et savait que le sifflement annonçait quelque découverte.

— Quelle est la longueur de ton lazo, Bill? se contenta de répondre Rube.

— Vingt yards... bonne mesure.... répliqua Garey.

— Et le tien, jeune homme?

— A peu près la même longueur... peut-être un yard ou deux de plus, dis-je.

— Bien! s'écria le questionneur d'un air satisfait. Ah! nous allons rire de nos adversaires.

— Hourra pour toi, Rube! As-tu un plan?...

— Oh! oui, j'en ai un.

— Apprends-le-nous donc, camarade, dit Garey en voyant que le vieux trappeur était redevenu silencieux. Le temps presse, ce me semble.

— Le temps ne nous manquera pas, Bill; sois moins impatient. Je vais d'abord placer ma vieille jument à côté du cheval noir du capitaine... Comme nos ennemis hurleront quand ils trouveront la place vide! Eh! eh! eh! oh! oh! oh!

Et Rube se mit à rire avec autant d'abandon que si ses adversaires se fussent trouvés à cent milles de là.

Garey et moi trépignions d'impatience; mais notre compagnon était dans un accès de bonne humeur et nous savions qu'on eût essayé en vain de le faire parler avant qu'il en eût envie.

Quand sa bruyante hilarité fut apaisée, Rube prit un air plus sérieux et parut encore une fois s'occuper d'un problème grave. Voici le monologue qu'il tint :

— Vingt yards de Bill, autant du jeune capitaine et seize de moi, font cinquante-six. En y joignant les brides des chevaux, nous obtiendrons une corde d'une longueur qui nous permettra d'échapper à ces vilaines peaux jaunes...

En prononçant ces paroles, Rube détachait ses regards du canon de sa carabine pour examiner en tous sens le rocher. Il murmurait encore, à part lui, que Garey et moi avions déjà deviné son plan; mais nous ne lui en dîmes rien. Devancer les explications du vieux trappeur eût été une injure mortelle à ses yeux. Nous attendîmes donc qu'il nous communiquât sa découverte.

— Voici, jeunes gens, dit-il, comment nous pourrons battre victorieusement en retraite. D'abord, nous grimperons là-haut aussitôt que les ténèbres nous couvriront; nous emporterons nos lazos, nous les nouerons les uns aux autres, et, s'il le faut, nous y ajouterons une couple de brides; puis nous attacherons ces liens réunis à un des arbres qui couronnent le rempart, et nous nous laisserons glisser de l'autre côté; une ois dans la prairie, nous irons directement à la rancheria; là, nous rassemblerons les tirailleurs de notre jeune capitaine ; nous reviendrons à la butte et donnerons à ces nègres une raclée comme ils n'en ont pas encore reçu depuis le commencement de la guerre. Que pensez-vous de ce plan ?

Mentalement, Garey et moi y avions déjà applaudi ; nous exprimâmes promptement notre approbation.

Ce plan promettait, en effet, d'heureux résultats. Si nous parvenions à en exécuter les détails sans être découverts par l'ennemi, il était assez probable que nous atteindrions sains et saufs, en quelques heures, la place du village, où nous pourrions apaiser notre soif ardente aux eaux cristallines du puits.

Cette douce perspective nous donna une nouvelle énergie ; nous mîmes immédiatement la main à l'œuvre pour faire nos préparatifs de départ. Un de nous surveillait l'ennemi, tandis que les deux autres travaillaient...

Après avoir noué nos lazos ensemble, nous attachâmes, au moyen des brides, nos chevaux tête à tête derrière le roc, pour les empêcher de s'exposer aux escopettes des guerilleros. Cela fait, nous attendîmes la nuit. Serait-elle sombre ? Dans le doute, notre anxiété était grande : les nuages d'un gris de plomb qui couvraient le ciel promettaient de nous favoriser ; de plus, la lune ne devait pas paraître avant minuit.

Rube, qui se vantait de connaître tous les signes de température comme un vieux loup de mer, examina le ciel.

— Eh ! vieil ami ! dit Garey, qu'en penses-tu ? Fera-t-il sombre, hein ?

— Aussi sombre que dans un four, répondit Rube, puis il ajouta : Aussi sombre que dans le corps d'un buffle rôti sur une prairie en feu.

Le vieux trappeur rit de bon cœur de cette comparaison burlesque. Garey et moi ne pûmes nous empêcher de prendre part à sa gaieté. Les guerilleros, qui nous avaient sans doute entendus, durent nous croire fous.

Les pronostics de Rube se réalisèrent : des ténèbres épaisses succédaient au crépuscule ; un orage était imminent, de grosses gouttes d'eau fouettaient déjà nos selles. Tout allait donc à souhait ; mais en ce moment un éclair illumina la voûte céleste et la prairie comme l'eussent fait mille torches. Ce n'était pas une de ces lumières ternes de nos froids pays du Nord, mais une flamme brillante qui semblait traverser tout l'espace et rivaliser presque avec l'astre du jour.

L'apparition soudaine et inattendue de cet éclair nous consterna ; c'était un obstacle sérieux à nos desseins.

— Ah ! s'écria Rube d'un ton revêche, la lune était moins dangereuse.

— Sera-ce un éclair court ou un éclair long et brillant ? demanda Garey en faisant allusion aux deux aspects distincts sous lesquels le fluide électrique se montre dans ces prairies méridionales.

A ce sujet, un mot d'explication est nécessaire pour les lecteurs de l'ancien monde. L'éclair en zigzag projette coup sur coup des lueurs très-vives, et les intervalles d'obscurité sont courts ; le tonnerre gronde avec force, et une pluie intermittente tombe par torrents.

La seconde sorte d'éclair diffère fort de la première : celui-ci est prolongé ; il illumine tout le firmament, mais il est suivi d'un long intervalle d'obscurité ; le tonnerre l'accompagne rarement, et la pluie n'y succède pas toujours, quoique ce fût cette seconde variété de fluide électrique que nous voyions à présent et que de grosses gouttes tombassent.

— L'éclair fourchu ! répliqua Rube. Non, grâce au ciel ! C'est l'éclair long et brillant que nous aurons. Il ne tonne pas... Bien. Nous avancerons pas à pas, entre les lueurs...

Rube avait à peine cessé de parler, que l'éclair brilla une seconde fois ; la prairie fut illuminée comme un théâtre pendant la scène finale d'un drame à grand spectacle. Nous pûmes voir les guérilleros alignés dans la plaine à côté de leurs chevaux ; nous pûmes distinguer leurs armes, leurs vêtements et même les boutons de leurs vestes. On eût dit des spectres gigantesques....

Le tonnerre ne gronda pas. Un silence parfait rendait cette scène encore plus émouvante.

— Tout va bien ! murmura Rube quand il vit que les assiégeants restaient en place. Avant de battre en retraite, prouvons-leur que nous sommes toujours ici.

Nous montrâmes nos visages et nos rifles autour du roc, et attendîmes dans cette position un nouvel éclair... Il parut, et ne fut pas moins brillant que les autres. L'ennemi n'avait pu manquer de nous voir.

Notre programme était déjà préparé. Garey, chargé du lazo, devait gravir le premier la mesa... Pour avoir le libre usage de ses mains, il avait attaché un bout du lazo à sa ceinture en laissant traîner l'autre. Quand la lumière brilla de nouveau, il était prêt... Au moment où elle disparut, il s'élança sur le roc et commença son ascension... Oh ! puisse l'obscurité être longue ! Un caprice de la nature peut nous perdre !

XXXVI

ESCALADE DE LA MESA

Oh ! puisse l'obscurité être longue ! Nos cœurs battaient avec anxiété, le mien du moins. Rube observait les guerilleros et les tenait en haleine en leur montrant son visage. Mes yeux, dardés sur le mur rocheux, cherchaient en vain à découvrir, dans les ténèbres, notre camarade ; je pouvais distinguer sur le roc un léger frôlement qui s'affaiblissait peu à peu. Heureusement, Garey avait des mocassins aux pieds, et le bruit de ses pas était trop faible pour être entendu de nos ennemis. Oh ! puisse l'obscurité être longue !... Au bout de cinq minutes peut-être, une immense lueur éclaira tout à coup la prairie.

Ciel! Garey était à peine à moitié du roc escarpé. Nous le
vîmes sur une saillie, le corps appuyé contre la mesa; ses
bras étendus horizontalement lui donnaient l'aspect d'un
homme crucifié.

Tant que dura la lueur, il resta dans cette attitude, aussi
immobile que le roc même.

Je me tournai vers les guerilleros, qui ne se doutaient de
rien. Puis reparut l'obscurité suivie d'un nouvel éclair. Je regardai la gorge; ancune forme humaine n'était plus visible.
Une ligne noire coupait le rocher du parapet à la base : c'était
la corde que Garey avait emportée. Il avait atteint, sain et
sauf, le sommet. Alors arriva mon tour, car Rube avait in-
sisté pour rester le dernier au poste dangereux. La carabine
sur le dos, je me tins prêt, après avoir fait mes adieux à mon
brave coursier et pressé son museau velouté sur mes joues.

Au moment opportun, j'employai le lazo suspendu et commençai mon ascension. Grâce à cette échelle improvisée, je
grimpai sans difficulté de saillie en saillie, et avant que la
lumière électrique reparût, je me trouvais sur la crête du
rocher. Je m'étendis à côté de Garey dans les buissons qui
croissaient au bord. Un instant après, les oscillations du lazo,
qui avait été noué au tronc d'un jeune arbre, nous avertirent
que Rube tentait à son tour la périlleuse escalade. Nous entendîmes le vieux trappeur se démener.

Il nous rejoignit enfin, tout essoufflé et tête nue.

Un autre éclair nous permit de voir les guerilleros; ils se
tenaient toujours au poste et ne se doutaient évidemment pas
de nos manœuvres. Le chapeau de Rube, adroitement ajusté
sur notre ancienne forteresse, leur persuadait que nous n'a-
vions pas encore changé de place; je m'expliquai ainsi pourquoi l'ingénieux Rube était venu à nous sans couvre-chef.

Cependant, Rube avait repris haleine; munis du lazo, nous
nous mîmes à la recherche d'un lieu de descente. Parvenus à
l'extrémité opposée de la mesa, nous trouvâmes ce qu'il nous
fallait : un arbre, auquel nous nouâmes la corde!

Toutefois, il y avait encore beaucoup à faire avant que l'un de nous pût tenter la descente. Nous savions que le rocher avait perpendiculairement plus de cent pieds de hauteur ; se glisser jusqu'au bas au moyen d'une corde lisse était une entreprise peu aisée, digne d'un acrobate et qu'aucun de nous n'aurait pu mener à bonne fin. Cet obstacle ne nous arrêta guère cependant ; mes compagnons avaient une imagination fertile en expédients, et ils trouvèrent bientôt un plan qui supprima toute difficulté. Autour de nous croissaient de jeunes pins ; ils en déracinèrent un et le coupèrent en petits morceaux qu'ils attachèrent en forme d'échelons au lazo. Restait à nous assurer si la corde était assez longue. Les nœuds l'avaient quelque peu écourtée, mais ce point fut aussitôt réglé. Une petite pierre fut suspendue à un bout, et puis lancée au bas du rocher. Nous entendîmes le choc du projectile sur le sol. Le lazo atteignait donc la prairie ! Comme Rube était le moins pesant, il devait descendre le premier pour éprouver la solidité douteuse de la corde.

Tout étant prêt, nous passâmes le nœud du lazo sous les aisselles de Rube, qui avança silencieusement les pieds au-dessus de l'abîme. Garey et moi déroulâmes lentement et prudemment la corde ; nous en avions déjà lâché les trois quarts, en nous félicitant du succès de notre tentative, lorsque nous entendîmes tout à coup un cri perçant suivi du bruit d'une chute. Machinalement nous halâmes le lazo ; mais il était débarrassé de son précieux fardeau et il ne pesait pas plus qu'un paquet d'aiguilles. La catastrophe n'était que trop réelle ; le lien s'était rompu, et notre pauvre camarade avait été précipité à terre. Mornes, silencieux, nous regardâmes le précipice, mais en vain ; les ténèbres le dérobaient à notre vue, et nous dûmes attendre dans un doute horrible le retour de la lumière céleste.

Nous prêtâmes une oreille avide. Nous n'entendîmes que les hurlements des loups. Un cri de douleur même du malheureux Rube eût été le bienvenu, car il nous aurait appris que notre compagnon vivait encore. Hélas! il était sans doute mort et réduit en lambeaux.

Avant que l'éclair reparût, nous ouïmes des voix humaines; elles partaient du pied de la mesa; il y en avait deux, mais aucune des deux n'était celle du trappeur. On distingue facilement l'intonation ferme du Saxon de l'accent criard du Mexicain. Les voix étaient celles de nos ennemis.

Ils chevauchaient à deux près du rocher. Nous les aperçûmes distinctement, mais nous ne vîmes pas ce que nous cherchions : le corps fracassé de notre camarade. La lumière électrique, qui se prolongea, nous aurait permis de distinguer les moindres objets autour de nous; mais Rube, vivant ou mort, ne se trouvait certainement pas là.

Était-il tombé entre les mains des guerilleros? Ceux que nous vîmes avaient des lances, mais pas de prisonnier; en outre, nous savions que Rube, à moins d'être grièvement blessé, ne se serait pas laissé prendre sans résistance, et nous n'avions entendu le bruit d'aucune lutte.

Les brigands continuaient à causer; une faible brise nous apportait leurs paroles.

— *Carrambo*! s'écria un d'eux impatienté, vous avez dû vous tromper; c'est le *coyote* (sorte de loup) que vous avez entendu.

— Capitaine, c'était certainement la voix d'un homme.

— Alors ce doit être celle d'un de ces *picaros* (vauriens), logés derrière le roc; il n'y a personne ici. Bah! retournons par ce côté-là de la mesa. *Vamos*. En avant!

Le bruit des pas des chevaux nous avertit qu'ils avançaient pour exécuter le projet du dernier interlocuteur, qui n'était autre qu'Ijurra lui-même.

Nous respirâmes plus à l'aise en voyant que notre camarade n'était pas encore tombé dans leurs griffes; une pensée nous consolait un peu : Rube ne devait pas avoir reçu de blessures graves puisqu'il avait disparu du lieu de sa chute. Mais où était-il? Avait-il rampé quelque part dans le voisinage de la mesa? En ce cas, nos ennemis pouvaient encore le découvrir, car la base du rocher ou la plaine d'alentour n'offraient aucune cachette. Garey et moi attendions avec anxiété le résultat des perquisitions des guerilleros qui avaient entendu son cri et qui le cherchaient. Il était aisé de le trouver dans cette plaine nue.

Nous résolûmes d'observer les mouvements des deux cavaliers, qui s'étaient arrêtés pour examiner le terrain ; nous aussi, nous les examinions et à portée de carabine.

— Les désarçonnons-nous ? murmura mon compagnon.

J'hésitai à donner mon assentiment ; peut-être fut-ce la prudence qui retint ma main.

En ce moment brilla un éclair dont la lueur blafarde donna encore de plus grandes proportions aux deux cavaliers, placés à cinquante pas de nos carabines ; nous pouvions les abattre à coup sûr. J'allais peut-être céder aux sollicitations de Garey, quand s'offrit à notre vue un objet qui nous fit retirer nos carabines à demi épaulées. Cet objet était le corps de notre camarade Rube.

Il gisait sur le sol, les bras et les jambes étendus au large et la face ensevelie dans l'herbe. Du point où nous le regardions, il ressemblait à une peau de jeune buffle, déployée pour sécher et attachée au sol ; mais nous savions que c'était le corps d'un homme vêtu de peau de daim, le corps du trappeur sans oreilles. Il n'était pas mort : un cadavre ne pourrait se placer dans cette attitude ; il reposait sur la prairie comme un lézard gigantesque.

Rube était à peine à cinq cents yards de distance ; on comprend avec quelle joie nous saluâmes le retour de l'obscurité et le départ des cavaliers.

En passant devant nous, Ijurra réitéra l'expression de ses doutes à son compagnon.

Comme il était heureux pour eux, pour Rube, pour nous tous, qu'ils n'eussent pas aperçu le vieux trappeur !

Garey et moi demeurâmes en place et attendîmes un nouvel

éclair. Quand il parut, l'homme à la peau de daim était loin. Nous crûmes le distinguer un instant à un mille de distance dans la plaine... Notre camarade était sauvé!

XXXVII

UN RENFORT

Pour la première fois depuis la rencontre de la guerilla, je respirai librement à la pensée d'une prochaine délivrance; mon compagnon partageait cet espoir. Nous songeâmes alors à nos chevaux, dont le sort nous causait, — à moi, du moins, — les plus vives appréhensions. Aussi longtemps qu'il était probable que chaque minute pouvait être la dernière de ma vie, j'avais considéré la destinée de Moro et du coursier blanc comme une affaire secondaire; maintenant que je me croyais certain de survivre à cette terrible aventure, l'instinct naturel qui rattache l'homme à la vie reprenait tous ses droits; je résolus d'observer les mouvements des guerilleros, pour les empêcher de s'emparer, s'ils le tentaient par hasard, de mon cheval et de l'autre, qui m'avait entraîné dans cette position périlleuse.

Notre joie était cependant troublée par la pensée que mes tirailleurs avaient peut-être quitté la rancheria, que l'armée américaine s'était remise en marche, — enfin que Rube avait pu être pris ou tué en route. Cette dernière supposition, toutefois, nous préoccupait moins. Nous avions pleine confiance dans l'adresse du vieux trappeur, et nous étions bien convaincus qu'il ne reviendrait pas sans renforts; d'ailleurs, nous pouvions attendre patiemment: dans notre forteresse aérienne, nous pouvions résister une semaine, un mois et plus même contre des centaines d'assaillants.

Mais la faim et la soif? demandera le lecteur.

Ah ! nous ne craignions plus ni l'une ni l'autre ; la fortune nous avait comblés tout à coup de ses faveurs. Sur cette butte déserte croissait une plante gigantesque, l'*echinocactus mamillaria* de Quackenboss, qui nous fournit un breuvage délicieux ; nous y trouvâmes également des noix de pin qui nous donnèrent une excellente nourriture.

Rien d'étonnant donc que la fureur de nos ennemis eût cessé de nous paraître redoutable.

Après nous être rassasiés, nous nous postâmes au sommet de la gorge, dans les buissons, pour observer les mouvements des Mexicains et les tenir à une distance respectueuse de nos montures.

A la lueur des éclairs, nous les vîmes toujours dans la même position. Ils semblaient bien déterminés à ne pas nous laisser fuir dans les ténèbres ; leurs mesures étaient habilement prises : ils étaient placés à des distances régulières par groupes de deux hommes ; un homme de chaque groupe veillait à cheval tandis que son compagnon se promenait à pied dans la ligne du cordon.

Peu à peu les éclairs devinrent plus rares. Ce fut pendant un intervalle d'obscurité que nous fûmes tout à coup mis en émoi par le bruit lointain de chevaux en marche.

Quoiqu'il n'y ait qu'une différence peu marquée entre les bruits que produisent les sabots d'un cheval monté ou d'un cheval qui ne l'est pas, les hommes des prairies les distinguent sans peine. Mon compagnon annonça aussitôt que les chevaux que nous entendions dans la plaine portaient des cavaliers.

Les guerilleros avaient été mis en alerte en même temps que nous, et deux des leurs étaient partis au galop pour opérer une reconnaissance. Voilà du moins ce que nous apprit notre ouïe, car l'obscurité était telle, que nous ne pouvions discerner un objet à six pieds de nous ; les ténèbres étaient pour ainsi dire palpables.

Les sons provenaient d'un point très-éloigné de la prairie ;

mais comme ils se rapprochaient sans cesse, nous en con-
clûmes que les cavaliers se dirigeaient sur la mesa.

Cet incident ne nous donna aucun espoir. Rube n'avait pas
encore pu atteindre la rancheria. Les survenants devaient être
El Zorro et son compagnon, qui avaient été envoyés en mission
par Ijurra.

Nous ne doutâmes pas longtemps. Les cavaliers approchèrent en échangeant des salutations bruyantes avec les guerrilleros, tandis que les chevaux des deux bandes hennissaient
comme s'ils étaient heureux de se revoir.

En ce moment, un éclair nous montra non-seulement El
Zorro, mais un renfort de trente hommes. Nous étions à demi
préparés à cette découverte. Ce ne fut pas sans alarme, pourtant, que nous vîmes cet accroissement des forces ennemies.
Assurément, les Mexicains n'hésiteraient plus à assaillir notre
ancien refuge derrière le roc avancé, et ils s'empareraient
alors de nos chevaux !... Le renfort de Rube ne serait-il pas
trop faible contre une bande pareille? Il y avait à présent
devant nous cinquante guerilleros !

Nous fûmes bientôt rassurés sur les deux premiers points.
A notre grande surprise, nous vîmes qu'ils ne songeaient pas
encore à livrer un assaut; ils augmentèrent simplement la
force de leur cordon de sentinelles et prirent d'autres dispositions pour continuer le siége. Évidemment, ils étaient d'avis
qu'il ne faillait pas nous attaquer dans notre gîte; précaution
dont use aussi le chasseur prudent à l'égard de l'ours gris,
du lion, du tigre. Craignant nos rifles et nos carabines, ils
voulaient nous réduire par famine. Nous ne pouvions nous
expliquer d'une autre façon le lâche retard qu'ils apportaient
à leur vengeance.

XXXVIII

L'ESPION INDIEN

Minuit était passé. Aux lueurs blafardes de l'éclair succéda la douce lumière de la lune; de sombres nuages glissaient silencieusement dans le ciel et enveloppaient de temps en temps la prairie d'épaisses ténèbres; l'air était frais et pur.

Jusqu'à ce moment, Garey et moi étions restés au sommet de la petite gorge qui avait favorisé notre ascension. Derrière nous brillait la lune et devant nous, à l'ouest, stationnait la guerilla. L'ombre de la butte se projetait au loin, et au delà de ses contours bien dessinés était la ligne des sentinelles ennemies. Agenouillés dans les buissons, nous dominions, sans être aperçus, la bande, qui fumait, babillait, criait ou chantait avec l'humeur la plus joviale.

Après l'avoir tranquillement observée un certain temps, Garey me quitta pour faire le tour de la mesa et examiner la prairie dans la direction de la rancheria. Si mes tirailleurs n'avaient pas encore levé le camp, ils ne devaient pas tarder à paraître de ce côté.

Le jeune trappeur était à peine parti, qu'un objet sombre attira mon attention dans la plaine. Je crus reconnaître un homme étendu sur le sol, comme j'avais vu Rube un moment après sa chute. Assurément ce n'était pas notre vieux camarade. Je cherchais à m'expliquer cette apparition qui se trouvait à six cents yards de la mesa, derrière la ligne des guerilleros, quand un nuage, passant devant la lune, plongea toute la prairie dans l'obscurité.

Quand la lumière de l'astre de la nuit reparut, l'homme n'était plus à la place où je l'avais d'abord remarqué; il se trouvait maintenant à deux cents yards des cavaliers mexicains : une touffe d'herbe semblait l'abriter contre les regards des guerilleros; ceux-ci ne faisaient aucun signe qui indiquât qu'ils se doutaient de sa présence.

Du haut de la butte, l'herbe de la prairie ne me cachait pas cet objet, qui était, — je n'en doutai plus, — un homme, et, chose plus étonnante, un homme presque nu qu'argentaient les rayons de la lune.

Jusqu'alors j'avais cru, ou plutôt j'avais craint que ce ne fût Rube, parce que je ne désirais pas le revoir de cette manière. Certes, il n'aurait pas voulu revenir seul; d'un autre côté, pourquoi aurait-il joué ainsi le rôle d'un espion, lui qui connaissait la position exacte de l'ennemi? Aussi cette apparition m'embarrassa-t-elle singulièrement; mais le corps presque nu me rassura. Ce ne pouvait être Rube, quoique le soleil, la poussière, la poudre et la graisse eussent donné au trappeur la teinte cuivrée d'un Indien pur sang; en outre, Rube ne se dépouillait jamais de ses vêtements de peau de daim.

Puis survint de nouveau une obscurité momentanée, et quand elle se dissipa, je ne vis plus le bizarre étranger dans le voisinage de la mesa; mais en portant au loin mes regards, je distinguai un homme qui s'avançait rapidement.

L'éloignement le déroba bientôt à ma vue, on eût dit qu'il s'était évaporé dans les rayons de la lune.

J'examinais encore le point où il avait disparu, quand j'aperçus avec surprise à l'horizon plusieurs formes qui s'y dessinaient vaguement.

— C'est Rube, pensai-je, et là-bas arrivent les tirailleurs!

Je les dévorai des yeux... C'étaient des cavaliers; mais au lieu de marcher en masse, ils avançaient à la file et se suivaient comme les anneaux d'une gigantesque chaîne. Mes tirailleurs ne chevauchaient jamais de la sorte, si ce n'est dans un défilé étroit ou dans le sentier d'une forêt. Ce n'étaient donc pas mes compagnons...

Je me rappelai alors que j'avais déjà vu plusieurs fois ce spectacle. Cette ligne serrée qui se déroulait à l'horizon était

une vieille connaissance : c'était une bande de guerriers
indiens dans leur marche nocturne,—sur le sentier de guerre.

Je .compris la conduite de l'espion: c'était un coureur
indien. Le détachement auquel il appartenait se dirigeait sur
la mesa, — peut-être avec le dessin d'y camper ; le sauvage
avait été chargé de reconnaître le terrain.

Je ne pouvais deviner le résultat de son rapport. Les cavaliers s'étaient arrêtés pour attendre sans doute le retour de
leur messager; ils étaient trop loin pour être vus des Mexicains, et, un instant après, l'obscurité les déroba à ma curiosité surexcitée. Avant de communiquer ces faits à Garey,
je résolus d'attendre le retour de la clarté lunaire pour avoir
quelque chose de plus précis à lui rapporter.

XXXI

LA CABALLADA

Un quart d'heure environ s'écoula avant que le nuage disparût du disque de la lune; puis je vis, à ma grande surprise,
une troupe de chevaux, — une *caballada*, — à un demi-mille

de la mesa. Pas un seul n'était monté. Selon toute apparence, c'étaient des chevaux sauvages accourus au galop pendant l'obscurité; en ce moment ils étaient silencieux et immobiles.

Je cherchai en vain, sur toute la surface de la prairie, les cavaliers que j'avais vus auparavant. Avaient-ils disparu à l'horizon?...

J'allais appeler mon compagnon pour lui apprendre tout ce qui s'était passé, quand je le trouvai debout à mes côtés. Il avait fait le tour de la mesa sans avoir rien vu, et il revenait à son ancienne position pour s'assurer si la guerilla était toujours tranquille.

— Oh! cria-t-il en découvrant la caballada, que signifie cela? Un troupeau de chevaux sauvages! Il est étrange que ces *nègres* de Mexicains ne les voient pas... Oh!...

Garey ne put achever. Ses paroles furent tout à coup étouffées par un cri sauvage qui partit des rangs mexicains: un instant après la troupe entière sauta en selle et se mit en mouvement.

Naturellement, nous supposâmes qu'ils venaient d'apercevoir la caballada et que c'était là ce qui produisait cette agitation soudaine. Jugez de notre étonnement quand, nous vîmes que nous étions nous-mêmes la cause de l'alarme, car les guerilleros, au lieu de se diriger vers la prairie, se rapprochèrent du rocher en hurlant et en déchargeant leurs carabines sur nous. Entre toutes, nous entendîmes la grande arme à feu d'El Zorro, dont le biscaïen siffla à nos oreilles.

Nous ne pûmes d'abord nous expliquer comment ils nous avaient découverts; nous ne nous doutions pas que c'était la lune qui nous avait joué ce mauvais tour. Voici comment: — L'ombre projetée par la butte s'était amoindrie à mesure que la lune s'élevait dans le ciel, et nous, en contemplant la caballada, nous nous étions imprudemment levés; de sorte que nos têtes se dessinaient sur la plaine dans des proportions colossales, sous les yeux mêmes de nos ennemis. Ils nous croyaient toujours au bas du rocher. Leur surprise de nous voir au sommet sembla les priver un moment de leur prudence habituelle... Plusieurs couraient témérairement à portée de nos rifles, peut-être étaient-ce les derniers venus. Dans l'obscurité nous ne pûmes les distinguer, mais l'un d'eux avait le malheur de monter un cheval blanc; ce qui guida la visée du trappeur. Je l'entendis presser la détente, un cri de douleur suivit la détonation, et un instant après la lune éclaira le galop d'un cheval blanc qui venait de perdre son cavalier...

Un autre nuage passa devant la lune et déroba encore une fois la plaine à notre vue. Garey rechargeait sa carabine, quand s'éleva dans les ténèbres un cri qui lui fit faire une pause et écouter. Le cri fut répété, puis poussé sans interruption avec cet accent sauvage qui ne s'échappe que de la gorge des Indiens. Ces vociférations ne partaient pas de la guerilla; c'était le guerrier indien qui les poussait.

— Le cri de guerre comanche! fit Garey après avoir écouté un moment; le cri de guerre comanche! Hourra! les Indiens sont à leurs trousses!

Aux cris se mêla le bruit des chevaux au galop; le sol vibrait sous leurs sabots retentissants.

Les Indiens chargeaient la guerilla... La lune avait percé le nuage: plus de doute, les chevaux sauvages étaient montés; chacun portait un Indien nu jusqu'à la ceinture, dont le corps peint brillait d'un éclat sanglant, terrible à contempler...

Tous les Mexicains étaient déjà en selle, tournés vers cet ennemi inattendu; une irrésolution évidente régnait dans leurs rangs.

— Ils ne soutiendront pas l'assaut, ils fuiront, les lâches! s'écria tout à coup Garey.

L'événement lui donna raison. Parvenus à cent pas des Mexicains, les sauvages firent soudainement halte. Ce ne fut qu'un temps d'arrêt fort court, juste le nombre de secondes qu'il leur fallut pour jeter un coup d'œil sur leurs ennemis et leur envoyer une nuée de flèches. Après quoi, ils se précipitèrent sur les Mexicains en poussant des hurlements féroces et en brandissant leurs longues lances.

Les guerilleros se hâtèrent de tirer presque au hasard : ils ne songèrent pas à recharger. Après avoir fait feu, la plupart jetèrent leurs armes, et la retraite, ou plutôt la déroute commença. La troupe entière tourna le dos aux Indiens, côtoya la base de la mesa, et prit au grand galop la fuite, en droite ligne.

Les Comanches les suivirent de toutes leurs forces en vociférant comme des démons, et d'autant plus furieux que leur ennemi exécré s'échappait. Si nous n'avions pas donné l'alerte aux Mexicains, les Indiens les auraient surpris à pied et facilement massacrés. A cheval et prêts à fuir, la plupart des Mexicains pouvaient désormais se sauver... Garey et moi allâmes à l'autre bout de la mesa, dès que nous vîmes de quel côté fuyaient les guerilleros.

Les deux partis ennemis passaient à nos pieds ; nous suivions tous leurs mouvements : ils couraient pêle-mêle ; deux cents pas à peine les séparaient. Les Indiens poussaient toujours leur cri de guerre, tandis que les Mexicains avançaient en silence, haletants et fous de terreur.

Tout à coup un cri de consternation et de désespoir partit de la guerilla ; au même instant toute la bande fit halte... Nos yeux et nos oreilles nous donnèrent à la fois l'explication de cette conduite extraordinaire.

Une troupe de cavaliers arrivait au galop ; ils n'étaient déjà plus qu'à trois cents yards de distance : la lune les éclairait de face, nous vîmes reluire leurs armes. Mon compagnon et moi reconnûmes le pas pesant du cheval américain. Quant aux hommes, ils poussaient des hourras que ne peuvent imiter l'Indien ni le Mexicain.

— Bravo ! les tirailleurs, s'écria Garey en faisant chorus de

toute la force de ses poumons. Nous allons avoir un beau ta-
page! Bravo!

Les guerilleros, stupéfiés à la vue de ce nouvel ennemi,
s'étaient arrêtés en croyant sans doute qu'ils avaient affaire
à un second parti d'Indiens. Leur halte dura peu ; ils tournèrent tout à coup à gauche et s'élancèrent dans la plaine
ouverte.

Les Indiens suivirent aussitôt une ligne diagonale pour leur
couper la retraite; mais comme mes tirailleurs avaient déjà
exécuté un mouvement semblable, il se trouva que les sauvages et les Saxons couraient maintenant les uns vers les
autres.

La lune, qui depuis quelques instants ne donnait plus
qu'une faible clarté, fut tout à coup voilée par un nuage, et
une obscurité complète régna dans la prairie. Garey et moi
ne vîmes plus rien de la lutte ; mais nous entendîmes le choc
des bandes ennemies et les hurlements des sauvages qui se
mêlaient aux cris de vengeance des tirailleurs, les détonations
des rifles et des carabines, le cliquetis des sabres et des lances,
les hennissements des chevaux, les chants de victoire du
vainqueur et les gémissements douloureux des blessés.

On comprend avec quelle anxiété nous prêtâmes l'oreille à ces
bruits terribles. Ils ne durèrent pas longtemps. Le combat fut
bientôt terminé. Quand la lune éclaira de nouveau la prairie,
il avait cessé... Des hommes et des chevaux gisaient confondus
sur l'herbe. Au sud, une troupe sombre disparaissait à l'horizon : c'était la lâche guerilla. A l'ouest, des cavaliers fuyaient
seuls ou par groupes, mais les cris de victoire qui partaient du
champ de bataille nous disaient que les tirailleurs avaient
triomphé.

— Où es-tu, Bill? cria, du pied du rocher, une voix que
nous reconnûmes aisément.

— Me voici, vieux ! répondit Garey plein de joie.

— Eh! eh! sais-tu que nous avons proprement abattu les
Indiens? Mais, hélas! les autres, les peaux-jaunes, fuient là-

bas. Qu'ils ne s'en vantent pas trop, les traîtres, car nous les retrouverons bien !

XL

UN CHAPITRE D'EXPLICATIONS

L'engagement avait duré une dizaine de minutes ; on eût dit un rêve fait dans la prairie, au clair de la lune. Si rapides avaient été les mouvements des combattants, qu'après la première volée, pas une carabine n'avait été rechargée. Quant aux guerilleros, le cri de guerre indien semblait leur avoir arraché les armes des mains, car l'endroit où ils avaient commencé à prendre la fuite était littéralement jonché de carabines, d'escopettes et de lances.

La grande carabine d'El Zorro fut retrouvée parmi les dépouilles.

Malgré la courte durée de l'affaire, elle eut des conséquences assez tragiques pour les Mexicains et les Indiens ; cinq guérilleros avaient mordu la poussière et dix guerriers sauvages gisaient sans vie sur la plaine ; les corps peints en rouge des Indiens semblaient couverts d'un linceul sanglant. Les Mexicains, tombés sous les premiers coups des Américains, étaient étendus au pied de la mesa ; plus loin reposaient les cadavres des Indiens. Les revolvers des tirailleurs avaient joué un rôle effrayant. C'était la première fois que les Indiens rencontraient une troupe d'hommes armés de ce terrible instrument de destruction ; ils avaient déjà vu, peut-être, des trappeurs ou des voyageurs isolés munis de revolvers, mais les tirailleurs américains étaient alors le seul corps militaire qui employât, à ma connaissance, les pistolets de Colt en campagne. Le haut prix de cette arme n'avait pas permis au gouvernement américain de l'étendre aux autres branches du service.

Malheureusement, mes hommes ne s'étaient pas retirés sans perte de la lutte ; deux de nos compagnons avaient été percés par des lances comanches, et une douzaine d'autres avaient été plus ou moins grièvement blessés par des flèches.

Pendant que Quackenboss, arrivé avec mes tirailleurs, gravissait la mesa, Garey et moi trouvâmes le temps de parler des scènes étranges auxquelles nous venions d'assister. Moyennant quelques explications, nous comprîmes tous les faits.

Les Indiens qui venaient d'essuyer une défaite complète étaient une bande de Comanches, comme nous le savions déjà par leur cri de guerre. Leur présence dans le voisinage de la mesa avait été purement accidentelle ; ils se dirigeaient sur une riche ville mexicaine de l'autre côté du Rio-Grande, à une vingtaine de lieues de la rancheria ; l'espion avait découvert les cavaliers qui nous assiégeaient et avait rapporté aux siens que c'étaient des Mexicains, — un ennemi pour lequel le seigneur Comanche professe un profond mépris. A vrai dire, il méprise moins les chevaux mexicains, les selles ouvragées en argent, les sérapés bigarrés, les manteaux de fin drap, les culottes, les armes et les accoutrements ; c'était pour s'emparer de ces biens que les sauvages avaient attaqué les guerilleros. D'un autre côté, leur haine héréditaire contre la race espagnole, — haine aussi ancienne que la conquête du nouveau monde par les successeurs de Colomb, — n'avait pas été étrangère à la tentative hostile des barbares.

Tous ces renseignements nous furent donnés par un des leurs qu'une blessure avait cloué sur le sol ; en l'examinant de plus près, nous reconnûmes en lui un ancien captif mexicain qui avait acquis la grande naturalisation indienne. Heureusement pour la ville mexicaine menacée de pillage, les sauvages, ainsi décimés, retournèrent tête basse dans leurs montagnes.

Le reste de l'affaire s'expliquait encore plus facilement. Rube était arrivé sain et sauf à la rancheria, et dix minutes après

qu'il eut raconté les faits, cinquante tirailleurs, avec Holingsworth à leur tête, accouraient rapidement à la mesa.

Rube les avait guidés avec son adresse habituelle. Tout
comme les Indiens, ils avaient profité de l'obscurité pour s'approcher des Mexicains, qu'ils voulaient attaquer à l'improviste; mes hommes n'étaient plus qu'à une faible distance de
la butte qui cachait leurs mouvements aux guerilleros, quand
résonna à leurs oreilles le cri de guerre comanche. On sait le
reste. Les Mexicains, qui avaient pris la fuite de leur côté,
furent reçus par une volée de coups de revolver, et les tirailleurs se rencontrèrent alors face à face avec les guerriers peints.

La surprise mutuelle des tirailleurs et des Indiens, produite
par cette rencontre inattendue, fut une circonstance heureuse
pour la lâche guerilla, qui profita de la courte halte de leurs
doubles poursuivants et de la mêlée confuse qui s'ensui-
vit, pour se sauver au galop. Que serait-il advenu si les tirailleurs n'étaient pas arrivés sur le terrain? Certainement les
Indiens nous auraient délivrés de nos cruels ennemis; Garey
et moi n'aurions peut-être pas été découverts, mais nous aurions perdu nos chevaux, si précieux pour nous. Disons avec
le proverbe : « Tout est bien qui finit bien. » Nous nous retrouvâmes bientôt en selle, et, affranchis de toute crainte,
nous reprîmes joyeusement le chemin de la rancheria.

Whealtey chevauchait à mes côtés. Holingsworth resta avec
quelques hommes sur le champ de bataille pour ramasser les
dépouilles et enterrer nos infortunés camarades. Tout en avançant, je me retournai pour examiner le théâtre de la lutte.
J'aperçus Holingsworth à pied dans la plaine; il retourna l'un
après l'autre les cadavres des cinq guerrilleros, dont les figures
étaient éclairées par la lune. Il mit à cette funèbre besogne
un empressement si curieux, qu'on eût pu croire qu'il cherchait un ami tombé ou qu'il dépouillait les morts.

Un autre mobile le poussait : il cherchait un ennemi. Au
geste de rage qu'il fit en s'éloignant, je vis que son homme
n'était pas au nombre des tués.

— Quelles nouvelles, Wheatley? demandai-je.

— Grandes nouvelles! Il paraît que le président Polk est d'avis que nous ne sommes pas dans la bonne voie. Ils pensent, à Washington, que nous ne pouvons arriver à Mexico de ce côté-ci; en conséquence, nous allons quitter ces parages et nous embarquer dans un port situé plus bas sur le golfe, à la Vera-Cruz, je pense.

— Ah! voilà d'importantes nouvelles, en vérité!

— Elles ne me plaisent guère, continua Wheatley, d'autant plus que notre vieux et brave général en chef Taylor va, dit-on, être rappelé et remplacé par ce paperassier, ce bureau-crate, ce faible oiseau nommé Scott... N'est-ce pas une infamie de traiter ainsi notre brave Taylor après tout ce qu'il a fait? Ont-ils peur qu'il ne prétende à la présidence des États-Unis?

Je compris en partie la répugnance de Wheatley à changer de centre d'opérations. L'ennui ne troublait jamais le gai lieutenant : au village que nous occupions, il trouvait une foule d'expédients pour passer agréablement ses heures de loisir.

Autant ce poste nous avait d'abord déplu, autant nous l'ai-mions à présent. Le militaire est prompt à s'habituer aux hommes et aux choses, et il sait par expérience qu'il est sage de rester où l'on se trouve bien.

Notre détachement n'était pas encore rappelé, mais mon compagnon affirma que les rumeurs du camp partaient de bonne source et que nous pouvions nous attendre à chaque instant à recevoir un ordre de départ.

— Que dit-on de moi? demandai-je ensuite.

— De vous, capitaine? Rien. Que pourrait-on dire?

— Assurément on a dû parler de mon absence.

— Oh! non... Pas un mot, au quartier général du moins, pour la bonne raison que vous n'êtes pas inscrit sur la liste des manquants.

— Ah! j'en suis charmé; comment cela s'est-il fait?

— La vérité est qu'Holingsworth et moi avons cru servir vos intérêts en tenant à tout hasard la chose secrète jusqu'à ce que nous fussions certains de votre mort. Nous ne désespérions pas, d'ailleurs, de vous revoir vivant. Le vaquero qui vous avait guidé à la chasse du cheval blanc, nous rapporta que deux trappeurs s'étaient mis à votre poursuite. A la des-cription qu'il nous en fit, je reconnus cette vieille et bonne peau qui s'appelle Rube, et je fus convaincu que s'il restait quelque chose de vous, c'était l'homme à trouver vos reliques...

— Merci, mon ami ; tu as agi sagement, ta conduite discrète m'épargnera bien des difficultés. N'y a-t-il pas d'autres nouvelles? répétai-je encore après une pause.

— Non, dit Wheatley, aucune digne de mention. Oh! poursuivit-il tout à coup en se reprenant, je me trompe. Voici une petite nouvelle. Te souviens-tu encore de ces chiens de Mexicains qui se promenaient si mystérieusement dans le village, les premiers jours de notre arrivée? Eh bien, ils sont tous partis, vous pouvez traverser la rancheria sans rencontrer un Mexicain, sauf les vieillards et les femmes. J'ai demandé à l'alcade où ils s'étaient réfugiés, mais le brave homme s'est contenté de secouer la tête et de répéter son éternel : *Quien sabe!* (Qu'en sais-je!) Ils ont sans doute rejoint quelque bande de guerilleros. Quand j'y pense, je ne serais pas surpris qu'ils se fussent trouvés parmi ceux que nous avons étrillés là-bas. Oui! ils y étaient, je n'en doute plus... Au moment où nous quittâmes la mesa, j'ai vu Holingsworth examiner les cinq morts; il les reconnaîtra, je présume, et pourra nous dire si l'une de nos anciennes connaissances était parmi eux.

Sachant là-dessus plus que Wheatley lui-même, je l'éclairai au sujet des guerilleros et de leur chef.

— Je le pensais bien, répliqua Wheatley. Ah! Rafaël Ijurra! Je ne m'étonne plus de l'empressement d'Holingsworth à se mettre en marche; il était même si pressé d'atteindre la mesa, qu'il oublia de me dire quel ennemi nous poursuivions. Fous que nous sommes d'avoir laissé fuir ces coquins de Mexicains... Nous aurions dû les tuer tous!...

Après cet échange d'explications, nous chevauchâmes quelques minutes en silence. Vingt fois une question fut sur mes lèvres, mais je ne la posai pas, espérant que Wheatley aurait quelque chose encore à me raconter, quelque chose de plus intéressant, — pour moi du moins, — que tout ce qu'il m'avait déjà dit; mais il resta silencieux. Afin de le faire parler, j'affectai un air insouciant et lui demandai :

— N'avons-nous pas eu de visiteurs au poste? Personne du camp?

— Pas une âme! répondit-il, et il retomba dans son silence méditatif.

— De visiteurs d'aucune sorte? Personne ne s'est informé de moi? répétai-je, déterminé à aborder le sujet de mes préoccupations secrètes.

— Non! non! fut la réponse décourageante. — Oh! un instant! Oh! oui, en vérité, ajouta-t-il en se reprenant et en parlant, d'un ton particulier, avec une sorte d'ironie amicale qui n'échappa pas à mon attention; oui, on s'est informé de vous.

— Qui! demandai-je avec une feinte tranquillité.

— Voilà ce que j'ignore, répliqua le gai lieutenant avec un air évident de badinage, un petit garçon mexicain est venu s'informer peut-être un *million* de fois si vous étiez revenu; il semblait fort triste quand on lui répondait toujours : Non. Il est clair que le petit garçon ne prenait pas ces informations pour son propre compte et qu'il n'était qu'un messager; mais le drôle est d'une discrétion à toute épreuve, il n'a pas voulu dire qui l'envoyait. Seulement, j'ai remarqué qu'il prenait toujours la route qui mène à l'hacienda de don Ramon.

Nous aurions pu arrêter le petit Mexicain comme espion, continua Wheatley d'un ton de fine ironie, mais nous avons cru qu'il pouvait être envoyé par l'un de vos amis.

Peu après mes yeux s'arrêtèrent sur un objet reluisant : c'était la girouette dorée de la petite chapelle qui dominait les blanches murailles de l'hacienda, baignées dans la lumière laiteuse de la lune.

XLI

UN SAVANT ALLEMAND DANS L'EMBARRAS

La douce lumière bleuâtre du matin apparaissait à l'horizon quand nous parvînmes à la rancheria. Je ne sentais plus la faim. Quelques tirailleurs prévoyants avaient rempli leurs havre-sacs de provisions de bouche et avaient généreusement partagé avec moi ; j'avais apaisé ma soif à leurs gourdes.

Les périls et les veilles des jours précédents avaient épuisé mes forces ; aussi, je me jetai à moitié habillé sur mon *catré* de cuir (lit de camp mexicain) et m'endormis aussitôt. Quelques heures de repos produisirent l'effet désiré et me rendirent l'énergie du corps et la vigueur de l'esprit. Je me réveillai plein de santé et d'espérances. Le ciel et la fortune me souriaient.

Je préparai ma toilette avec plus de soin que mon déjeuner ; puis, le cigare en bouche, je montai sur l'azotea pour y faire ma flânerie favorite.

Au milieu de la foule était mon superbe captif, le coursier blanc ; il dressait fièrement la tête, comme s'il eût apprécié l'admiration qu'il excitait. Les tirailleurs, les revendeuses indiennes de la plazza, et même les grossiers indigènes, le contemplaient avec surprise.

— Présent splendide, digne d'une princesse ! pensai-je.

J'avais d'abord eu l'intention d'offrir le cadeau en personne ; de là le soin apporté à ma toilette. Après réflexion plus mûre, j'abandonnai ce dessein pour différentes considérations ; je craignais surtout que la visite d'un capitaine de tirailleurs américains ne compromît les habitants de l'hacienda. Le patriotisme des Mexicains devenait chaque jour plus vif. La simple acceptation d'un présent était déjà une chose dangereuse. A vrai dire, je n'offrais pas gratuitement le coursier blanc ; ce n'était qu'une indemnité pour la jument que j'avais

tuée, et l'on ne pouvait pas me considérer comme un dona-
teur prodigue.

Je chargeai donc mon groom noir de conduire mon magnifique captif à la rancheria. Déjà le lazo blanc que j'avais
naguère enlevé, à mon insu, à Isolina, était attaché en forme
de licou au coursier, et le nègre n'attendait plus qu'un signal
pour partir.

Que ne pouvais-je rendre le coursier invisible ou le trans-
porter à destination derrière un nuage. Je songeai à attendre
les ombres amies de la nuit.

Justement alors survint un incident si burlesque, que l'attention de la foule se détourna du coursier blanc et me
fournit ainsi l'occasion que je cherchais de le faire disparaître
sans bruit.

Le héros de cet incident était Elijah Quackenboss. De tous
les hommes de ma bande, Dutch Lige (l'Allemand Elijah,
sobriquet de notre homme) était le plus mal vêtu; non pas
qu'il dépensât moins d'argent que les autres pour sa toilette,
mais il en laissait des lambeaux dans toutes ses excursions
à la recherche des cactus : il ne fallait pas plus de sept
jours à Elijah Quackenboss pour mettre en pièces un équi-
pement neuf. Son costume était habituellement dans un état
pitoyable.

L'escarmouche de la nuit précédente avait eu des résultats
heureux pour Lige; il avait tué pour sa part un des cinq guérilleros, il l'assurait du moins, mais ses compagnons le trai-
tèrent de méchant vantard. Lige répliqua en retirant la balle
du corps de sa victime; personne alors ne nia plus, car la
carabine de Quackenboss avait un calibre particulier qui la
distinguait des autres. Ses balles étaient reconnaissables entre
toutes.

En vertu du règlement de guerre des tirailleurs, les dépouilles du mort appartenaient à Quackenboss; notre botaniste, s'étant donc déshabillé sans délai, avait jeté au loin
ses guenilles et endossé un costume mexicain complet, qui

comprenait des calzoneros et des calzoncillos (culottes et caleçons), une ceinture et un sérapé, une veste et un chapeau verni, des bottes et des éperons gigantesques. Jamais on ne vit une pareille paire de jambes logées dans des culottes de velours, ni deux bras semblables enfermés dans les manches d'une veste brodée, bref, le savant tirailleur était si singulièrement attifé, que son apparition sur la place du village fut saluée par les longs éclats de rire de ses camarades et des indigènes ; les sombres Indiens eux-mêmes montrèrent leurs blanches dents et se joignirent au chœur général. Mais ce ne fut pas tout : entre autres dépouilles, Lige avait capturé une mustang comanche qui devait désormais remplacer, disait-il, son propre cheval de guerre, réduit, depuis longtemps, à un véritable état de décrépitude. Le devoir avait appelé Quackenboss sur la plazza ; il y vint en menant à la main la mustang, sur laquelle il avait transféré sa vieille selle et ses brides. C'était, en effet, un excellent cheval. Maint camarade de Lige lui enviait cette belle prise.

On riait encore quand les tirailleurs reçurent l'ordre de monter à cheval. Quackenboss s'empressa, comme les autres, d'obéir ; mais à peine fut-il en selle, que la capricieuse comanche voûta le dos, commença à tournoyer et rua : elle paraissait jalouse de prendre toutes les poses et toutes les attitudes équestres possibles ; tantôt un sabot compromettait une oreille du cavalier effrayé, tantôt une rangée de dents menaçait ses mollets, et à chaque instant il semblait en danger d'être jeté violemment à terre. Le chapeau était tombé de sa tête et le rifle de ses mains ; de larges culottes flottantes, un sérapé ondoyant, les soubresauts d'une longue épée, les mouvements désordonnés du cavalier, sa triste chevelure éparse et ses regards de terreur formaient un spectacle des plus burlesques. La foule se tordait dans un rire convulsif ; des quatre coins de la place partaient ces cris : Bravo ! bien, Lige ! Hourra pour toi, vieille mouche à miel !

Mais, à la grande surprise de ses camarades, Quackenboss,

qui passait pour le plus mauvais cavalier de la troupe, restait en selle malgré les écarts violents de la mustang. Les tirailleurs commençaient à avoir une haute opinion de ses talents équestres, quand le mystère de cette tenue si ferme s'expliqua tout à coup. Un des assistants, moins confiant que les autres, regarda sous le ventre de la mustang, et ce qu'il vit lui arracha de joyeuses exclamations.

— Eh! regardez ici! Farceur de Quackenboss! il a rivé ses éperons ensemble!

Tous les yeux se baissèrent, et la foule poussa un nouvel éclat de rire en voyant que tel était en réalité le cas.

Ligé, en montant à cheval, avait serré ses jambes sous le corps de l'animal, de peur d'en être culbuté ; mais elles étaient si longues, qu'elles avaient complétement enveloppé le corps de la comanche et que ses talons s'étaient rejoints. Malheureusement, Dutch Ligé avait oublié qu'il portait de nouveaux éperons, dont les molettes, de six pouces de diamètre, irritaient l'animal et étaient sans doute la cause de ses violentes ruades. Au bout d'un instant, les énormes molettes étaient comme rivées. Grâce à ce singulier hasard, Quackenboss se tenait avec autant de solidité en selle que s'il y avait été lié et rollé. Peu à peu, les molettes avaient pénétré dans les côtes de la mustang, qui, folle de douleur, redoublait d'efforts, à chaque ruade, pour se débarrasser d'un cavalier si cruel. On peut se demander ce qui serait advenu du malheureux cheval indien et de son bourreau involontaire s'ils s'étaient trouvés seuls, dans cette position embarrassante, sur une prairie déserte.

Quackenboss trouva enfin un spectateur compatissant qui jeta son lazo autour du cou de la mustang et termina ainsi ce spectacle tragi-comique.

XLII

ENVOI DU CHEVAL BLANC — LA RENCONTRE

Profitant de la distraction causée par Quackenboss et ses mésaventures équestres, je dépêchai mon nègre à l'hacienda et attendis avec anxiété le résultat de sa mission intéressante.

Du haut de l'azotea, je vis mon messager, menant le fier coursier à la main, gravir la colline et franchir la grande porte de l'habitation. Un instant après il en sortit sans le cheval. Le cadeau avait donc été accepté.

Je comptai les minutes, jusqu'à ce que des pas pesants se firent entendre dans l'escalier et que la face joyeuse et brillante de mon nègre parut sur la terrasse.

Il n'y avait ni lettre ni message autre que : *Mil gracias* (mille grâces). Je m'étais attendu à des remercîments moins froids. Mon homme paraissait plus satisfait. Une *onza* d'or (pièce mexicaine de 80 fr.) brillait dans sa main pourprée.

— Qui te l'a donnée? demandai-je.

— La fille de don Ramon.

Mon cadeau avait été reçu avec satisfaction, puisque mon nègre avait eu un si bon pourboire ; et je continuai à arpenter l'azotea.

C'était un *dia de fiesta* (jour de fête) pour la rancheria. Le tintement des cloches se mêlait aux autres bruits des réjouissances publiques. Les jeunes filles portaient leurs plus belles parures, tous les indigènes avaient leurs meilleurs vêtements, une procession s'organisait à la porte de l'église et des machines pyrotechniques s'élevaient aux coins des rues. Des hommes portaient sur leurs épaules des statues de saints et de saintes couvertes d'or et d'argent.

Je vis là le Sauveur du monde, Pilate, le Centurion, etc, Le Mexicain aime beaucoup ces spectacles religieux.

Quelques jours après, j'avais ordonné à mon groom de seller

mon cheval, pour aller dans les clairières et les avenues
silencieuses du chapparal.

En attendant Moro, j'éprouvai tout à coup une émotion singulière : je vis sortir de l'hacienda de don Ramon un cheval
blanc et une amazone revêtue d'une manga écarlate ; ils descendirent rapidement la colline. Pas de doute, c'était le fou-
gueux étalon des prairies, monté par Isolina. Parvenue au
bois qui bordait la colline, elle fit halte, regarda un instant le
village et disparut ensuite derrière l'épaisse verdure de gigantesques platanes.

Je résolus aussitôt de suivre le coursier blanc. Une fois en
selle, je traversai à la hâte la plazza : — en atteignant la
plaine, je mis mon cheval au galop.

Je longeais la rivière entre d'épaisses rangées d'arbres à

gomme et à coton, dont les branches étaient tapissées de la
tillandsia argentée. Les rayons du soleil percent rarement
cette végétation luxuriante. En traversant une de ces avenues,
je rencontrai un petit Mexicain que la rapidité de ma course
m'empêcha d'abord de reconnaître. A ma vue, l'enfant s'arrêta et prononça quelques mots qui furent étouffés par le bruit
de mon cheval. — Croyant à une espièglerie, je ne m'arrêtai
pas. Cependant, je me souvins alors des paroles de Wheatley,
et je serais retourné sur mes pas pour interroger le petit
Mexicain, que j'avais souvent vu à l'hacienda en qualité de
commissionnaire, s'il n'avait pas déjà été trop loin.

J'arrivai bientôt au pied de la colline où était située l'habitation de don Ramon. Quittant ici la route principale, je
m'engageai dans un étroit sentier qui côtoyait la colline.

Les traces du coursier blanc me guidèrent alors, et j'entrai
dans les bois sur sa piste. Isolina avait d'abord suivi une route
battue, mais l'avait bien vite abandonnée pour s'engager
dans la partie la plus boisée, où j'eus de grandes difficultés
à ne pas perdre ses traces. Les lianes, les bambons, les broussailles, les salsepareilles et les vignes sauvages ralentissaient
ma marche et me forçaient à me courber en selle pour
avancer. Je m'étonnai qu'Isolina s'aventurât seule dans une
région aussi sauvage. Avait-elle un but en agissant de la
sorte? Était-ce bien elle que j'avais vue? Un cheval blanc e
une manga écarlate ne sont pas choses rares au Mexique.
Était-ce bien la trace du coursier blanc?

Je descendis de Moro pour m'en assurer; je reconnus du
premier coup d'œil l'empreinte des sabots du noble animal.

L'amazone ne pouvait donc être qu'Isolina de Vargas.

Surpris, mais ne doutant plus, je me remis en marche. Au
bout d'un demi-mille, je commençai à gravir une colline; à
mesure que j'avançais, la forêt s'éclaircissait. Çà et là je tra-
versais des clairières; les arbres n'offraient plus cette taille
colossale que je venais d'admirer, le feuillage s'amoindrissait.
Aux platanes succédaient les condifères de toute espèce;

autour de moi croissaient des ingas, des acacias et des mimosas magnifiques; les myrtes mêlaient leur feuillage à celui des citronniers. Aux cimes des arbres les plus élevés et aux troncs des arbrisseaux les plus gracieux pendaient mille variétés de plantes parasites qui rivalisaient de beauté et de parfum. Cet Éden était encore embelli par la douce musique d'oiseaux au plumage aussi éclatant que les fleurs que je foulais aux pieds.

Cette belle nature, cependant, a été calomniée. Ah! monsieur de Buffon, comment avez-vous pu écrire que les fleurs de ce pays vierge n'ont pas de parfum et que ses oiseaux ne chantent pas? Si vous eussiez chevauché à travers un chapparal, combien votre langage eût été différent, et quelles autres notions vous eussiez popularisées sur ces contrées admirables que vous n'avez étudiées qu'au fond de votre cabinet! Vous n'êtes plus, et ces oiseaux chanteurs et ces fleurs odoriférantes existent toujours et perpétuent le démenti que vous avez mérité!

Je m'arrêtai peu à ces réflexions suggérées par la beauté extraordinaire des lieux que je parcourais; ce n'étaient que des impressions passagères. Mais cette contrée, véritable paradis terrestre, était d'une splendeur si exceptionnelle, que j'en fus frappé et un moment ébloui...

Reportant bientôt mes yeux sur les traces du coursier blanc, j'avançai et ne tardai pas à me trouver au haut de la colline. La piste était toute récente, les branches frôlées par le cheval blanc vibraient encore; l'amazone ne pouvait donc avoir une avance considérable.

Je pressai silencieusement les flancs de Moro en m'attendant à chaque instant à voir briller la manga écarlate ou la blanche robe du coursier. En effet, un peu plus loin j'aperçus l'une et l'autre à travers le feuillage des mimosas. J'avais pris la bonne voie! Isolina avait fait halte au haut de la colline dans une clairière étroite, lieu de repos et de rêverie, d'où l'on apercevait toute la contrée environnante. Elle semblait jouir du

chant des oiseaux, du bourdonnement des abeilles et du parfum
des fleurs...

Je m'arrêtai à mon tour, et fus un instant indécis... Devais-je
avancer ou retourner sur mes pas? Confus, presque honteux,
je serais parti sans bruit, si la jolie amazone n'avait tiré sa
montre de sa ceinture pour y jeter un coup d'œil : elle regardait avec anxiété au-dessus des buissons dans la direction de
la plaine.

Ces circonstances, quelque triviales qu'elles puissent paraître, me firent souffrir comme si l'on eût percé mon cœur
d'un coup d'épée. Elle attendait peut-être Ijurra !

Ce nom me rendit toute mon énergie.

Mon animation avait dû se communiquer à mon cheval, car
il leva tout à coup la tête et poussa un hennissement sauvage.
De la clairière partit une réponse, comme un écho, et un instant
après, une voix cria :

— *Holà ! quienva !* Holà ! qui va là?

Je ne pouvais plus me cacher , je vis que l'on m'observait ;
je lançai mon cheval sur le terrain ouvert et ne m'arrêtai
qu'en face d'Isolina ; la colère brillait dans mon regard.

J'étais face à face avec elle. La surprise se peignait dans ses
yeux. Je me sentis tout déconcerté ; ma conduite n'était pas
régulière. Je songeais à me justifier, mais comment? L'excuse
du hasard ne serait pas admise. L'heure et le lieu m'auraient
démenti. Avec une intelligence comme la sienne, inutile d'a-
dopter un artifice si grossier.

— Où est votre guide? Vous n'avez point rencontré mon
père en route. Il devait venir pourtant. La présence d'Ijurra,
qui toujours nous surveille, l'en aura empêché ; comment avez-
vous trouvé cette clairière?

— Sans difficulté, senorita ; j'ai suivi les traces de votre
cheval.

— Mais si vite !... Je ne vous attendais pas... Je croyais que
Cyprio serait arrivé avant vous.

— Cyprio?

— Cyprio... oui, Cyprio...

— Senorita, si c'est là encore un nom de votre Protée de cousin, je dois dire qu'il vaudrait mieux pour lui de ne pas venir ici.

— Mon cousin! dites-vous... Lui venir ici? Capitaine, je ne vous comprends pas.

L'étonnement brillait dans ses yeux. J'étais aussi embarrassé qu'elle; mais j'avais commencé mes explications et j'étais déterminé à aller jusqu'au bout.

— Allons, senorita de Vargas, je serai plus explicite. Si Rafaël Ijurra apparaît sur ce terrain, l'un de nous deux y restera... Il a attenté à ma vie; j'ai juré de prendre la sienne: la guerre m'en donne le droit.

— Que Dieu vous donne le droit et les moyens de tenir votre serment.

— Contre votre cousin?

— Oui, contre mon cousin... Rafaël Ijurra... mon plus mortel ennemi... le cruel tyran de notre maison.

— Senorita, vous m'étonnez; de grâce, expliquez-vous...

— Vaillant capitaine, c'est vous qui devriez vous expliquer. Mon père et moi avons recherché cette entrevue pour vous remercier de votre noble cadeau, et vous venez à moi avec la colère dans les yeux.

— Vous avez recherché cette entrevue, dites-vous?

— Certainement. Pour des raisons que vous connaissez déjà, je n'ai pas osé vous inviter à venir à notre hacienda; j'ai donc obtenu de mon père la permission de me rendre dans cette clairière; je dois vous dire de sa part, puisqu'il ne vient pas, qu'il sait tous les services que vous lui rendez en secret auprès des officiers américains, vous nous avez préservés déjà en bien des circonstances; mon père ne s'oppose pas à ce que vous lui demandiez ma main; vous lui avez déjà écrit à ce sujet sans en parler à personne.

Voilà ce qui m'a amenée dans cette clairière.

— Que Dieu bénisse votre vénérable père, m'écriai-je, ce

jour est le plus beau de ma vie. Que Dieu nous bénisse tous.

— Vous avez dû rencontrer Cyprio !

— Qu'est-ce que Cyprio ?

— Cyprio ! Ah ! ah ! ah ! qui pourrait être Cyprio, sinon mon petit commissionnaire qui vous a porté une lettre de mon père.

— Celui qui m'a porté une lettre de M. votre père ?

— Oui. Ah ! le voilà qui arrive ! Holà ! Cyprio, tu peux retourner au logis. Capitaine, vous et lui avez fait diligence. Je ne vous attendais que dans une demi-heure ; mais, vous autres soldats, vous êtes bientôt en selle. Tant mieux, car il se fait tard et j'ai bien des choses à vous dire.

La lumière surgit alors dans mon esprit : c'était Cyprio que j'avais rencontré dans le bois, et c'était pour me remettre un message qu'il m'avait appelé.

Tout s'expliquait maintenant. Il ne me restait plus qu'à remercier Dieu encore une fois du fond du cœur et je n'y manquai pas, et nous nous donnâmes une main loyale, et échangeâmes, en prenant son saint nom pour garant, nos promesses d'union pour l'éternité.

Don Ramon nous avait rejoints, je l'embrassai avec effusion.

XLIII

De peur d'être aperçus par les Mexicains, il fallut nous séparer au sommet de la colline ; il n'eût pas été prudent que l'on nous vit chevaucher ensemble. Ils partirent donc, me laissant dans la clairière.

Je restai quelques minutes à cette place, maintenant sacrée pour moi.

— Mais le devoir me réclamait ailleurs. Déjà le soleil couchant empourprait la prairie éloignée ; je conduisis mon cheval au bas de la colline et je m'engageai encore une fois sous les ombres des mimosas.

Sans faire attention à rien, je ne remarquai ni traces ni route. Si j'eusse abandonné mon cheval à lui-même, il aurait probablement pris la bonne voie; mais, dans ma rêverie, j'appuyai machinalement sur les rênes et m'égarai...

Je m'aperçus tout à coup que je me trouvais au milieu d'un bois épais, sans la moindre piste pour me guider. Étais-je dans la bonne direction? Non, car j'aurais déjà dû être depuis longtemps dans la plaine qui entourait le village... Presque sans réfléchir, je me tournai vers un autre côté du bois; mais je n'y découvris aucune trace : je tombai de nouveau dans le doute et je changeai une seconde fois de direction, mais sans plus de succès. Des touffes de palmiers bornaient de toutes parts ma vue. Décidément, j'étais loin de mon chemin.

A une heure matinale du jour, je me serais peu inquiété de cette mésaventure, mais le soleil avait disparu, et sous les arbres touffus, couverts de mousse et de lianes, l'obscurité était presque complète. La nuit allait venir, et je serais probablement forcé de la passer dans la forêt, perspective peu agréable pour un homme légèrement vêtu et affamé.

Je commençais à craindre de n'avoir qu'une triste nuit. J'avais trop faim pour réfléchir, trop froid pour dormir ou pour rêver; en outre, j'allais vraisemblablement être mouillé jusqu'aux os, car la pluie tombait à grosses gouttes.

Après une autre tentative infructueuse pour reconnaître le terrain, je m'arrêtai et écoutai. Mes yeux ne pouvant plus me servir, j'attendis de mes oreilles un meilleur service. Tel fut heureusement le cas. J'entendis la détonation d'un rifle déchargé à quelques centaines de yards dans le bois. En songeant que je me trouvais sur une terre ennemie, un son pareil aurait pu m'alarmer; mais je reconnus, au bruit, une carabine de chasseur, et un Mexicain ne maniait jamais une arme de ce genre. En outre, j'avais entendu, un instant après le coup, le choc produit par un corps pesant qui tombe d'une

hauteur considérable. J'étais assez chasseur pour comprendre
la signification de ce bruit. C'était du gibier, — bête à plume
ou à poil, qui dégringolait d'un arbre.

Un Américain avait donc tiré ce coup, mais qui? Il y avait
trois ou quatre de mes tirailleurs. munis de la carabine de
chasse, — arme très-différente de la pièce d'ordonnance.; —
c'étaient de vieux hôtes des bois qui n'auraient pas consenti à
se séparer de leur plus fidèle compagnon. Sûr de retrouver
l'un d'eux, je dirigeai sans hésitation mon cheval vers l'endroit de la détonation et avançai aussi vite que les broussailles
me le permirent. Au bout de cinq minutes, je m'arrêtai, car
je devais avoir dépassé le lieu où le coup avait été tiré... Ne
voyant personne, j'allais continuer ma course au hasard,
quand une voix bien connue cria derrière moi :

— C'est notre jeune homme, capitaine...

En me retournant, j'aperçus mes amis les trappeurs qui
sortaient de buissons où ils s'étaient prudemment cachés, au
bruit des sabots de mon cheval ; ils y étaient restés blottis, et
observateurs attentifs, jusqu'au moment où je les avais dé-
passés.

Rube portait sur ses épaules un gros dindon, — le gibier
que j'avais entendu tomber, — tandis que sur le dos de Garey je remarquai les morceaux choisis d'un daim.

— Vous avez fourragé avec succès, — leur dis-je pour saluer leur approche.

— Oui, capitaine, répliqua Garey, nous ne manquerons
pas de rations. Ce n'est pas à dire que les tirailleurs ne nous
aient offert un dîner suffisant ; mais nous ne pouvions, en
honneur, accepter leur part de pitance après nous être engagés à vivre de nos propres ressources.

— Oui, ajouta Rube avec une certaine fierté, nous sommes
des montagnards indépendants, des trappeurs délicats et non.
des parasites gourmands.

— Il me semble, capitaine, poursuivit Garey qu'il n'y a
pas trop de vivres dans le village ; acceptez un morceau de ce

dindon et un quartier de ce daim, il en restera assez pour Rube et pour moi.

— C'est vrai, dit laconiquement le vieux trappeur.

Préférant la volaille sauvage et la venaison au lard de la rancheria, j'acceptai volontiers le cadeau de mes deux camarades ; puis nous nous remîmes en marche. Guidé par eux, j'allais sans doute rentrer dans la bonne voie, ils devaient également se rendre au poste qu'ils avaient quitté à midi, sans chevaux, pour chasser dans la forêt.

Au bout d'un mille, nous arrivâmes à une route étroite. Ici mes compagnons se trouvèrent aussi en défaut : ils ne savaient quelle direction prendre.

Il faisait aussi noir qu'au fond d'un précipice, mais, comme la nuit précédente, l'éclair brillait par intervalles et une pluie torrentielle nous inondait. Pas une étoile à la sombre voûte du ciel ! Qui aurait pu marcher d'un pas sûr dans une nuit pareille ?

A la lueur des éclairs, je vis Rube agenouillé sur le sol ; il examinait les empreintes profondes laissées par un chariot.

Tout à coup il se releva en s'écriant :

— Bien ! Par ici... suivons ce chemin.

L'esprit ingénieux de Rube lui avait suggéré un moyen presque infaillible de découvrir la bonne voie : il avait distingué sur la route quatre ornières creusées par un seul et même chariot ; or, les voitures mexicaines n'ayant toutes que deux roues, on pouvait raisonnablement supposer que deux de ces ornières, — les plus fraîches, — faites au retour du chariot, indiquaient la direction du village.

Nous reconnûmes bientôt la justesse des observations de Rube. Une marche rapide nous porta au village, où nous allions pénétrer, quand nous fûmes arrêtés tout à coup par une sentinelle qui nous cria :

— Qui vive ?

— Amis, répondis-je ; c'est toi, Quackenboss ?

J'avais reconnu la voix du soldat botaniste; à la lueur d'un éclair, je l'aperçus au pied d'un arbre.

— Halte! le mot d'ordre! répliqua-t-il d'un ton déterminé.

Hélas! je ne le connaissais pas. En sortant du village, je n'avais pas songé à le prendre; je commençais à craindre quelque désagrément. J'essayai cependant de fléchir la sentinelle.

— Nous n'avons pas reçu le mot d'ordre; c'est moi, Quackenboss, je suis...

Je déclinai mon nom et mon rang.

— Je le regrette, mais on ne passe pas sans le mot d'ordre.

— Sot, c'est notre capitaine! s'écria Rube impatienté.

— C'est possible, répondit l'imperturbable sentinelle; mais il ne passera pas sans le mot d'ordre.

Nous étions dans un embarras réel.

— Appelle le caporal de garde, ou même l'un des lieutenants, ajoutai-je, croyant que c'était le moyen le plus prompt de trancher la difficulté.

— Je n'ai pas de commissionnaire...

— J'irai, dit Garey, — le gros trappeur pensant, dans son innocence, que rien ne s'opposait à ce qu'il portât le message au chef du poste; — et en parlant il fit un pas ou deux vers la sentinelle.

— Halte-là! tonna la voix de Quackenboss, halte! Encore un pas, et je t'envoie une balle au front.

— Que signifie cela? dit Rube en se plaçant devant Garey. Ah! tu lui enverras une balle! Essaye-le, et tu auras pressé pour la dernière fois la détente d'un fusil. A nous, maintenant.

Et Rube épaula à demi sa carabine.

En ce moment l'éclair brilla et je vis la sentinelle viser aussi. Connaissant la sûreté de son coup d'œil, je tremblai pour mes compagnons.

De ma plus haute voix je criai:

— Holà! Quackenboss, ne tire pas; nous attendrons que quelqu'un passe...

Puis je saisis mes deux camarades et les forçai à reculer.

Je ne sais si ma voix imposa au savant tirailleur, ou s'il me reconnut, mais il abaissa aussitôt son arme, et je respirai plus à l'aise.

Cependant il persista à nous empêcher de passer.

Toute discussion ultérieure devenait inutile et ne menait qu'à un échange de compliments grossiers entre Quackenboss et mes deux camarades. Après avoir essayé de rétablir la paix entre eux, j'attendis que le hasard conduisît de notre côté un homme de corps de garde. En ce moment parut fort à propos dans la direction de la plazza un tirailleur qui avait trop fêté l'aguardiente.

Quackenboss daigna l'appeler et le prier de quérir le caporal de garde. L'arrivée de ce dernier mit un terme à nos contrariétés. Quand nous passâmes près de l'inébranlable Dutch Lige, j'entendis Rube lui dire :

— Tête de mule, si je te tenais dans la prairie, tu me le payerais bien !

XLIV

LES ADIEUX

Les destinées cruelles de la guerre devaient enfin nous séparer. Un demi-mois à peine s'était écoulé depuis le jour où Isolina avait juré d'unir son sort au mien, lorsque je reçus l'ordre de me mettre en route avec mes tirailleurs. Jamais je ne regrettai autant de porter une épée. Je ne devais plus revoir dona Vargas pendant de longues semaines, des mois, des années peut-être.

J'aurais pu renoncer à la carrière militaire sans nuire à personne ; le pays pour lequel je combattais n'était pas le mien, le patriotisme ne me guidait pas ; mais, pauvre aventurier, je ne voulais pas prétendre, sans titre aucun, à la main d'une riche héritière. Ma fortune n'égalerait jamais la sienne, il est vrai ; mais la célébrité vaut l'opulence. Doué d'énergie et de courage, j'espérais que mon épée me créerait un jour une position honorable... Alors, je reviendrais...

Une dernière fois je revis Isolina et son père dans cette clairière où nous nous étions promis une affection éternelle. Qu'ils furent déchirants nos adieux ! Que nous eûmes de la peine à nous séparer !

Je me disposai à mon tour à me rendre à la rancheria ; le soleil se retirait déjà à l'horizon, et le lendemain, à l'aube du jour, je devais me mettre en marche avec ma troupe. Isolina et son père avaient descendu la colline du côté opposé au mien, par un sentier qui conduisait directement à l'hacienda. Nous avions adopté cette précaution, afin que les Mexicains ne vissen pas don Ramon et sa fille avec un ennemi de leur pays. Dans la région du *Cerro*, — tel était le nom de cette colline, — nous ne rencontrions jamais un être humain. Aucune habitation ne l'entourait. Nos entrevues restaient donc secrètes, nous le croyions du moins. Ce matin seulement j'avais entendu dire qu'elles n'étaient plus un mystère pour la rancheria. Wheatley m'avait averti amicalement des dangers que je courais en m'écartant ainsi du poste sans escorte.

J'aurais peut-être écouté alors ses remontrances ; mais c'était la dernière fois que je devais les voir avant la fin de la guerre, et je savais que l'ennemi était loin. Quant à Ijurra, il ne se trouvait plus dans le voisinage : on ne l'avait pas revu depuis la nuit de la bataille ; il avait rejoint avec sa bande la guerilla du célèbre Canalès, qui opérait entre Camargo et Monterey. Si Ijurra eût été dans le canton, il n'aurait pas échappé aux recherches actives d'Holingsworth et des tirailleurs qui battaient jour et nuit la campagne dans l'espoir de le saisir.

Comme je venais de me séparer d'Isolina et de son père et de prendre le chemin de la rancheria, je voulus les voir une dernière fois. En ce moment ils devaient avoir atteint l'hacienda; en me dirigeant de ce côté, j'espérais les apercevoir et leur adresser encore un adieu.

Mon cheval parut me comprendre; sans que j'eusse presque besoin de le guider, il s'élança sur leurs traces.

Je parvins bientôt au pied de la colline, où j'entrai dans un bois épais. A peine y avais-je fait cinq cents pas, que j'entendis des voix à une courte distance. Des années de vie de frontière m'ont donné une sorte de prudence instinctive; je m'arrêtai machinalement et écoutai. Don Ramon avait pris les devants.

Une femme parlait; je reconnus aussitôt la voix d'Isolina. Avec qui causait-elle? Qui avait-elle rencontré au milieu de ces bois sauvages?

Elle cessa de parler. Je prêtai une oreille attentive à la réplique. Naturellement, je m'attendais à ouïr une voix d'homme, mais non celle de ce traître, de cet assassin, de Rafaël Ijurra!

XLV

MENACES

Oui, c'était la voix d'Ijurra ! Je la reconnus bien; je me rappelais cet accent sonore que j'avais entendu au pied de la mesa. Une émotion inexprimable s'empara de moi. Descendant de selle, je rampai dans les broussailles avec les allures silencieuses du jaguar et m'approchai des deux interlocuteurs. Mon cheval, bien dressé à cette tactique, demeura en place sur un simple signe de ma main. Je ne craignais pas qu'il me trahît par le plus léger bruit. J'avançai pas à pas en écartant avec prudence les rameaux touffus qui m'offraient une cachette sûre. J'atteignis bientôt la dernière rangée d'arbres qui bordait une étroite clairière, et, à travers les feuilles du taillis, j'aperçus ma fiancée et son cousin.

Isolina était encore en selle. Ijurra, à pied devant l'étrier, avait saisi d'une main le pommeau de la selle et de l'autre les brides.

L'attitude troublée et furieuse d'Ijurra me montra que la rencontre avait été accidentelle, — au moins de la part de ma fiancée... — Elle était retenue *prisonnière!*

Je ne pouvais voir son visage, tourné vers Ijurra, mais je jugeais au son de sa voix qu'elle lui parlait avec colère.

Cependant je n'avais encore rien entendu ; les battements violents de mon cœur, le froissement des feuilles sous mes pieds et des branches que je déplaçais, m'avaient empêché de saisir le sens de leur conversation. Toute cette agitation cessa quand je m'arrêtai ; quoique je fusse encore à cinquante pas des deux interlocuteurs, j'entendais distinctement chacune de leurs paroles.

— Ainsi vous me refusez ?

C'était Ijurra qui parlait.

— Oui Rafaël ; d'ailleurs, votre conduite ne m'engage par changer de résolution.

— Ma conduite n'y fait rien ; vous avez d'autres raisons... Isolina, ne croyez pas que vous me donnerez ainsi le change. Je connais votre secret ; vous êtes promise à ce capitaine yankee.

— Il me semble que cela ne regarde que moi et mon père.

Les yeux d'Ijurra brillèrent d'un éclat infernal ; ses lèvres blanchirent et ses dents grincèrent : il avait peine à contenir son courroux.

— Et vous l'épouserez ?

— Oui, je l'épouserai ! répondit-elle avec vivacité.

— Cela ne sera jamais.

— Et qui s'y opposera ?

— Moi...

— Ah ! ah ! vous êtes insensé, Rafaël Ijurra !

— Vous ne l'épouserez jamais... jamais...

— En vérité !

— Je le jure !...

— Assez de parjures...

— Écoutez-moi, Isolina de Vargas. J'ai à vous dire quelque chose qui vous sera peu agréable.

— Quoique vous ne puissiez rien m'apprendre d'agréable, parlez, j'écoute.

— D'abord, voici certains documents qui vous concernent, vous et votre père.

A ces mots, il tira de sa veste des papiers pliés, les ouvrit et les tint devant le visage d'Isolina; puis il continua :

— Cette sauvegarde, que vous avez peut-être déjà vue, vous a été donnée par le général en chef de l'armée américaine Ceci est une lettre de don Ramon de Vargas au commissaire général de l'armée ennemie; elle contient aussi une note de ce fonctionnaire à votre *bon* flibustier... Jolie preuve de trahison, celle-là !

— Eh bien? fit Isolina d'un ton dédaigneux.

— Vous oubliez, senora, que le général Santa-Anna est maintenant chef de notre république. Croyez-vous qu'il ne punira pas une correspondance aussi criminelle? il me suffira de remettre ces documents à Son Excellence pour obtenir l'ordre de vous arrêter vous et votre père. En outre, vos propriétés seront confisquées... elles deviendront miennes...

Ijurra s'arrêta comme pour attendre une réponse. Isolina resta silencieuse. Je ne pouvais voir sa physionomie, la menace l'avait sans doute terrifiée. Rafaël continua.

— A présent, senorita, vous comprenez mieux votre position. Consentez à devenir ma femme, et ces papiers seront détruits à l'instant.

— Jamais ! répliqua-t-elle d'un ton ferme qui me charma.

— Jamais ! répéta Ijurra ; tremblez alors pour l'avenir. J'obtiendrai l'ordre de vous arrêter, et dès que cette horde de bandits yankees aura quitté la contrée, vos biens m'appartiendront.

— Ah ! ah ! dit Isolina avec un rire méprisant; ah ! ah ! vous vous trompez, Rafaël Ijurra, vous êtes mauvais prophète ; vous oubliez que les biens de mon père sont sur la rive texaine du Rio-Grande. Cette horde de bandits yankees, comme vous les appelez, ne quittera le pays que lorsqu'elle aura conquis ce côté-là du fleuve. Nous serons alors sur le sol américain... A qui appartiendra, dès lors, le pouvoir de confiscation... Pas à vous ni à votre lâche maître... Ah ! ah !

La réplique inattendue d'Isolina rendit Ijurra encore plus furieux, car il comprenait la probabilité de ces faits. Sa face devint livide, et il sembla perdre tout empire sur lui-même.

— Même alors, s'écria-t-il, même alors vous n'hériterez jamais de ces terres. Apprenez, Isolina de Vargas, apprenez un autre secret : vous n'êtes que la fille d'adoption de don Ramon !

Je vis la jeune fille tressaillir comme si une flèche l'eût frappée. Elle ne répondit rien. Ijurra poursuivit :

— Vous voyez, madame, combien j'étais désintéressé en vous offrant ma main.

— Infâme, lâche ! murmura-t-elle transportée d'indignation ; éloignez-vous, sortez de mon chemin !

— Pas encore, répondit Ijurra en saisissant la bride avec une énergie croissante, je n'ai pas tout dit...

— Vilain ! lâchez la bride.

— Promettez-moi d'abord... Jurez que...

— Une dernière fois, lâchez ! ou je vous envoie une balle dans le cœur !...

Je m'étais élancé du fourré pour voler à son secours. Je vis dans sa main droite quelque chose de luisant... C'était un pistolet dirigé sur Ijurra. Le lâche connaissait sans doute le caractère déterminé de celle qui le menaçait, car il abandonna aussitôt la bride et recula d'un pas ou deux, en lui lançant un regard de haine et de terreur.

Dès que le coursier se sentit libre, il se précipita en avant. En quelques bonds, il disparut avec l'amazone derrière le feuillage des palmiers.

Isolina n'avait pas eu besoin de mon secours ; elle ne

m'avait pas aperçu ni entendu. Quand je parus sur le terrain,
elle était hors de vue et Ijurra se trouvait seul,

XLVI

UN COMBAT INÉGAL

Ijurra était seul; je m'avançai vers lui : il me présentait le
dos, car il regardait dans la direction où Isolina avait disparu au galop. Il l'avait suivie des yeux en poussant des cris
de rage et de vengeance. Le son de sa propre voix l'empêchait
d'entendre le bruit de ma marche, et il ne se doutait pas
encore de ma présence quand je m'arrêtai à trois pas derrière
lui, le sabre au clair. J'aurais pu le frapper mortellement
avant qu'il eût eu le temps de se défendre, il était complète-
ment à ma discrétion.

S'il avait eu affaire à un soldat moins scrupuleux, un instant
après mon arrivée son corps serait tombé inerte à mes pieds.
Une épée plébéienne aurait promptement expédié le coquin...
J'avoue, cependant, que je résistai avec peine au désir de régler
sur-le-champ ses comptes. J'avais devant moi un homme qui
avait attenté à ma vie, mon ennemi mortel et celui de ma
fiancée, un vilain parjure, un assassin! Avec de pareils titres,
pouvait-il invoquer les lois de l'honneur?... Mon hésitation fut
courte : la pensée de le tuer lâchement me révolta; je ne voulais pas imiter sa perfidie. Avançant d'un pas, je le frappai sur
l'épaule et prononçai son nom. C'était le premier avis qu'il
recevait de ma présence. Il se retourna en tressaillant, comme
frappé d'une balle. La rougeur de la colère fit tout à coup
place sur ses joues à une pâleur mortelle et ses yeux prirent cette fixité particulière que donne l'appréhension du
danger. Mon regard déterminé, mon sabre nu et mon apparition subite étaient de nature à produire cet effet sur un être
aussi lâche. C'était la première fois que nous nous rencontrions

face à face ; je m'aperçus alors que sa taille était beaucoup plus haute que la mienne, mais je vis aussi qu'il tremblait de tous ses membres. Il était effrayé, il sentait que j'étais maître de lui.

—Êtes-vous Rafaël Ijurra ? répétai-je, ma première question étant restée sans réponse.

— Oui, senor, repartit-il avec hésitation ; que désirez-vous de moi ?

— Vous possédez certains documents (il tenait encore les papiers en main) dont une partie m'appartient. Veuillez me les remettre.

— Êtes-vous le capitaine Warfield ? demanda-t-il après une pause. Et il se mit à lire l'adresse écrite sur la lettre du commissaire général. Ses doigts tremblaient.

— Je suis en effet le capitaine Warfield.

— Il est vrai que voici une lettre portant cette adresse. Je l'ai trouvée sur la route ; je vous la rends avec plaisir, senor.

Puis il me tendit l'ordre du commissaire, en conservant les autres papiers.

— Cette lettre contenait une note. Je m'aperçois que vous la tenez encore en main ; veuillez également me faire le plaisir de me la passer.

— Oh ! une note signée : don Ramon de Vargas...

— Précisément ; elle fait partie de la lettre.

— C'est exact ; la voici, senor.

— Vous avez encore un autre petit document... une sauvegarde accordée par le commandant en chef de l'armée américaine à une certaine dame. Cette pièce ne vous appartient pas, senor Ijurra. Restituez-la moi ; je désire la renvoyer à la personne qui y a droit.

Celle-ci était la plus amère des trois déceptions que je lui causais. Il jeta un regard rapide à droite et à gauche, comme s'il eût voulu m'échapper. Il l'aurait fait avec plaisir ; mais je l'observais étroitement, et il voyait bien que ma main était prête.

— Assurément il y a une sauvegarde, répliqua-t-il après une pause et en essayant de rire : c'est un document sans valeur pour moi; il est à votre disposition, senor capitaine. -

Puis il me rendit le papier en essayant encore de rire. Tant d'hypocrisie et de poltronnerie me le rendirent plus hideux que jamais.

Tout à coup Ijurra tira son sabre et s'avança sur moi. Le combat commença; nos fers se croisèrent et des étincelles jaillirent de l'acier poli.

Heureusement pour moi, en parant la première botte d'Ijurra, je dus faire un demi-tour sur moi-même. Si je n'eusse pas fait ce mouvement, je n'aurais jamais quitté vivant cette clairière, car au moment où je pris cette nouvelle position, je vis deux hommes qui accouraient vers nous le sabre à la main. Un seul coup d'œil m'apprit que c'étaient des guerilleros; ils se trouvaient déjà à dix pas du lieu du combat. Ijurra avait dû les apercevoir depuis quelque temps. Je m'expliquai sa conduite : c'était leur approche qui lui avait inspiré le courage de commencer le combat; il avait calculé le temps qu'il fallait encore aux guerilleros pour me rejoindre et m'assaillir par derrière.

— Holà! s'écria-t-il en voyant que je les avais découverts. Holà! El Zorro!... José! *Anda! anda!* (En avant!) *Mueran los Yankies!* (Mort aux Yankees!) *Al muerte con el picaro!* (Périsse ce coquin!)

Pour la première fois de la journée je me sentis en danger. J'étais seul contre trois; la lutte était trop inégale. Je m'attendais à rencontrer dans El Zorro, le géant rouge, et dans son compagnon, aussi grand que lui, des adversaires bien différents d'Ijurra.

Le danger était imminent, mais je ne pouvais plus battre en retraite. Mon cheval stationnait trop loin, et les nouveaux venus suivaient le chemin que j'aurais dû prendre pour l'atteindre. Je n'espérais pas échapper à pied : ces hommes couraient aussi vite que des Indiens; nous en avions eu maintes fois la preuve

sur les champs de bataille, où ils avaient déployé leurs talents
pédestres. Au bout d'un instant j'aurais été atteint, renversé,
percé, et le dos à l'ennemi !_

A peine eus-je reculé d'un pas ou deux pour présenter le
front à mes trois antagonistes, que nos épées s'entre-choquèrent
avec fracas... Je parais successivement les coups... Je ne puis
décrire plus longuement ce combat. Ce fut une mêlée confuse,
dans laquelle je donnai et reçus des blessures. Je sentais mon
sang couler sous mes vêtements et sur mon visage. Mes forces
s'épuisaient...

Je vis tout à coup le géant rouge devant moi, la main levée.
Son épée, déjà teinte de mon sang, allait m'achever. J'avais
perdu mes dernières forces en parant une attaque d'Ijurra. Ma
position désespérée m'arracha un cri de détresse. Fut-ce ce cri
ui abattit l'arme de mon adversaire et qui fit retomber son
bras déjà levé? Fut-ce mon cri qui produisit la consternation
soudainement visible sur les figures des Mexicains ? J'aurais pu
le croire, si je n'avais entendu une détonation dans le bois et
vu que l'arme d'El Zorro était brisée par un coup de feu. Je
crus sortir d'un rêve horrible. Un moment, je m'étais battu,
face à face, avec trois hommes acharnés ; puis, tout à coup, ils
me présentaient le dos et fuyaient à toutes jambes, comme si
un péril extraordinaire les menaçait.

Je les suivis des yeux ; mais à vingt pas ils s'élancèrent dans
le fourré et disparurent.

Je me tournai dans la direction opposée. Un homme accourait dans la clairière, une carabine en main ; il s'avançait vers
moi. C'était lui qui avait tiré, il portait un costume mexicain.
Était-ce un guerillero qui, en me visant, avait blessé un de ses
camarades. Je le crus un instant. Évidemment il avait plus
d'audace qu'aucun des trois autres, car il avançait toujours
comme déterminé à m'attaquer seul. Je m'apprêtai à recevoir
ce nouvel adversaire en saisissant d'une main plus ferme mon
épée et en essuyant la sang de mes yeux. Ce ne fut que lorsqu'il
se trouva au bout de ma lame que je reconnus les longs bras

et les jambes crochues et disproportionnées d'Elijah Quackenboss.

Le tirailleur botaniste, après avoir fait feu, n'avait pas perdu
un temps précieux à recharger ; il s'était élancé à mon secours,
quoiqu'il n'eût d'autre arme que sa carabine vide. Mais en pareilles mains, cette arme suffisait. Malgré sa structure peu sy-
métrique, Dutch Lige était solide et vigoureux, et il l'aurait bien
prouvé aux assaillants s'ils n'eussent pas abandonné le terrain.
Mais la détonation du rifle les avait effarouchés comme des
daims ; ils se figuraient sans doute que des forces considérables
approchaient, ou bien ils croyaient peut-être que les trappeurs
volaient à mon secours avec leurs terribles carabines.

Un coup d'œil m'apprit que je devais la vie à l'amour de
Dutch Lige pour la botanique. Le brave homme disparaissait
littéralement sous les cactus ; il en avait attaché à la boucle de
sa carabine, à son chapeau et à toutes les boutonnières de ses
vêtements ; il avait herborisé dans les bois : le hasard l'avait
conduit au lieu du combat, au momont même où El Zorro allait
me donner le coup de grâce.

— Merci, Quackenboss, merci, mon excellent ami ! tu m'as
sauvé. Quel coup !

— Oh ! c'était un bien pauvre coup, capitaine ! J'aurais dû
briser la cervelle de cet homme, ou lui envoyer une balle dans
l'estomac.

— Au contraire, c'était un coup habile ; tu lui as cassé le
bras, je pense.

— Ach ! non, j'ai été maladroit comme un novice ; il est vrai
que les cactus dont je suis chargé ont troublé ma visée. Êtes-
vous blessé, capitaine ?

— Oui ; mais je n'ai pas de blessures bien graves, je pense.
Je me sens un peu faible ; ce n'est que la perte de sang... Mon
cheval... tu le trouveras dans le bois... là-bas... Va, Lige ; cherche mon cheval, mon cher Moro.

Pendant quelques minutes, je ne fus pas de ce monde...
Quand je recouvrai mes sens, je vis mon cheval à mes côtés.

Le botaniste pansait mes blessures avec des lambeaux de sa chemise. Il n'avait plus qu'une botte au pied ; l'autre lui servait de baquet : il l'avait remplie d'eau pour arroser mes tempes et laver le sang qui couvrait mon visage. Cette opération faite, je me sentis assez fort pour remonter en selle et retourner au village... Quackenboss me guidait et menait à la main mon cheval. Par le sentier que nous suivions, nous devions passer en vue de l'hacienda ; mais les ténèbres nous enveloppaient déjà. Avec une entaille sur le front, l'uniforme déchiré et ensanglanté, je craignais d'être vu d'Isolina et de don Ramon et de leur causer des alarmes inutiles. Mais nous ne rencontrâmes personne, et au bout d'une heure de marche je me trouvai en sûreté dans la maison de l'alcade.

XLVII

LISTES DE PROSCRIPTION

Les incidents de cette journée me tourmentèrent vivement ; l'avenir me causait de sérieuses alarmes. Je tremblais pour la sûreté de don Ramon et d'Isolina. Je savais qu'Ijurra était homme à exécuter ses menaces. Il est vrai que je l'avais dépouillé de ses meilleures armes en lui enlevant les papiers compromettants que j'avais naguère perdus dans la cour de l'hacienda de don Ramon ; mais, aux époques de troubles, la légalité n'arrête pas les hommes cupides. Chef presque absolu d'une bande d'individus que le brigandage animait plus que le patriotisme, Ijurra pouvait commettre impunément les plus grands crimes. En notre absence, le coquin était maître du canton ; il n'ignorait pas que Santa-Anna, ce dictateur sans principes, excusait, s'il ne les encourageait, tous les excès de ses satellites.

La réapparition d'Ijurra et de sa bande au moment de notre départ, — car je ne doutai pas qu'ils ne fussent dans le voisi-

nage, — était de mauvais augure. L'ennemi connaissait évidemment notre plan de campagne. Les bruits que Wheatley m'avait
rapportés se confirmaient. Notre nouveau commandant en chef,
Scott, venait d'arriver sur le théâtre de la guerre; les trois
quarts de l'armée d'occupation devaient former l'expédition
destinée à agir contre Vera-Cruz. Comme ce bureaucrate de
Scott enlevait à notre général favori, le vieux Taylor, ses meilleures troupes, nous avions la consolation de savoir que les
tirailleurs faisaient partie de la nouvelle expédition. Cependant,
nous aurions préféré rester auprès du brave vétéran qui nous
avait si souvent conduits à la victoire. Pour Wheatley et moi,
la rancheria était la région la plus agréable du Mexique. Holingsworth pensait comme nous à ce sujet.

L'armée américaine était déjà en mouvement. Des brigades
marchaient sur Brazos, Santiago et Tampico, où on les em-
barquait pour le Sud. Les provinces du Rio-Grande ne devaient
pas être entièrement abandonnées, mais on resserrait les lignes
du corps d'armée que l'on y laissait, et qui occupait, par conséquent, une moindre étendue de terrain. Nous évacuions non-
seulement notre petit poste, mais encore la ville voisine qui
avait longtemps servi de quartier général à une division. Pas
une seule de nos compagnies ne devait stationner à cinquante milles de la rancheria; aucune troupe américaine ne
reverrait peut-être jamais ce village isolé. Cette pensée m'af-
fligea vivement.

Les populations voisines savaient depuis plusieurs jours que
nous avions reçu l'ordre de nous mettre le lendemain matin en
route. Nous avions remarqué que les habitants de la rancheria, — ceux qui n'aimaient pas la cause américaine, les non-
Ayankicados, en un mot, — se montraient d'autant plus hostiles
et inhospitaliers que le moment de notre départ approchait.
Leurs insolences avaient engendré plusieurs conflits; les couteaux avaient été tirés et le sang versé des deux côtés. Nous
avions également remarqué que des billets infâmes, accompagnés de menaces de proscription, avaient été lancés sous les

portes des citoyens qui nous traitaient en amis. L'alcade lui-
même avait reçu certains papiers de ce genre. J'appris aussi
que des missives semblables étaient parvenues à destination
dans une maison qui m'intéressait particulièrement.

Plusieurs familles méprisaient ces menaces en disant qu'elles
provenaient d'inimitiés personnelles, ou qu'elles prenaient
leurs source dans le patriotisme aveugle de la populace. Nous
apprîmes plus tard que tel n'était pas le cas. Le gouvernement
mexicain, ou du moins ses principaux membres, avaient ima-
giné ces lâchetés.

A leur instigation, une liste noire avait été dressée dans
chaque ville ou village que l'armée américaine avait traversé.
Que le ministre, le senor O....., réponde à cette accusation.

A mon retour du *Cerro*, je méditai longuement sur ce triste
sujet; mais j'essayai en vain de former un plan qui assurât la
sécurité de don Ramon et de ma fiancée. Espérant encore prendre Ijurra, j'avais expédié Holingsworth, — qui remplissait
toujours cette mission avec bonheur, — et un détachement de
tirailleurs sur les traces du perfide Mexicain. On comprend
avec quelle impatience j'attendais leur retour.

A minuit, Holingsworth et son détachement revinrent de la
battue sans avoir aperçu un seul homme de la guerilla.

XLVIII

LE DÉPART

Au point du jour, le cor retentissant arracha les tirailleurs
et leurs chevaux au repos. Un chariot recouvert d'une grande
toile blanche était déjà, avec son long attelage de mules, au
centre de la place. Ce véhicule constituait tout notre train de
bagages et servait d'ambulance à nos invalides.

En attendant le moment du départ, j'avais gravi, pour la

dernière fois peut-être, l'azotca. Je jetai des regards distraits, sur la plazza, où mes hommes terminaient leurs préparatifs de voyage. Les uns étaient déjà à cheval, les autres, encore à pied, fermaient leurs valises, on bridaient et sellaient leurs montures; quelques-uns enfin, groupés autour de la porte d'une *pulperia* (débit de liqueurs), buvaient du mezcal ou du catalan.

Il était évident que nous ne laissions pas que des amis à la rancheria. Derrière les portes et les fenêtres ouvertes apparaissaient des faces hostiles : c'étaient pour la plupart des individus appartenant à la basse classe et qui nous avaient juré une haine implacable. Les égards respectueux que nous témoignions à leurs femmes leur causaient une profonde irritation qu'ils ne dissimulaient guère. Mais n'osant pas déverser leur colère sur nous, ils s'en prenaient à ces pauvres créatures, qu'ils accablaient de mauvais traitements dès qu'ils pouvaient le faire avec impunité. Nous nous étions constitués les défenseurs de la faiblesse opprimée : il n'est donc pas étonnant que notre dé part causât de vifs regrets à une certaine catégorie d'habitants de la rancheria.

Quant à moi, j'étais également dans une situation d'esprit très-pénible. Toute la nuit je n'avais pensé qu'aux dangers qui menaçaient ma fiancée et aux moyens d'y parer ; mais je n'avais trouvé aucune solution favorable. Les pressentiments les plus sombres m'obsédaient, et le jour me surprit dans de véritables angoisses. A vrai dire, le danger n'était qu'hypothétique ; mais il était d'autant plus difficile à éloigner. Comment lutter contre une ombre ? Devais-je renoncer à ma commission militaire et rester au village ? Seul, je n'aurais pu protéger ma fiancée. Mes hommes partis, ma propre vie n'était plus en sûreté à la rancheria.

Après des heures de réflexion, je conçus enfin un plan qui semblait praticable : il consistait à déterminer Isolina et son père à s'éloigner de la contrée pour se rendre, par exemple, à San-Antonio de Bexar, où ils auraient pu attendre en sûreté la fin de la guerre. Je m'étonnai de n'avoir pas eu plus tôt cette heureuse idée, mais une autre pensée vint tempérer ma joie. Don Ramon ne ferait-il pas à ce projet une opposition invincible? Le noble hidalgo m'aimait ; mais pourrais-je le convaincre de la nécessité d'une expatriation si subite? Comment lui persuader qu'un péril imminent le menaçait? Comment lui révéler quel était son principal ennemi? Puis, ne rencontrerais-je pas une autre difficulté dans le fier esprit d'Isolina elle-même ? Je tremblai qu'elle ne consentît jamais à fuir devant un poltron tel que son cousin ; peut-être même ne partagerait-elle pas mes douloureuses appréhensions. Le moment aussi était défavorable pour agir. Nous avions reçu l'ordre de nous mettre en marche au lever du soleil, et le jour paraissait déjà. Ce point m'inquiétait peu : j'aurais aisément rattrapé ma troupe ; mais éveiller une famille à une pareille heure, même pour l'avertir d'un péril, était affaire délicate et excusable seulement par l'imminence du danger. En outre ma visite, que je ne pouvais faire en secret, provoquerait peut-être, en cas d'insuccès, le danger que je craignais. Certes, une démarche si extraordinaire ne passerait pas inaperçue. J'étais dans une irrésolution cruelle...

Au dernier moment, un compromis s'offrit, grâce au rêveur Holingsworth. Il m'engagea à écrire à don Ramon ; de cette manière, je pouvais être aussi explicite qu'il me plaisait, et faire valoir de sang-froid, auprès de mes protégés, des arguments qui auraient peut-être plus de succès qu'un avertissement verbal. Le conseil fut suivi immédiatement ; j'écrivis, avec toute l'ardeur que me suggéraient mes craintes, une longue lettre où je ne négligeai aucun avis. Un Ayankieado dévoué me promit de porter lui-même mon message. Le cœur un peu soulagé, je donnai le signal du départ. Les notes joyeuses du cor et l'ardeur de mon coursier léger contribuèrent aussi à ramener le calme dans mon esprit.

XLIX

BABILLAGES DU CAMP

Hélas ! ce calme dura peu ; d'horribles pressentiments revinrent m'assaillir en foule. Il était naturel que j'envisageasse
l'avenir avec crainte et douleur. Ma vie était exposée aux
chances capricieuses de la guerre ; je pouvais succomber sur
un champ de bataille, ou bien être enlevé par des fièvres, qui
tuent en campagne plus d'hommes que l'épée et le canon. Mais
ce n'étaient pas ces dangers-là que je redoutais. Chose étrange,
je prévoyais que je verrais la fin de la lutte ; je ne tremblais
que pour Isolina et pour son père ; je me répétais sans cesse
que je ne devais plus les revoir, et peu à peu cette idée, d'abord
vague, s'était transformée en une conviction bien nette. Dans
ces moments cruels, j'arrêtais mon cheval, presque déterminé à retourner sur mes pas ; puis, la réflexion aidant, je me
remettais en marche, irrésolu et indécis. La prudence aussi
me défendait de rentrer au village. En sortant de la plazza,
nous avions entendu de loin de méchantes plaisanteries et les
cris de : Mort aux Texains ! J'avais eu de grandes difficultés à
empêcher mes gens de tirer une vengeance immédiate de ces
insultes. Voyant notre modération, les Mexicains se saisirent de
l'un de mes hommes, que de copieuses libations de mezcal
avaient laissé à l'arrière du détachement, ils le soufffletèrent et
lui infligèrent encore d'autres mauvais traitements. Ils l'auraient assassiné si quelques-uns, mieux avisés, ne lui eussent
permis de nous rejoindre. Heureusement, le tirailleur maltraité
était un vaurien indigne de la sympathie de ses compagnons,
et je fus charmé de la rude leçon qu'il avait reçue ; elle pouvait
engager mes hommes à marcher avec plus d'ordre et de discipline qu'ils ne le faisaient d'habitude.

Sur la route, une guerilla signala sa présence par des
coups de fusil qu'elle tira d'une colline ; mais nous explo-

râmes en vain les alentours, nous ne vîmes que des traces de chevaux. Ce pouvait être la bande d'Ijurra ou celle de Canales, qui se trouvait à cette époque dans la contrée. La perspective d'un engagement avec ce dernier chef causa une vive émotion dans nos rangs. La capture de Canales, — le *Renard* du chapparal, comme l'appelaient les Texains, — ou la défaite de sa bande, eût été un grand fait d'armes. La prise de la *jambe de bois* elle-même (le dictateur Santa-Anna) ou le gain d'une bataille rangée, n'aurait pas excité une plus grande sensation. A notre vif regret, nous arrivâmes à la ville sans avoir seulement aperçu le *Renard* du chapparal. Il est probable que Canales ne s'était pas trouvé sur notre chemin, ou qu'il avait eu soin de ne pas se montrer. Le célèbre guerillero ne combattait pas uniquement pour la gloire, et les tirailleurs n'étaient pas les ennemis qu'il aimait à rencontrer. Il chassait habituellement les riches convois de marchandises. On comprend que notre chariot solitaire, encombré de poêles à frire, de soldats malades et de couvertures trouées où fourmillaient ces charmants et sociables petits insectes du genre *pulex* et *pediculus*, offrait peu d'attrait au vaillant Canales.

En arrivant à la ville, nous apprîmes avec surprise que la division yankee ne l'avait pas encore quittée et qu'un ordre du quartier général lui enjoignait d'y prolonger son séjour d'une semaine peut-être. Cette nouvelle me charma et me donna les plus riantes espérances. Je me figurai aussitôt que l'on allait nous renvoyer à la rancheria. Hélas! nous reçûmes au contraire l'ordre de rester avec la division. Comme les troupes régulières avaient envahi tous les bâtiments disponibles, les tirailleurs furent traités, selon l'usage, en intrus et nous dûmes camper sur l'herbe à un demi-mille de la cité, sur les bords d'un petit ruisseau. Nos tentes dressées, je retournai à la ville pour recueillir des renseignements officiels sur les mouvements futurs de l'armée et renouer connaissance avec les vieux camarades que je possédais dans les divers régiments de la division. Après la vie sauvage que j'avais si longtemps menée dans les prairies, je me sentais heureux de passer quelques instants auprès de gens lettrés. Au quartier général, l'on m'informa que nous ne devions pas nous remettre en marche avant une semaine au moins. De là, j'allai à la *fonda*, où je retrouvai les amis que je cherchais, et leur compagnie dissipa momentanément mes sombres pensées. Je fus bientôt au courant des babillages du camp. On disait, par exemple, que les noms des hommes d'action n'étaient guère connus hors de l'armée, tandis que les poltrons, grâce aux réclames de journaux qu'ils rédigeaient eux-mêmes, passaient pour des héros dans toute l'Amérique. A vrai dire, ces prétendus héros étaient les thèmes favoris de nos satires et de nos chansons. Je connaissais, entre autres, un général qui, pendant une bataille, s'était tenu prudemment au fond d'un fossé. Les feuilles publiques comblaient d'éloges pompeux un « vaillant officier de dragons » qui avait, disaient-elles, enlevé toute une batterie. Or, c'étaient mes braves tirailleurs, et non lui, qui avaient courageusement encloué les canons mexicains.

Gloire ! que tu fais commettre de bassesses et que les hommes te sacrifient souvent leur conscience ! Pour ma part, je ne crois pas que je serais heureux de la renommée que me procurerait une action que je n'aurais pas accomplie. Le mensonge ne satisfait jamais le cœur. La conscience d'avoir bien agi est la meilleure récompense. Ce n'est qu'un héros malheureux celui-là qui n'est pas un héros à ses propres yeux. Passons à des faits moins tristes à raconter.

Les meilleures relations existaient entre nos troupes et les citadins. Notre modération nous avait gagné presque tous les cœurs. Ils comparaient nos procédés avec ceux de leurs propres soldats, et à notre avantage. Ceux-ci avaient l'habitude de saisir toutes les propriétés particulières, sous prétexte qu'elles étaient employées à la défense de l'État. Nous, au contraire, nous payions toutes choses en brillants dollars américains et à des prix élevés. Les riches et les marchands préféraient ce système et faisaient des vœux pour qu'il subsistât longtemps. Nos hommes commettaient rarement des excès, aussitôt réprimés et sévèrement châtiés. L'ennemi comparait aussi la tenue modeste des soldats américains avec l'insolence de leurs propres militaires, chamarrés d'or et qui prenaient, en toute occasion, le haut du pavé. Les propriétés particulières étaient l'objet de notre protection incessante et nos troupes n'occupaient pas les habitations privées. Les officiers eux-mêmes n'avaient pas de billets de logement ; beaucoup logeaient dans des quartiers incommodes, tandis que les simples soldats vivaient sous la tente. Cet état de choses plaisait peu aux troupes ; en revanche, les Mexicains ne se plaignaient pas et semblaient surpris de rencontrer des vainqueurs aussi magnanimes.

Je doute que dans toute l'histoire on trouve une guerre plus douce et plus humaine que la seconde conquête du Mexique.

Outre cette raison, qui expliquait principalement l'affection que les habitants nous témoignaient, il y en avait une autre non moins puissante. Ils voyaient que nous poussions la guerre avec une ardeur peu commune, et croyaient généralement que toute la vallée du Rio-Grande deviendrait territoire américain. N'est-il pas naturel à l'homme de saluer toujours les soleils levants ?

Les riches étaient mieux disposés à notre égard que le bas peuple ; les principales familles du Mexique avaient de bonnes raisons pour nous aimer ; nous protégions leurs biens, que leur propre gouvernement avait si mal défendus. Aussi n'étais-je pas surpris qu'ils désirassent se placer sous les grandes ailes protectrices de l'aigle du Nord...

En mon absence, s'était opérée encore une autre espèce d'annexion. Un de nos officiers avait épousé une riche senorita de la ville, et la cérémonie du mariage avait été célébrée avec une grande pompe. On disait qu'une autre était fiancée, et l'on croyait que ces exemples trouveraient de nombreux imitateurs.

Ai-je besoin de dire que ces nouvelles m'intéressèrent beaucoup et que, grâce à elles, je retournai le cœur plus léger au camp des tirailleurs ?

L

LA CABANE RUINÉE

La solitude de ma tente me rendit bientôt aux douloureux pressentiments que je m'efforçais en vain de combattre.

Que l'esprit qui s'agite en nous est mystérieux ! Ne semble-t-il pas avoir parfois la prescience de l'avenir ? Personne ne niera qu'à certains moments quelque chose ne murmure en nous une sorte d'avertissement du futur, de même que dans le monde animal les créatures sauvages du Seigneur sont prévenues mystérieusement des tremblements de terre et des tempêtes.

Après avoir longuement réfléchi sur ce sujet, je songeai à profiter du sursis apporté à notre départ. J'imaginai enfin un plan qui soulagea mon cœur du poids qui l'oppressait. Voici en quoi il consistait : je devais prendre une vingtaine de mes hommes d'élite, retourner avec eux au village et les placer en embuscade près de l'hacienda ; je me proposais de pénétrer ensuite seul dans l'habitation et de donner verbalement les conseils que j'avais confiés au papier. Tant mieux si mes instantes représentations avaient déjà été écoutées ; mais j'étais presque certain que don Ramon les avait repoussées. En tout cas, je voulais connaître la vérité.

J'avertis mes hommes de se trouver prêts à la tombée de la nuit. J'espérais ainsi que notre absence ne serait pas remarquée au quartier général ; d'ailleurs, on nous inscrivait rarement sur la liste des manquants quand nous faisions une absence. Cette sorte d'indépendance me plaisait beaucoup.

Aux dernières lueurs du crépuscule, nous sautâmes en selle et entrâmes silencieusement dans le chapparal qui bordait notre camp. Après avoir suivi d'abord un étroit sentier, nous débouchâmes sur la route qui conduisait à la rancheria.

Les trappeurs, Rube et Garey, nous précédaient à pied en éclaireurs; nous conduisions leurs chevaux en laisse. J'avais adopté ce mode de marche, à la suite d'une certaine expérience acquise dans la guerre des bois. A mon sens, les éclaireurs doivent toujours aller à pied; de cette manière, ils peuvent reconnaître le terrain avec plus d'avantages. Le grand danger pour un éclaireur, et par conséquent pour les forces qui le suivent, est d'être vu le premier par l'adversaire. A pied, ce risque est moins à craindre. On entend de loin les pas des chevaux, tandis que neuf fois sur dix des hommes à pied, tels que Rube Rawling et Bill Garey, découvriront l'ennemi avant qu'il se doute de leur présence ou qu'il ait eu le temps de préparer une embuscade. Naturellement, il faut que les éclaireurs puissent toujours battre en retraite sûrement sur les soldats qu'ils guident.

Avec les hommes envoyés en avant, nous marchions sans hésitation. Parfois, nous les apercevions derrière un buisson où ils s'abritaient pour reconnaître la route; à notre grand regret, la lune brillait d'un vif éclat et nous pouvions distinguer nos deux compagnons à de grandes distances. Nous eussions préféré une nuit plus sombre.

La route que nous parcourions traversait une forêt de chapparal où l'on ne rencontrait aucune habitation, à part une cabane solitaire élevée à mi-chemin entre la rancheria et la ville. Elle était connue des tirailleurs sous la simple désignation de la « maison à mi-chemin. » C'était une pauvre hutte en yucca, entourée d'un clos où croissaient autrefois du maïs et un peu de blé; mais les habitants de la cabane avaient depuis longtemps disparu et cédé la place aux maraudeurs du camp, qui y faisaient de fréquentes visites. Ceux-ci n'avaient rien laissé debout; les portes étaient défoncées et le mobilier dévasté. Au milieu des debris, j'avais remarqué, la veille, un fuseau, une vieille harpe sans cordes, des images de saints et les feuilles déchirées d'un ancien missel espagnol. Je peins ce tableau de ruines, non qu'il se relie aux événements historiques de ce récit, mais parce qu'il m'avait causé une émotion étrange. Un spectacle encore plus triste m'attendait en ces mêmes lieux.

Nous n'étions plus qu'à un demi-mille de la hutte ruinée, quand un bruit confus de voix humaines parvint à mes oreilles. Nous nous arrêtâmes aussitôt pour mieux l'écouter. C'étaient évidemment des voix de femmes; mais la joie ne perçait pas dans ces accents aigus. Au contraire, le vent de la nuit apportait sur ses ailes rapides un chœur affreux de lamentations et de gémissements.

— Il y a là-bas des femmes dans la peine, dit un de mes compagnons.

La remarque nous fit tous éperonner nos montures pour les précipiter au galop. En ce moment, nous vîmes au milieu de la route un homme qui s'avançait rapidement vers nous, c'était notre éclaireur Garey. A son aspect, nous nous arrêtâmes de nouveau et attendîmes son arrivée. Je me trouvais à la tête de la petite troupe, et quand le trappeur se fut approché, je pus lire sur sa figure, éclairée par la lune, d'horribles événements. Il ne commença à parler que lorsqu'il eut posé la main sur le pommeau de ma selle; il me dit alors d'un ton abattu :

— Il y a de mauvaises nouvelles, capitaine.

— Mauvaises nouvelles, murmurai-je! quoi? Au nom du ciel, parle, Garrey.

— Ils ont fait beaucoup de mal à la rancheria.

J'eus un pressentiment terrible. Sans répondre aux dernières paroles de Garrey, je m'élançai en avant de toute la vitesse de mon cheval. En deux minutes, je parvins à la cabane dévastée. Là je vis un spectacle qui me glaça d'épouvante.

LI

UNE PROSCRIPTION CRUELLE

Le terrain découvert qui s'étendait devant la hutte était occupé par six ou sept jeunes filles, — je ne les avais pas bien comptées. Deux ou trois Mexicains figuraient dans ce groupe. Au centre était Rube, qui s'efforçait de leur prodiguer, en mauvais espagnol, toutes les consolations imaginables. Pauvres victimes, elles en avaient bien besoin !

Leurs longs cheveux noirs, souillés et ensanglantés, flottaient en désordre sur leurs épaules ; le sang découlait de leurs joues, de leur cou et de leur poitrine, et les mains du brave Rube, qui les essuyaient, en étaient teintes ; elles avaient toutes une tache rouge-brun sur le front. A la clarté de la lune, on eût dit que leur chair avait été brûlée. Je m'approchai davantage et découvris que c'était la marque d'un fer rouge. Autour de cette tache, la peau était violette ; mais, à l'intérieur de cette auréole enflammée, je distinguai, grâce à leur couleur plus sombre, les contours des deux lettres que je portais sur les boutons de mon habit, les signes bien connus : E. U. (États-Unis.)

Une de ces malheureuses, — la plus rapprochée de moi, — éleva tout à coup ses mains jointes, après avoir repoussé ses longs cheveux de ses joues, et s'écria :

— *Miralo*, senor ! regardez !...

Ciel ! je reculai d'horreur en voyant la source de cette hémorrhagie abondante ; elle n'avait plus d'oreilles, on les lui avait coupées. Toutes ses compagnes avaient enduré le même supplice... Les hommes n'avaient pas été épargnés. Deux, entre autres, avaient souffert une mutilation encore plus cruelle : leurs mains avaient été tranchées aux poignets !...

Tous se jetèrent alors à mes genoux, qu'ils embrassaient en me suppliant de les protéger. Sans doute je les connaissais, mais

leurs traits n'étaient plus que de véritables hiéroglyphes ; c'é-
taient nos anciens amis de la rancheria...

Une de ces malheureuses femmes semblait plus riche-
ment vêtue que les autres, et c'était elle que j'avais d'abord
remarquée. Je n'osais pas l'aborder, parce qu'elle se tenait
un peu à l'écart; mais non... ce ne pouvait être Isolina...
elle n'était pas assez grande... les assassins n'auraient pas
osé...

— Votre nom, senorita ? demandai-je en tremblant comme
une feuille secouée par l'orage.

— Conchita, senor... la fille de l'alcade.

Et les larmes qui s'échappèrent de ses yeux se mêlèrent au
sang qui ruisselait de ses joues. Oh ! si j'avais pu pleurer aussi !
Pauvre Wheatley ! c'était sa fiancée ! il ne se trouvait pas avec
nous; il devait encore recevoir ce coup affreux...

Nos cœurs étaient en feu, mes compagnons écumaient de
colère ; ils avaient tirée leurs couteaux et leurs pistolets ; ils
voulaient attaquer sur-le-champ nos barbares ennemis. Je n'a-
vais jamais vu des hommes dans une fureur pareille, les plus
calmes se démenaient comme des fous. Je pus à peine les re-
tenir pour entendre le récit de cette effroyable histoire, nous
avions besoin de quelques détails pour nous guider dans notre
œuvre de châtiment. Tous nos protégés se mirent aussitôt à
parler en s'interrompant les uns les autres. Enfin, l'un des
hommes, — Pedro, qui avait débité habituellement du mezcal
à la troupe, — nous fit le récit complet de l'événement. En
voici la substance :

Peu d'heures après notre départ de la rancheria, les guerilleros y entrèrent aux cris de : Vive Santa-Anna ! Vive le Mexique!
Mort aux Yankees ! Ils commencèrent par ouvrir de vive force
les cabarets, où ils burent d'énormes quantités de mezcal, en
compagnie de la populace, qui s'était jointe à eux. Pedro remarqua que le *herredoro* (forgeron) et le *matador* (boucher)
prenaient une part très-distinguée à toute l'affaire. Parmi ces
bandits se trouvaient un grand nombre de femmes de guerille-

ros. La boisson les anima, puis la foule hurla : « Mort aux
Ayankieados ! » et, se dispersant dans différentes directions,
elle pénétra dans les maisons aux cris de :

— « Mettez les amis des Yankees à la porte ! Tuez-les ! »

Les pauvres femmes et tous ceux qui nous avaient témoigné
de la sympathie ou de l'attachement furent amenés au centre
de la place par la guerilla et par la populace. On leur cracha
au visage, on les couvrit de boue et de trognons de melons,
puis un individu proposa de les marquer pour que leurs amis
les Texains pussent les reconnaître ! Ce conseil infernal fut
adopté ; les femmes, encore plus cruelles que les hommes,
excitaient les bourreaux. On invita le forgeron à chercher un
fer chaud ; d'autres, renchérissant encore en barbarie, demandèrent qu'on coupât les oreilles aux Ayankieados. Le forgeron
et le boucher, presque ivres, acceptèrent avec plaisir, — assura Pedro, — cette horrible tâche. Le premier maniait le fer
chaud, préparé à la hâte, tandis que le second remplissait son
sanglant office avec le couteau de sa profession.

La plupart des guerilleros portaient des masques. Les chefs
étaient tous masqués et contemplaient cette scène du haut de
la terrasse de la maison de l'alcade. En dépit de ce déguisement, Pedro en reconnut un à sa grande taille et à sa chevelure rouge : c'était le salteador, le bandit El Zorro. Il en vit
beaucoup d'autres : il ne douta pas que ce ne fût la bande
de don Rafaël Ijurra ; nous partageâmes entièrement son opinion.

Avaient-ils quitté la rancheria avant la fuite de Pedro et des
autres ? Pedro ne le pensait pas ; lui et les victimes échappées
aux mains de la populace avaient fui dans le chapparal et se
dirigeaient vers le camp américain lorsque nos tirailleurs les
rencontrèrent. Ils cheminaient péniblement à la suite les uns
des autres. Rube les avait successivement réunis à la cabane
ruinée pour y attendre notre approche.

Pedro craignait qu'il n'y eût encore d'autres victimes ; il
croyait que l'alcade avait non-seulement été mutilé, mais tué.

Alors s'éleva la question de savoir si nous devions attendre un renfort ou nous diriger immédiatement sur le village. On rejeta le premier avis d'une voix unanime. Nous étions assez forts. Je fus charmé de la décision de mes camarades; je n'aurais pas pu attendre. Les femmes furent envoyées à notre camp, et Pedro nous accompagna. Nous avions besoin de lui pour reconnaître les coupables. Au moment de nous mettre en marche, une figure apparut sur la route dans la direction que nous allions prendre. A notre vue, elle se cacha tout à coup dans les buissons,

Rube et Garey coururent rapidement à la recherche de ce nouvel arrivant, et ramenèrent un petit garçon mexicain, victime aussi des guerilleros ! Il avait quitté le théâtre du supplice un peu après les autres.

— La guerilla a-t-elle quitté le village ? demandai-je avec une anxiété inexprimable au malheureux enfant.

Les Mexicains étaient sortis en masse de la rancheria; ils avaient pris la direction de l'hacienda de Vargas. En passant devant le petit garçon, blotti dans une touffe de maguyes, ¡ls poussaient des cris tels que : *Mueran al traidor y tridora !* (Mort aux traîtres !) *Mueran al padre y hija !* (Mort au père et à la fille !)

LII

LE BIVAC DE LA GUÉRILLA

Je ne laissai pas au Mexicain le temps d'achever; je lançai mon cheval au grand galop. Malgré toute leur ardeur, mes compagnons eurent peine à me suivre. Adieu, prudence ! Nous ne songeâmes plus à employer des éclaireurs. Les trappeurs, sautés en selle, nous suivaient. Notre seule préoccupation était de gagner du temps. Nous avancions en droite ligne sur l'hacienda de don Ramon de Vargas. Pour y parvenir, nous n'avions pas besoin de passer par le village, où nous pouvions nous rendre ensuite. Les milles fuyaient derrière nous comme la poussière de la route ! Arriverons-nous à temps? Je n'osais calculer les instants qui s'étaient écoulés depuis que la cruelle populace avait quitté le village. Le petit Mexicain avait fui la rancheria depuis deux heures; il n'en avait pas fallu autant à nos ennemis pour se livrer aux plus grands excès. Oh! nous arriverons trop tard !...

Nous avancions en silence. On n'entendait que le bruit des chevaux et le cliquetis des sabres qui résonnaient dans les fourreaux.

En cinq minutes, nous arrivâmes à la *rinconada*, où la route se séparait en deux branches. Le bras gauche menait à la rancheria ; nous prîmes sans hésiter le chemin qui allait directement à l'hacienda. Un mille seulement nous séparait de l'habitation d'Isolina, les arbres seuls nous en cachaient la vue. — En avant ! en avant!... Que signifie cette lueur sanglante? Le soleil se lève-t-il à l'ouest? D'où provient cette clarté voilée par la verdure? Est-ce la lune ? Oh! l'hacienda est en feu! Non, la chose est impossible... cette maison n'est bâtie que de pierres !...

Nous sortons du bois ; l'hacienda s'élève devant nous intacte. Cette lueur immense, qui éclaire tous les alentours, est produite par un grand feu de joie.

Nous nous arrêtons et regardons avec surprise. Nous apercevons un énorme bûcher, alimenté sans cesse par des fagots, et dont l'éclat efface les pâles rayons de la lune. Le soleil n'est pas plus éclatant... Pourquoi cet holocauste d'acacias pétillants? Autour du feu s'agitent des hommes, des femmes, des chevaux sellés et des chiens. De succulents quartiers de viande rôtissent sur des grils ardents. Sont-ce des sauvages qui entourent ce foyer gigantesque ?

Non !... Nous apercevons distinctement le teint basané et les barbes noires des hommes, les vêtements de coton des femmes; nous voyons de grands chapeaux et des manteaux, des vestes de drap et des culottes de velours, des ceintures et des sabres, nous entendons clairement des cris et des chansons, nous reconnaissons la danse nationale, le *fandango*. Non, ce ne sont pas des Indiens... c'est un bivac de guerilleros. Bref, nous sommes en présence des assassins que nous cherchons !

Oh ! si j'avais écouté la voix de la prudence, qui m'ordonnait d'envelopper l'ennemi ! Mais, dans mon impétuosité, je craignais de perdre un moment et d'arriver trop tard. Mieux avisés que moi, deux ou trois de mes compagnons m'engagèrent à nous arrêter pour songer aux moyens d'entourer les Mexicains. L'événement prouva qu'ils étaient les plus sages. Malheureusement, personne ne voulut les écouter. Le signal donné, nous nous élançâmes tous, en poussant notre cri de guerre. Nos ennemis ne nous attendirent pas, ils avaient appris à nous craindre ; nos vociférations les mirent en fuite comme un troupeau de biches effarouchées. Avant que nous fussions au sommet de la colline, la plupart avaient disparu à la faveur de l'obscurité ; six seulement tombèrent sous nos coups. Nous parvînmes aussi à faire quelques prisonniers ; mais ce lâche bandit, ce cruel assassin, Rafaël Ijurra, avait réussi, comme d'habitude, à se sauver. Toute poursuite devenait inutile ; les fuyards s'étaient élancés dans le sombre bois qui bordait l'autre versant de la colline. Quant à moi, une seule pensée m'occupait...

J'entrai dans la cour, éclairée par le bûcher ; elle n'offrait qu'un amas de ruines : les débris du riche ameublement de l'hacienda gisaient pêle-mêle dans le verandah et sur le pavé de la cour. J'appelai d'une voix perçante Isolina et son père... L'écho seul répondit !...

Je descendis de cheval et pénétrai dans la verandah ; mon appel resta toujours sans réponse. J'allai en vain de salle en salle et de l'azotea à la chapelle. La lune argentait l'autel... mais je n'y vis personne. La maison tout entière était abandonnée ; les domestiques eux-mêmes avaient disparu. Mon cheval et moi semblions les seuls être vivants de l'hacienda, car mes compagnons étaient restés à l'extérieur avec leurs prisonniers.

Un espoir soudain traversa mon esprit. Peut-être avaient-ils suivi mon conseil et fui avant l'arrivée de la populace. Puissé-je ne pas me tromper !

Je sortis précipitamment de cette demeure désolée pour interroger les captifs ; eux du moins savaient la vérité. Hélas ! j'arrivai trop tard. A l'un des coins de la maison croissait un grand arbre ; le bûcher l'éclairait ; aux branches élevées balançaient six formes humaines. Tous les prisonniers mâles venaient de rendre le dernier soupir !

On m'apprit aussitôt que le forgeron et le boucher figuraient parmi les suppliciés. Pedro avait constaté sommairement leur identité. Les autres étaient des villageois qui avaient pris part à l'affaire du jour. Leurs juges avaient fait diligence et l'exécution avait été brève. Plein d'inquiétude, je me tournai vers les femmes tombées entre nos mains : j'en vis une douzaine ; la boisson troublait leurs regards ; elles semblaient terrifiées ; je n'en fus pas surpris. Elles ne répondirent à mes questions qu'en inclinant la tête ; les unes demeurèrent silencieuses, les autres prétendirent obstinément qu'elles ne connaissaient ni don Ramon ni sa fille. Les menaces restèrent sans effet.

Désespéré, je ne savais quelle décision prendre, quand mes regards s'arrêtèrent tout à coup sur un enfant qui semblait vouloir se cacher à l'ombre des murailles de l'hacienda. Je poussai un cri de joie en reconnaissant Cyprio, qui s'élança au même instant de sa cachette.

— Cyprio ! criai-je.

— Me voici senor, dit-il en s'avançant rapidement vers moi.

— Dis-moi, Cyprio, où sont-ils ? Où... où ?...

— Senor, ces méchantes gens ont emmené mon maître je ne sais où...

— La senora ! la senora !

— Oh ! cavalier ! *es una cosa espantosa !* (C'est une chose terrible !)

— Vite, dis-moi tout ; vite, Cyprio...

— Senor, des hommes masqués sont entrés de vive force dans la maison ; ils ont éloigné don Ramon, puis ils ont porté dona Isolina dans la cour. *Ay de mi !* Hélas ! je ne sais ce qu'ils avaient fait à la pauvre senorita ! Le sang ruisselait de son cou et de sa poitrine. Alors de vilaines gens sont entrés dans l'écurie pour prendre le cheval blanc, — l'étalon que vous avez attrapé dans la prairie. Ils ont attaché Isolina sur la croupe de l'animal... Oh ! senor, c'était terrible à voir !

— Continue, mon ami, dépêche-toi...

— Puis, senor, ils ont conduit le cheval dans la prairie ; tous ont voulu assister à ce jeu, comme ils disaient. Je ne les accompagnai pas, car ils me battaient et me menaçaient de la mort ; mais j'ai tout vu du sommet de la colline, où je m'étais caché dans les buissons. Oh ! senor...

— Achève, Cyprio, parle vite...

— Alors, senor, ils ont attaché des fusées aux flancs du cheval ; après l'avoir débridé, ils ont enflammé la poudre, et le coursier est parti avec Isolina, nouée sur son dos. Pauvre senorita ! J'ai suivi des yeux le sauvage étalon au loin dans la prairie ; bientôt il a disparu à l'horizon. *Dios de mi alma! la nina esta perdida !* (Bon Dieu, la jeune dame est perdue !)

— De l'eau, Rube ! Garey ! Amis ! de l'eau ! J'étouffe, de l'eau !...

Chancelant, j'essayai d'atteindre la fontaine de la cour ; mais, après un pas ou deux, la force m'abandonna, et je tombai par terre désespéré, évanoui.

LIII

A LA PISTE DU CHEVAL BLANC

Encore affaibli par les blessures que j'avais reçues dans mon combat inégal avec Ijurra et ses lâches compagnons, je n'avais pu supporter le choc de ces horribles nouvelles; elles m'abattirent sans résistance. Mon évanouissement dura peu, l'eau froide me ranima. Au réveil de mes sens je me trouvai au bord de la fontaine : Rube, Garey et d'autres m'entouraient. Mes vêtements trempés m'apprirent qu'ils m'avaient complétement douché; en outre, j'avais dû avaler une grande quantité de mezcal.

Des cavaliers avaient envahi la cour; le pavé résonnait sous le pas de leurs chevaux. C'étaient mes tirailleurs, mais non ceux qui avaient quitté le camp avec moi. Les jeunes filles mutilées avaient raconté leur affreuse histoire à ceux de mes hommes que j'avais laissés derrière moi, et ils accouraient maintenant, les uns après les autres, furieux et les armes prêtes. Wheatley survint un des premiers. Pauvre ami! sa gaieté habituelle l'avait abandonné, le sourire joyeux n'errait plus sur ses lèvres. Ses yeux flamboyaient et ses dents se serraient convulsivement.

En ce moment s'éleva le cri général : A la rancheria! à la rancheria! Presque tous les hommes présents, avec Wheatley et Holingsworth, prirent la direction du village. Pedro les suivit.

Moi, je restai à l'hacienda; j'avais formé un plan qui exigeait une exécution immédiate. L'étendue de mon malheur m'avait d'abord empêché de réfléchir; quand je fus un peu remis de ma stupeur, je me demandai ce que j'avais à faire... Poursuivre Ijurra au cœur même du pays ennemi? Non, je devais momentanément laisser en repos la guerilla fugitive, pour me lancer à la poursuite du coursier blanc...

Je désignai Cyprio et une demi-douzaine de mes tirailleurs les plus habiles pour m'accompagner dans cette expédition; nous fûmes bientôt en selle et je donnai avec empressement le signal du départ. Guidés par Cyprio, nous trouvâmes aisément l'endroit où l'on avait attaché Isolina sur la croupe du coursier blanc; le sol était encore couvert de morceaux de papier blanc noircis par la poudre et de débris de fusées. Nous ne nous y arrêtâmes pas. Au bout d'un mille, nous arrivâmes devant un petit bois où Cyprio avait vu pour la dernière fois l'étalon sauvage; là, je renvoyai le petit Mexicain, désormais inutile, le cheval blanc avait traversé le fourré; les deux trappeurs et moi reconnûmes sans peine ses traces dans la prairie : une particularité les caractérisait : trois des empreintes étaient très-régulières; mais la quatrième avait une dentelure provenant de ce que l'animal avait légèrement brisé l'un de ses sabots en sautant naguère la baranca pour m'échapper. L'indication était précieuse.

La pluie avait détrempé le sol; aussi suivions-nous aisément les traces du cheval. En certains endroits pourtant, le terrain, plus ferme, conservait à peine un vestige de son passage; il fallait alors que Rube ou Garey descendît de selle pour nous guider. Ils avançaient avec une vitesse surprenante, le corps incliné et les yeux baissés; c'étaient de véritables limiers. Personne ne disait mot; le désespoir et l'anxiété rendaient ma langue muette.

Cyprio m'avait donné de nouveaux détails sur le sort affreux des habitants de l'hacienda; pas de doute, le boucher avait rempli sa hideuse tâche, Isolina n'avait plus d'oreilles! Cyprio ne l'avait-il pas vue tout ensanglantée? Je tremblai aussi que le cruel forgeron ne l'eût marquée de son fer ardent... Comment était-elle placée à cheval? Malgré toutes mes angoisses, je me rappelai la légende du Cosaque. Bien des lieues séparent l'Ukraine du Rio-Bravo; les monstres qui avaient répété cette scène terrible sur les bords d'un fleuve mexicain avaient-ils jamais entendu parler de Mazeppa? leur chef, peut-être; mais, selon toute probabilité, l'idée était nationale et appartenait à ces barbares mêmes.

— Isolina, me dit Cyprio, était attachée en long à plat ventre sur le dos du coursier; sa tête inclinée reposait sur le garrot; ses bras embrassaient le cou et ses poignets étaient attachés sous la gorge du coursier; ses pieds, rassemblés par une forte courroie, étaient serrés à la croupe, tandis qu'une épaisse sangle l'assujettissait au corps du cheval. Ces explications me causèrent une douleur inexprimable. Pas d'espoir que ces liens se rompissent. Ni le cheval ni Isolina ne pouvaient échapper à cette étreinte fatale; la faim, la soif, la mort, non! la mort même ne les séparerait pas! Horreur!

Mon noble Moro, abandonné à lui-même, suivait machinalement mes compagnons.

LIV

LE VOYAGEUR

Nous n'étions pas encore loin quand quelqu'un s'approcha de moi en murmurant un mot de consolation; je reconnus la voix amicale du gros trappeur.

— Ne craignez rien, capitaine, dit Garey d'un ton d'encouragement, ne craignez rien. Rube et moi, nous le trouverons bien; il ne leur sera pas encore arrivé de mal... Je ne crois pas que le cheval blanc, sentant quelqu'un sur lui, galope longtemps. Ce sont les fusées qui l'ont fait partir; quand elles seront éteintes, il s'arrêtera, et alors...

— Et alors?... demandai-je machinalement.

— Alors, nous paraîtrons, et en quelques bonds votre cheval les aura rattrapés...

Hélas! ce rayon d'espoir s'évanouit presque aussitôt.

— Pourvu que la lune ne disparaisse pas, ajouta Garey d'un air de doute.

— Oui, je crains, en effet, dit Rube, qu'elle ne tarde guère à se cacher.

A cette fâcheuse prophétie, tous levèrent les yeux. La lune, pleine et blanche, brillait au zénith dans un ciel sans nuages. Comment pouvait-elle donc disparaître? Elle ne devait se retirer qu'au matin. Je demandai une explication à Rube.

— Regardez là-bas, capitaine, me répondit-il. Voyez-vous cette ligne noire à l'extrémité de la prairie, à l'est?... Or, il n'y a là ni bois, ni montagne : c'est donc un nuage; dans dix minutes, ce nuage voilera la lune et rendra ce beau ciel bleu aussi noir que la peau d'un nègre africain.

Garey confirma les paroles du vieux trappeur.

Je me dis avec effroi que, si la prédiction de Rube se réalisait, notre marche serait arrêtée. Nous n'attendîmes pas longtemps : de gros nuages couvrirent bientôt le ciel et nous plongèrent dans une obscurité complète : nous ne pouvions plus suivre la piste; le sol même était dérobé à notre vue. Force fut de nous arrêter et d'aviser, en selle, au meilleur parti à prendre. La délibération fut courte; mon petit détachement ne se composant que d'hommes d'expérience, ils eurent bientôt pris une résolution. Ils déclarèrent unanimement que si l'obscurité persistait, il fallait renoncer à toute poursuite jusqu'au lendemain matin, ou suivre la piste à la lueur de torches. Nous adoptâmes ce dernier avis : le jour ne devait luire que dans quelques heures, et je ne pouvais me résoudre à perdre un temps précieux dans l'inaction. La certitude seule que nous avancions, quoique avec lenteur, apportait un certain adoucissement à mes angoisses.

— Une torche! une torche!

Où nous procurer ce luminaire? Nous n'avions pas de matériaux pour en fabriquer, aucun arbre ne croissait dans le voisinage. Nous étions au milieu d'une prairie nue. Le *mesquite* (*l'algar obia glandulosa*), excellent pour cet usage, ne se trouvait pas aux alentours. Nous réfléchissons en vain ; l'adroit Rube même ne parvenait pas à surmonter cette difficulté.

— Écoutez, mon capitaine ! s'écria tout à coup Le Blanc, un vieux voyageur français qui parlait un affreux jargon composé de mots anglais et français, et qui s'était joint à mon expédition ; écoutez, pourquoi ne retournerions-nous pas à la rancheria pour y chercher de la lumière?

En effet, nous n'étions qu'à quelques milles du village ; l'idée du Canadien était bonne.

— Je connais, poursuivit Le Blanc, un endroit où sont déposées des chandelles de cire magnifiques.

— Des chandelles de cire !

— Oui, messieurs, des chandelles aussi grosses que des troncs de palmiers nains et qui éclaireront toute la prairie.

— Vous savez où elles sont? Vous les trouveriez, Le Blanc?

— Oui, messieurs, je le sais ; si le capitaine daigne permettre à M. Quackenboss de m'accompagner au village, je lui rapporterai lesdites chandelles à tout prix...

Je consentis, et Le Blanc, suivi de Quackenboss, reprit aussitôt le chemin de la rancheria.

Nous mîmes alors pied à terre pour laisser paître nos montures, et nous attendîmes, couchés sur le gazon, le retour de nos messagers.

L V

CHASSE A LA LUEUR DES FLAMBEAUX

Pendant cette halte, je fus assailli de nouveau par les sombres pressentiments que l'espoir avait un instant dissipés. Des

scènes horribles se déroulèrent devant mon imagination. Je
vis le cheval blanc, qui galopait dans la plaine, poursuivi par
des loups et des vautours infatigables. Pour échapper à ces
ennemis affamés, il s'élançait dans le chapparal épais, où il
rencontrait la panthère cruelle, l'ours féroce, où il s'accro-
chait aux épines acérées des acacias, des cactus et des aloès
gigantesques. Je croyais déjà voir ma triste fiancée, toute sanglante, les membres lacérés et les vêtements mis en lambeaux.
Je ne pus supporter plus longtemps ce spectacle déchirant.
Me levant tout à coup, j'arpentai la prairie comme un insensé.
Ému de mon affliction, le jeune trappeur s'approcha et renou-
vela ses efforts pour me consoler.

— Nous pourrons suivre rapidement, dit-il, la piste à la
lumière de torches ou de chandelles ; avant l'aurore nous aurons parcouru plusieurs milles et nous serons peut-être en
présence du coursier blanc, qui sera aisément entouré et pris :
comme il est presque dompté, il ne nous fuira plus. Une fois
en vue, il ne nous échappera pas ; la senora, elle, n'a rien à
craindre. Les loups, les panthères et les ours ne savent pas
qu'elle est à leur merci. Oui, capitaine, ajouta le compatissant
trappeur, nous retrouverons la senora saine et sauve ; à vrai
dire, elle souffrira sans doute un peu de la fatigue et de la
faim, mais un jour de repos la rétablira complétement et tout
sera oublié.

Malgré le rude accent de Garey, je compris le sentiment généreux qui lui dictait ces remarques consolantes. Je me
sentis renaître à l'espoir, et j'attendis avec plus de calme le
retour de Quackenboss et du Canadien. Nous leur avions accordé
deux heures pour s'acquitter de leur mission ; longtemps
avant l'expiration de ce terme, nous entendîmes au loin leurs
chevaux dans la prairie. Quand ils nous eurent rejoints, je
vis entre les mains de Le Blanc les magnifiques chandelles
promises.

—Les voilà ! mon capitaine, s'écria le Canadien en s'approchant, les voilà ! J'ose espérer que le ciel pardonnera à ce

brave M. Quackenboss et à moi d'avoir pris le bien d'autrui dans un moment d'impérieuse nécessité.

Nos messagers nous apportèrent également des nouvelles du village. Depuis notre départ, plusieurs brigands avaient été punis. Sous la direction de Pedro, on avait encore trouvé de nouvelles victimes de la cruauté mexicaine. Les arbres du cimetière portèrent cette nuit d'horribles fruits !...

L'alcade n'était pas mort et l'on présumait que don Ramon vivait encore, mais qu'il avait été emmené prisonnier par la guerilla. Les tirailleurs restés à la rancheria avaient voulu suivre Le Blanc et Quackenboss, mais j'avais enjoint à mes deux lieutenants de retourner sans délai au camp, mon escorte étant suffisante pour ce que je méditais. Il serait temps encore plus tard d'aviser aux moyens de prendre Ijurra, l'auteur et l'acteur principal de cette terrible tragédie.

Sans permettre à Le Blanc d'en dire davantage, nous allumâmes nos grandes chandelles et reprîmes la poursuite du coursier blanc. Heureusement, la brise était légère et ne rendait que plus brillante la flamme des cierges, qui éclairaient le terrain comme l'eût fait la lune. Je remarquai bientôt que nous allions en droite ligne sur la mesa. Après une longue course, nous arrivâmes en vue de la butte; les sélénites étincelants du roc réfléchissaient les lueurs de nos chandelles; on eût dit une muraille émaillée de diamants. Nous avançâmes avec prudence... Les traces du coursier prouvaient assez qu'il s'était approché de la mesa, mais toutes nos recherches pour les suivre plus loin restèrent infructueuses. Nous ne trouvâmes que des squelettes d'hommes et de chevaux, des crânes blanchis; des lambeaux de vêtements, des armes brisées, souvenirs éloquents de notre dernière escarmouche. Nous jetâmes un regard sur notre forteresse naturelle, où tout était dans le même état qu'au jour où nous l'avions quittée. Malgré toute l'expérience de mes compagnons, nous ne pûmes retrouver les traces du coursier blanc, et une pluie diluvienne, prévue du reste, vint éteindre tout à coup

nos lumières et mettre ainsi un terme à nos investigations.
Nous nous mîmes silencieusement à l'abri sous les murs du
roc... Les éléments mêmes semblaient se tourner contre moi.

LVI

LE CHAPEAU D'ELIJAH QUACKENBOSS

Nos montures, harassées et affamées, courbaient la tête sous
la froide pluie qui les inondait; la marche ardente du matin
et le long galop de la nuit les avaient complétement épuisées.
Mes hommes aussi étaient accablés de fatigue. Les uns se tenaient silencieusement à côté de leurs chevaux : les autres,
étendus contre le roc, s'étaient promptement endormis. Pour
moi, il n'y avait ni sommeil ni repos : je n'avais pas même
cherché un abri contre la pluie; j'étais insensible aux souffrances physiques. Une heure s'écoula ainsi. Je fus tout à
coup arraché à ma rêverie par quelques mots que je saisis
au vol et qui m'apprirent que deux de mes compagnons n'a-
vaient pas encore cédé à la fatigue ou au découragement. Je
reconnus aisément la voix des trappeurs. Habitués à lutter
sans cesse contre les éléments et les hommes, ces courageux
pionniers ne se rendaient que lorsque toute résistance devenait impossible. Me tournant vers eux, je les écoutai avec intérêt; ils n'avaient pas encore perdu l'espoir de retrouver la
piste. Ils parlaient à voix basse.

— Tu as raison, dit Garey. Le cheval blanc a dû suivre ce
chemin et, en ce cas, nous le retrouverons bien. Si je ne me
trompe, il y a de la boue tout autour de la source de la mesa...
Nous pouvons à la rigueur abriter notre flambeau sous le sombrero (couvre-chef) de Dutch Lige.

— Oui, répliqua Rube, mais je consens à devenir un nègre
pur-sang si dans dix minutes nous avons encore besoin de tor-

che et de chapeau. Regarde là, — et le vieux trappeur désignait une éclaircie dans les nuages, — regarde là, nous allons
revoir la lune plus brillante que jamais...

— Tant mieux, Rube, mais le temps est précieux; remet-
tons-nous donc à l'instant à la recherche des traces.

— Avec plaisir... Cherche le flambeau et le sombrero. Partons seuls, car ces enfants nous sont complétement inutiles.

— Lige! s'écria Garey en s'adressant à Quackenboss, Lige!
prête-moi un instant ton chapeau.

Un ronflement sonore fut la seule réponse. Le savant tirailleur, appuyé contre le roc et la tête inclinée sur sa poitrine,
dormait profondément.

— Grand paresseux! dit Rube impatienté. Va, Bill, pique-le
légèrement avec ton couteau. Frotte-lui les côtes, vite!...

— Lige! oh!... Dutchy, repartit Garey en s'approchant du
dormeur et en le secouant par les épaules, j'ai besoin de ton
sombrero.

— Oh! wo! tranquille. Elle me lancera à terre, dit tout à
coup Quackenboss... Ah! la maudite jument comanche! je ne
puis descendre de selle... mes éperons sont rivés...

A cette étrange repartie, Rube et Garrey partirent d'un éclat
de rire qui réveilla tous les autres dormeurs. Quackenboss
seul resta plongé dans un sommeil de plomb en rêvant qu'il
luttait avec son cheval sauvage.

— Laisse-le en repos! s'écria Rube après une pause. Prends
le chapeau, Bill, nous n'avons pas besoin du propriétaire.

Garey n'essaya plus d'éveiller le tenace tirailleur botaniste;
il lui enleva lestement son chapeau, et, muni d'un grand
cierge, il partit, sans mot dire, avec son vieux compagnon.

Plein de confiance en leur habileté et voyant qu'ils désiraient
n'être pas dérangés, je ne les interrogeai pas, et ceux de mes
hommes qui les questionnèrent ne reçurent que des réponses
vagues. En s'éloignant de la mesa, ils disparurent bientôt dans
les ténèbres.

LVII

LA PISTE RETROUVÉE

Les tirailleurs, après avoir fait quelques commentaires sur les desseins des deux trappeurs, ne tardèrent pas à reprendre leurs attitudes de repos. Le froid et la pluie même ne pouvaient les tenir éveillés. Tout à coup la voix de Quackenboss troubla le silence; l'eau, qui tombait à torrents sur son crâne presque chauve, avait fait plus d'effet que les cris et les bousculades de Garey.

— Holà! où est mon chapeau? demanda-t-il d'un air surpris, en se levant et en cherchant autour de lui. Mon chapeau! Jeunes gens, aucun de vous n'a-t-il trouvé mon couvre-chef?

Et ses cris éveillèrent de nouveau les malheureux dormeurs.

— Quel chapeau, Lige?

— Un chapeau noir... cet excellent chapeau mexicain...

— Crois-tu que l'on puisse voir un chapeau noir ou blanc par une nuit pareille?

— Assez, jeunes gens, pas de plaisanteries; il me faut mon chapeau! Qui l'a pris?

— Bah! le vent l'aura emporté; d'ailleurs, es-tu bien sûr d'avoir un chapeau?

— Pauvre monsieur Quackenboss, dit à son tour le Canadien, les loups auront mangé son chapeau en respectant sa tête, trop dure...

— Non, ajouta un autre, Lige aura perdu son chapeau en se démenant sur la jument sauvage qu'il vient encore de monter... dans ses rêves.

Des éclats de rire répondirent à cette saillie pendant que Quackenboss interpellait en termes peu respectueux ses compagnons au sujet de son chapeau, qu'il persistait à chercher dans la boue, au milieu de la gaieté générale.

Je fis peu d'attention à la joie de mes hommes, mes pensées suivaient un autre cours. Je regardais l'éclaircie signalée par Rube dans le ciel et je voyais avec joie que la prédiction du trappeur allait se réaliser. Par intervalles, j'examinais au loin la prairie, qui restait toujours sombre et silencieuse. Je commençais à m'impatienter, quand j'aperçus tout à coup dans la plaine une petite lumière qui scintillait comme une étoile solitaire. Il n'y avait rien de mystérieux dans cette apparition. Quackenboss seul ne dut rien y comprendre; il aurait pu se croire en présence de la *fata Morgana* ou de quelque feu follet diabolique. Mes autres hommes, qui ne dormaient pas au moment du départ de Rube et de Garey, reconnurent aisément le flambeau des trappeurs. La lumière s'agitait sans cesse et décrivait cent zigzags. Elle s'arrêta enfin, et une exclamation perçante retentit dans la prairie. Nous reconnûmes la voix de Rube. Au même instant il nous parut que la lumière avançait rapidement en ligne droite. Nous la suivîmes des yeux; elle s'éloignait toujours : les trappeurs avaient-ils retrouvé la piste? Pendant que nous nous livrions à toutes sortes de conjectures, survint Garey; sa contenance nous annonça qu'il apportait de bonnes nouvelles.

— Rube a retrouvé la piste, capitaine? cria le jeune trappeur en s'approchant; lui et sa lumière auront bientôt disparu, si nous ne nous hâtons pas de le rejoindre.

Sautant aussitôt en selle, nous nous élançâmes vers le phare tremblant qui nous guidait dans la plaine.

En quelques minutes nous atteignîmes Rube; malgré la pluie, il suivait rapidement la piste en abritant son flambeau sous l'ample sombrero de Lige. A toutes les questions, le vieux trappeur, évidemment fier de la nouvelle preuve d'habileté qu'il venait de nous donner, ne répondait que par des « oh! oh! » Les curieux réussirent mieux auprès de Garey, qui expliqua comment son compagnon avait retrouvé la piste du coursier blanc; l'ingénieux Rube, en se rappelant la source de la mesa, avait conjecturé, avec raison, que le cheval d'Isolina s'y était arrêté pour boire; l'animal avait longé le terrain pierreux qui entourait la butte. Nous avions ainsi perdu ses traces. Un terrain marécageux bordait la source, les pas du cheval avaient naturellement dû y laisser une empreinte profonde; pour les retrouver, il n'aurait plus fallu à Rube qu'un parapluie pour abriter son flambeau, et le gigantesque chapeau de Quackenboss avait merveilleusement rempli cet office. Comme les trappeurs l'avaient conjecturé, les traces du coursier blanc étaient visibles autour de la source. Après y avoir bu, il avait immédiatement repris sa course désordonnée à l'ouest de la butte.

Pourquoi était-il parti au galop? Avait-il eu une nouvelle frayeur sous l'étreinte de son étrange écuyère? Quelque chose l'avait-il alarmé? J'interrogeai Garey: je le pressai de me répondre. D'abord il s'y refusa, il savait cependant tout; enfin il me dit avec une répugnance visible:

— Il y a des loups à la poursuite du coursier blanc!

LVIII

LES LOUPS A LA PISTE

Les loups le poursuivaient! Rube et Garey avaient reconnu l'empreinte de leurs pattes dans la boue de la source; à en juger par ces traces, ils devaient être excessivement nombreux. Dans ces régions il y a deux espèces de loups très-communs: le grand loup brun du Texas et le petit coyote.

Hélas! je ne pouvais douter qu'ils ne fussent à la chasse du cheval blanc et d'Isolina: leurs bonds énormes prouvaient qu'ils pourchassaient une proie; or, comme leurs traces couvraient celles du coursier sauvage, il était évident qu'ils le poursuivaient. Garey ne doutait pas plus de la justesse de ce raisonnement qu'un géomètre ne doute de la vérité d'un théorème d'Euclide.

Malgré moi, je dus adopter cette conclusion. Si le cheval avait été seul, libre, sans fardeau, les loups ne l'auraient pas inquiété. Ces chasseurs affamés des plaines n'attaquent guère que les juments vieilles et infirmes et les faibles poulains. Le loup commun et le coyote ont toute l'astuce du renard et reconnaissent instinctivement les animaux blessés à mort; ils suivront le daim frappé d'une balle ou d'une flèche et qui a échappé au chasseur, mais ils le laissent fuir s'il n'est pas grièvement atteint.

L'instinct leur avait dit que le coursier blanc n'était pas gouverné par une main libre et qu'il y avait en lui quelque chose d'insolite qui le gênait; ils s'étaient donc mis immédiatement à sa poursuite. Je me figurai aisément le dénoûment de cette lutte si le cheval sauvage succombait, — ce qui n'était que trop probable... Ma pauvre fiancée et sa monture, cause involontaire de sa mort, seraient bientôt renversées, déchirées et dévorées. Les féroces carnassiers devaient être d'autant plus altérés de sang humain, que les victimes de notre dernière escarmouche leur avaient fourni plus d'un horrible banquet nocturne.

— Regardez, capitaine, dit tout à coup Garey en éclairant le sol avec son flambeau : le cheval a glissé ici sur l'herbe humide, et un loup a fait un bond énorme pour profiter de cet accident ; on le voit sans peine à ces traces.

Je constatai la vérité des paroles de Garey ; elles ne firent qu'accroître les vives alarmes que je ressentais déjà.

Peu d'instants après que nous eûmes quitté la mesa, il se produisit un changement très-favorable pour nous dans la température; la pluie cessa de tomber, les nuages disparurent aussi vite qu'ils étaient arrivés, et la lune étincela dans le firmament, comme purifiée par l'orage. On aurait pu croire que le jour avait succédé à la nuit. Nous continuâmes notre course avec une rapidité croissante. Les traces des loups accompagnaient toujours celles du cheval blanc. Nous avions déjà parcouru plusieurs milles quand nous entendimes mugir de l'eau dans la direction de la piste; nous fûmes bientôt devant une rivière qui formait une cataracte en cet endroit et qui retombait avec fracas en tourbillons d'écume du haut de rochers élevés. A la clarté de la lune, on eût dit une avalanche de neige. Les trappeurs reconnurent un affluent septentrional du Rio-Bravo, qui descendait des steppes du *Llano Estacado*.

La piste nous conduisit devant la cataracte écumante. Le cheval s'était lancé dans le torrent !

LIX

PASSAGE DU TORRENT

Oui ! le coursier blanc, serré de près par les loups, s'était précipité dans ce torrent impétueux. Notre première préoccupation fut de savoir s'il était parvenu à le traverser. La chose paraissait improbable, impossible... La rivière semblait trop profonde pour être passée à gué. Le cheval avait donc dû nager? En ce cas, le courant l'avait emporté, submergé, et l'infortunée Isolina avait été noyée !... La conclusion nous parut évidente. Rube seul ne l'admit pas. Selon le vieux trappeur, le coursier blanc avait passé sain et sauf le torrent avant que les dernières pluies l'eussent gonflé.

— Et la preuve, ajouta-t-il d'un air victorieux, que le cheval est arrivé ici avant l'orage, c'est que ses sabots n'ont laissé que de faibles empreintes; sur ce terrain détrempé par la pluie, le contraire serait arrivé.

— Mais les loups ! Crois-tu qu'ils aient également traversé la rivière? demandai-je.

— Oh ! non ! Ces bêtes sont trop intelligentes pour faire une folie pareille ; elles savaient que leurs jambes étaient trop courtes et que le courant les aurait entraînées à la distance d'un mille avant qu'elles eussent atteint le milieu de la rivière.

Les loups se sont donc arrêtés de ce côté-ci ; voici leurs traces qui indiquent clairement qu'ils sont retournés sur leurs pas.

Nous nous baissâmes aussitôt pour examiner le sol, et nous reconnûmes encore une fois la justesse du coup d'œil de Rube. Les tirailleurs se rangèrent unanimement à l'opinion du vieux trappeur, à savoir que le coursier blanc avait heureusement passé le torrent et que les loups avaient rebroussé chemin. Le cœur un peu soulagé par ces indices de bon augure, je remontai en selle ; mes compagnons m'imitèrent et nous longeâmes la rivière pour trouver un endroit guéable. Nos recherches demeurèrent infructueuses : mon impatience ne me permit plus de les continuer ; j'avais souvent traversé à cheval de larges rivières. Remarquant que le courant était assez paisible en amont de la cataracte, je lançai hardiment Moro dans l'eau et abordai l'autre rive, qui était basse et unie. J'entendis derrière moi que, l'un après l'autre, tous mes compagnons suivaient la voie que je leur avais tracée. Cependant un homme manqua à l'appel : c'était Rube. A vrai dire, je n'en fus pas effrayé ; quelque chose le retenait sans doute de l'autre côté du fleuve.

— Sa jument sait-elle nager ? demandai-je.

— Comme une loutre, répondit Garrey. Ah ! les voilà, ils arrivent là-bas...

Nous aperçûmes alors deux faces qui s'agitaient l'une à la suite de l'autre au milieu de la rivière : la première était le front gris de la vieille mustang ; la seconde, la physionomie caractéristique de son maître. Ce spectacle singulier nous arracha un rire homérique. Chaque action de cet homme bizarre avait un cachet d'originalité unique. Voici le procédé incroyable que Rube avait adopté pour traverser la rivière. — Il y était entré doucement, et s'était tenu en selle aussi longtemps que sa jument avait eu fond ; puis, se jetant à l'eau, il s'était accroché avec les dents à la queue de sa monture, qui l'avait remorqué comme un poisson harponné. En remontant l'autre rive, il avait escaladé la croupe de l'animal et s'était remis ainsi en selle. Ce bain avait réduit la jument et son cavalier à leurs plus minces dimensions et leur donnait un aspect si burlesque, que mes hommes partirent d'un éclat de rire. Je n'attendis pas que leur gaieté se fût dissipée pour me remettre à la recherche des traces. A ma grande joie, nous les retrouvâmes vis-à-vis de l'endroit où le coursier blanc avait bondi dans le torrent. Rube avait donc eu raison. Grâce au ciel, Isolina avait au moins échappé à ce péril !

LX

UNE FORÊT LILIPUTIENNE

Je repris la piste avec une nouvelle ardeur ; je pouvais espérer de revoir ma fiancée, elle avait traversé heureusement la rivière, et les loups ne la pourchassaient plus. Un autre indice encore m'encourageait : au sortir de la rivière, le coursier blanc avait repris une allure douce (une sorte d'amble), particulière au cheval sauvage des prairies, et qui avait dû beaucoup diminuer les souffrances d'Isolina. Peut-être même s'était-il arrêté de fatigue en n'entendant plus ses frères ennemis. Certes, il ne pouvait être loin... Cette longue marche nous avait également harassés, mais l'espoir nous empêcha de songer au repos. Hélas ! ma joie fut de courte durée. A peine étions-nous parvenus à quelques centaines de yards de la rivière, que nous rencontrâmes un obstacle inattendu, qui faillit arrêter notre marche. Cette barrière consistait en une forêt de chênes nains (*quercus naua*). A perte de vue s'étendait ce bois singulier, dont l'arbre le plus élevé n'avait que trente pouces ! C'étaient bien de véritables chênes et non des buissons ; chacun avoit un tronc, des rameaux et des grappes de glands.

— Maudits chênes ! s'écrièrent à la fois les deux trappeurs quand nous parvînmes à la lisière de cette forêt en miniature.

— Attendez, dit Rube impatienté ; nous devons tous descendre ici de cheval, nous ne pourrons suivre la piste qu'en rampant...

On comprend tout ce qu'eut de pénible une marche pareille ; nous avancions avec une lenteur désespérante. Les petits chênes étaient si rapprochés, que les rayons de la lune perçaient à peine leur épais feuillage ; çà et là, une branche brisée ou des feuilles froissées nous permettaient d'aller en avant d'un pas plus rapide, mais ces signes étaient rares. Le jour vint éclairer enfin cette exploration fatigante. Nous pûmes alors remonter à cheval et suivre rapidement la piste, qui traversait la partie centrale de ce bois. Peu à peu le fourré s'éclaircit, et nous entrâmes enfin dans une immense prairie. Le coursier blanc y avait d'abord pris des allures assez modérées ; mais nous remarquâmes qu'il avait tout à coup bondi et qu'il s'était de nouveau lancé au galop. Nous cherchâmes en vain à découvrir ce qui avait pu l'effrayer ; les deux trappeurs eux-mêmes étaient embarrassés. Avait-il été attaqué une seconde fois par des loups ou par quelque autre ennemi ? Non ; sur ce terrain détrempé par la pluie, on n'apercevait que les traces du cheval d'Isolina. Peut-être un bruit lointain lui avait-il fait croire que la populace ou des animaux carnassiers se remettaient à sa poursuite ; peut-être les flèches des fusées encore attachées à ses flancs l'aiguillonnaient-elles comme des éperons ; peut-être aussi...

Une exclamation poussée par Rube et Garey, qui nous précédaient, mit un terme à ces conjectures. Tous deux s'étaient arrêtés et désignaient le sol. Aucune parole ne fut échangée. Un simple coup d'œil nous apprit pourquoi le coursier blanc s'était remis au galop. En face de nous, la terre portait les empreintes fraîches de plusieurs centaines de chevaux, parmi lesquelles se perdaient celles de la monture de ma fiancée.

Les traces provenaient de chevaux non ferrés. A vrai dire, une troupe de cavaliers indiens aurait pu passer en cet endroit sans laisser d'autres indices : mais les trappeurs assurèrent que ces quadrupèdes n'étaient pas montés ; en outre, nous reconnûmes des marques de poulains, ce qui prouvait que le troupeau était une *caballada* de mustangs.

— Oui, murmura Rube, je vois ce que c'est ; elles ont été effrayées à la vue du coursier blanc et elles ont pris la fuite. Il les a aussitôt poursuivies. Voyez, ajouta le trappeur à mesure que nous avancions, il en a rejoint plusieurs ; elles se sont alors dispersées à droite et à gauche ; là, elles se sont de nouveau rassemblées... Ah ! voici ses traces, à lui, au milieu du troupeau.

A ces derniers mots, je levai involontairement les regards sur la plaine, croyant que les chevaux étaient en vue ; mais non, Rube avançait toujours, penché en selle et les yeux fixés à terre ; il avait lu tous ces faits sur la surface de la prairie. Pour moi, ce n'étaient que des hiéroglyphes ; mais lui les interprêtait plus facilement que la page d'un livre imprimé. Je n'en pouvais douter, le coursier avait poursuivi un troupeau de chevaux sauvages ; il l'avait atteint, et à l'endroit où nous étions, il en avait été entouré.

En arrivant au haut d'une colline, je vis le troupeau de chevaux sauvages, j'entendais les étalons qui hennissaient, et j'apercevais le coursier blanc qui se trouvait au milieu d'eux... et elle... elle, attachée à sa croupe !...

— Seigneur tout-puissant ! ayez pitié d'elle,.. sau vez-la !.. sauvez-la !...

LXI

UNE CHARGE CONTRE LES ÉTALONS SAUVAGES

Ce cri de détresse me fut arraché par le spectacle effrayant auquel j'assistais. Sans attendre mes camarades, je descendis au galop la colline, dans la direction du troupeau. Je n'usai d'aucune précaution ; ma seule préoccupation était de mettre les étalons en fuite et de sauver ma fiancée, s'il en était temps encore. Je n'avais pas perdu tout espoir, en voyant que le coursier blanc avait tenu libre un cercle autour de lui et que les assaillants ne le menaçaient qu'à distance. Les trappeurs et les tirailleurs, mus par la même pensée, avaient également lancé leurs chevaux au galop, et ils me suivaient de près. Le troupeau était encore loin. Le vent soufflait de son côté vers nous. Nous étions déjà à mi-chemin, et cependant les chevaux sauvages ne nous avaient pas encore entendus, ni vus, ni sentis. Je criai de toutes mes forces, je désirais de les effrayer pour les mettre en fuite. Mes compagnons joignirent leurs vociférations aux miennes, mais nos voix ne parvinrent par à la caballada. J'imaginai un meilleur expédient ; saisissant mon pistolet, je tirai plusieurs coups en l'air. Une seule détonation aurait suffi ; les chevaux effrayés se dispersèrent. Les uns disparurent au loin ; d'autres vinrent bondir autour de nous à portée de carabine, en levant la tête ; puis ils prirent également la fuite en hennissant. Le coursier blanc resta seul à l'endroit où nous l'avions d'abord aperçu. Un instant il demeura en place, comme stupéfait de la dispersion de ses assaillants. Lui aussi avait entendu les coups de pistolet, mais il en avait peut-être seul deviné la cause. Allait-il attendre notre approche ? Était-il complétement dompté, familiarisé avec la captivité ? Ou bien, délivré par nous de ses rivaux irrités, voulait-il nous témoigner sa reconnaissance ? Telles furent mes réflexions rapides... Je commençai à croire qu'il allait tranquillement se laisser reprendre. Hélas ! je fus bientôt détrompé. J'étais encore loin, à plusieurs centaines de yards, quand je le vis tout à coup se lever sur ses jambes de derrière, tourner comme sur un pivot et s'élancer ensuite au galop. Son cri perçant retentit à mes oreilles comme le défi d'un ennemi mortel. Il semblait se railler de l'impuissance de mes efforts et se venger de l'affront que je lui avais fait subir naguère en le capturant.

Je le suivis de toute la vitesse de Moro. Je ne m'arrêtai pas pour consulter mes compagnons ; une trop grande distance me séparait d'eux. La circonstance n'exigeait ni plan, ni délibération ; évidemment je n'avais qu'une chose à faire : tâcher d'atteindre le fier étalon pour sauver Isolina, si elle vivait encore. Oh ! que ce doute était terrible ! Ce n'était pas le moment de me livrer à mes émotions ; les réprimant avec force, j'appliquai toutes mes facultés à cette poursuite effrénée. Je parlais à mon brave Moro ; je le nommais de ma voix la plus caresressante, je l'animais des mains et des genoux ; mais le pauvre animal était harassé : les courses prolongées de la veille et les fatigues de cette nuit pluvieuse l'avaient complétement épuisé. A chaque instant je le sentais faiblir... Pourtant je l'éperonnais sans remords. Deux vies étaient en jeu, la sienne et la mienne, car je ne tenais pas à vivre sans Isolina : elle devait être sauvée à tout prix... Nous passâmes ainsi de colline en colline avec une rapidité vertigineuse. Malheureusement, le coursier blanc avait un double avantage sur nous : il s'était reposé dans la prairie avant notre arrivée et il se trouvait dans sa région natale. Je ne le quittais pas des yeux ; je craignais qu'il ne disparût tout à coup. Les souvenirs de ma première chasse me préoccupaient encore. Ce fut avec joie que je gravis la dernière colline de cette plaine ondoyante et que j'entrai dans une immense prairie où je gagnai rapidement du terrain sur le fugitif. Je ne me trouvai bientôt plus qu'à trois cents yards d'elle. Je pus distinguer son corps, ses jambes encore attachées à la croupe de l'animal, ses longs cheveux qui pendaient en désordre ; je vis mêmes ses pâles joues, car le coursier se retournait vers moi à certains intervalles pour pousser des hennissements sauvages et insolents. O ciel ! le visage de ma fiancée était ensanglanté...

J'étais assez près pour être entendu d'elle ; je l'appelai de toutes mes forces, je la regardai et attendis avec anxiété une réponse. Elle parut lever la tête comme si elle me comprenait et voulait parler... Sa voix ne parvint pas jusqu'à moi, mais le bruit des chevaux m'empêchait sans doute de l'entendre. Je l'appelai de nouveau, cette fois elle poussa certainement un cri... Dieu merci ! elle vivait encore... Tout à coup, je sentis mon cheval se dérober sous moi comme s'il disparaissait dans le sein de la terre. Je fus précipité de selle et volai dans la plaine. Ma monture, tombée dans un trou creusé par des marmottes de prairie, fit également une lourde chute. Un instant après, je me retrouvai en selle, mais le coursier blanc n'était plus en vue.

LXII

PERDU DANS UN CHAPPARAL.

Cette fois il n'y avait pas de mystère dans la disparition du coursier blanc, le feuillage du chapparal l'expliquait. Quoique je ne le visse plus, je l'entendais encore. Ses sabots, qui résonnaient sur un sol ferme, le bris des branches et le frôlement des feuilles me guidèrent et je me lançai dans le chapparal. Mon cheval traversa bravement les buissons épineux ; mais je n'avais pas fait cent yards que je reconnus l'imprudence que je commettais. Au lieu de me fier au bruit de la marche du coursier blanc, j'aurais dû suivre la piste. Bientôt je n'entendis plus même le bruit de ses mouvements, étouffés par le craquement des acacias que mon propre cheval foulait aux pieds. On comprend dans quelle incertitude cruelle je me trouvai alors. Perdant tout sang-froid, je précipitai mon cheval à out hasard dans le fourré, puis je m'arrêtai de nouveau pour écouter les voix de la forêt ; mais je n'entendis que la respiration haletante de mon pauvre Moro. Le chapparal était aussi silencieux qu'une tombe.

Si j'avais agi sensément, j'aurais suivi les traces du coursier au lieu d'entrer aveuglément dans le bois, et je l'aurais peut-être déjà atteint. Maintenant, je ne savais quelle direction il avait prise... J'avais perdu sa piste... J'essayai de réparer ma faute; je parcourus en tous sens le fourré pour trouver un in-dice de son passage; mais toutes mes recherches restèrent vaines. Je songeai alors à retourner dans la prairie pour y re-prendre la piste et la suivre. C'était le parti le plus raisonnable. En effet, je pouvais aisément retrouver la piste à l'endroit où le cheval était entré dans le chapparal, et me remettre ainsi à sa poursuite. Je tournai aussitôt mon cheval vers la prairie, ou plutôt vers le point où je la croyais située, car je n'étais plus sûr de mon chemin. J'étais dans un véritable labyrinthe. Ce ne fut qu'après une course pénible d'une heure, à travers des clairières et des buissons, que je fis halte, bien convaincu que j'étais égaré. Abattu, je laissai flotter les rênes sur mon cheval épuisé et me tins immobile pour réfléchir sur ma fâcheuse situation.

J'étais perdu dans un chapparal de jungles desséchés et horribles, où la nature semble avoir réuni toutes les plantes qui portent des épines !... Là croissaient toutes les espèces d'acacias, de mimosas, de robinias, mêlant leurs dards acérés aux feuilles épineuses des yuccas, des agaves, des échinocac-tus, etc. Les tiges de l'herbe même étaient armées d'éperons tranchants !

Je ne pouvais traverser impunément de pareils taillis; mes vêtements étaient en lambeaux et mes jambes meurtries... Je ne songeai qu'à ma pauvre fiancée; je me représentai avec hor-reur l'état lamentable où elle devait se trouver... Je ne pus res-ter plus longtemps en place, et je me précipitai encore une fois dans le fourré, comme si mes douloureuses préoccupations ne devaient pas m'y suivre.

LXIII

UNE RENCONTRE AVEC DES SANGLIERS

Aucun indice ne me guidait dans ces solitudes sauvages. J'avais une vague idée que la chasse m'avait conduit à l'ouest. Pour rentrer dans la prairie, je devais, en conséquence, me diriger à l'est ; mais comment reconnaître l'est de l'ouest ? De sombres nuages voilaient le soleil... A quels signes distinguer les points cardinaux ? Au milieu d'une forêt du Nord, j'aurais aisément trouvé mon chemin. Le chêne, l'orme, l'érable, le frêne, le hêtre et le sycomore eussent été des compas suffisants ; mais dans ces taillis de buissons épineux du Mexique, j'étais complétement dérouté. Étranger à cette flore, ou plutôt à cette végétation hybride et fantastique, je n'étais pas de ces hommes qui, au milieu d'un chapparal, reconnaissent le nord sans boussole ou sans étoiles. Dans cette extrémité, je résolus de me confier à l'instinct de mon cheval. Plus d'une fois il m'avait déjà tiré d'un mauvais pas, quand je m'étais égaré dans une forêt épaisse ou une savane immense. Mais où pouvait-il me ramener ? A l'endroit d'où j'étais venu ? Il l'eût probablement fait si ce chemin avait abouti au logis ; mais le pauvre animal n'avait, comme son maître, pas de toit fixe. Lui aussi était un tirailleur. Pendant des années il avait erré de lieux en lieux ; depuis longtemps il avait oublié son écurie natale. Nous avions l'un et l'autre un vif besoin de nous désaltérer. Je me dis que s'il y avait de l'eau dans le voisinage, son instinct l'y mènerait ; en outre, un ruisseau m'eût guidé. Je lâchai les rênes et abandonnai Moro à sa propre volonté. J'avais déjà crié de toutes mes forces, espérant que mes compagnons entendraient mes signaux. Je ne pouvais être secouru que par eux ; assurément, je n'avais pas de chance de rencontrer une autre créature humaine dans un endroit pareil, déserté même par les bêtes sauvages.

Le lézard à cornes, le serpent à sonnettes, le tatou à cuirasse et le coyote sont les seuls animaux qui habitent ces jungles arides. Çà et là on rencontre des sangliers, mais en petit nombre, et le voyageur peut parcourir vingt milles à travers un chapparal mexicain sans rencontrer un être vivant. A moins que le vent ne souffle dans les acacias, ou que la sauterelle, refugiée dans l'herbe sèche, n'articule son cri perçant, on n'entend que le son de sa propre voix ou le pas de son cheval. J'espérais encore être entendu de mes hommes ; j'étais bien convaincu qu'ils n'abandonneraient pas la piste. Quoique j'eusse eu sur eux une avance considérable en entrant dans le chapparal, ils devaient finalement me rejoindre s'ils continuaient la poursuite. Alors s'éleva la question de savoir s'ils suivraient mes traces ou celles du coursier blanc. Je n'y avais pas encore réfléchi. Dans le premier cas, j'avais tort de continuer ma marche, car je prolongeais ainsi leurs recherches. Toutes mes courses en zigzag dans le bois avaient déjà formé un labyrinthe qui devait leur créer de sérieux embarras. Il était assez probable qu'ils suivaient ma piste, en se disant que j'avais eu quelque raison pour m'écarter des traces du coursier blanc ; par exemple, que j'avais voulu lui intercepter la retraite.

Cette dernière conjecture m'engagea à faire halte afin de les attendre. Pour donner un peu de repos à mon cheval épuisé, je descendis de selle. De minute en minute, je criai ou déchargeai mon revolver ; mais je ne reçus aucune réponse. Si mes compagnons avaient été à portée, ils m'eussent répliqué par un signal semblable ; tous portaient des carabines et des pistolets. Peut-être aussi n'avaient-ils pas encore eu le temps de me rejoindre. Pendant que je me livrais à ces suppositions, j'entendis tout à coup des cris d'oiseaux à une certaine distance. Je reconnus les notes aiguës du geai qui se mêlaient au babillage du cardinal rouge. A leurs accents, je jugeai que ces oiseaux devaient être émus par la présence d'un ennemi ; ils défendaient peut-être leurs nids contre le

serpent noir ou le *crotalus*... Ce pouvaient être mes compagnons qui approchaient; ce pouvait être le coursier blanc
errant, comme moi, à l'aventure dans le chapparal. Je sautai
aussitôt en selle pour voir au-dessus des buissons. Guidé par
les voix des oiseaux, je découvris le théâtre du vacarme. A
une certaine distance, je vis des geais et des cardinaux qui

volaient de branche en branche, évidemment préoccupés de
quelque chose qui se passait à terre, sous eux. Au même
instant j'entendis des bruits étranges, plus perçants que les
voix des oiseaux; mais je n'en pus deviner la cause. Je fus désappointé, car mes camarades ou le coursier blanc ne pouvaient être les auteurs de tout ce tohu-bohu. Curieux de sa_
voir le motif d'une agitation pareille dans un endroit ordinairement silencieux, j'avançai aussi vite que les buissons le
permirent à mon cheval. Ma curiosité fut bientôt satisfaite.
En arrivant au bord d'une clairière, je fus spectateur d'une
scène étrange, d'un combat entre un couguar rouge et une
bande de sangliers. Ces féroces animaux assaillaient sans répit
la panthère, qui se défendait avec l'énergie du désespoir. Plusieurs sangliers gisaient déjà sur le sol, étourdis ou morts;

mais les autres, au lieu de se laisser intimider, enveloppaient leur ennemi, l'attaquaient la gueule béante et le blessaient grièvement avec leurs hures pointues. A cette vue, tous mes instincts de chasseur se réveillèrent; prenant ma carabine, que je portais en bandoulière, j'envoyai sans hésitation une balle dans le crâne du couguar, qui tomba inanimé au milieu de ses assaillants acharnés. Au bout d'un instant, j'eus sujet de regretter le choix que j'avais fait de cette victime. Dès que leur adversaire fut hors de combat, tous les sangliers tournèrent leur sauvage colère contre moi. Malheureusement, je ne pouvais punir ces bêtes ingrates. Elles ne m'avaient pas laissé le temps de recharger ma carabine, et mon revolver était vide. Mon cheval, effrayé par cette attaque inattendue, bondissait dans la clairière; mais il rencontrait partout les hures terribles de nos féroces ennemis. Grâce au ciel, je pus me tenir en selle; si j'avais été jeté à terre en ce moment, j'aurais certainement été mis en pièces. La fuite était ma seule chance de salut... Hélas! dans ce fourré, les sangliers nous suivaient sans peine et nous harcelaient avec une animosité incroyable. Ma position devenait réellement critique... En ce moment, j'entendis des voix humaines et j'aperçus des hommes à cheval qui avançaient dans le taillis. C'étaient Quackenboss et les autres tirailleurs; ils vinrent à propos à mon secours : leurs revolvers éclaircirent bientôt les rangs des sangliers, et les survivants prirent la fuite en grognant et en hurlant.

LXIV

LES BOIS EN FEU

Les deux trappeurs ne figuraient pas au nombre de mes sauveurs. Où étaient-ils? Après avoir chargé ma troupe d'aller à ma recherche, ils avaient suivi les traces du coursier blanc.

Je fus charmé de cette nouvelle preuve d'intelligence de mes
camarades. J'étais retrouvé, et j'espérais revoir bientôt Isolina. Nous résolûmes de rejoindre sans retard Rube et Garey.
Sous la direction de Stanfield, — un homme de grande expérience, — nous traversâmes en droite ligne le chapparal et
entrâmes ensuite dans un bois, sur la piste des trappeurs et
du coursier blanc. Nous avançâmes rapidement. Pour faciliter
notre marche, Rube et Garey avaient brisé sur leur passage
des branches d'acacias ou froisé des fleurs d'aloès ou de
cactus. Mon impatience était grande. Cependant, je craignais,
à certains moments, de rejoindre mes éclaireurs. Peut-être
n'avaient-ils que de mauvaises nouvelles à m'annoncer ; je
tremblais d'apprendre que le cheval blanc avait traversé à la
nage quelque rivière ou s'était précipité dans un gouffre...
Nous avions parcouru environ cinq milles, quand je commençai à éprouver aux yeux une sensation douloureuse que j'attribuai d'abord à un besoin de sommeil. Mes compagnons se
plaignirent de ressentir la même impression. Nous eûmes
bientôt l'explication de ce fait étrange : il y avait de la fumée
dans l'air, une fumée de végétaux en combustion... Les habitants des prairies ne regardent jamais cet indice avec indifférence. Pas de fumée sans feu, pas de feu sans danger, du
moins dans les immenses steppes verdoyants de l'Amérique
occidentale. Une forêt enflammée n'est guère dangereuse, on
a le temps de fuir ; mais dans les prairies couvertes de plantes
hautes comme un cheval, le péril est imminent, souvent
mortel.

C'était donc la fumée qui tourmentait nos yeux et les mouil-
lait, mais nous cherchions inutilement le lieu de l'incendie.
Nous devions en être encore loin. A mesure que nous avancions, la fumée devenait plus épaisse, le ciel s'obscurcissait
et notre malaise augmentait.

— Les bois sont en feu, dit Stanfield.

Je constatai avec douleur que les flammes sévissaient dans
la direction de la piste et que le vent soufflait la fumée dans

nos visages. L'air était embrasé et rendait notre respiration difficile. Nous avions grand'peine à suivre la piste. Mes compagnons voulaient 'arrêter; mais je les exhortais à avancer. Je prêchais d'exemple.

Je commençai à m'inquiéter de ne pas apercevoir les deux trappeurs : nous avions marché vite; selon mes calculs, ils ne pouvaient être loin. Je me mis à crier... Tout à coup la grosse voix de Garey nous répondit. Nous nous précipitâmes à la rencontre des deux trappeurs. Nous débouchâmes bientôt dans la clairière du chapparal. A travers la fumée, nous pûmes distinguer des formes d'hommes et de chevaux. Je jetai un rapide coup d'œil sur le groupe. Hélas! le coursier blanc n'y était pas; il courait encore en liberté.

LXV

FUMÉE ET SOIF

— Ah! monsieur Rube s'écria le Canadien quand nous rejoignîmes les deux trappeurs, quelle fumée! Ces bois sont-ils en feu?

— Les bois! dit Rube en jetant un regard de mépris sur son interlocuteur, il n'y a pas de bois ici... C'est une prairie qui brûle; ne sentez-vous pas la puanteur de l'herbe enflammée?

— Vraiment! en êtes-vous sûr, monsieur Rube?

— Si j'en suis sûr! répliqua le trappeur d'un air indigné. Croyez-vous que je ne distingue plus une forêt d'une plaine?

— Ah! monsieur Rube, pardonnez-moi. Je pensais que les flammes dévoraient le chapparal.

— Non, le chapparal ne brûle pas, repartit Rube, adouci par la politesse du Canadien; ne craignez donc rien, vous êtes ici en sécurité.

Les paroles de Rube ne rassurèrent pas seulement Le Blanc, mais encore les autres, qui avaient peur que le taillis ne fût en feu.

Pour moi, je n'avais pas cette appréhension ; je savais que le chapparal, formé en majeure partie d'une végétation très-juteuse, était incombustible. Nous étions abrités par une véritable muraille de cactus, d'aloès et d'opuntias. Dans la clairière où nous faisions halte, nous n'avions rien à redouter du feu ; mais nous souffrions de la fumée, qui avait complétement obscurci l'air. Sans prêter grande attention au dialogue de Rube et du Canadien, je m'approchai de Garey pour lui demander des détails sur son expédition. Voici ce qu'il m'apprit : Rube et lui avaient suivi les traces du coursier blanc dans le chapparal. En sortant du fourré, ils avaient pénétré dans une immense prairie à hautes herbes. Tout à coup ils s'étaient aperçus avec consternation que la prairie brûlait en face d'eux ; le vent emportait la fumée et les flammes avec la rapidité d'un cheval de course anglais, et ils avaient failli périr dans la savane.

Le coursier blanc, qu'était-il devenu ? Les trappeurs n'avaient-ils rien vu ? Ils gardèrent à ce sujet un silence de mauvais augure, que je n'eus pas le courage de les engager à rompre...

La fumée nous contraignait à rester dans le chapparal ; nous entendions le feu à une courte distance ; les tiges des plantes s'allumaient avec un craquement semblable à une décharge de mousqueterie. De temps en temps, un daim épouvanté passait à côté de nous, comme une flèche. Une troupe d'antilopes bondit dans la clairière et se réfugia à côté de nos chevaux, ne sachant plus où courir. Une bande de loups de prairie la suivit et s'arrêta auprès d'elle sans intentions hostiles ; puis survinrent également un ours noir et un couguar. La terreur rassemblait les bêtes féroces et les ruminants les plus timides. Les oiseaux volaient effarés dans les buissons, les vautours et les aigles criaient dans les airs. L'homme seul ne perd jamais entièrement ses instincts. Nous étions tous affamés; l'ours noir et une antilope succombèrent bientôt sous nos coups. Un instant après, les deux animaux étaient écorchés et découpés. Nous fîmes du feu dans la clairière, et un repas délicieux répara un peu nos forces affaiblies. Quant à la soif, qui nous causait des douleurs atroces, les uns l'apaisèrent avec des balles de plomb et les autres avec le sang de l'ours et de l'antilope, ou avec les tiges succulentes du cactus et de l'agave. Mais ces plantes n'offrirent qu'un soulagement passager, et notre soif ne tarda pas à revenir plus ardente. Plusieurs de nos hommes voulurent alors retourner sur leurs pas à la recherche de l'eau; pour en trouver, il eût fallu au moins faire vingt milles. En pareille circonstance, le commandant militaire même perd toute autorité. La nature est plus forte que la loi martiale. Peu m'importait que mes tirailleurs me quittassent, pourvu que les trappeurs me restassent fidèles. Je permis à tous mes hommes de m'abandonner; mais tous jurèrent alors d'unir leur sort, bon ou mauvais, au mien. Heureusement, la fumée se dissipa; l'incendie s'était arrêté à la lisière du chapparal. Toute la prairie était consumée. Remontant à cheval, nous sortîmes de la clairière et nous arrivâmes bientôt devant la plaine désolée.

XVI

UNE PRAIRIE BRULÉE

On ne peut imaginer rien de plus triste et de plus lugubre qu'une prairie incendiée. Une mer sombre, une bruyère flétrie, un marécage subitement dégelé offrent au voyageur un spectacle monotone. Cependant l'eau s'agite, la bruyère a une couleur, et le marécage à demi dégelé n'est pas dépourvu de toute variété. Mais une savane brûlée n'a ni mouvement, ni forme, ni couleur. Rien n'y repose la vue. Le ciel même a un aspect lourd et livide...

Une prairie verte et émaillée de fleurs ne charme pas toujours l'œil. On est heureux d'y rencontrer un arbre, un rocher, un être vivant qui fasse ombre à ce beau tableau, de même que l'on aperçoit avec bonheur sur la nappe de l'Océan un navire, un cétacé, un morceau de bois...

La couleur seule ne nous satisfait pas. Quoi de plus charmant que la fraîche verdure des prés? quoi de plus exquis que le bleu foncé de l'Océan?... Cependant l'œil se fatigue de l'un et de l'autre. Que doit donc être une savane réduite en cendres? Les paroles sont impuissantes à décrire l'horrible monotonie que présente une scène pareille.

Tel fut le spectacle qui frappa nos regards quand nous débouchâmes du chapparal. A perte de vue, la plaine était comme couverte d'un vaste linceul noir. Un silence terrible régnait partout; les éléments mêmes semblaient morts... En d'autres circonstances, j'aurais pu m'arrêter pour regarder cette scène; mais, en ce moment, je ne songeais qu'à ma fiancée.

Les trappeurs nous précédaient en soulevant sous les pas de leurs chevaux des tourbillons de cendres. Comme ils avaient remarqué la direction prise par le coursier blanc, ils purent d'abord avancer avec rapidité; puis ils ralentirent leur marche comme s'ils étaient déroutés. Je les suivis avec anxiété. Je tremblais qu'ils ne perdissent la piste que semblait couvrir une épaisse couche d'herbe brûlée. A vrai dire, je distinguais bien çà et là quelques faibles empreintes sur le terrain; mais, sans en être averti, je ne me serais pas douté que c'étaient celles d'un cheval. Il fallait les regards perçants de Rube et de Garey, pour se guider sur de pareils indices. Nous avions déjà fait un long trajet, quand il fallut tout à coup nous arrêter pour permettre aux trappeurs de reconnaître le terrain. La curiosité me fit jeter un coup d'œil aux alentours. La scène était vraiment terrible. On ne distinguait plus même le chapparal épi-

neux ; au nord et au sud, à l'est et à l'ouest, la plaine était ca-
chée sous un gigantesque drap mortuaire. Si je m'étais trouvé
seul dans cette affreuse solitude, j'aurais pu croire que le
monde entier avait péri.

Je tombai dans une stupeur léthargique...

Les voix de mes compagnons me rappelèrent à la raison et
à la réalité. La piste perdue venait d'être retrouvée, et nous
remîmes aussitôt en marche.

LXVII

UN DIALOGUE ENTRE RUBE ET GAREY

Les deux trappeurs étaient engagés dans une conversation
animée ; je les suivis de près pour les écouter. Ces hommes
des montagnes, — comme ils s'appelaient fièrement, — étaient
originaux en toutes choses. Ils n'auraient pas souffert que l'on
se mêlât à leur entretien ; déjà peu communicatifs avec moi
dans les moments suprêmes, ils l'étaient encore moins avec
mes tirailleurs, qu'ils regardaient comme des novices inexpé-
rimentés. Aux yeux de Rube et de Garey, on n'était véritable-
ment « homme des montagnes » qu'après avoir beaucoup
vécu et souffert dans les savanes, enduré la faim, combattu et
tué des Indiens, coupé des oreilles ou avoir perdu les siennes,
passé un hiver sur les bords de la rivière Verte ou avoir campé
dans les neiges des Montagnes-Rocheuses. De tout mon détachement, j'étais le seul que les deux trappeurs ne considéras-
sent pas comme un écolier novice ; cependant ils m'admet-
taient rarement à leurs grands conseils de guerre. A vrai dire,
simple gentleman-amateur, je reconnaissais, malgré mon éducation, malgré mes beaux chevaux et mes fins vêtements, je
reconnaissais, dis-je, ces hommes pour mes supérieurs. C'é-
taient mes guides, mes professeurs, mes maîtres.

Quand je m'approchai, Rube parlait ainsi :

— Oh ! je crois, Garey, que l'on a mis le feu à la prairie ; je ne puis m'expliquer autrement cet incendie.

— Je le crois aussi, Rube.

— Selon moi, une troupe d'Indiens a dû camper ici, et ce sont eux les auteurs du mal.

— Ainsi, mon vieux, tu crois que les Indiens ont traversé cette prairie ?

— Oui, j'en suis sûr. Voici pourquoi : d'abord, la foudre n'a pu enflammer les herbes, puisque nous n'avons pas eu d'orage ; ensuite, il n'y a pas de blancs dans le voisinage, pas de Texains du moins. Je ne parle pas des Mexicains, car je suis bien sûr que ces peaux jaunes ne s'aventureraient pas aussi loin au nord ; elles savent que les guerriers comanches et lipans arpentent ces régions. Or, comme il n'y a ni Texains ni Mexicains ici, et que nous n'avons pas eu d'orage aujourd'hui, il est évident que ce sont les Indiens qui ont incendié la savane.

— Certes, tu as parfaitement raison, répliqua Garey.

— Et si les peaux rouges sont dans le voisinage, nous devons prendre garde à nous. Depuis que le général de l'armée américaine a décliné leurs offres de service, je sais qu'ils ont voué une haine mortelle aux Yankees.

— Mais pourquoi les Indiens ont-ils brûlé la prairie ?

— Ah ! voilà la question que je me suis également posée et qui m'a d'abord embarrassé. J'ai cru un instant qu'ils l'avaient fait par imprudence en dispersant les feux allumés dans leur camp, mais j'ai changé d'opinion en me rappelant l'histoire que Dutch-Lige et le Canadien nous ont racontée à leur retour de la rancheria.

Je connaissais l'histoire à laquelle Rube faisait allusion. Elijah Quackenboss et Le Blanc avaient entendu parler au village, le jour de notre départ, d'une expédition entreprise par des sauvages contre une ville mexicaine voisine de la rancheria. Les Indiens, que l'on supposait être Lipans ou Comanches, avaient saccagé la ville et emporté un butin considérable.

À leur retour, une partie de ces brigands acheva le pillage de l'hacienda de don Ramon, laissé incomplet par la guerilla mexicaine.

Telle était la substance de ce que nos messagers avaient entendu dire à la rancheria en y cherchant des flambeaux.

— Oui, poursuivit Rube, les Indiens ont passé ici avant nous. En outre, j'ose t'assurer que ce sont les mêmes coquins que nous avons si bien étrillés à la mesa. Ils n'ont pas osé retourner sous leurs *wigwams* (huttes), dans l'état où nous les avions mis, sans rapporter au moins quelques chevelures humaines et des chevaux ; ils ont craint les reproches et les railleries de leurs femmes.

— Je le répète, Rube, pourquoi ont-ils mis le feu à la prairie ?

— Quoi ! Garey, tu ne le devines pas ? La chose est pourtant claire. Il est probable que les Indiens n'ont pas encore oublié la défaite que nous leur avons infligée à la mesa. Après leur visite à l'hacienda, ils auront fui en toute hâte ; comme ils sont en petit nombre et qu'ils craignent notre poursuite, ils auront voulu mettre entre eux et nous une prairie enflammée. Ils espèrent en outre qu'ainsi nous ne pourrons suivre leur piste.

— Bravo ! Rube, tu as raison. Mais où mènent ces traces ? Assurément, le coursier blanc n'a pas péri dans les flammes.

— Non, dit le vieux trappeur ; l'animal a traversé sain et sauf la savane, et l'incendie n'a éclaté que derrière ses pas.

Ces paroles de Rube m'ôtèrent un grand poids du cœur. Jusqu'à ce moment je n'avais pu m'empêcher de croire que ma fiancée avait été brûlée vive, et je m'attendais à retrouver ses restes calcinés... Maintenant je ne doutai plus que le cheval blanc et Isolina ne fussent encore en vie, et j'avançai avec une ardeur ranimée par l'espérance.

LES TRACES DES INDIENS

Après une courte pause, nos guides reprirent leur conversation, que je continuai à écouter. Je ne m'y mêlai pas, voulant leur permettre de dire librement leur pensée, ce qu'ils n'auraient pas fait en ma présence.

— Si les Indiens ont mis le feu à la prairie, dit Garey, nous sommes dans une mauvaise direction...

— Oui, repartit Rube ; si je ne me trompe, les traces du coursier blanc nous mèneront en droite ligne dans le camp des sauvages.

Ces paroles me firent tressaillir. Je ne pus garder plus longtemps le silence ; m'élançant aux côtés du vieux trappeur, je le suppliai de s'expliquer.

— Hélas ! capitaine, me répondit-il, la chose n'est que trop vraie ; Bill et moi sommes pour ainsi dire certains que les Indiens ont saisi le cheval blanc.

— Et pourquoi penses-tu cela, Rube ?

— Pourquoi ? Parce que je le crois, jeune homme...

— Sois plus explicite, mon cher Rube, dis-je avec précipitation.

— Eh bien, selon mes calculs, le coursier blanc a dû traverser cette prairie à la même heure que les Indiens. Pour moi, il n'y a pas de doute que ceux-ci ne l'aient vu ; il est donc naturel qu'ils l'aient pris, avec sa charge.

— Ainsi, tu penses qu'ils sont parvenus à le capturer ?

— Assurément. Le pauvre animal n'a pu leur échapper longtemps ; il devait être épuisé.

Rube n'acheva pas ; s'arrêtant tout à coup, il regarda fixement le sol.

— Qu'y a-t-il, mon vieux ? Je ne vois rien d'extraordinaire ici fis-je avec surprise.

— Comment! vous ne voyez pas ces innombrables traces de chevaux? On croirait que tout un troupeau de mustangs a dansé à cette place...

En y regardant de près, je vis alors, il est vrai, de faibles empreintes dans les cendres noires qui couvraient le sol; mais j'avoue que je ne me serais pas douté que c'étaient des empreintes de chevaux.

—Plus de doute, reprit Rube, ce sont les traces des cavaliers indiens.

— Ce sont peut-être celles de mules sauvages, dit un de mes tirailleurs en examinant le terrain.

— De mules sauvages! répéta avec dépit le vieux trappeur en voyant que l'on avait mis sa perspicacité en doute. Où as-tu jamais vu des mules sauvages? crois-tu que je sois aveugle aujourd'hui? Ohé! ajouta-t-il en s'adressant à sa vieille jument efflanquée, ohé! laisse-moi descendre de selle, pour que je puisse montrer à ces novices qu'un homme des montagnes ne se trompe pas... Des mules sauvages! quelle bêtise!

En prononçant ces derniers mots, le trappeur descendit de cheval, s'agenouilla, approcha ses lèvres du sol et commença à souffler sur les cendres.

Mes hommes, qui nous avaient rejoints, l'observèrent avec intérêt. Un instant après, nous pûmes constater que Rube avait eu raison et que les traces appartenaient bien à des chevaux.

— Que dis-tu maintenant, mon beau maître? fit Rube en se tournant d'un air victorieux vers le tirailleur malencontreux qui l'avait interrompu. As-tu jamais rencontré un cheval ou un âne sauvage qui eût les sabots enveloppés dans ces lanières de peau brute de buffalo?

Nous savions que les cavaliers indiens des plaines chaussent leurs chevaux de cette manière. Je ne pouvais donc plus en douter : des sauvages avaient traversé la prairie.

RECONNAISSANCE DE LA PISTE INDIENNE

Cette découverte nous engagea à faire une halte pour déli-
bérer ; mais, comme d'habitude, on ne consulta que les deux
trappeurs, et surtout Rube. Ce n'était que justice. Quarante
années passées dans les prairies lui avaient donné une grande
expérience, sinon beaucoup d'urbanité ; il ne pouvait souffrir
de contradiction. Quand on mettait ses talents en doute, il était
de mauvaise humeur pendant plusieurs jours. Dans le cas
actuel, l'homme qui avait parlé de mules sauvages eut à souffrir longtemps encore les reproches du vieux grognard, qui
ne s'apaisa qu'après avoir exhalé tout son mécontentement en
termes peu respectueux pour les novices qui se permettaient
d'émettre un avis. Reprenant enfin son sang-froid, Rube
reporta son attention sur l'importante affaire qui nous préoccupait.

Nous savions donc que des Indiens avaient traversé la prairie ; les traces particulières des chevaux ne laissaient aucun
doute à cet égard. Les chevaux mexicains étant ferrés, les
mustangs sauvages ayant les sabots nus, et les pieds des chevaux texains ou américains étant plus grands, ce ne pouvait
être que des coursiers indiens qui avaient galopé dans la
plaine. Cependant, nous ne voulûmes garder aucun doute à ce
sujet. Les Indiens étaient pour nous des ennemis mortels et
implacables ; les trappeurs continuèrent donc à examiner les
traces que nous avions sous les yeux avec une préoccupation
plus forte que celle d'une simple curiosité.

Rube et Garey parcoururent le terrain en tous sens et firent
une étude particulière des empreintes. Ces Champollions des
plaines découvrirent encore de nouveaux faits et nous donnèrent des preuves étonnantes de leur merveilleuse perspicacité. Ainsi ils nous montrèrent l'endroit où les Indiens

s'étaient lancés à la poursuite du coursier blanc, et ils nous
apprirent l'heure à laquelle l'animal avait traversé la savane.
La clairvoyance pourrait-elle aller plus loin?

Le vieux trappeur avait perdu son mutisme habituel. Il ne
s'agissait plus seulement de suivre ouvertement à la piste le
coursier blanc; la prudence devenait nécessaire. Il ne fallait
dédaigner aucun avis dans notre situation critique. Nous pouvions avoir bientôt besoin de toute notre adresse et de toutes
nos forces..

Rube parla le premier, comme de raison.

— Le cheval blanc a dû passer ici il y a environ quatre
heures; Garey et moi avons reconnu que les Indiens se sont
alors mis à sa poursuite.

— Comment le sais-tu? demandai-je.

— Aux traces...

— Sans doute; mais à quels signes spéciaux?...

— Oh! la chose est aussi simple que de manger un morceau
de mouton. Nous avons vu aux empreintes que le cheval blanc
fuyait de toute sa vitesse; il est donc évident que les Indiens
le pourchassaient.

Le raisonnement de Rube nous parut très-logique. Nous résolûmes d'examiner pas à pas le terrain avant de prendre une
résolution définitive sur ce que nous avions à faire. Un demi-
mille plus loin nous reconnûmes que les traces des chevaux
sauvages, jusque-là dispersées, étaient réunies en un seul
groupe. Les Indiens avaient dû marcher plusieurs de front et
non à la file, les uns après les autres, comme ils le font d'habitude. Les trappeurs descendirent alors de selle et se baissèrent pour examiner de plus près le sol. Mes hommes et moi
restâmes en arrière pour ne pas gêner leurs mouvements. Au
bout de quelques instants, Rube se releva tout à coup en
criant à son compagnon, qui soufflait les cendres afin de mieux
distinguer les traces :

— Cesse tes recherches, Bill; ce que je prévoyais est arrivé,
les Indiens ont pris le coursier blanc au lazo !

Cette nouvelle ne me surprit pas, j'y étais à demi préparé ; car je ne suis pas complétement étranger à l'art de suivre une piste, art où les trappeurs étaient fort habiles. J'avais également remarqué que les traces s'étaient rassemblées et que les Indiens avaient passé du galop au pas ; preuve qu'ils avaient cessé la poursuite et que le coursier blanc était pris. D'ailleurs, je n'avais qu'à regarder les empreintes des sabots du cheval d'Isolina au milieu des autres pour constater qu'il était prisonnier.

— Assurément, jeune homme, me dit Rube sans aucune hésitation, voici les traces du coursier blanc ; on le mène en laisse, les cavaliers l'entourent. Vois, tout cela est clairement écrit...

La certitude que ma fiancée était prise me causa des émotions différentes. La première impression fut un sentiment de joie. Le cheval était tombé au pouvoir d'êtres humains, et non de bêtes fauves. Après tout, les Indiens sont des hommes, ils ont un cœur... Quoique leur prisonnière fût une femme blanche, de race ennemie, quelle inimitié avaient-ils pu lui vouer ? Aucune... Au contraire, la position lamentable où ils l'avaient sans doute trouvée avait plutôt dû exciter leur pitié. Je me disais qu'ils verraient en elle la victime de la vengeance de leurs propres ennemis ; son malheur était donc de nature à exciter leur sympathie. Je me flattais du doux espoir qu'ils l'avaient retirée de sa périlleuse situation, qu'ils avaient pansé ses blessures, étanché sa soif. Pouvaient-ils agir autrement, tout sauvages qu'ils étaient ?

Telles furent mes premières pensées quand j'eus la certitude que les Indiens avaient capturé le coursier blanc et qu'Isolina était tombée entre leurs mains. J'étais presque heureux : n'était-elle pas arrachée à d'atroces souffrances, à d'affreux périls ? Hélas ! la réflexion aidant, ma joie se dissipa vite. Je songeai au caractère cruel de ces sauvages. Elle appartenait maintenant aux terribles Comanches ou aux Lipans qui avaient saccagé la ville voisine. Il est vrai que des Shawanos, des Delawares, des Kickapoos ou des Cherokees avaient pu aussi la rencontrer sur cette rive du Rio-Grande, que ces sauvages visitent parfois ; mais ce ne pouvait être ces Indiens-là qui avaient dévasté la ville américaine. De longues relations avec les blancs leur ont donné une sorte de demi-civilisation, et ils ont perdu leur vieille haine contre les faces pâles. Isolina avait aussi pu tomber entre les mains du «Chat Sauvage, » le chef des cruels Séminoles, établis aujourd'hui sur la frontière du Texas. Toutefois, Rube était d'avis que ma fiancée avait été prise par les Apaches, mangeurs de mezcal, qui, depuis plusieurs années, descendent audacieusement le Rio-Grande pour piller et assassiner sans miséricorde. L'opinion de Rube me rassura peu ; les Apaches sont des Comanches, et les uns ne valent pas mieux que les autres. Je connaissais bien le caractère de ces Indiens du Sud ; ils diffèrent essentiellement des sauvages du Nord, braves gens en général, et surtout du beau type idéal sous lequel les poëtes et les romanciers les ont rendus célèbres. En ce moment, je me rappelai mainte histoire où leurs mœurs déréglées brillaient d'un triste éclat.

Nous reprîmes notre marche. Poussés par la soif, nous avançâmes de toute la vitesse de nos montures épuisées. Un bois au feuillage vert s'offrit enfin à notre vue, et il nous parut d'autant plus frais et plus brillant, qu'il contrastait avec la sombre plaine que nous franchissions. Le fourré se composait de citronniers arrosés par un petit ruisseau. Le feu ne s'était pas propagé au delà. Mes hommes et les chevaux saluèrent l'eau avec des cris de joie. La plupart de mes gens s'y élancèrent tout habillés : les uns puisèrent l'onde limpide avec leurs mains à défaut de verres ; d'autres, plus impatients, plongèrent la bouche dans le courant et burent comme leurs bêtes. Je remarquai que les trappeurs agirent avec moins de précipitation. Avant de se désaltérer, ils jetèrent un regard d'instinctive prudence sur les rives du ruisseau et dans le taillis. Près de l'endroit où nous avions fait halte, je remarquai que le

sol portait les empreintes de nombreux animaux. Les yeux de
Rube y étaient attachés ; tout à coup il s'écria :

— Je te l'avais bien dit, Garey, voici les traces des Indiens ;
nous sommes sur leur *chemin de guerre*.

LXX

LES INDIENS NOMADES

Le lecteur demandera peut-être ce que Rube entendait par
le chemin de guerre indien ; avant d'expliquer la chose, que
l'on veuille bien nous permettre une courte digression.

Depuis cinquante ans, ou plutôt depuis trois siècles, les frontières septentrionales du Mexique ont été sans cesse agitées.
Quoique les Aztèques à demi civilisés et les Indiens pacifiques
des villes se soient promptement soumis aux conquérants
espagnols du seizième siècle, bien différente est l'histoire des
tribus sauvages, des chasseurs libres des plaines. Sur ces immenses steppes qui occupent toute la partie centrale du continent américain, campent des tribus indiennes, — on pourrait
dire des peuples, — qui n'ont jamais connu d'autre domination que celle de leurs propres chefs. Les Espagnols ont tenté
en vain de les subjuguer. Je ne parle pas des grandes nations
des prairies septentrionales, telles que les Sioux, les Sheyen-
nes, les Pieds-Noirs, les Corbeaux, les Pawnees et les Arapa-
hoe, qui se sont rarement trouvées en contact avec les guerriers européens ; je m'occupe particulièrement des tribus qui
habitent les frontières du Mexique et qui sont connues sous les
noms de Comanches, Lipans, Apaches, Utah et Navajos. Ces
Indiens ont conservé jusqu'à nos jours leur indépendance,
comme si le nouveau monde n'eût pas été découvert. Ils ont
une telle horreur de l'étranger, qu'ils n'ont même jamais voulu
entendre la voix des missionnaires. Les peaux rouges du

Mexique méridional, moins belliqueux que leurs frères du
Nord, se sont soumis aux blancs, qui les traitent en esclaves.
La lutte entre les Indiens indépendants du Nord et les Mexicains dure depuis trois siècles. Chose étrange! la victoire pen-
che, depuis de longues années, du côté des barbares, qui ont
déjà enlevé aux Mexicains des provinces grandes comme l'Angleterre. J'ose avancer un fait ou plutôt une hypothèse peu
connue et qui surprendra les ethonologistes : à savoir, que si
les Comanches, les Lipans, les Apaches et les Navajos n'avaient
pas de nombreux ennemis autres que les Mexicains, surtout
aux États-Unis, ils parviendraient à expulser bientôt, du sol
d'Anahuac, les descendants dégénérés de Cortez. Il me serait
facile de démontrer cette assertion, basée sur des faits nombreux, mais quelques mots suffiront pour en attester le fon-
dement.

Le jour où le Mexique s'est détaché de sa mère patrie d'Europe, les Espagnols ont perdu leur domination sur les Indiens.
Les forts (*precidios*) que l'on avait élevés pour arrêter les
incursions des sauvages, furent dépouillés de leurs garnisons.
Dès lors, des provinces entières, telles que la Sonora, le Chihuahua, le Tamaulipas, le Cinalva, etc., devinrent un champ
libre, pillé et dévasté par les Indiens. Ces hardis maraudeurs
portèrent même leurs déprédations plus avant, et pénétrèrent
jusqu'aux portes de Durango. Deux cents guerriers comanches
ou apaches ne craignirent pas d'attaquer toute une ville et
d'emmener en captivité les femmes et les enfants. Chaque
année, ils organisent une expédition contre les Mexicains; ils
se mettent habituellement en campagne à l'époque où les buffles émigrent au Nord. Au lieu de s'en prendre aux habitants
pauvres et inoffensifs, comme on pourrait le croire, ils attaquent ceux que leur rang et leur position devraient mettre à
l'abri de leurs coups. En voici un exemple entre mille. Il y a
quelques années, un certain Trias, appartenant à l'une des
premières familles du Mexique et gouverneur de l'important
État de Chihuahua, se vit enlever l'un de ses fils par une

bande de Comanches. Ce ne fut qu'après de longues négocia-
tions et au prix d'une forte rançon qu'il put ravoir son enfant.
Ainsi le gouverneur d'une province, qui disposait d'un corps
d'armée, ne fut pas assez puissant pour délivrer son fils prisonnier : il dut l'acheter!

On calcule qu'il y a en ce moment trois mille captifs, d'o-
rigine espagnole, entre les mains des Indiens du Mexique septentrional.

Expliquons maintenant ce que Rube entendait par le *chemin
de guerre*. Du territoire des Indiens à celui des Mexicains,
s'étendent de grands chemins qui suivent le cours des rivières
ou traversent les savanes. Ces chemins sont parsemés d'osse-
ments blanchis. Qui parcourent ces routes étranges? Les guerriers Indiens. C'était dans l'une de ces voies que nous venions
d'entrer en sortant de la prairie incendiée.

LXXI

SUR LE CHEMIN DE GUERRE

Après avoir apaisé ma soif, je traversai à cheval le ruisseau
pour examiner la piste sur la rive opposée. Mes fidèles trappeurs m'y suivirent. J'avais gagné le cœur de ces deux hommes; ils m'avaient déjà mainte fois prouvé qu'ils étaient prêts
à me donner leur sang. Garey était un noble cœur, et j'éprouvais pour lui une amitié réelle; quant à Rube, il m'inspirait
un sentiment indéfinissable, — une sorte d'affection mêlée
d'admiration pour ses facultés intellectuelles plutôt que pour
ses qualités morales ou physiques. Rube mettait autant de zèle
à mon service que son jeune compagnon, mais il dissimulait
son dévouement, qu'il considérait, je ne sais pourquoi,
comme une faiblesse. Je crois que l'affection que me portait
le vieux trappeur provenait un peu de ce que je ne le contra-

riais jamais et que j'agissais toujours à son égard comme un écolier docile.

Un autre mobile encore engageait les deux trappeurs à pourchasser avec animosité les sauvages : ils aimaient par nature à suivre une piste, de même que certains chiens aiment à relancer le gibier. Les plus grandes privations ne pouvaient les détourner de leur délassement favori.

Étanchant à peine leur soif, tous deux me rejoignirent, et nous commençâmes de concert l'exploration des traces.

C'était bien un véritable chemin de guerre. Si des Indiens pacifiques avaient campé en cet endroit, nous aurions aperçu de nombreuses traces de femmes et de chiens. A vrai dire, des femmes venaient de passer en ce lieu, mais c'étaient des Mexicaines que les Indiens emmenaient prisonnières.

— O les malheureuses ! nous écriâmes-nous à la fois en faisant cette triste découverte.

— Oui, les pauvres créatures ! ajouta Rube ; les sauvages les forcent cruellement à marcher à pied... Ils en ont entraîné au moins une vingtaine. Ah ! je les plains de tout mon cœur... Pauvres filles ! dans quelles mains elles sont tombées, hélas !...

En poursuivant nos investigations, nous aperçûmes les traces de plus de cent chevaux et d'autant de mules. Plusieurs étaient ferrés, preuve que les Indiens les avaient volés. Ces indices apprirent à mes compagnons que les peaux rouges, qui avaient passé au bord de ce petit ruisseau, retournaient sur leurs pas avec de nombreux prisonniers, hommes, femmes et enfants, et un butin considérable. Un *mocassin* (soulier), trouvé sur la voie, ne nous laissa plus de doute sur la nationalité de ces ennemis ; c'était un détachement de guerriers comanches. Les maraudeurs n'avaient pas une grande avance sur nous, ils avaient dû franchir le ruisseau au moment où la prairie brûlait.

Les chevaux dont nous avons remarqué les traces dans la plaine incendiée, appartenaient à un détachement d'hommes qui s'étaient mis à la poursuite du coursier blanc. Puis ils avaient rejoint le corps principal qui escortait les prisonniers et les dépouilles.

En ce moment, Stanfield nous rejoignit et nous aida dans nos recherches. Tout à coup il poussa un cri de surprise en désignant l'empreinte d'un cheval ferré.

— Mon cheval! dit-il, mon cheval Hickory!

— Ton cheval, Stanfield?...

— Cher Hickory! je l'ai ferré moi-même; je connais son sabot comme ma main... Oui, c'est lui!... Pauvre animal!...

— Tout s'éclaircit, s'écria Rube, je comprends... Le renégat mexicain!... Ne vous ai-je pas dit que nous avions tort de le mettre en liberté pour le rendre à sa famille? Pourquoi ne l'avons-nous pas égorgé et scalpé sans pitié?...

Les paroles de Rube n'avaient pas besoin d'explication. Nous savions qu'il désignait en ces termes le Mexicain naturalisé Indien que nous avions pris à la mesa. Le trappeur connaissait bien cet individu dont voici l'histoire succincte : Il avait été pris dans son enfance par les Comanches. On aurait vainement cherché dans les prairies un ennemi plus implacable des blancs, surtout des Texains. Il fut l'un des principaux assassins de la famille Wilson, sur les bords du Brazos. Aucun Indien ne le surpassait en cruauté. C'était ce renégat que nous avions mis en liberté et qui s'était emparé du cheval de Stanfield. Dès ce moment, nous ne conservâmes plus aucun doute; la bande dont nous apercevions les traces était celle que nous avions rencontrée à la mesa, celle qui avait pillé la ville mexicaine et dévasté l'hacienda de don Ramon de Vargas; et le renégat... Des souvenirs singuliers me revinrent en foule. Je me rappelai le regard étrange que cet homme nous avait lancé en nous quittant, et l'aspect repoussant de sa physionomie, qui avait un jour effrayé Isolina. D'autres circonstances de mauvais augure se représentèrent à ma mémoire, et je tremblai pour ma pauvre fiancée... Sautant en selle, je donnai, dans mon émotion, quelques ordres incohérents, et nous suivîmes rapidement la piste.

LXXII

LA FEUILLE D'ALOÈS

Nous n'avions plus besoin de la perspicacité de Rube et de Garey ; nous avancions sur le chemin de guerre aussi facilement que sur une chaussée. Un aveugle y aurait trouvé son chemin. Notre marche était maintenant réglée sur les forces de nos chevaux. Hélas ! deux jours et une nuit passés sous la selle les avaient complétement épuisés. Nous n'avions fait que de courtes haltes pour nous reposer et prendre nos repas. Les unes après les autres, toutes les montures de nos hommes restèrent en arrière. A quoi bon lutter contre la nature ? Mon cheval seul aurait pu continuer le voyage ; mais, seul, qu'aurais-je pu faire ? La nuit approchait ; le soleil avait déjà disparu à l'horizon. Je vis aux nuages que la lune ne nous éclairerait pas. Nous aurions pu suivre la piste à la lueur de nos flambeaux de cire, mais c'eût été commettre une imprudence ; les Indiens pouvaient nous apercevoir ainsi de loin. Pour moi, j'aurais volontiers risqué ma vie ; mais celle de mes compagnons ne m'appartenait pas : j'en étais responsable. Descendant à contre-cœur de selle, je permis à Moro de paître, et je m'assis à terre. Mes compagnons, en me rejoignant, ne dirent mot ; après avoir attaché leurs chevaux à des pieux, ils s'étendirent sur la plaine autour de moi, et en dix minutes tous furent plongés dans un profond sommeil. Seul, je ne pus dormir ; une sorte de délire s'était emparé de moi. Je ne pus même rester en place. Me levant, je me dirigeai vers un petit ruisseau qui faisait entendre un doux murmure ; j'arrosai mes tempes et mes lèvres avec de l'eau fraîche, ce qui parut soulager mes souffrances. Peu à peu, je me sentis plus calme, et, placé au bord du ruisseau, j'observai avec intérêt l'onde limpide où se jouaient de jolis poissons de toutes les nuances.

J'allais aussi céder au sommeil, quand j'aperçus un objet qui m'ôta toute pensée de repos.

Près de moi croissait une touffe d'aloès mexicain (*agave mexicana*) ou plutôt de maguey sauvage, à grandes feuilles sombres et épaisses. J'avais remarqué que l'une des feuilles était brisée, et que le dard énorme qui la terminait était arraché. Ce fait, insignifiant en apparence, n'aurait pas attiré mon attention sans une particularité bizarre. Je savais que les Indiens avaient campé en cet endroit; d'ailleurs, ils avaient laissé des traces suffisantes de leur passage sur le sol et sur les buissons. Un de leurs chevaux ou de leurs mules aurait pu jeter, en passant, une dent avide sur le maguey : de loin, j'aurais pu hasarder cette conjecture, mais j'étais si rapproché de la touffe, que je pus apercevoir, à ma vive surprise, une écriture sur la feuille brisée. Voici ce que je lus : « Prise par des Comanches. — Emmenée avec d'autres captifs par un détachement de guerre. — Femmes et enfants entraînés comme moi. — Hélas ! pauvres filles ! nous allons au nord-ouest. — On ne me tuera pas, mais je crains... »

L'écriture cessait tout à coup. Il n'y avait pas de signature ; je n'en avais pas besoin. Je reconnus aisément la main qui l'avait tracée ; le lecteur a déjà deviné que c'était celle d'Isolina. L'épine supérieure de la feuille lui avait servi de stylet, et elle avait gravé ces caractères grossiers sur l'épiderme de la plante.

— Sauvée de la mort ! m'écriai-je, merci, mon Dieu !

Mais que craignait-elle? Le sort qui lui était réservé dépassait-il encore en horreur le trépas? Elle n'avait pas achevé... pourquoi ?... La feuille était assez grande pour contenir d'autres mots encore... N'osait-elle me révéler la cause de sa frayeur? L'approche de l'un de ses tyrans avait-elle interrompu sa phrase ?... Doute horrible !...

Je relus la feuille de maguey ; elle ne me dit rien de plus : j'examinai la plante en tous sens, mais je ne découvris pas une nouvelle syllabe. N'avait-*elle* écrit que ce que j'avais lu ?..

LXXIII

LE SAUVAGE MÉRIDIONAL

Ai-je besoin de dire que la lecture de cette *lettre* inattendue me causa une vive émotion? Une partie de mes doutes se dissipèrent à la fois et je compris nettement la situation. Isolina vivait encore; elle n'avait pas reçu de blessures graves; elle pouvait encore penser, agir et écrire. En outre, elle devait avoir les mains libres; les Indiens ne la traitaient donc pas avec leur brutalité habituelle. Un autre point : elle savait que je volais à son secours; elle m'avait vu pendant que je poursuivais au galop le coursier blanc; c'était elle qui avait poussé un cri en entrant dans le chapparal, elle m'avait reconnu... Pauvre fiancée!... Je relus sa lettre, en la méditant mon cœur saigna, je tremblai... Naturellement ma pensée se reporta sur ses geôliers; je songeai au sauvage des prairies, si différent de l'Indien des bois. Le climat, le contact de la civilisation espagnole, les chevaux, les victoires sur les blancs ont opéré d'importantes modifications dans les mœurs des Indiens du Mexique, qui ont aujourd'hui aussi peu d'analogie avec leurs frères barbares des États-Unis que l'Angleterre avec l'Andalousie ou que Mexico avec Boston et New-York.

Les femmes comanches doivent faire tous les travaux domestiques, quelque pénibles qu'ils soient. Malheur à elles si elles exécutent mal leur tâche et si elles ne vont pas au-devant des plus petits caprices de leurs maîtres souverains! Si la destinée de la femme indienne est douloureuse, le sort des prisonnières blanches est encore plus lamentable. Outre tous ces maux, elles doivent encore endurer l'hostilité infatigable de leurs compagnes sauvages. La femme blanche captive est l'esclave d'une esclave, la victime d'une antipathie de race et de couleur. Elle est souvent battue, mutilée, sans que le Comanche apathique interpose son autorité pour mettre un terme à cette persécution infernale.

Ces faits ne sont point imaginaires; ce sont d'horribles réalités. Je ne les connaissais que trop; aussi tremblai-je pour le sort futur d'Isolina au cas où elle resterait entre les mains de ses ravisseurs. En un pareil moment pouvais-je songer au repos et au sommeil? J'aurais voulu me remettre immédiatement en marche, mais une pensée affligeante s'offrit alors à mon esprit : mes neuf hommes pouvaient-ils lutter contre une bande d'élite de cent guerriers indiens enflammés par de récents succès et désireux de se venger d'une défaite? Neuf contre cent! que faire?...

LXXIV

LE FEU SOUTERRAIN

La nuit me surprit au milieu de mes réflexions. De sombres nuages voilaient la lune et les étoiles. Mes hommes, étendus sur l'herbe, dans diverses attitudes, étaient toujours plongés dans un profond sommeil. Les chevaux avaient trop faim pour dormir; ils paissaient avec une voracité bruyante. Malgré mes préoccupations, je souffrais d'une froide bise qui, en peu d'heures, s'était transformée en un vent glacial. Cette brusque variation de température n'est pas rare dans les plaines du Texas. On connaît ce vent sous le nom de vent du nord (*northern*) ; il tue souvent les hommes et les animaux. J'ai enduré les rigueurs d'un hiver canadien, j'ai traversé les lacs gelés, j'ai dormi sur la neige dans les solitudes sauvages du *Rupert's-Land*; mais aucun froid, ce me semble, n'est plus intense que le vent du nord, au Texas.

La chaleur avait été extrême pendant le jour; à midi le thermomètre marquait au moins cent degrés Fahrenheit; le soir il était descendu de 80 degrés. Il me semblait que mon sang gelait dans mes veines. Heureusement, je trouvai une

robe de buffle oubliée par quelque sauvage négligent, et je
m'y enveloppai. Le froid extrême éveilla bientôt mes compagnons comme s'ils eussent été arrosés par une douche d'eau
glaciale; ils se levèrent en sursaut et cherchèrent un abri dans
les buissons. Nos pauvres montures aussi souffraient cruellement du vent, mais nous cherchâmes en vain de quoi les couvrir. Nous aurions aisément pu faire du feu; le sol voisin était
couvert de bois secs de mezquite, un combustible excellent.
Mais les trappeurs s'y opposèrent avec force, de peur que les
Indiens ne nous aperçussent ainsi, la robe de peau de buffle
que nous avions trouvée pouvant ramener un sauvage sur ses
pas. C'était en effet la robe d'un brave ou d'un chef, dont toute
l'histoire était représentée sur le vêtement en caractères hié-
roglyphiques. Un feu nous eût peut-être coûté la vie; mieux
valait supporter le froid que d'être scalpé.

Cependant Rube trouva un moyen ingénieux d'avoir un
excellent feu sans révéler notre présence à l'ennemi, qui était
peut-être dans le voisinage. Voici comment il s'y prit : après
avoir réuni une certaine quantité de petites branches, de
feuilles mortes et d'herbes sèches, il creusa dans le gazon,
avec son couteau-bowie, un trou qui avait un pied de profondeur et douze pouces de diamètre. Cela fait, il y déposa l'herbe
et les feuilles, qu'il avait préalablement enflammées au moyen
d'un briquet qui faisait partie du havre-sac que le vieux trappeur emportait partout. Il remplit ensuite le trou jusqu'au
bord avec les branches, sur lesquelles il plaça la motte de gazon qu'il avait d'abord découpée et qui s'y ajustait comme un
couvercle. Il s'étendit alors sur sa petite fournaise en s'envelop-
pant de sa couverture de laine, à travers laquelle s'échappait
la fumée de ce poêle improvisé. Un feu invisible réchauffait
ainsi l'ingénieux Rube. Il eut bientôt des imitateurs. Garey
avait déjà construit un foyer semblable; tous mes hommes ne
tardèrent pas à oublier les rigueurs du *northern*. En d'autres
circonstances, j'aurais pu partager la gaieté de mes compagnons à la vue du spectacle burlesque que nous présentions.

Notre attitude était vraiment drôle; une fumée bleuâtre s'é-
chappait par les interstices de nos manteaux et de nos couvertures, on eût dit que nous étions tous en feu.

Le vent, le grésil et les ténèbres persistèrent pendant toute
la nuit. Nous étions forcément cloués au sol. Le vent aurait
éteint nos flambeaux si nous avions tenté, imprudemment,
d'avancer par ce procédé. A minuit, nous plaçâmes de nouveaux combustibles dans nos fournaises. Le temps était toujours aussi mauvais. Mes compagnons dormaient, la tête
inclinée sur les genoux. Seul, je ne pus trouver le sommeil;
je souffrais comme un homme accablé par la fièvre. Je comptais les heures, les minutes. Les minutes, semblaient des
heures!

A l'aurore disparurent la pluie, le grésil et le vent. Le *northern* avait épuisé toutes ses forces.

Un dindon sauvage, tué avant la tombée de la nuit, et quelques tranches de porc-pécari nous procurèrent un excellent
déjeuner. Aux premières lueurs du soleil levant, nous montâmes en selle et suivîmes rapidement la piste.

LXXV

UNE ÉPITRE ROUGE

Les traces menaient au nord-ouest, ainsi qu'il était écrit sur le maguey. Isolina connaissait sans doute les plans de ses ravisseurs ; comme elle savait la langue comanche et comme beaucoup de ces sauvages, d'ailleurs, parlaient couramment l'espagnol, elle avait pu s'initier à leurs desseins.

Après deux heures de marche, nous arrivâmes à l'endroit où les Indiens avaient passé la nuit. Nous en approchâmes avec prudence. La circonspection était nécessaire ; si un Indien traînard nous apercevait, nous pouvions être découverts et attaqués par toute la bande. En ce cas, notre vie eût été sérieusement compromise et mes projets complétement renversés. Durant la longue veille de la nuit, je m'étais tracé un plan de conduite que les circonstances pouvaient encore modifier. Nous trouvâmes le campement indien presque désert ; des loups seuls en occupaient le terrain, en se disputant la peau et les os d'un cheval, restes du repas des Comanches. Les pieux de la loge du chef indien subsistaient encore. C'étaient des perches arrachées aux buissons voisins ; elles étaient rangées en cercle et réunies à l'extrémité par une forte courroie ; la tente affectait ainsi une forme conique parfaite, ce qui nous eût appris, si nous ne l'avions déjà su, que les Indiens poursuivis appartenaient à la tribu des Comanches.

Rube constata, à certains indices, que les sauvages s'étaient remis comme nous en marche au point du jour. Ils avaient donc deux heures d'avance sur nous. Pourquoi voyageaient-ils avec tant de précipitation ? Certes, ils ne craignaient pas d'être pourchassés par les soldats mexicains et américains, qui n'avaient guère le temps alors de poursuivre un troisième ennemi. Peut-être ne se hâtaient-ils que pour assister à la chasse des buffles, qui affluent, à l'époque du *northern*, dans le pays des Comanches. Telle fut l'explication vraisemblable que nous donnèrent les deux trappeurs.

Je continuai mon exploration des lieux du campement indien, sous l'empire d'émotions étranges. Le sol était parsemé d'emblèmes de la vie sauvage et civilisée ; nous vîmes des débris de coupes, des instruments de musique brisés, des feuillets de livres froissés, des morceaux de vêtements en soie et en velours et un petit soulier de satin (la chaussure particulière des jeunes Mexicaines), à côté d'un ignoble *mocassin* usé. Tout en plaignant les malheureuses prisonnières blanches, je cherchai, avec une anxiété inexprimable, les traces de ma fiancée. Je regardai en vain autour de moi.

Tout à coup Rube s'approcha de moi en disant :

— Jeune homme, je suis un bien piètre écolier, mais j'ose gager que ce manuscrit est pour toi. Voilà une écriture fort curieuse, ce me semble ; autrefois, j'ai su lire et écrire avec une facilité prodigieuse ; faut-il avouer que j'ai tout oublié ? Ma mère, la bonne mistress Rawlings, m'avait envoyé en classe chez un Yankee, à Duck Creck.

Je ne laissai pas achever le vieux trappeur. L'objet qu'il tenait entre ses doigts avait plus d'intérêt pour moi que l'histoire de ses premiers jours d'école. C'était un papier plié et adressé à « Warfield. » Rube l'avait trouvé auprès de la tente du chef. Je ne fus pas surpris qu'il eût remarqué l'écriture ; elle était tracée en caractères d'un rouge livide, en caractères de sang. Ouvrant précipitamment le papier, je lus : « Henri, je suis encore saine et sauve, mais je crains un sort terrible. Dieu m'a protégée d'une manière particulière jusqu'à ce moment. Deux de mes ravisseurs me réclament à la fois comme esclave ; l'un est le fils du chef, l'autre le misérable Mexicain renégat auquel tu as généreusement accordé la vie... Celui qui appartient à la race blanche est mon ennemi le plus acharné ; il est méchant et brutal comme un démon. Tous deux, ayant pris part à la capture du coursier blanc, me réclament séparément comme leur propriété. Le litige n'est pas

encore arrangé ; en attendant on m'épargne. Hélas ! mon sort
sera bientôt décidé ; les sauvages vont tenir un grand conseil
pour juger auquel de ces monstres j'appartiens de droit. Si
les prétentions de l'un et de l'autre sont rejetées, ma destinée
sera encore plus horrible. Adieu ! adieu !

« Quel rêve !... Ils viennent me prendre. Adieu ! adieu !... »

Ces sombres nouvelles étaient transcrites sur le revers d'une
vignette arrachée à un missel et représentant la Vierge aux
douleurs ! On eût difficilement trouvé un emblème mieux
approprié à la circonstance.

Sans échanger un mot avec mes compagnons, je me remis
de nouveau en marche à la poursuite des Indiens.

LXXVI

UNE NOUVELLE ÉPITRE DE SANG

Mes hommes me suivirent comme auparavant : nous avancions sans peine ; les traces d'un millier de chevaux nous indiquaient clairement la bonne voie. Nous chevauchions avec
une certaine lenteur ; je n'avais plus hâte de me trouver immédiatement en présence des sauvages, je ne désirais les rejoindre qu'à la nuit, de peur qu'ils ne nous aperçussent de
loin. Le plan que j'avais adopté pour la délivrance de ma
fiancée ne pouvait être exécuté pendant le jour ; les ténèbres
devaient me venir en aide. Nous aurions aisément pu atteindre les Indiens avant la nuit ; ils n'avaient que deux heures
sur nous : nous savions que leur halte de midi, — selon leur
coutume, quand ils vont en guerre, — devait durer plusieurs heures. Les chevaux indiens aussi ont besoin de repos.
Rube et Garey calculaient exactement le nombre de milles
que la troupe ennemie parcourait à l'heure et mesuraient l'allure de ses coursiers.

On apercevait distinctement les traces des pauvres captives blanches sur le sol. Le détachement comanche ne pouvait donc avancer à grands pas. Les trappeurs assurèrent que beaucoup de chevaux et de mules n'étaient pas montés. Pourquoi ne permettait-on pas aux prisonnières d'en faire usage? était-ce pure cruauté ou indifférence brutale de la part des Comanches? ces monstres se réjouissaient-ils des souffrances de ces infortunées et refusaient-ils tout adoucissement à leurs peines physiques? Une réponse affirmative à toutes ces questions était probablement la seule vraie, puisque ces sauvages ne se conduisaient pas mieux à l'égard des femmes de leur propre sang, de leurs compatriotes, de leurs *squaws*, en un mot.

Ne me parlez pas de la noblesse de sentiment des sauvages ni de la simplicité et de la douceur de cette condition faussement appelée « l'état de nature. » Ce n'est pas la nature. Dieu n'a pas destiné l'homme à vivre en sauvage sur la terre. L'homme a été créé pour la civilisation et la société; où est le sauvage qui n'exerce une tyrannie impitoyable sur les faibles? où le trouverez-vous? sera-ce dans les plaines ensanglantées de l'Afrique, dans les forêts de l'Amazone, sur les plages glaciales de la mer Arctique, dans les prairies de l'Amérique septentrionale? Je ne le crois pas. Est-il noble, l'homme qui lève la main sur une faible femme? Ne me parlez donc pas de sauvages généreux.

Les traces des chevaux sans cavaliers et les pas des jeunes filles et des enfants sur ce long *chemin de guerre* avaient pour moi une cruelle signification. L'empreinte d'un pied de femme attira particulièrement mon attention. Je crus la reconnaître. Oh! était-ce bien Isolina que l'on entraînait ainsi!

Nous avancions lentement, comme je l'ai déjà dit, peu désireux d'atteindre l'ennemi pendant sa halte de midi. Nous aurions pu nous reposer, mais je ne pouvais m'y résoudre. La marche, quelque lente qu'elle fût, me rapprochait de ma fiancée et m'empêchait de méditer longuement sur des pensées affligeantes.

Malgré le poids de leurs dépouilles, les Indiens avançaient plus vite que nous; ne craignant pas la poursuite d'ennemis, ils voyageaient hardiment sans employer ni espions ni éclaireurs. Ils se trouvaient au cœur de leur propre pays, en plein territoire comanche, où ils ne redoutaient aucun adversaire. Nous, au contraire, nous étions précédés d'éclaireurs qui devaient reconnaître chaque coude de la route, inspecter les buissons et approcher, avec une prudence excessive, de la moindre colline. Ces manœuvres prirent beaucoup de temps.

Selon nos prévisions, nous arrivâmes après midi au campement diurne des sauvages. La fumée nous le désigna de loin, et en approchant à couvert, nous vîmes que les Comanches l'avaient quitté. Ils avaient allumé du feu et rôti de la viande de cheval. Le déjeuner et le dîner se composaient du même menu.

J'inspectai de nouveau le terrain, mais les yeux du trappeur furent plus heureux que les miens.

— Voici un autre billet, jeune homme, me dit-il en me tendant un papier.

Une autre feuille du missel! Je la saisis et j'en dévorai le contenu; cette fois-ci le texte était plus bref : « Cher Henri, je rouvre mes veines pour te dire que le conseil se rassemble cette nuit. Dans quelques heures je saurai à qui j'appartiendrai... De qui serai-je l'esclave, sainte Vierge! J'essayerai de fuir. J'ai les mains libres ! mais les jambes étroitement garrottées, je ne puis défaire mes liens. Oh! que n'ai-je un couteau !... »

L'écriture cessait tout à coup. Ses geôliers s'étaient sans doute approchés d'elle en ce moment. Le papier avait été caché en hâte; il était tout froissé et Rube l'avait trouvé dans cet état.

Nous nous arrêtâmes aussi un certain temps pour nous reposer et rafraîchir nos montures altérées. Le soleil était bien bas à l'occident quand nous remontâmes en selle. Nous faisions notre dernière étape sur le chemin de guerre; cette

nuit même nous devions nous trouver en présence des Comanches.

LXXVII

UNE PEAU-ROUGE

Nous avions parcouru environ un mille quand nos batteurs
d'estrade, qui, selon l'habitude nous précédaient pour reconnaître le terrain, s'arrêtèrent au haut d'une colline et se cou-
chèrent derrière quelques buissons qui la couronnaient. Nous
fîmes aussitôt halte pour attendre le résultat de cette reconnaissance. Leur attitude particulière et l'ardeur apparente avec
laquelle ils regardaient au-dessus du taillis, nous disaient
qu'ils apercevaient un objet d'un intérêt peu commun. En
effet, nous nous étions à peine arrêtés qu'ils se levèrent tout à
coup et descendirent à toutes jambes la colline en nous faisant
signe de nous cacher. Heureusement, il y avait un bois près de
là; nous nous y retirâmes en emmenant les chevaux des trappeurs.

La pente roide de la colline permit à nos éclaireurs de courir
avec une extrême agilité, et ils pénétrèrent presque en même
temps que nous dans le bois.

— Qu'y a-t-il? demandèrent plusieurs tirailleurs à la fois.

— Un Indien qui revient sur ses pas, répliquèrent les trappeurs haletants.

— Des Indiens! combien? fit naturellement un de nos
hommes.

— Qui a dit des Indiens? Nous avons parlé d'un Indien,
repartit aigrement Rube. Nous n'avons pas le temps de mouvoir inutilement la langue. Apprête ton lazo, Bill. Novices,
abaissez vos carabines, il ne s'agit pas de tirer. Toi, Bill, tu
prendras au lazo la peau rouge; notre jeune homme, le capi-

taine t'aidera ; si tous deux vous le manquez, j'arriverai à votre
aide. — Écoutez bien, mes amis : que pas un de vous ne fasse
feu, on nous entendrait à dix milles à la ronde. Fixe au poste,
Bill ; sois ferme, mon capitaine. Parfait. Ayez le coup d'œil
juste et prenez le coquin au piége comme un jeune lapin de
marais. Oh ! il arrive là-bas en droite ligne sur le chemin de
guerre. *Wagh !*

Rube détailla toutes ces explications en moins de secondes
qu'il n'en faut pour les lire ; il les donna sans même reprendre
haleine. Au même instant apparurent au-dessus de la colline
la tête et les épaules d'un sauvage. Tout son corps fut bientôt
en vue, le nouvel arrivant montait une mustang pie. J'ai à peine
besoin d'ajouter que le cheval allait au galop ; les cavaliers indiens prennent rarement d'autres allures.

Nos éclaireurs étaient certains que le sauvage était seul. Au
delà de la colline s'étendait une prairie ouverte : ils auraient
aisément vu les compagnons ou la suite de cet homme s'il y
en avait eu. Il était donc seul. Pourquoi revenait-il sur ses
pas ? explorait-il le terrain ? Non, il avançait évidemment sans
arrière-pensée et sans précaution. Un éclaireur aurait agi
différemment. Ce pouvait être un messager... mais de quelle
mission eût-il pu être chargé ? Assurément les Indiens n'avaient
pas laissé un détachement en arrière. Telles furent les conjectures que nous fîmes rapidement et auxquelles nous répon-
dîmes de même. Le voyageur canadien donna la solution la plus
vraisemblable.

— Il revient pour chercher son bouclier.

— Son bouclier ! quel bouclier ?

— Ah ! vous ne l'avez donc pas vu ; moi, je l'ai examiné de
près. A vrai dire : le bouclier était caché dans les herbes ;
c'était un gros et grand bouclier fabriqué en peau de buffle et
garni de chevelures encore fraîches et sanglantes qui avaient
appartenu à des Mexicains.

Nous comprîmes l'explication. Le Blanc avait aperçu un bou-
lier dans les buissons où nous avions fait halte. Cette arme

défensive avait sans doute été oubliée par un guerrier indien.
Elle était garnie de chevelures mexicaines, et le sauvage avait
quitté ses compagnons pour rechercher ses sanglants trophées.
Le moment d'agir approchait; le Comanche allait être pris au
lazo ou fusillé. Garey et moi, nous nous plaçâmes sur les deux
côtés opposés de la route, nos lazos en main. Nous maniions
l'un et l'autre cette singulière arme avec une certaine habileté. Comme les arbres auraient pu gêner le libre déploiement
de notre corde, nous résolûmes de nous élancer du bois au
moment où l'Indien se trouverait à portée et de l'arrêter court
dans son galop. Rube s'agenouilla derrière Garey, la carabine
épaulée, et les tirailleurs se tinrent également prêts pour le
cas où les lazos et la carabine du vieux trappeur n'auraient
pas abattu le sauvage.

Il était de la plus haute importance de ne pas laisser échapper l'Indien, qui aurait bientôt révélé notre présence à ses
compagnons. Pour ma part je désirais qu'il fût pris au lazo et
non tué.

J'aperçus à travers le feuillage le cavalier indien qui approchait; c'était un bel homme, sans doute l'un des guerriers les
plus distingués de sa tribu. Un tatouage hideux le défigurait
complétement; il se tenait à cheval comme un centaure.
Quand il se trouva à portée, je bondis du bois en lançant mon
lazo, dont le nœud s'enroula autour de son corps. Je me précipitai aussitôt dans une direction opposée pour resserrer le
lien. En me retournant, j'aperçus le lazo de Garey au cou de
la mustang sauvage. Cheval et cavalier étaient à nous.

LXXVIII

MON PLAN

Le sauvage ne se rendit pas sans résistance. Les Indiens,
de même que les bêtes féroces, se défendent instinctivement.

Il se jeta à bas de son cheval et, d'un seul coup de couteau, se débarrassa du lazo. Mais avant qu'il eût eu le temps de disparaître dans le bois, une douzaine de bras solides le saisirent et le garrottèrent étroitement, en dépit de ses efforts violents et du long couteau espagnol dont il nous menaçait avec fureur. Mes compagnons voulurent le tuer. Plusieurs avaient déjà tiré leur sabre, et ils en auraient fait usage, sans mon intercession.

Pour empêcher notre prisonnier de nuire, nous l'attachâmes à un arbre avec des courroies solides, de manière qu'il ne pût se délivrer lui-même. Notre intention était de le remettre en liberté à notre retour, si nous repassions par cet endroit, ce qui était peu probable. Je ne songeai pas alors à la cruauté que nous commettions. Nous avions placé l'Indien au fond du bois pour qu'on ne pût entendre ses cris du chemin de guerre, dans le cas où quelques-uns de ses compatriotes seraient revenus sur leurs pas. Nous ne le laissâmes pas tout seul; il conserva un compagnon : le cheval de l'un de nos tirailleurs. Stanfield avait échangé sa vieille rossinante contre la magnifique mustang du sauvage.

Au moment de nous remettre en marche, j'eus une idée excellente qui promettait de brillants résultats. Je me proposai de faire avec l'Indien un échange, non de chevaux, mais de personnages. J'ai déjà dit que j'avais conçu, la nuit précédente, un plan pour la délivrance de ma fiancée. Le petit drame qui venait de s'accomplir m'avait donné de nouvelles idées qui devaient singulièrement faciliter l'exécution de mon dessein. La capture du sauvage, que j'avais d'abord considérée comme une chose très-fâcheuse, me parut maintenant un événement heureux. J'y vis le doigt de la Providence, et mon courage s'enflamma d'une nouvelle ardeur. Le plan que j'avais adopté était assez simple; il exigeait plus de courage que de génie. Je me proposais de pénétrer discrètement dans le camp indien, à la faveur des ténèbres, pour rechercher ma fiancée, la débarrasser de ses liens et confier ensuite notre salut commun à la fuite. Une fois dans le camp indien et à sa portée, un coup de main audacieux pouvait réussir. Quoi qu'il dût arriver, aucun plan ne semblait aussi favorable. Attaquer à neuf toute une troupe de sauvages eût été pure folie de notre part.

Une défaite certaine nous attendait, et ma fiancée eût été à jamais perdue pour moi. Les Indiens, avertis et alarmés, auraient fait bonne garde à l'avenir. Mes hommes partagèrent mon avis, à savoir qu'il valait mieux recourir à la ruse qu'à la force. Cependant, ce n'étaient pas des lâches ; ils se seraient élancés avec moi sans hésiter, la carabine en main, au milieu de nos ennemis. Je connaissais leur bravoure, leur témérité même. L'homme le moins intrépide de la troupe, le voyageur canadien lui-même n'aurait pas reculé ; le courage impose à la lâcheté. Mais on ne songea pas à agir ainsi ; j'avais exposé, à la halte de midi, mon plan, et il avait obtenu l'approbation générale. Plusieurs tirailleurs avaient offert de m'accompagner, de s'aventurer avec moi dans le camp des sauvages, de partager le péril ; mais je résolus, pour différentes raisons, d'aller seul : à deux, nous eussions été plus facilement découverts. Comme je l'ai déjà dit, mieux valait la ruse que la force.

Je n'espérais pas parvenir jusqu'à ma fiancée sans être vu et poursuivi ; un tel espoir eût été ridicule, les sauvages, et surtout les deux barbares qui la réclamaient, l'observaient sans doute avec soin. A vrai dire, je m'attendais à une poursuite ardente, à une lutte peut-être ; mais j'avais confiance en mon agilité et en celle d'Isolina, qui avait le cœur trop ferme pour faiblir au moment suprême. D'ailleurs, j'espérais bien tenir nos ennemis à distance pendant qu'elle fuirait ; dans ce but, je devais m'armer d'un couteau et de revolvers. J'espérais aussi que le ciel me favoriserait. Ma cause était bonne ; j'avais de la fermeté et du courage. Je devais encore prendre d'autres précautions ; des chevaux devaient être amenés aussi près que possible du camp ennemi. Mes hommes avaient mission de se tenir en selle, la carabine en main, prêts à fuir ou à combattre. Tel était le plan que j'avais combiné. La vie ou la mort en dépendait ; car, en cas d'insuccès, je ne tenais pas à survivre à la perte de tout ce qui m'était le plus cher.

LXXIX

UN DÉGUISEMENT COMANCHE

Plus je réfléchis à mon entreprise, plus le succès me sembla probable. Une des difficultés principales que j'avais à surmonter était de pénétrer dans le camp. Une fois à l'intérieur des lignes ennemies, c'est-à-dire entre les feux du camp et les tentes, je me trouvais comparativement en sûreté. Je savais cela par expérience, car j'avais déjà visité des campements d'Indiens des prairies ; c'était en essayant de traverser les lignes comanches que je m'exposais le plus à être aperçu. Ce danger était moins à redouter au milieu des sauvages : en premier lieu, je devais tromper la surveillance des sentinelles avancées, ensuite celle des cavaliers, et il me fallait échapper aux chevaux ennemis eux-mêmes !

Vous sourirez peut-être, lecteur, lorsque je dirai que ces derniers m'effrayaient autant que leurs maîtres. Le cheval indien n'est pas une sentinelle méprisable ; il hait l'homme blanc, et soit peur, soit antipathie, il ne lui permet pas d'approcher. Une vedette humaine est parfois négligente ; elle s'endort souvent à son poste, le cheval jamais. Il flaire l'homme blanc ; la vue d'une forme rampante le fait frapper et hennir, en sorte que le camp entier est mis aussitôt en éveil. Mainte attaque bien combinée a échoué par le hennissement vigilant d'une mustang-sentinelle. On ne doit pas conclure de là que le cheval des prairies éprouve un grand attachement pour les Indiens qui tyrannisent cruellement ce pauvre animal, pourtant si utile et si intelligent. Il n'agit que par fidélité ; son instinct l'avertit du danger qui menace son maître ingrat. Le cheval des prairies rend les mêmes services aux blancs ; le trappeur fatigué se couche souvent aux pieds de sa monture attentive.

S'il y avait eu des chiens dans le camp, j'aurais encore couru de plus grands dangers. Mon déguisement, quelque par_ fait qu'il fût, ne m'aurait servi de rien. Ces animaux nourrissent une antipathie réelle contre la race celtique ou saxonne, et ils le prouvent en toutes occasions, même pendant les armistices. Heureusement il n'y avait pas de chiens dans le camp indien ; les Comanches se trouvaient sur le chemin de guerre, et quand ils procèdent à ces grandes expéditions, ils laissent leurs chiens au logis.

J'avais résolu de me déguiser : garder mon uniforme eût été folie, il m'aurait trahi dans la plus profonde nuit. D'ailleurs, en cherchant ma fiancée, je devais nécessairement arriver devant les feux. Mon dessein avait donc été de me faire une contrefaçon de costume indien ; mais comment y parvenir? Je me félicitais déjà de posséder une robe buffle. Malheureusement, il me manquait encore plusieurs articles pour compléter ma toilette. Où trouver des guêtres et des mocassins, une coiffure en plume et les ornements du cou? Comment obtenir la teinte bronzée des bras et de la poitrine, et les couleurs pâles, sombres et rouges du visage? Il n'y avait pas de costumier dans le désert!...

Dans le premier instant d'agitation qui suivit la prise du sauvage, j'avais pensé à autre chose ; ce ne fut qu'au moment de nous remettre en marche que je me dis que notre prisonnier pouvait me fournir tous ces objets de toilette indispensables à un enfant de la nature. Descendant de cheval, je l'examinai de la tête aux pieds. Je contemplai avec joie ses guêtres en peau de daim, ses mocassins brodés, son long collier, ses plumes d'aigle et sa grande robe en peau de jaguar. Si nous n'avions été dans une situation critique, mes compagnons se seraient depuis longtemps emparés de ce dernier objet de

luxe, sur lequel ils jetaient des regards avides. Grâce à la circonstance, ils avaient laissé la robe sur les épaules du sauvage
qui la portait avec une grâce infinie. La robe de jaguar eut
bientôt changé de propriétaire : elle me seyait à ravir ; je jetai
mes bottes que je remplaçai par les guêtres à franges de la
peau-rouge, et je chaussai ensuite les mocassins que l'on eût
dits faits pour moi. Il me manquait encore beaucoup de choses pour être un parfait Indien. Les Comanches sur le chemin
de guerre sont nus jusqu'à la ceinture ; ils ne mettent la tunique qu'à la chasse ou dans les occasions ordinaires. Comment
imiter la peau cuivrée, les épaules et les bras bronzés, la poitrine bigarrée et la face pâle, sombre et rouge du sauvage ? Il
me fallait absolument des couleurs ; où me les procurer ?
Nous pouvions imiter le noir au moyen de la poudre à canon,
mais...

— Attendez ! s'écria tout à coup Rube qui tenait en main
un charmant sachet en peau de loup, garni de dards de porc-
épic, attendez, voici la boîte médicale de l'Indien. Je pense
que nous y avons tous les matériaux nécessaires pour faire de
notre jeune capitaine un Comanche superbe.

Tout en parlant, le vieux trappeur retira triomphalement
du sachet un miroir et plusieurs petits paquets en cuir qui con-
tenaient différentes couleurs. Cette découverte nous surprit
peu. Les Indiens emportent toujours avec eux du rouge et une
glace. Mes moustaches tombèrent bientôt sous la lame tremblante d'un couteau-bowie ; puis je me plaçai à côté de l'Indien
pour que l'on reproduisît fidèlement sa peinture sur ma personne. Rube était le peintre ; une peau de daim sa brosse, et
la large main de Garey sa palette.

L'opération fut terminée en vingt minutes, et la copie res-
sembla d'une manière parfaite à l'horrible original. Rube
n'oublia rien. J'étais terrible à voir ; sur ma poitrine on apercevait une large main rouge et sur mon front une grande
croix. J'avais rarement rencontré des hiéroglyphes plus hideux. Une chose me faisait encore défaut : il me fallait les lon-

gues tresses noires qui ornaient la tête du Comanche. Cette lacune fut bientôt comblée ; le bowie dut de nouveau remplir l'office de ciseaux et, en peu d'instants, le pauvre Indien fut dépouillé de son plus bel ornement. Le malheureux, croyant que nons allions le scalper vivant, se débattait avec toute l'énergie du désespoir.

On lia alors les tresses à mes cheveux qui étaient, par un heureux hasard, en harmonie avec ceux du Comanche. Un triste sourire erra sur les lèvres de notre prisonnier quand il vit l'usage que nous faisions de ses magnifiques tresses. Cependant il ne prononça pas une syllabe. Malgré toutes nos préoccupations, nous ne pûmes nous empêcher de rire à la vue du spectacle singulier que je présentais et des regards étranges de notre captif. Le premier moment de gaieté passé, on plaça sur ma tête la coiffure à plumes ; ce dernier ornement, que les guerriers portent en campagne, compléta mon déguisement. L'œil le plus expérimenté n'aurait pas pu voir alors que je portais des cheveux faux.

Tout était terminé. Le peintre, le coiffeur et le costumier avaient rempli leur devoir. J'étais prêt...

LXXX

LA DERNIÈRE ÉTAPE

Nous avançâmes avec une prudence croissante ; nous suivions lentement nos éclaireurs ; le temps ne nous pressait plus ; les traces des Indiens étaient encore toutes fraîches ; nous nous attendions à chaque instant à nous trouver en vue de nos ennemis. Nous ne désirions pas les apercevoir avant la tombée de la nuit ; à quoi nous eût-il servi de les atteindre pendant le jour ? Des retardataires auraient pu signaler notre approche et ruiner ainsi tous nos desseins. Nous marchâmes donc avec lenteur pour donner aux sauvages le temps de dresser leurs tentes et pour permettre aux paresseux de rejoindre leurs compatriotes. D'un autre côté, je ne désirais pas arriver trop tard. Le conseil devait être tenu cette nuit même, — comme Isolina me l'avait appris, — et après le conseil devait se décider son sort. A quelle heure était fixé le conseil? Ce pouvait être immédiatement après la halte. Une question aussi importante, qui intéressait à la fois le fils d'un chef et un chef lui-même (car le Mexicain renégat était un commandant de peaux-rouges), ne pouvait rester longtemps indécise : il importait donc que je vinsse à temps; mais comment apparaître au moment opportun? Je me proposais d'arriver en vue du campement indien à la tombée de la nuit, afin d'examiner la contrée avoisinante pour savoir quelle était la meilleure direction à prendre si nous parvenions à fuir. Nous réglions notre marche sur celle de nos ennemis; Rube et Garey nous précédaient silencieusement, les yeux constamment fixés à terre. Mes regards ne se détachaient pas du ciel. Que mes désirs étaient différents de ceux des deux nuits précédentes! Hier je maudissais les nuages, aujourd'hui j'appelais à mon aide l'orage et les ténèbres! Dans une heure, des millions d'étoiles devaient scintiller dans ce firmament bleu où n'apparaissait aucun nuage; la nuit, argentée par la lumière d'une lune resplendissante, menaçait d'être aussi claire que le jour. Cette perspective m'épouvantait. Mon entreprise devenait doublement périlleuse. Hélas! nous étions à l'époque de la pleine lune.. Pouvais-je raisonnablement espérer qu'elle ne nous éclairerait pas? Mon déguisement était parfait, mais que répondre si on m'adressait la parole? Je savais à peine quelques mots de comanche. Comment échapper à un interlocuteur mal avisé? Telles furent les pensées qui m'agitèrent en avançant. La nuit approchait; le soleil disparaissait à l'occident. J'étais dans une anxiété inexprimable.

Nous avions fait halte dans un taillis pour attendre nos éclaireurs, qui avaient gravi une colline boisée qui s'éten-

dait devant nous. Tout à coup Garey nous fit signe d'avancer.
Parvenus presque au haut de la colline, nous descendîmes de
selle et attachâmes nos chevaux aux arbres. Après avoir avancé
encore quelques pas en rampant, nous aperçûmes dans la
plaine, qui s'étendait de ce côté de la colline, de la fumée
et des feux; nous étions devant le camp comanche, au milieu duquel s'élevait une loge recouverte de peaux de buffle;
des hommes circulaient çà et là et des chevaux paissaient.

LXXXI

LE CAMP COMANCHE

Nous étions arrivés devant l'ennemi au bon moment. Le crépuscule et l'ombre des arbres nous cachaient, tout en nous
permettant d'examiner la position de nos adversaires. Nous
dominions tout le campement indien et la contrée avoisinante.
La colline que nous avions franchie, — une sorte de butte iso-
lée, — était la seule éminence que l'on aperçût à plusieurs
milles à la ronde, la plaine où campaient les sauvages semblait
sans limites...

La plaine était ce que l'on appelle une prairie *pécan*, c'est-
à-dire une prairie à demi recouverte de buissons et de taillis.
L'arbre prédominant était le pécan, qui porte une noix ovale
mangeable, d'une certaine valeur commerciale. Çà et là croissaient des arbres isolés. Toute cette végétation donnait au paysage un faux air de civilisation.

Le camp indien était dressé au bord d'un ruisseau que do-
raient les derniers reflets du soleil couchant. La position
avait été merveilleusement choisie. Une surprise semblait
impossible. L'unique loge du camp en occupait le centre à
côté d'un taillis et vis-à-vis du ruisseau. Nous pûmes apercevoir les guerriers indiens sur l'herbe, dans diverses atti-

tudes; les uns marchaient, les autres étaient couchés; d'autres s'agitaient devant les feux, ils semblaient préparer leur repas du soir.

Une ligne de lances, régulièrement plantées à distance, marquait la portion de terrain reservée à chacun. A terre nous distinguâmes des dards, des boucliers, des arcs, des flèches, bref tout l'attirail de guerre des sauvages, des pavillons et des bannières flottaient dans toutes les parties du camp. Nous vîmes également des femmes; c'étaient les prisonnières mexicaines. Je les regardai avec une émotion étrange, mais l'œil d'un amoureux même n'aurait pu les reconnaître à cette distance.

A droite et à gauche du camp étaient les chevaux, on leur permettait de paître de toute la longueur du lazo. Ils étaient placés de telle sorte qu'ils formaient l'arc du camp dont le ruisseau était la corde. Les Indiens n'avaient pas franchi l'eau. J'ai dit que le camp semblait à l'abri d'une surprise. A part le fourré auquel était adossée la loge du chef, il n'y avait pas d'arbres dans un rayon de mille yards. Aucune inégalité de terrain ne pouvait favoriser l'approche d'un ennemi. Cette position avait-elle été choisie ou était-elle accidentelle? Il n'est pas probable qu'en ces lieux et à cette heure nos ennemis s'attendissent à une attaque; mais la prudence est innée chez les Indiens, et elle devient à la longue un véritable instinct. Ils avaient donc pu faire une halte en cet endroit machinalement, sans aucune arrière-pensée. Le taillis leur donnait du bois, le ruisseau de l'eau et la prairie de l'herbe aux montures. Qu'auraient-ils pu exiger de plus?

A première vue, je remarquai la force de leur position, moins avec l'œil du soldat qu'avec celui de chasseur ou du combattant des bois. La place n'offrait aucun point de défense, mais on n'en pouvait approcher par stratagème, et c'est là tout ce que redoute le cavalier indien. Ne l'alarmez pas trop soudainement, donnez-lui cinq minutes pour se reconnaître, et il est inattaquable. Si vous êtes supérieur en force, vous pou-

vez le mettre en fuite, mais vous devez être bien monté pour
le forcer alors à combattre. La retraite et non la défense est
l'axiome de la tactique du Comanche; il ne tient ferme que
contre les Mexicains. Il lutte alors avec un courage de
héros.

La vue du camp indien me découragea complétement. On
ne pouvait y pénétrer qu'à la faveur d'épaisses ténèbres. L'espion le plus habile aurait renoncé à s'en approcher; il semblait inaccessible. La même pensée dut occuper en ce moment
mes compagnons; je vis leurs regards de désappointement
quand ils s'assirent à côté de moi, silencieux et mornes.
Aucun d'eux ne prononça une parole; ils n'avaient pas encore dit un mot depuis que nous nous trouvions au haut de la
colline.

LXXXII

A DÉCOUVERT

Je continuai à examiner en silence le camp, mais je ne pus
découvrir aucun moyen d'en approcher secrètement et en sûreté. Comme je l'ai déjà dit, une prairie entourait le camp,
sur un rayon de mille yards. L'herbe en était courte, le plus
mince gibier y aurait à peine trouvé un abri; on n'aurait donc
pu y cacher un homme, encore moins un cheval. J'aurais pu,
à la rigueur, franchir sur les mains et les genoux le demi-mille
qui nous séparait de nos ennemis, mais à quoi bon? Autant
marcher la tête levée. Debout ou rampant, je ne pouvais échapper aux regards des Indiens. Supposons même que je péné-
trasse sain et sauf dans les lignes comanches et que je par-
vinsse à trouver Isolina, que pouvais-je faire alors? Il était
très-probable que nous n'aurions pas parcouru mille yards
sans être rattrapés, assommés ou percés de coups de lance.

Mon premier dessein avait été de conduire Moro aussi près
que possible du camp indien, de chercher ensuite Isolina, de
remonter à cheval et de m'élancer au grand galop vers mes
compagnons, mis en embuscade. Malheureusement, ce plan
fut entièrement renversé par la position particulière du camp
indien. J'avais espéré qu'il aurait été situé à côté d'arbres ou
sur un terrain irrégulier qui eût dérobé mon approche à l'ennemi. J'étais cruellement détrompé.

Nous ne pouvions avancer davantage sans révéler notre
présence aux Comanches. Mon embarras et mon anxiété étaient
grands. Je tournai de nouveau mes regards au ciel. Hélas!
rien ne troublait la pureté du firmament. La nuit menaçait
d'être superbe. Que faire? Abandonner mon plan? Je ne
voyais aucun moyen de délivrer ma fiancée... Le désespoir
aurait pu m'engager à attaquer ouvertement nos ennemis, mais
à quoi bon? Notre défaite était certaine. Ils étaient nombreux,
et je n'avais que huit hommes. Tout à coup j'eus une idée
praticable, mais très-périlleuse. Il s'agissait d'entrer hardiment dans le camp indien sous le déguisement et avec le
cheval de l'Indien que nous avions attaché à un arbre ; mais
une grosse difficulté semblait s'opposer à la réalisation de ce
plan. Sachant à peine quelques mots de comanche, que pouvais-je répondre, si un ami de la peau-rouge prisonnière
m'adressait la parole? Ma voix et mon mauvais accent ne
devaient-ils pas me trahir? Il est vrai que je pouvais répliquer
en espagnol ; mais l'emploi insolite de cette langue n'aurait-il
pas excité des soupçons? Il y avait encore un autre motif d'appréhension. Je ne pouvais pas me fier au cheval indien : il
avait essayé de mordre et de jeter Stanfield à terre, tout le long
du chemin. S'il se conduisait de la sorte avec moi en entrant
dans les lignes ennemies, mon apparition pouvait avoir tout à
coup un dénoûment fâcheux. Une autre crainte encore : pouvais-je espérer que cette mustang sauvage m'emmènerait à
l'abri de nos ennemis? Après mure réflexion, je résolus néanmoins d'exécuter ce plan; la mort ne m'effrayait pas. Je com-

muniquai mon idée à nos hommes. Tous s'écrièrent qu'elle
était périlleuse. Un seul n'avait pas encore parlé : c'était celui
dont j'estimais l'avis plus haut que toute la sagesse réunie de
mes compagnons. Je n'avais pas encore demandé l'opinion du
trappeur sans oreilles.

LXXXIII

RUBE CONSULTANT SON ORACLE

Il se tenait à l'écart, en s'appuyant sur sa carabine dont la
crosse reposait au pied d'un arbre. Ses deux mains jointes
étreignaient l'extrémité supérieure de l'arme. A première vue,
il était difficile de dire si Rube examinait l'intérieur de sa
carabine ou le camp indien. Je savais que le vieux trappeur
affectionnait cette pose quand une affaire critique réclamait le
déploiement de toutes ses facultés. Il consultait maintenant son
oracle qui logeait au fond de ce sombre tube. Tous mes
hommes se turent alors pour attendre son avis, qui était indis-
pensable. Pendant dix minutes, Rube conserva une immobilité
complète; ses yeux seuls scintillaient dans leurs profondes
orbites. Il ressemblait en ce moment à un épouvantail posé
sur un bâton pour effrayer les oiseaux maraudeurs. Dix autres
minutes s'écoulèrent et Rube n'ouvrit pas la bouche pour
parler. Nous commencions à nous impatienter; cette incertitude était pénible. Cependant, aucun de nous n'osa interrompre
ses méditations. Nous craignions trop ses accès de mauvaise
humeur. Garey s'approcha enfin de son vieil ami; un signe de
tête triomphal de Rube et un sifflement expressif l'avaient
averti que l'oracle avait parlé. Nul doute, le trappeur venait
de trouver le moyen d'entrer dans le camp indien sans être
vu...

Garey et moi nous approchâmes alors et nous nous plaçâmes
silencieusement à ses côtés.

— Eh bien, Billee, dit-il tout à coup après avoir respiré bruyamment ; eh bien, Billee, et toi, jeune capitaine, que pensez-vous de toute cette affaire ? Elle semble fâcheuse, n'est-ce pas, mes garçons ?

— Oui, répondit laconiquement Garey.

— Je pensais de même il y a un instant...

— Hélas ! interrompit le jeune trappeur d'un ton découragé, comment arriver là-bas ? Nous n'avons, ajouta-t-il en soupirant, aucun plan raisonnable.

— Les novices parlent ainsi, Bill, et tu oses les imiter !...

— Nous avons bien un plan, mais il est détestable...

— Parle vite, dit Rube avec un sourire joyeux, le temps presse. Qu'y a-t-il ?

— Voici la chose en deux mots, Rube : le capitaine se propose de prendre le cheval de la peau-rouge et d'entrer hardiment dans les lignes ennemies.

— Suffit : j'ai trouvé mieux que ça ; nous pénétrerons dans le camp comanche en dépit des yeux d'Argus de nos adversaires.

— Comment? demandai-je. Oses-tu prétendre Rube, que l'on peut approcher du camp sans être vu.

— Oui, jeune homme. Entendons-nous. Je ne dis pas que toi ou Garey mèneriez cette entreprise à bonne fin ; mais moi, Rube Rawlings des montagnes Rocheuses, je me glisserais inaperçu au milieu de ces coquins quand même ils auraient encore plus d'yeux qu'ils n'en ont déjà. Ah ! ah !

— De grâce, Rube, explique-toi, tu connais notre impatience...

— Modérez-vous, jeunes gens ; il vous faudra du temps avant que vous puissiez vous réchauffer aux feux de ces indiens. Promettez-moi de faire ce que je vous commanderai, vous engagez-vous à m'obéir ?

— Oui, je promets de me soumettre exactement à ton avis, mon cher Rube ! m'écriai-je avec empressement.

— Bien parlé ! Attention. Écoutez-moi donc...

A ces mots, Rube s'agenouilla derrière un buisson ; Garey et moi nous l'imitâmes aussitôt. Je me plaçai à sa droite et le jeune trappeur à sa gauche. Nos regards s'étaient dirigés sur le camp indien et sur la plaine avoisinante, éclairés par une lune trop brillante, hélas !

Après que nous eûmes silencieusement examiné cette scène pendant quelques minutes, le vieux trappeur daigna parler et commença ainsi !

LXXXIV

LE CONSEIL DU TRAPPEUR

— Eh bien, Bill, et toi, jeune homme, apercevez-vous la route qui mène au cœur de ce campement? La voyez-vous?...

— Y est-on à couvert? demanda Garey d'un air de doute.

— Parfaitement... impossible de trouver un meilleur abri.

Garey et moi examinâmes de nouveau tout le campement et le terrain avoisinant. Nous y cherchâmes en vain le moyen d'approcher des Indiens. Que signifiaient alors les paroles de Rube? Y avait-il des nuages au ciel? Rube présageait-il des ténèbres prochaines? Je regardai le ciel; la voûte étoilée n'avait jamais été plus pure ni plus brillante.

— Comment avancer à couvert? dit Garey après une inspection attentive de la plaine; je ne vois ni buissons ni hautes herbes.

— Qui parle de buissons et de hautes herbes? repartit Rube. Il y a d'autres moyens de cacher ta carcasse... Pauvre Bill, la compagnie de tous ces tirailleurs novices t'est peu profitable. Faudra-t-il donc que je dise tout!... Voyez-vous un ruisseau, jeunes gens?

— Un ruisseau ! repartîmes-nous à la fois.

— Oui, ce ruisseau qui coule sous vos yeux. Le voyez-vous?...

Sans répondre, nous commençâmes à comprendre Rube, et nos yeux et nos pensées se reportèrent immédiatement sur le ruisseau que désignait le vieux trappeur.

J'ai déjà dit que cette petite rivière formait l'une des limites du camp indien. Le courant était contre nous. Les Comanches logeaient sur la rive gauche ; en remontant cette rive, on devait nécessairement pénétrer dans les lignes ennemies et passer à côté des chevaux qui paissaient près de l'eau.

Le ruisseau n'avait pas échappé à mon examen sévère de la plaine, mais je n'avais pas trouvé le moyen de le remonter sain et sauf ; les bords n'en étaient pas assez élevés. Il eût fallu nager sous l'eau, ce qui était difficile, les bipèdes et les quadrupèdes n'étant pas habitués à parcourir de longs trajets de cette manière. J'avais donc renoncé à pénétrer dans le camp indien en remontant le ruisseau. Rube, lui, ne s'était pas aussi vite découragé ; il avait remarqué que l'eau baissait sans cesse, en moins d'une demi-heure elle était descendue de plusieurs pouces. Je n'avais pas observé cette particularité. J'avais oublié que les pluies torrentielles des nuits précédentes avaient produit une crue considérable et qu'il fallait que le ruisseau revînt à son état normal. Je pouvais alors emmener mon cheval, je devais laisser le reste à la ruse et au hasard.

— Crois-moi, capitaine, dit Rube, c'est le meilleur parti que tu aies à prendre ; tu remonteras doucement le ruisseau avec ton cheval. Entrer dans le camp indien avec la monture de notre ancien prisonnier eût été folie ; cette bête aurait tellement rué, qu'elle aurait attiré l'attention de tout le camp comanche sur toi, et que l'on aurait bientôt découvert ta peau blanche sous les belles peintures qui la décorent.

Je n'hésitai plus, et je résolus de suivre le conseil de Rube.

LXXXV

LA REMONTE DU RUISSEAU

Mes préparatifs furent vite faits : je jetai un dernier coup d'œil sur mon long couteau et sur mes revolvers, que je suspendis à ma ceinture, sous ma robe en peau de jaguar. J'avais hâte de me mettre en route : l'heure du conseil était peut-être proche; le sort de ma fiancée allait être réglé. Je sautai en selle : mes camarades se réunirent autour de moi pour me dire un mot d'adieu; tous me pressèrent la main avec un souhait ou une prière sur les lèvres. Les uns n'espéraient plus me revoir, les autres avaient plus de confiance dans le dénoûment de mon entreprise ; mais tous jurèrent de me venger si je succombais.

Rube et Garey descendirent avec moi la colline couverte, en majeure partie, de buissons. Comme ce lieu était peu propice à une embuscade, nous laissâmes les tirailleurs au haut de la colline. Du point où nous étions, le ruisseau, brillant comme une plaque de métal, se dirigeait en droite ligne vers le camp indien. Parvenu à la lisière de la plaine où le taillis disparaissait, je descendis de cheval et me préparai à entrer dans l'eau qui baignait le pied du monticule. Les trappeurs me serrèrent alors une dernière fois la main en m'adressant leurs suprêmes recommandations.

— Sois tranquille, capitaine, dit le jeune trappeur, Rube et moi nous ne nous éloignerons pas d'ici. Quand nous entendrons le bruit de tes pistolets, nous nous élancerons du bois et irons à ta rencontre à mi-chemin de la colline et du camp. S'il arrive quelque chose de fâcheux, — ici Garey parla avec force, — nous prendrons une revanche sanglante...

— Oui, répéta Rube, je le jure. Mais ne crains rien, capitaine. Aie l'œil et la main ferme et tu échapperas à ces barbares. Une fois sorti du camp, tu peux compter sur nous ; galope en droite ligne vers ce taillis. Nous accueillerons convenablement les Comanches... Ah !... ah !...

Je ne laissai pas achever le vieux trappeur. Conduisant Moro au bord du ruisseau, j'entrai dans le courant : mon brave cheval me suivit sans hésitation ; l'eau nous couvrit tous deux jusqu'à hauteur de poitrine. L'onde avait précisément la profondeur que je désirais, la rive s'élevait à un demi-yard au-dessus du niveau de l'eau ; ce qui suffisait pour me cacher quand je me tenais debout et pour abriter la tête de Moro. Si la petite rivière conservait une profondeur uniforme jusqu'au camp, — et certaines observations topographiques me permettaient de le supposer, — l'approche était facile. Comme ma coiffure de plumes écarlates s'élevait au-dessus de la prairie et qu'elle aurait pu me trahir, je l'ôtai et la portai en main. J'élevai ensuite à hauteur de mes épaules ma robe en peau de jaguar et mes pistolets pour les préserver du contact de l'eau. Dès que ces légers préparatifs furent terminés, je me mis en marche.

La profondeur de l'eau fut en ma faveur ; on sait que plus une eau est profonde moins est sensible le bruit que l'on fait en s'y mouvant. Heureusement, il y avait au bas de la colline une sorte de cataracte qui étouffait complétement le son que produisait notre marche dans le ruisseau. Quand je fus à deux cents pas du fourré, je me retournai pour graver dans ma mémoire la direction de la colline et le point précis où mes compagnons étaient embusqués, afin de les rejoindre en droite ligne si l'on me poursuivait au retour, comme je m'y attendais.

Je reconnus que nous n'aurions pu choisir un meilleur endroit pour faire halte. Les arbres qui couronnaient le sommet de la colline étaient d'une nature particulière ; on ne les rencontre qu'au Mexique. C'étaient des yuccas inconnus alors aux botanistes eux-mêmes. Quelques-uns de ces yuccas avaient quarante pieds de hauteur. Leurs grosses branches angulaires et leurs faisceaux de feuilles roides, qui se dessinaient sur le ciel, présentaient un spectacle étrange, fantastique.

Je vis du premier coup d'œil tout l'avantage de la position. Si j'étais poursuivi par les Indiens, après avoir délivré Isolina, et si je parvenais à atteindre le bois avant eux, les carabines de mes compagnons les arrêteraient courts : ils pouvaient croire que des centaines d'ennemis étaient cachés derrière ces buissons trompeurs.

Encouragé par ces diverses considérations, je me retournai de nouveau vers le camp indien et remontai le ruisseau.

LXXXVI

MON ENTRÉE DANS LE CAMP ENNEMI

J'avançais lentement et avec peine : je ne pouvais marcher tête levée ; à certains intervalles je me reposais pour reprendre haleine, mais j'avais soin de faire halte là où la profondeur de l'eau me permettait de me tenir debout. Je n'osais lever la tête au-dessus du niveau de l'eau, de peur d'être aperçu par l'ennemi. Après avoir parcouru un long espace, je m'arrêtai avec la conviction que je devais me trouver près des lignes comanches. Je fis halte encore... je craignais que les mustangs sauvages ne flairassent notre approche. Le vent soufflait précisément de la rivière vers le camp. Le bruit des pas de mon cheval pouvait également me trahir. Comme on le voit, ma position était assez périlleuse. Si je levais la tête au-dessus de la prairie pour reconnaître le terrain avoisinant, je courais le danger d'être aperçu ; si je restais en place, les chevaux ennemis pouvaient flairer notre présence, grâce à leur odorat subtil. Un moment je demeurais indécis : devais-je laisser Moro en place ou le mener plus haut? Tout à coup j'aperçus un objet qui me tira d'embarras : c'était une mustang qui

paissait à deux cents yards environ du point où j'étais parvenu.
Par un heureux hasard, je me trouvais à l'endroit même où je
m'étais proposé, en quittant la colline, de laisser mon cheval.
Je savais que la jument occupait la lisière du camp indien ; je
n'étais plus qu'à deux cents yards des peaux-rouges.

J'avais eu la précaution de me munir d'un pieu en sapin
pour attacher ma monture. Je le fichai en terre ; je n'eus pas
besoin de l'y enfoncer profondément : je ne l'employai que
pour montrer à mon intelligent coursier qu'il n'était pas libre
d'errer au gré de ses caprices. En partant, je le caressai, et je
poursuivis ensuite ma marche dans le courant. Au bout de
quelques yards, je m'aperçus que les deux bords du ruisseau,
au lieu d'être escarpés et élevés, se terminaient doucement en
pente. Cette particularité provenait de ce que les buffles, les
chevaux sauvages et les autres quadrupèdes des prairies, fran-
chissaient habituellement la rivière en cet endroit. J'avais
d'abord regardé cette pente avec une certaine appréhension ;
mais je ne tardai pas à changer de sentiment. J'y vis au contraire un avantage dont je résolus de profiter sans retard. J'a-
vais laissé mon cheval dans une mauvaise position ; son dos
était au niveau de la prairie, il ne pouvait donc sortir du ruisseau que par un bond désespéré, il pouvait faire un faux pas ;
en tous cas, il eût perdu un temps précieux à sortir de là. Retournant donc sur mes pas, je menai Moro près de la pente
d'où il pouvait aisément s'élancer dans la plaine. Rassuré,
j'avançai avec une prudence croissante. Le moindre bruit aurait pu me trahir. J'avais l'intention de rester dans le ruisseau
jusqu'au de-là du point où les chevaux comanches broutaient
le gazon. J'échappais ainsi aux vedettes avancées et, chose non
moins importante, aux mustangs elles-mêmes, que je redou-
dais autant que leurs maîtres. Une fois dans le cercle des sauvages, on ne ferait plus attention à ma personne ; il y aurait
sans doute encore d'autres Indiens en vue, et mon déguisement m'inspirait une entière confiance. D'un autre côté, je ne
désirais pas aller loin au delà de la ligne des sentinelles qua-

drupèdes, de peur de me trouver trop près des groupes et des feux indiens.

J'avais remarqué, avant de quitter mes compagnons, qu'une large ceinture de gazon s'étendait entre les Comanches et leurs chevaux. C'était sur cette sorte de terrain neutre, peu fréquenté par les flâneurs du camp, que je désirais faire mon entrée. Je réussis au delà même de mes espérances. Je passai si près des mustangs que je les entendis paître à côté de moi, mais je marchai si prudemment que pas un hennissement n'annonça mon approche. Quand je fus assez loin d'elles, je levai doucement la tête jusqu'à ce que mes yeux fussent au-dessus du niveau de la prairie. Personne ne se trouvait au bord du ruisseau. Je vis les sauvages réunis autour de leurs feux, à cent yards de distance. Ils parlaient et riaient, mais aucun ne regardait de mon côté. Saisissant le bord de la rive, je sortis silencieusement et doucement de l'eau, comme un démon qui apparaît sur la scène par une sombre trappe dans une pièce à féeries. Me relevant ensuite, je me trouvai dans le camp indien.

LXXXVII

COUP D'ŒIL SUR LE CAMP COMANCHE

Pendant quelques minutes, je demeurai aussi immobile qu'une statue, je ne remuai ni bras ni jambes, de peur que mes mouvements ne frappassent la vue d'une vedette ou celle des sauvages groupés autour du feu.

J'avais remis ma coiffure de plumes avant de sortir du ruisseau. Quand j'eus mis pied à terre, ma première préoccupation fut de replacer mes pistolets à sa ceinture. Je n'ai pas besoin de dire que je fis ces petites opérations à la dérobée. Je laissai de même retomber de toute ma longueur mon man-

teau en peau de jaguar que j'avais attaché au-dessus de mes
épaules pour le préserver de l'eau. Mes guêtres et mes mocassins étaient mouillés, mais je m'en inquiétais peu. Dans une prairie et sur les bords d'un ruisseau, des vêtements humides ne
sont pas de nature à exciter des soupçons. Par un heureux
hasard, l'endroit où j'avais débarqué était l'un des moins visibles du camp. Je me trouvais précisément entre deux lumières : la lueur rougeâtre des feux indiens et les rayons pâles de
la lune ; la confusion produite par la rencontre de ces deux
clartés me favorisait en causant une sorte d'illusion d'optique.
Cependant, on pouvait m'apercevoir du centre du camp ; mais
des yeux de lynx eux-mêmes n'auraient pu deviner mon déguisement à cette distance. Il était donc probable que les sauvages ne se dérangeraient pas à mon sujet ; ils pouvaient
croire que j'étais un des leurs qui faisait une promenade solitaire et mélancolique. Je connaissais assez la vie indienne pour
savoir qu'il n'y avait rien d'outré dans une conduite pareille.
Je ne restai en place que le temps nécessaire pour examiner
l'aspect général du camp. J'aperçus plusieurs feux entourés
d'un certain nombre de formes humaines, les unes assises,
les autres debout. Comme la nuit était froide, peu d'hommes
erraient dans le campement. Je remarquai un feu plus grand
que les autres ; on eût dit un de ces immenses feux de joie
que les paysans anglais allument pour fêter leurs seigneurs.
Ce foyer était placé en face de la tente solitaire, à quelques pas de l'entrée. Il projetait une vaste flamme sanglante qui éclairait l'endroit où je me trouvais, et qui se reflé-
tait sur mon visage. Je crus même en sentir l'ardeur sur mes
joues.

Autour de ce feu je vis plusieurs hommes debout. Je les
apercevais aussi nettement que si j'avais été à côté d'eux ; je
distinguais leurs traits, leurs vêtements et leurs devises gra-
vées sur leurs poitrines et sur leurs faces. Je fus quelque peu
surpris. Je m'étais attendu à voir des guerriers à peau rouge,
en guêtres, en mocassins et en tuniques, la tête rasée et cou-

verte de plumes, et les épaules enveloppées de robes en peau
de buffle. La plupart avaient un costume bien différent; ils
portaient des manteaux et des vêtements en drap, des culottes et de grands chapeaux vernis, de véritables sombreros
mexicains! D'autres, habillés en militaires, avaient des cas-
ques et des shakos, des vestes en drap rouge ou bleu, qui leur
seyaient très-mal et qui contrastaient singulièrement avec les
peaux de daim sous lesquelles ils cachaient leurs jambes et
leurs pieds. Grand fut mon étonnement à la vue de ces costumes de fantaisie, mais ma surprise s'évanouit lorsque je réfléchis à la condition des hommes que j'avais sous les yeux et à
l'expédition qu'ils venaient de terminer. Ce n'était pas un tra-
vestissement, mais une scène de la vie réelle. Les sauvages
étaient revêtus des dépouilles qu'ils avaient arrachées aux civilisés. Ma toilette m'avait causé bien des préoccupations su-
perflues. Au milieu de cette foule bigarrée, tous les habits
eussent été bons. Mon propre uniforme n'eût peut-être pas
excité de soupçons. La couleur de ma peau aurait seule pu
me trahir. Heureusement, quelques sauvages avaient conservé
leurs costumes indigènes; ils apparaissaient dans tout l'éclat
de leurs peintures et de leurs plumes. Peu s'en était fallu que
e ne fusse trop Indien pour une compagnie pareille! Au bout
d'un instant j'eus remarqué toutes ces particularités; je ne les
observais pas minutieusement, je cherchais Isolina... Jetant
partout des regards avides, j'examinais les groupes autour des
différents feux; je vis des femmes captives, mais je n'aperçus
nulle part ma fiancée. Présente, elle aurait frappé immédiatement mes regards.

— Dans la tente! dans la tente! elle doit être là, me
dis-je.

Je résolus de quitter l'endroit où je m'étais tenu jusque-là
et de m'engager dans le taillis qui croissait au milieu du
camp, et où je pouvais trouver un abri presque sûr.

La tente, comme je l'ai déjà dit, était placée sur la lisière
de ce petit bois, et en face de cette tente flamboyait le grand

feu. Évidemment c'était là le centre des faits et gestes des Comanches. Si quelque chose d'intéressant devait se passer cette nuit, c'était assurément en cet endroit. Où ma fiancée pouvait-elle être, si ce n'était dans cette loge ou aux alentours? Je me décidai donc à l'y chercher...

UNE RENCONTRE AMICALE

En ce moment la voix perçante d'un héraut retentit à travers le camp; il se fit alors un mouvement général. Quelque chose d'important allait se passer. Les Indiens commencèrent maintenant à circuler autour du feu en exécutant une sorte de danse solennelle. Des parties les plus éloignées du camp survinrent d'autres sauvages pour observer les actions de ceux qui entouraient le grand feu ou y prendre part. Cette heureuse diversion me permettait d'atteindre le taillis sans être remarqué, et je m'y dirigeai aussitôt. J'avançai lentement et avec une indifférence simulée, en affectant la démarche irrégulière du Comanche, si différente des allures fermes et hardies du Chippeway, du Shawano, du Huron et de l'Iroquois. Je dus bien remplir mon rôle, car un sauvage, qui se rendait de la ligne des mustangs au grand feu, m'appela par mon nom en passant près de moi.

— Holà, Wakono! s'écria-t-il.

— *Que cosa?* qu'y a-t-il? répliquai-je en espagnol, en imitant aussi bien que je le pus la voix et l'accent d'un Indien.

Mon interlocuteur parut surpris; néanmoins il me comprit et repartit :

— Tu entends l'appel, Wakono? Pourquoi ne t'y rends-tu pas? Le conseil va s'assembler, Hissòo-Royo est déjà là-bas...

Les paroles du sauvage n'étaient pas énigmatiques ; le héraut signifiait au camp que le conseil allait se réunir, et je savais que Hissoo-Royo (*le loup espagnol*) était l'appellation
indienne du renégat mexicain. Je n'étais pas préparé à répondre ; ignorant l'étendue des connaissances de Wakono en espagnol, je n'osais répliquer dans cette langue. Mon embarras
était grand, et le sauvage importun, — sans doute quelque
ami de Wakono lui-même, — semblait déterminé à s'attacher
à mes pas. Comment me débarrasser de lui ? Une idée heu
reuse vint à mon secours. Prenant un air de dignité extrême,
je levai la main et je fis à mon homme un salut d'adieu,
comme si j'eusse été désireux de n'être pas troublé dans mes
méditations. Au même instant je me retournai et continuai
lentement ma marche. L'Indien accepta le congé et disparut
avec un air de dépit évident ; la conduite étrange de son ami
Wakono lui inspirait sans doute une vive surprise. J'atteignis
sain et sauf le fourré ; je me retournai alors pour examiner le
terrain. Mon ami pénétrait en ce moment dans la foule des
sauvages groupés autour du feu. Ma rencontre avec l'Indien
aurait pu avoir des suites fâcheuses ; mais elle m'avait appris
quelques faits utiles. En premier lieu, je connaissais mon
nom ; ensuite, je savais qu'un conseil allait se tenir, et enfin
que le renégat Hissoo-Royo était mêlé à toute cette affaire.
Tout s'éclaircissait : le conseil rassemblé n'était autre que le
jury qui devait décider du sort d'Isolina. J'étais donc arrivé à
temps. Les divisions du renégat et du chef sauvage avaient
protégé jusque-là ma fiancée. Cette pensée me consolait et me
fortifiait.

De ma nouvelle position, — j'occupais la lisière du bois, —
j'apercevais tout le camp ; mais j'y cherchais en vain Isolina.
Elle ne se trouvait pas dans la loge du chef.

— Peut-être se trouvait-elle au fond du bois, à l'écart des
autres prisonnières blanches, me dis-je.

Cette conjecture ranima mes espérances. Je résolus d'explorer le fourré. Si je l'y trouvais, il m'était facile de la déli-

vrer. La vie de six hommes était en mon pouvoir. Que pouvaient des sauvages désarmés contre mes revolvers ? Pleins de confiance dans la sécurité de leur camp, ils avaient déposé leurs fusils et leurs lances.

Peut-être la trouverai-je seule ou en la compagnie d'un geôlier ? La réunion du conseil favorisait cette supposition. Je résolus de commencer immédiatement mes explorations. Le terrain ne ralentissait pas ma marche. Il y avait peu de broussailles et les arbres étaient clair-semés. Mes mocassins étouffaient le bruit de mes pas ; je parcourus le bois en tous sens, mais en vain ; je n'aperçus que des femmes éplorées et nulle part celle que je cherchais. Mes perquisitions m'amenèrent enfin près de la loge du chef. M'y arrêtant, j'écartai doucement le feuillage ; je n'avais plus besoin de continuer mes recherches : Isolina était devant moi.

LXXXIX

LE CONSEIL

Oui, là, devant moi, était ma fiancée, et je n'osais pas lui adresser la parole ; j'avais à peine le courage de la contemplation... Mes mains tremblaient dans le feuillage qu'elles écartaient, et mon cœur battait à se rompre. Je n'avais pas tout d'abord aperçu Isolina. En regardant à travers le fourré, un spectacle étrange avait un instant arrêté ma vue. De grands changements s'étaient opérés dans les groupes qui entouraient le feu. Les sauvages, au lieu d'être placés irrégulièrement, étaient assis ou plutôt accroupis en cercle à distance égale les uns des autres. Il y en avait une vingtaine : ils étaient tous revêtus du costume national ; ils avaient le haut des bras, le nez, les oreilles et le cou ornés de petits coquillages ; une couche de chaux, d'ocre et de vermillon couvrait tout leur corps. Nul doute, j'avais sous les yeux les membres du conseil...

Les autres Indiens, — ceux qui portaient des costumes de fantaisie, — se tenaient à un pas ou deux derrière les membres du conseil; ils parlaient avec animation, à voix basse. D'autres sauvages encore se promenaient à une certaine distance du feu. Il me fallut à peine dix secondes pour faire ces différentes observations; mes regards tombèrent alors sur Isolina. En face de la loge, la chaîne des Indiens était interrompue sur un espace d'une douzaine de pieds. J'aperçus ma fiancée au milieu de ces sauvages; elle était assise sur une robe en peau de buffle derrière le cercle du conseil. Elle avait les bras libres, mais ses jambes étaient étroitement garrottées. Quoiqu'elle présentât le visage à ses juges, je la reconnus immédiatement; au delà du feu et vis-à-vis de l'endroit où était ma fiancée, j'aperçus un autre être que je connaissais bien : le cheval blanc. Un Indien le tenait en laisse; on se disputait à la fois le pauvre animal et sa maîtresse. Je remarquai aussi un homme qui me causa un vif dégoût et une profonde indignation : c'était Hissoo-Royo, le renégat mexicain; il avait des traits et un aspect vraiment diaboliques; des peintures hideuses donnaient à sa figure une expression féroce; il avait gravés sur son front une tête de mort et des os posés en croix; sur sa poitrine je vis la reproduction fidèle d'une chevelure fraîchement coupée, emblèmes d'une nature cruelle.

Je cherchais en vain le rival qui lui disputait la possession d'Isolina. Peut-être ne se trouvait-il pas là? peut-être n'était-il pas encore arrivé? Comme il était le fils du chef, il pouvait être dans la tente. Cette dernière conjecture me parut la plus vraisemblable.

XC

PERPLEXITÉ

On apporta le grand calumet de paix : il fit le tour du cercle en passant de bouche en bouche; chaque sauvage n'aspirait qu'une bouffée de tabac. Je savais que tel était le signal de l'ouverture du conseil. Le jury allait entrer en délibération.

Le hasard m'avait favorisé jusque-là; je n'aurais pu choisir un meilleur emplacement que celui où je me trouvais ; j'avais sous les yeux le feu du conseil, le conseil lui-même, les groupes voisins, en un mot tout le camp. Je songeai à tirer parti de ma position avantageuse.

Force m'était de mettre mon premier projet à exécution : je devais enlever ma fiancée par un hardi coup de main. Quelle chance avais-je de la délivrer autrement en présence de tant d'hommes? Quand et comment faire cette tentative?

Elle n'était qu'à dix pas de moi. Pouvais-je m'élancer subitement et couper ses liens avec mon couteau? Aurais-je alors le temps d'échapper aux sauvages? Non ! la chose était impossible. Ses ravisseurs l'entouraient, et le renégat ne la quittait pas des yeux. En un bond il nous aurait atteints. A sa ceinture brillait la lame triangulaire d'un grand couteau espagnol ; j'aurais été massacré avant d'avoir seulement débarrassé Isolina de ses liens. Mon projet était donc inexécutable ; malgré moi, je dus attendre une meilleure occasion. Je me rappelai la recommandation de Rube : « N'agis pas trop vite, jeune homme, attends le dernier moment. » Les circonstances ne pouvaient jamais être plus défavorables qu'elles ne l'étaient à cette heure. Mes yeux erraient tour à tour d'Hissoo-Royo à ses compagnons. Isolina avait encore le visage tourné; je n'osai pas souhaiter qu'elle dirigeât ses regards de mon côté, j'avais peur d'apercevoir les mutilations barbares que le boucher et le forgeron mexicains lui avaient sans doute infligées.

Ce doute affreux accroissait encore mon anxiété. Je me rappelai les sombres paroles de Cyprio.

Il plut alors à la fortune de me sourire. Tant de petits incidents m'avaient favorisé depuis la veille, que je crus que les destins m'étaient enfin propices et qu'ils voulaient seconder mes efforts. En ce moment ma fiancée tourna son visage vers moi. Que l'on juge de ma joie quand je reconnus que son front ne portait l'empreinte d'aucune lettre et que les ciseaux avaient respecté ses joues. La pauvre captive semblait excessivement inquiète. Croyait-elle que je l'avais abandonnée ? Que n'eussé-je pas donné pour l'informer de ma présence! Vœux superflus! on l'observait. Je n'aurais pu prononcer un mot que les sauvages n'eussent entendu, car il régnait un profond silence. Personne n'avait encore parlé.

La voix d'un héraut proclama enfin l'ouverture du conseil. Il y eut quelque chose de si solennel dans tout ce cérémonial, et chaque mouvement se fit avec tant de régularité, que si je ne m'étais trouvé en plein air et à trois pas de costumes sauvages et de physionomies féroces et tatouées, j'aurais pu me croire devant une cour civilisée. C'était en effet un jury, mais il n'y avait pas de juges. Les membres du jury étaient eux-mêmes juges; dans leur simplicité, ces Indiens présumaient que chacun comprenait la loi sans interprètes. Les avocats aussi étaient absents ; chaque partie, plaignante et défenderesse, plaidait sa propre cause. Telle est la mode dans les hautes cours des prairies, une mode que l'on pourrait adopter partout, ce me semble, avec avantage.

Le nom d'Hissoo-Royo retentit dans l'air. Le héraut l'appelait devant la cour; autre analogie avec les coutumes des peuples civilisés. Trois fois l'huissier sauvage prononça le nom du renégat en élevant constamment la voix. Il aurait pu s'épargner cette peine; celui qu'il appelait se trouvait là prêt à comparoir. Quand le héraut eut fini de parler, le renégat répondit en s'avançant dans l'espace qui s'étendait entre les juges; puis il fit halte, se releva de toute sa hauteur, croisa les bras sur la poitrine et attendit dans cette attitude. En cet instant, je me demandai si je ne devais pas m'élancer du fourré et décider en une fois de mon sort et de celui de ma fiancée.

Tous les guerriers indiens étaient désarmés; l'occasion semblait favorable et je m'avançai vers la lisière extrême du bois. Mais je songeai aux spectateurs indiens qui presque tous portaient des lances et qui se trouvaient à quelques pas de là... Pouvais-je lutter contre des ennemis aussi nombreux? Pouvais-je espérer de rompre cette barrière humaine. Certes, c'eût été folie de l'essayer. La recommandation de Rube aidant, j'abandonnai de nouveau cette entreprise insensée.

XCI

LE CHEF A CHEVEUX BLANCS

Un intervalle de silence suivit; ce fut une pause dramatique qui dura plus d'une minute. Un membre du conseil se leva alors et fit signe à Hissoo-Royo de parler.

Le renégat commença ainsi :

— Guerriers rouges du Hietan ! frères ! ce que j'aurai à dire au conseil exigera peu de mots. Je réclame cette jeune fille mexicaine comme ma légitime propriété. Qui dénie mon droit? Je demande aussi le coursier blanc que j'ai légalement pris.

Ici l'orateur se tut, comme pour attendre les ordres ultérieurs du conseil.

— Quels titres Hissoo-Royo allègue-t-il à la possession de cette prisonnière et de ce cheval blanc?

Ces mots furent prononcés par l'Indien qui avait fait signe au renégat de parler et qui semblait diriger les débats. Il usait de ce privilége parce qu'il était le plus âgé du camp et non en vertu d'aucune autorité supérieure. Chez les Indiens, l'âge donne la préséance.

— Frères, poursuivit Hissoo-Royo, conformément à l'ordre, mes prétentions sont justes, je vous en laisse juges. Vous avez le cœur noble, je sais que vous écouterez favorablement la voix du bon droit. Dois-je vous rappeler vos propres lois qui disent que celui qui fait un prisonnier en est le maître souverain? Telle est la loi de votre tribu, de la mienne, puisque je suis des vôtres.

Des murmures d'approbation produisirent une interruption momentanée.

— Hietans! reprit l'orateur, ma peau est blanche; mais mon cœur a la couleur du vôtre! Vous avez daigné m'adopter dans votre nation; vous avez bien voulu faire de moi un guerrier d'abord, un chef de guerre ensuite. Avez-vous sujet de vous repentir de ce que vous avez fait pour moi? Ai-je abusé de votre confiance?

— Non, répondit la foule d'une voix unanime.

— Votre amour de la justice m'inspire une entière confiance; je ne crains pas que la teinte de ma peau aveugle vos yeux, car vous connaissez tous la couleur de mon cœur.

De nouveaux signes d'approbation suivirent cette adroite apostrophe, d'une éloquence toute sauvage.

— Écoutez-moi, frères, je réclame la fille mexicaine et le cheval. Je n'ai pas besoin de vous rappeler où et quand ils ont été pris; vous étiez présents. Qui niera que mon lazo ait le premier arrêté le cheval blanc? Qu'il s'avance celui-là!

Après avoir lancé ce défi, l'orateur reprit sa première attitude; croisant les bras, il resta silencieux et immobile.

Une autre pause suivit. Un instant après, le héraut troubla le silence en criant d'une voix perçante :

— Wakono!

Ce nom me fit tressaillir comme si j'eusse été atteint par une flèche; j'étais, moi, Wakono!

— Wakono! Wakono!

Je compris. Wakono était le compétiteur d'Hissoo-Royo. Je renonce à décrire le sentiment étrange que j'éprouvai à cette découverte. Lâchant le feuillage que j'avais doucement entr'ouvert pour contempler le conseil, je restai aussi immobile que les arbres voisins. Un profond silence régnait partout ; chacun attendait le résultat des appels du héraut. Après une certaine attente, on répéta trois fois le nom de Wakono. L'écho seul répondit, puis s'élevèrent des murmures de surprise et de désappointement.

Seul je connaissais le motif de l'absence du jeune Indien : le vrai Wakono ne pouvait se rendre à l'appel, et le faux ne le voulait pas...

L'absence prolongée du jeune Comanche provoqua de nombreux commentaires. Les membres du conseil seuls conservèrent un maintien stoïque. En ce moment un Indien sortit de la tente. C'était un homme d'un aspect vénérable ; il avait le visage tout ridé et des cheveux blancs comme la neige, chose rare chez les Indiens qui atteignent rarement un âge avancé. Je ne doutai pas que cet homme ne fût le chef de la tribu et le père de Wakono. J'acquis bientôt la preuve que cette conjecture était exacte. Le vieillard s'avança vers les membres du conseil ; d'un signe de main il commanda ensuite le silence. On obéit. Les murmures s'apaisèrent et chacun prêta une oreille attentive.

XCII

DISCOURS JUDICIAIRES

— Hietans, ainsi commença le vieillard, mes enfants et mes frères du conseil, j'en appelle à vous pour régler cette affaire. Je suis votre chef, mais je ne demande pas que vous ayez égard à ce titre. Wakono est mon fils ; je ne sollicite aucune faveur pour lui. Je ne réclame que la justice que vous accor-

deriez au plus humble de notre tribu. Wakono est un brave
guerrier; qui parmi nous l'ignore? Son bouclier est garni de
trophées sanglants arrachés aux faces pâles tant détestées; ses
guêtres sont ornées de chevelures enlevées aux Indiens Utahs
et Cheyennes, et sa hutte est tapissée des longues tresses coupées aux Pawnees et aux Arapahos. Qui niera que Wakono, —
mon fils Wakono, — soit un brave guerrier?

Un murmure d'assentiment répondit à cette interrogation
paternelle.

— Je conviens que le *loup espagnol* aussi est vaillant; il a le
cœur ferme et le bras solide. Il a déjà scalpé un grand nombre
d'ennemis; ne l'honorons-nous pas tous pour ses exploits?

A ces mots la foule poussa des vivats chaleureux en faveur
d'Hissoo-Royo, et je vis bien que le renégat, et non Wakono,
était le favori de l'assemblée.

L'orateur aussi s'en aperçut et en éprouva une visible tristesse. Après une courte pause, il reprit la parole d'une voix et
d'un ton tout différents. Il traça alors le revers du portrait
d'Hissoo-Royo avec une hostilité marquée.

— J'honore le *loup espagnol*, dit-il; oui, je l'estime pour
son bras solide et son cœur ferme; mais écoutez-moi, Hiétans,
écoutez-moi, mes enfants et mes frères, toute chose a un
revers: il y a la nuit et le jour, l'hiver et l'été; il y a des
prairies verdoyantes et des plaines désertes; Hissoo-Royo, lui,
a deux sortes de langages qui diffèrent autant que le jour et
la nuit : il ne faut jamais ajouter foi à ses paroles.

Le chef se tut alors, et l'on permit au loup espagnol de répondre.

Il n'essaya pas de se disculper du reproche d'avoir un double
langage; il savait sans doute que l'accusation était juste et
qu'il n'avait pas à craindre pour sa popularité de ce côté. En
effet, il aurait dû être bien grand menteur pour égaler le con-
teur comanche le plus ordinaire; les anciens Spartiates eux-
mêmes, si menteurs, n'étaient que des écoliers en comparaison
de ces Indiens.

Il répliqua simplement :

— Si le langage d'Hissoo-Royo est double que le conseil ne s'en rapporte pas à ses paroles : qu'on appelle des témoins ; plusieurs sont prêts à certifier l'exactitude de ce qu'Hissoo-Royo a dit.

— Que l'on entende d'abord Wakono. Où est-il le fils de ce chef ?

Cette proposition fut faite simultanément par plusieurs membres du conseil.

Le héraut cria de nouveau : Wakono !

— Frères, reprit le chef, je vous supplie de retarder l'heure du jugement. Mon fils n'est pas dans le camp ; il est retourné sur le chemin de guerre, je ne sais pourquoi ; mais il ne tardera pas à revenir. Je ne crains rien. Wakono est un brave guerrier ; il saura bien se défendre.

Un murmure de désapprobation suivit ces paroles. Les alliés du renégat dépassaient évidemment en nombre les amis du jeune chef.

Hissoo-Royo s'adressa de nouveau au conseil.

— Que signifie ceci, guerriers du Hietan? Deux soleils se sont couchés depuis la capture du cheval blanc, et cette question n'est pas encore tranchée ! Je ne demande que justice. En vertu de nos lois, le jugement ne peut plus tarder. Les prisonniers doivent appartenir à l'un ou à l'autre compétiteur. Je les réclame, et j'offre des témoins pour attester mon droit. Pourquoi Wakono n'est-il pas ici? Il n'ose pas se présenter devant vous, il rougit de comparaître ici sans preuves. Voilà pourquoi Wakono est absent...

— Wakono n'est pas absent ! s'écria tout à coup l'un des spectateurs ; il est dans le camp.

Ces paroles inattendues produisirent une vive sensation ; je vis que le vieux chef lui-même partageait la surprise générale.

— Qui dit que Wakono est dans le camp? fit-il à haute voix.

Un Indien sortit des rangs des spectateurs. Je reconnus l'homme que j'avais rencontré sur la limite du camp.

— Wakono est dans le camp, répéta-t-il en s'arrêtant près des membres du conseil. J'ai vu le jeune chef, je lui ai parlé.

— Quand?

— Il y a quelques instants.

— Où?

Le sauvage désigna du doigt le lieu de notre rencontre accidentelle, en disant :

— Il s'est engagé dans ce bois, où je l'ai perdu de vue.

La surprise des Comanches s'accrut encore; ils ne pouvaient comprendre pourquoi Wakono ne venait pas défendre lui-même sa cause.

Le vieux chef parut aussi étonné que les autres; tout décontenancé, il n'essaya plus d'expliquer l'absence de son fils.

Quelques sauvages proposèrent alors d'explorer le camp, et particulièrement le taillis. Cette proposition me glaça, je tremblai de tous mes membres. Je savais que s'ils inspectaient le fourré, ils devaient infailliblement m'y découvrir. Wakono portait un costume tout particulier; je m'aperçus que pas un autre Comanche n'avait une robe en peau de jaguar. Une mort cruelle m'attendait... Mes craintes étaient parvenues à leur apogée, quand je fus tout à coup tranquillisé par quelques mots du *loup espagnol*.

— Pourquoi chercher Wakono? dit-il. Wakono connaît son propre nom; il a des oreilles... Ne l'avons-nous pas interpellé à haute et intelligible voix? Appelez-le de nouveau, si vous voulez. S'il est dans le camp, il vous entendra aisément.

Cette proposition parut raisonnable : elle fut adoptée, et le héraut avertit le jeune chef de sa plus grosse voix. Chacun reconnut que l'on pouvait entendre l'appel jusqu'aux limites extrêmes du camp et même au delà.

Un long silence suivit; mais Wakono ne donna pas signe de vie.

— Ah! s'écria le renégat d'un air triomphant, Wakono n'ose pas venir. N'avais-je pas raison, guerriers?... J'attends votre décision.

La foule et les jurés s'entretinrent alors à voix basse. Enfin
le membre le plus âgé du conseil se leva, ralluma le calumet,
et après y avoir aspiré une bouffée de tabac, le passa à son
voisin de gauche. Celui-ci le passa à son tour à l'individu assis
à côté de lui ; la pipe fit ainsi le tour du cercle et revint entre
les mains de celui qui l'avait allumée. Ce dernier la posa à
terre et demanda ensuite l'avis des jurés. Chacun répondit à
voix basse. La décision fut singulière et inattendue. Par esprit
d'équité et pour satisfaire les deux parties, les membres du
conseil avaient adjugé le cheval blanc à Wakono et la jeune
fille mexicaine au *loup espagnol*.

XCIII

HYSSOO-ROYO

La décision parut, en effet, causer une satisfaction générale. Un sourire de joie erra sur les lèvres du renégat qui
avait certes le meilleur lot ; il espérait trouver en Isolina une
esclave accomplie. Le vieux chef aussi paraissait content ; il
préférait sans doute le cheval. Le jugement prononcé, les
membres du conseil se levèrent, et chacun reprit ses occupations particulières sans s'occuper du renégat et de sa captive. Le loup espagnol s'approcha alors de ma fiancée et lui
adressa la parole en langue espagnole. Je ne perdis pas une
syllabe.

— Ainsi, dit le traître, tu as bien entendu, dona Isolina de
Vargas : tu sais tout, tu nous as compris ; la langue comanche
n'est-elle pas ta langue maternelle ? Ah ! ah !...

— Tu as donc compris que je suis ton maître !... Je suis
un homme blanc comme toi. Quittons le conseil. Je vais te
conduire auprès des autres esclaves à la lisière du bois.

Ma joie fut grande en entendant ces mots. Je n'allais plus

me trouver qu'en présence d'un seul ennemi! L'heure de la délivrance approchait.

— Comment puis-je vous suivre? dit Isolina d'un ton calme et d'un air surpris, en désignant ses jambes garrottées.

— C'est vrai, répondit Hissoo-Royo en saisissant son couteau, je n'avais pas songé à cette difficulté.

Puis le renégat s'approcha d'Isolina en la regardant fixement. Tout à coup, changeant de résolution, il remit son couteau dans sa ceinture et s'écria :

— Oh! je ne me fie pas à toi... Tu es trop agile, tu pourrais essayer de fuir. Et, en disant ces mots, le renégat souleva sa captive et se dirigea vers la tente des autres prisonnières.

XCIV

LA CRISE

Le renégat marchait en droite ligne vers moi avec son fardeau. Mon couteau en main, je me tins prêt... Tout à coup le traître tomba lourdement à terre, à côté de sa victime, en poussant un hurlement sauvage qui semblait arraché par la douleur. Une courte lutte suivit... Isolina se releva la première; à la lueur de la lune et des feux, je vis reluire entre ses mains un couteau ensanglanté... Elle ne perdit pas un instant en vaines hésitations; après avoir coupé les liens qui unissaient ses jambes, elle s'élança de toutes ses forces à travers le camp. Sans réfléchir, je bondis hors du fourré et me mis à la poursuite. Je passai près du renégat qui s'était à demi relevé et qui ne semblait que légèrement blessé. La surprise ou tout autre sentiment l'avait cloué au sol. Il vociférait en appelant au secours et en poussant des cris de vengeance. Ma seule préoccupation était d'atteindre Isolina et de favoriser sa fuite. L'alarme avait été aussitôt donnée; tout le camp était en mou-

vement : cinquante sauvages volaient déjà à sa poursuite. En
courant, mes regards s'arrêtèrent sur un cheval blanc : c'était
notre coursier ; un homme le tenait par un lazo, et se préparait à le faire paître. Isolina se dirigea en droite ligne vers
eux, ils se trouvaient à quelques yards des mustangs... Un
instant après, elle était à côté du cheval et elle avait pris le
lazo. L'Indien voulut la saisir, mais le couteau le fit reculer :
il tenait encore l'extrémité du lazo ; la corde fut bientôt coupée, et ma courageuse amie, prompte comme la pensée, s'é-
lança en selle et partit au grand galop. Le Comanche était
l'une des vedettes avancées, il portait donc des armes. Avant
que le coursier pût être hors de portée, il lui envoya une flèche. Il me parut que le projectile parvint au but, mais le pauvre animal continua sa course. En traversant le camp, j'avais
ramassé une longue lance ; je ne laissai pas au sauvage le
temps d'ajuster une seconde flèche. Après l'avoir étendu roide
mort à mes pieds, je continua à courir en ne perdant pas de
vue le cheval blanc. Je me trouvai bientôt au milieu des mustangs qui galopaient çà et là en désordre. Comme les sentinelles ignoraient encore la cause de toute cette alarme, Isolina
avait passé saine et sauve à travers leurs lignes.

Je suivais à pied aussi vite que je pouvais courir. Cinquante
sauvages étaient derrière moi ; je pouvais entendre leurs cris :
Wakono ! Wakono ! Les vedettes aussi, croyant que j'étais leur
jeune chef, m'appelaient par mon nom quand je passais à côté
d'elles. A ma grande joie, le coursier blanc se précipitait dans
la bonne direction ; il allait en droite ligne vers les yuccas
situés au bas de la colline, où mes compagnons l'attendaient
sans doute au passage. Je courais le long du ruisseau de toutes
mes forces. J'arrivai enfin à l'endroit où j'avais quitté mon
cheval. Que l'on juge de mon étonnement quand je retrouvai
le cheval du véritable Wakono à la place de mon noble Moro.
J'examinai en tous sens le ruisseau ; je cherchai partout. Moro
n'était pas en vue ! Mon embarras, ma colère furent grands.
Je voulus en vain m'expliquer ce mystère. Qui avait pu opérer

cette substitution? Mes compagnons?... Pourquoi?... Dans ma précipitation je ne pus trouver la raison de ce fait étrange. Retirant l'animal de l'eau, je sautai en selle et quittai le ruisseau. En gagnant le niveau de la plaine, j'aperçus une troupe de cavaliers qui accouraient du camp. C'étaient les sauvages. L'un d'eux avait une avance considérable, et avant que je pusse mettre mon cheval au galop, il se trouva près de moi. Au clair de la lune, je reconnus aisément Hissoo-Royo, le renégat.

— Esclave! s'écria-t-il avec fureur en langue comanche, esclave, c'est toi qui as combiné ce lâche plan. Traître! tu mourras! La captive blanche est la mienne, Wakono, et toi !...

Il n'acheva pas la phrase. Je portais encore la lance comanche; six mois de service dans un régiment de lanciers m'avaient donné une certaine habileté dans le maniement de cette arme. Je profitai de cet avantage. Faisant volte-face, je m'élançai sur le renégat; un instant après, il gisait mort sur l'herbe, tandis que sa monture bondissait seule dans la prairie. Cet incident avait permis aux autres Indiens de gagner du terrain. Ils étaient au nombre de vingt; je m'aperçus avec effroi qu'ils allaient m'envelopper. Une idée heureuse vint très à-propos me tirer de peine. J'avais remarqué que tout le long du chemin, on m'avait pris pour Wakono. Les Indiens du camp avaient crié Wakono; les poursuivants m'appelaient Wakono et le renégat lui-même était mort avec ce nom sur les lèvres; la mustang, la robe en peau de jaguar, la coiffure en plumes, la main rouge gravée sur ma poitrine et la croix imprimée sur mon front, tout proclamait que j'étais Wakono.

Je m'arrêtai tout à coup devant mes adversaires. Levant le bras je leur montrai le poing d'une façon menaçante, en criant à haute voix :

— Je suis Wakono. Mort à celui qui me suit !

Je parlai comanche sans savoir si ma prononciation était

bien correcté, mais j'eus la satisfaction de voir que l'on me comprenait; l'un après l'autre chacun de mes ennemis arrêta son cheval et fit halte. Sans leur donner d'autres explications je me retournai rapidement et partis aussi vite que ma jument put galoper.

CV

LA DERNIÈRE CHASSE

Le coursier blanc se dirigeait toujours vers la colline, en longeant le ruisseau. Pendant ma halte, il n'avait pas gagné une avance aussi considérable que je m'y étais attendu. J'espérai le rattraper promptement. Dans mon impatience fiévreuse j'animai ma monture avec mon couteau, à défaut de cravache et d'éperons. La lance ne m'embarrassait plus, je l'avais laissée dans le corps d'Hissoo-Royo. Je ne quittais pas des yeux le coursier blanc, mais il approchait rapidement du fourré qui bordait la colline et il allait y disparaître quand je le vis tout à coup s'élancer à gauche dans la plaine ouverte. Ce mouvement me surprit, car je m'étais attendu à voir Isolina profiter de l'abri que lui offrait le taillis. Je pris aussitôt une ligne diagonale. Malgré cet avantage, le coursier blanc, beaucoup plus agile que mon cheval indien, continua à gagner du terrain. Hélas! que je regrettai Moro... Pourquoi avait-il quitté le ruisseau?

Je vis alors le cheval blanc pénétrer dans l'immense plaine qui s'étendait au delà de la colline.

En ce moment j'aperçus, au pied du monticule, un sombre cavalier qui semblait vouloir intercepter ma course. Il faisait évidemment toute la diligence possible, en s'efforçant de cacher sa présence à ceux qui occupaient la plaine.

Tout à coup je reconnus mon cheval et les longues et maigres formes du trappeur sans oreilles. Nous ne tardâmes pas à

nous rejoindre. Sans mot dire, nous descendîmes simultanément de selle pour échanger nos montures. Grâce au ciel !
Moro m'était rendu !

— Maintenant, jeune homme, me dit le trappeur quand je le
quittai, galope ferme et rejoins-la. En avant donc...

La recommandation de Rube était superflue ; avant qu'il eût
cessé de parler, je me retrouvais en selle et mon noble cheval
dévorait l'espace avec la rapidité du vent. Ce fut alors seulement que je compris pourquoi les chevaux avaient été chan-
gés : c'était une ruse de nos prévoyants trappeurs. Si j'avais
monté Moro au sortir du camp, les Indiens se seraient, selon
toute probabilité, doutés de quelque chose, et ils auraient con-
tinué la poursuite ; c'était le mustang du vrai Wakono qui
m'avait sauvé.

J'avais maintenant un cheval sur lequel je pouvais compter,
et je recommençai la chasse avec une nouvelle vigueur. Pour
la troisième fois, les deux étalons, le mien et celui d'Isolina,
devaient rivaliser de vitesse ; pour la troisième fois, il y avait
entre ces superbes créatures une lutte digne de l'admiration
des amateurs les plus difficiles. Je me demandais avec anxiété
lequel serait vainqueur...

Le cheval des prairies avait un mille d'avance, grâce aux
deux haltes que j'avais faites.

Peu à peu je gagnai du terrain. Je m'aperçus que le coursier blanc ne galopait plus avec son agilité habituelle ; il semblait courir avec peine. Que signifiait ce brusque changement d'allures ? Le pauvre animal était-il fatigué ? Oh ! si
Isolina pouvait savoir qui la poursuivait... si elle avait pu
m'entendre !...

Tout à coup je vis le coursier blanc s'arrêter, chanceler,
puis tomber lourdement à terre avec ma fiancée. Un instant
après je les avais rejoints ; je descendis de cheval au moment
où Isolina se relevait. Tenant d'une main son couteau encore
teint de sang, elle s'écria en langue comanche, avec un geste
déterminé :

— Sauvage, n'approche pas !...

— Isolina, ne me reconnaissez-vous pas ?... Je suis...

— Henri !...

A ces mots, nous nous serrâmes la main en pleurant de joie... Moro, attentif à nos côtés, dressait fièrement la tête et mordait son frein écumant. A nos pieds gisait le pauvre coursier blanc, percé d'une flèche... il avait les yeux fixes et ternes ; deux flots de sang s'échappaient de ses narines et ses belles jambes avaient l'immobilité de la mort. L'arme empennée de l'Indien l'avait tué... Le noble animal avait obéi jusqu'à son dernier souffle à la main qui le dirigeait.

Des cavaliers apparaissaient au loin ; nous n'essayâmes pas cette fois de leur échapper, car c'étaient mes hommes. Quand ils nous eurent rejoints, nous examinâmes toute la plaine ; aucun ennemi ne s'y montrait. Cependant nous résolûmes de ne pas rester en place. Les amis d'Hissoo-Royo avaient pu se mettre à la poursuite de Wakono... Nous nous remîmes en route, en accordant à peine un regard d'adieu au coursier blanc étendu sans vie à nos pieds. Nous ne fîmes halte qu'à la tombée de la nuit et après avoir incendié la prairie derrière nous. Un fourré d'acacias et un gazon fleuri nous offrirent un abri délicieux. Mes compagnons épuisés s'endormirent bientôt. Pour moi, je ne dormis pas ; j'étais trop heureux...

Ce fut notre dernière nuit dans les prairies. Le lendemain nous repassâmes le Rio-Grande et rentrâmes au camp américain. Sous les grandes ailes protectrices de l'aigle américaine, ma fiancée pouvait attendre en sécurité le jour où la paix me permettrait d'unir mon sort au sien.

Nous n'entendîmes plus parler des Comanches auxquels nous avions si heureusement échappé ; mais depuis cette époque mémorable, j'ai souvent entendu raconter, dans les bivacs, la triste histoire d'un Indien attaché à un arbre et qui avait succombé à la faim. Malheureux Wakono ! Nous n'avions pas voulu lui infliger une mort aussi horrible !

La justice poétique réclame la mort de Rafaël Ijurra, et de

préférence par la main d'Harding Holingsworth. La vérité me
permet de satisfaire à cette exigence. A mon retour au camp,
j'appris que la vengeance était accomplie. Le tirailleur texain
avait tenu parole.

Depuis cette nuit affreuse où tant de jeunes Mexicaines ayankieados avaient subi des mutilations horribles, Holingsworth
avait trouvé en Wheatley un homme prêt à le seconder dans
ses projets de vengeance guerrière.

Les lieutenants, accompagnés d'hommes d'élite, s'étaient
mis, sous la direction de Pedro, à la poursuite de la guerilla
mexicaine et l'avaient poursuivie jour et nuit. Après une longue course, ils l'avaient enfin atteinte. Une lutte terrible, une
lutte corps à corps et au couteau s'était engagée. Les tirailleurs
avaient, non sans pertes, remporté la victoire ; la plupart des
guerilleros avaient été massacrés et la bande détruite. Ijurra
était tombé sous les coups d'Holingsworth lui-même; Wheatley tua El Zórro dans un combat acharné qui eut lieu quelque
temps après.

L'expédition des deux lieutenants avait encore donné d'au-
res fruits. Dans le quartier général de la guerilla, ils trouvèrent plusieurs prisonniers yankees et ayankieados, entre autres ce rare diplomate, don Ramon de Vargas. Le vieux
gentleman fut rendu à la liberté et arriva au camp américain,
où l'attendaient sa fille et son futur gendre, qui venaient de
terminer leur grand tour dans les prairies.